DU MÊME AUTEUR

Les Vampires Scanguards

La belle mortelle de Samson (#1)

La provocatrice d'Amaury (#2)

La partenaire de Gabriel (#3)

L'enchantement d'Yvette (#4)

La rédemption de Zane (#5)

L'éternel amour de Quinn (#6)

Les désirs d'Oliver (#7)

Le choix de Thomas (#8)

Discrète morsure (#8 ½)

L'identité de Cain (#9)

Le retour de Luther (#10)

La promesse de Blake (#11)

Fatidiques Retrouvailles (#11 ½)

L'espoir de John (#12)

La tempête de Ryder (#13)

La conquête de Damian (#14)

Le défi de Grayson (#15)

L'amour interdit d'Isabelle (#16)

La passion de Cooper (#17)

Le courage de Vanessa (#18)

La séduction de Patrick (#19)

Ardent désir (Nouvelle)

Les Gardiens de la Nuit

Amant Révélé (#1)

Maître Affranchi (#2)

Guerrier Bouleversé (#3)

Gardien Rebelle (#4)

Immortel Dévoilé (#5)

Protecteur Sans Égal (#6)

Démon Libéré (#7)

Les Vampires de Venise

Nouvelle 1 : Raphael & Isabella

Nouvelle 2 : Dante & Viola

Nouvelle 3 : Lorenzo & Bianca

Nouvelle 4 : Nico & Oriana

Hors d'Olympe

Une Touche de Grec (#1)

Un Parfum de Grec (#2)

Un Goût de Grec (#3)

Un Souffle de Grec (#4)

Nom de Code Stargate

Ace en Fuite (#1)

Fox en Vue (#2)

Yankee dans le Vent (#3)

Tiger à l'Affût (#4)

Hawk en Chasse (#5)

La Quête du Temps

Changement de Sort (#1)

Présage du Destin (#2)

Thriller

Témoin Oculaire

Le club des éternels célibataires

Séduisant (#1)

Attirant (#2)

Envoûtant (#3)

Torride (#4)

Attrayant (#5)

Passionné (#6)

AMANT RÉVÉLÉ

LES GARDIENS DE LA NUIT - TOME 1

TINA FOLSOM

1

———

Aiden lança sa dague sur le Démon, visant son front, mais il manqua sa cible, car ce bâtard tournoyait à une vitesse surhumaine. Tourbillonnant sur la gauche, Aiden évita une lame ancienne volant vers lui. Cette dernière avait quitté le poignet agile du Démon au moment où celui-ci faisait volte-face. Le tranchant de l'arme passa juste à côté de lui. Forgée durant les Jours Sombres, l'arme aurait pu tuer un Gardien de la Nuit immortel. Et il n'était pas venu pour mourir. Il combattait le Mal pour sauver celle qu'il devait protéger, l'humaine qui était sous l'influence des Démons de la Peur, les plus grands ennemis de l'humanité.

Aiden regarda avec horreur les trois Démons rassembler leurs pouvoirs et projeter un vortex de brouillard noir, qui engloutissait l'entrée d'un immeuble d'habitation délabré. Ses vrilles atteignirent les pieds de Sarah, alors qu'elle faisait un pas de plus vers lui, comme si des fils invisibles la tiraient.

Des sons semblables à ceux d'une tornade assourdissaient ses oreilles, engloutissant ses cris, comme si elle allait aspirer Sarah dans ses profondeurs. Séduite par les promesses de pouvoir et de richesse des Démons, elle s'avança vers le portail sombre qui la mènerait dans leur monde et en ferait une d'entre eux.

— Sarah ! Noooon !

Elle tourna la tête comme si elle avait entendu, mais ses yeux étaient vides, comme si elle ne le voyait pas.

Il savait qu'il devait détruire le portail pour arrêter Sarah, ce qui signifiait tuer les Démons qui l'avaient créé. En un éclair, il se retourna pour attraper le couteau que le Démon avait lancé sur lui. Comme une telle arme pouvait le tuer, elle pouvait également tuer un Démon. Les deux espèces étaient aussi vulnérables aux outils forgés pendant les Jours Sombres que les Gardiens de la Nuit.

Aiden regarda dans la ruelle étroite vers l'intersection, mais aucun de ses frères n'arrivait. Lorsqu'il avait réalisé qu'il était en infériorité numérique, il avait immédiatement contacté son second, Hamish. Mais son collègue, gardien de la nuit, était introuvable. Comme s'il s'était évaporé.

Leur code de déontologie stipulait que le second d'un Gardien de la Nuit doit toujours se tenir prêt, afin de pouvoir réagir rapidement dans des situations comme celles-là, qui peuvent mettre en danger sa vie. Aiden avait souvent servi comme lieutenant d'Hamish, même si ce titre sous-entendait un rang. Le passage de sentinelle à lieutenant se faisait mission après mission. Cela leur permettait de peaufiner constamment leurs compétences, d'être aussi à l'aise pour donner des ordres que pour les exécuter.

Ils étaient frères, sinon par le sang, au moins par une cause commune : défendre l'humanité contre l'influence des Démons de la Peur, et promouvoir le bien dans ce monde.

Du coin de l'œil, il perçut un mouvement. Deux des Démons avaient quitté la protection du vortex, visiblement pour l'achever en combat rapproché.

Aiden ricana. Ils allaient être surpris. Le corps à corps était sa spécialité.

— Venez me chercher, leur lança-t-il en ouvrant grand les bras en guise d'invitation.

Une rafale de vent s'engouffra dans son manteau, faisant battre l'arrière du vêtement.

Les rires moqueurs des Démons couvrirent le bruit. Pendant un instant, ce fut tout ce qu'Aiden entendit. Le regard suppliant de Sarah disparut dans ses yeux stériles. Elle bougea lentement la tête d'un côté à l'autre, en faisant un pas de plus. Elle n'était qu'une humaine faible, et l'influence des Démons était trop forte pour qu'elle puisse y résister.

Serrant les dents et tenant fermement la lame ancienne dans son poing, Aiden bondit sur le premier Démon. Cette créature avait l'apparence d'un être humanoïde, mais ses yeux verts éblouissants étaient un signe révélateur de la malveillance qui l'habitait. Il se heurta à son adversaire, dont la silhouette était aussi imposante qu'un char d'assaut. Cela ne découragea pas Aiden. Il était moins fort que le Démon, mais plus agile et plus rapide. C'était son avantage dans les combats rapprochés.

Grondant comme une bête, le Démon tenta d'enfoncer un poignard dans la poitrine de son adversaire, mais Aiden l'évita en un clin d'œil et se catapulta derrière lui. D'un seul mouvement net, il passa le couteau sur le cou du Démon, l'ouvrant de gauche à droite. Au milieu des gargouillements de la créature mourante, du sang vert jaillit dans la rue. Aiden enfonça son genou dans le dos du Démon mort et le jeta par terre.

Mais il n'eut pas l'occasion de reprendre son souffle. Avec un grognement féroce, le deuxième Démon se jeta sur lui et le plaqua au sol. Le choc expulsa tout l'air de ses poumons, ce qui le paralysa pendant quelques instants.

Alors qu'il était étendu sur la surface humide, coincé sous la masse imposante, il tourna la tête vers le tourbillon. Sarah y était presque, ses pas étaient plus assurés. Aiden entendait distinctement les murmures séducteurs du troisième Démon, qui tentait de la convaincre de se rapprocher. Et, parce qu'elle était faible, elle s'approcha de lui.

Mais Aiden n'allait pas le permettre. Rassemblant toutes ses forces, il libéra une de ses jambes et la propulsa violemment entre les cuisses du Démon. Heureusement, ils avaient aussi des couilles. D'après le bruit qu'il faisait, elles étaient tout aussi sensibles que celles d'un être humain.

D'un coup, Aiden repoussa le Démon blessé de sa poitrine. Ses yeux cherchèrent le couteau qu'il avait laissé tomber quand cette vermine l'avait jeté par terre. Pendant ce temps, le Démon reprenait des forces et se relevait, tenant le poignard qu'il dirigeait vers le cou d'Aiden. Ce dernier se retourna juste à temps pour éviter la lame mortelle. Il se redressa aussitôt.

Mais le Démon était tout aussi rapide, et il lui assena un violent coup de pied dans la jambe. Il fut projeté contre le mur derrière lui.

Il sentit une de ses côtes se fissurer, mais la puissance qui parcourait son corps permit à Aiden de ne pas ressentir de douleur. En tant qu'immortel, sa tolérance à la douleur était mille fois supérieure à celle d'un humain, même s'il en avait l'apparence. La différence se trouvait sous la peau et les muscles qui cachaient les expériences collectives de tous les Gardiens de la Nuit qui avaient marché sur cette terre. Ils l'appelaient Virta, et elle leur donnait le pouvoir de combattre les Démons. Elle permettait également à son espèce et aux humains de se cacher d'eux, comme si une cape d'invisibilité les recouvrait. Ils avaient reçu des pouvoirs qui défiaient la physique, des pouvoirs que les humains considéreraient comme surnaturels, s'ils savaient que les Gardiens de la Nuit existaient. Mais leur existence était cachée depuis des siècles. Depuis leurs débuts dans les Jours Sombres.

Au moment où Aiden se mit debout, sa main effleura le poignard qu'il avait lancé sur le front du Démon quelques instants plus tôt. Il le saisit et bondit une nouvelle fois, fonçant sur son assaillant, enfonçant le couteau dans l'estomac de la bête.

Alors que le Démon de la peur ouvrait grand ses yeux, Aiden tira la dague vers le haut, le saignant comme un porc. Des tripes et du sang verts s'écoulèrent de lui, alors qu'une odeur pestilentielle remplissait l'air frais de la nuit. Avant que son corps ne s'effondre, Aiden se retourna et courut vers sa protégée. Il tenta désespérément de la tirer en arrière, son corps tendu sous la pression, son long trench-coat noir battant contre ses côtés, repoussé par la force de l'air et des tourbillons de brouillard. Tendant les mains vers l'avant pour essayer de la tirer vers lui, il concentra toute son énergie sur une seule pensée : sauver cette humaine des griffes du mal.

La colère bouillonnait en lui, comme dans un chaudron sur le point de déborder. Il devait empêcher les Démons de la prendre. Chaque âme qu'ils amenaient avec eux les rendait plus puissants. Bientôt, ils ressortiraient de leurs repaires situés au plus profond du monde souterrain pour dominer une fois de plus l'humanité. Cette idée le fit frissonner jusqu'aux os.

Un cri poussé derrière lui fit tourner la tête, lui faisant perdre sa concentration pendant un instant. Il vit une femme tenant un bébé dans ses bras, qui sonnait frénétiquement à la porte d'un des édifices, les yeux écarquillés d'horreur.

Merde ! Il n'avait pas besoin de témoins. Cependant, il ne pouvait rien y faire pour le moment. Sa priorité était de sauver Sarah.

Faisant appel au pouvoir ancestral qui se trouvait en chacun des Gardiens de la Nuit, il le laissa déferler dans son corps et recharger ses cellules. Il s'élança vers elle, des éclairs de lumière dansant sur ses paumes comme de petites flammes.

Elle le repoussa, la colère dans les yeux. Derrière elle, il vit le troisième Démon, dont la main s'avançait à travers le vortex, une dague dans sa paume. Le Démon lui murmura quelque chose, puis pressa l'arme ancienne dans sa main.

Aiden vit avec effroi comment elle accepta sa proposition et agita son poignet, comme si elle avait été entraînée à le faire. Le Démon contrôlait maintenant son corps.

Tout ce que put faire Aiden, c'est se mettre sur le côté pour éviter la lame.

Puis, les yeux de Sarah devinrent verts. En cédant à la demande du Démon, elle est devenue l'une d'entre eux.

Un autre cri attira son attention sur la femme derrière lui. Ce qu'il vit lui retourna l'estomac : le poignard de Sarah avait touché l'enfant à la tête. Le sang coulait abondamment de la blessure sur le petit pull blanc et sur les mains de la mère, qui tentait désespérément de sauver son bébé.

Maudit soit-il ! Il aurait dû tuer Sarah dès qu'il s'était rendu compte qu'elle était condamnée. Maintenant, elle avait tué un innocent. C'était la faute d'Aiden, parce qu'il n'avait pas agi assez rapidement. Il avait laissé Sarah en vie parce qu'il espérait pouvoir la sauver.

Il avait encore échoué. Sentant son passé le rattraper, il chassa les souvenirs douloureux de son premier et seul autre échec et concentra son énergie sur son ancienne protégée. Sans hésiter, il visa. La dague ancienne s'enfonça dans le cou de Sarah, arrêtant ses mouvements. Le sang jaillit de la blessure mortelle alors qu'elle tombait dans le vortex.

Les cris de frustration du Démon remplirent la ruelle, et des éclairs de lumière illuminèrent la nuit noire. Un instant plus tard, l'air et le brouillard cessèrent de s'agiter, et tout devint silencieux, à l'exception des sanglots de la femme qui tenait son enfant mort dans ses bras.

Aiden lui lança un regard, ses yeux s'emplirent de larmes en sentant la souffrance qui l'assaillait.

— Je suis désolé, chuchota-t-il, le cœur gros.

Lorsqu'il se dirigea vers l'endroit où Sarah était tombée, il ne vit rien. Le tourbillon l'avait avalée. Seul le poignard taché de sang restait comme preuve qu'il l'avait tuée. Il n'avait pas eu le choix. Ce serait pire si les Démons l'utilisaient. Meilleur pour elle, meilleur pour ce monde. C'était la raison pour laquelle il ne pouvait pas regretter son geste. Il regrettait seulement d'avoir tardé à le faire, d'avoir attendu trop longtemps.

Plus jamais il n'hésiterait à tuer un être humain dont il aurait eu des raisons de croire qu'il avait déjà été compromis. Il valait mieux qu'un humain meure plutôt que les Démons s'emparent d'une autre âme ou qu'un innocent souffre, comme cet enfant et sa mère. La prochaine fois, sa dague toucherait sa cible dès qu'il soupçonnerait qu'un Démon influençait sa protégée. Il n'hésiterait plus.

Les êtres humains étaient faibles. Il fallait s'en débarrasser dès qu'ils représentaient un danger. Le conseil avait tort d'essayer de les protéger, car ils avaient clairement la capacité de se retourner contre leurs protecteurs, contre les Gardiens de la Nuit, qui ne leur voulaient que du bien. Sarah n'était pas la première à le lui prouver.

Des souvenirs anciens, mais toujours aussi présents, lui rappelèrent une fois de plus qu'il ne pourrait plus se permettre d'hésiter. Cela lui avait coûté beaucoup trop cher par le passé, car toute sa famille en avait souffert. Ils avaient perdu quelqu'un qui leur était cher, et cela avait été de sa faute. Son cœur se serra douloureusement, alors que la culpabilité de son erreur passée refaisait surface. Il ne pourrait plus jamais la commettre. Le mal devait être éradiqué rapidement, quelle que soit sa forme, Démoniaque ou humaine.

2

Leila releva la tête du microscope lorsqu'elle entendit frapper d'urgence à la porte de son laboratoire.

— Docteur Cruickshank ? Êtes-vous encore là ?

Elle lissa sa blouse de laboratoire et aperçut son reflet dans la vitre au-dessus de l'établi sur lequel elle était penchée. Sa queue de cheval retenait toujours ses longs cheveux bruns, mais quelques mèches s'étaient échappées et s'enroulaient maintenant autour de son visage. C'était presque comme si un coiffeur avait pris grand soin de lui arranger les cheveux. Bien sûr, c'était impossible, car elle n'était pas allée dans un salon de coiffure depuis des mois. Pourquoi devrait-elle perdre du temps à se préoccuper de son apparence quand elle avait un travail aussi important à accomplir ?

Au cours des derniers mois, elle avait fait d'énormes progrès. Les résultats des essais cliniques étaient prometteurs, mais il fallait encore apporter quelques ajustements au médicament avant qu'il fonctionne comme prévu. Il devait arrêter la progression de la maladie d'Alzheimer, et, idéalement, la guérir, puisqu'elle affectait ses deux parents. De plus, on espérait que le médicament serait capable d'inverser certains des effets de cette maladie, même si les chances d'éliminer complètement les dommages causés par celle-ci étaient minces.

Pour ses parents, c'était une course contre la montre. Parfois, il semblait qu'ils allaient bien, mais d'autres fois, leurs pertes de mémoire étaient flagrantes, et elle sentait qu'ils s'éloignaient. Si elle n'achevait pas ses recherches rapidement, les dommages causés à leurs neurones seraient devenus trop importants pour que, même avec son médicament miracle, ils aient pu être inversés. Plus le médicament était donné tôt, plus les chances de récupération des fonctions cérébrales étaient grandes. Même si elle savait que ses parents ne s'en remettraient peut-être jamais, elle continuait de croire que certaines de leurs fonctions cérébrales pourraient retrouver la santé.

À 36 ans, elle devrait avoir des enfants et une famille. Or, il n'y a jamais eu autre chose que son travail. Après avoir obtenu son diplôme en médecine, elle avait envisagé la chirurgie plastique, attirée par les revenus élevés que cette spécialité offrait. Cependant, lorsque ses parents ont commencé à présenter des signes de la maladie, Leila avait rapidement changé de voie.

Elle avait réalisé que tout l'argent de ses parents ne signifiait rien alors qu'ils perdaient ce qu'ils aimaient le plus : l'un l'autre. Après avoir terminé ses études, Inter Pharma s'était montré intéressé par ses recherches et lui avait proposé un emploi. Elle dirigeait maintenant son propre laboratoire, supervisant trois assistants et deux jeunes chercheurs.

Elle aimait diriger son propre laboratoire : elle appréciait la rigueur du travail. Tout était à sa place, tout avait son temps. Ainsi, elle arrivait à gérer les crises : en gardant les choses en ordre, en sachant toujours ce qui allait se passer, en ayant toujours un plan. Cela lui procurait une sécurité, une chose dont elle avait besoin depuis que ses parents étaient tombés malades. Ce besoin de sécurité se retrouvait dans tout son travail.

Alors que son équipe travaillait sur plusieurs aspects différents de ses recherches, Leila était la seule à avoir accès à l'ensemble des données et à la formule complète du médicament, tel qu'il existait à l'heure actuelle. Il était donc primordial pour elle de préserver la sécurité de ses données.

C'était l'une des raisons pour lesquelles elle n'utilisait pas l'ordinateur en réseau qu'Inter Pharma lui fournissait, mais son propre ordinateur portable crypté. Elle sauvegardait ses données sur une clé USB qui avait la forme d'un pendentif orné de diamants attaché à un collier qu'elle gardait toujours autour du cou, où qu'elle aille.

Il y avait déjà eu des incidents où les données d'un autre chercheur avaient été volées par un employé et avaient refait surface plus tard dans une autre société pharmaceutique, qui les avait devancés dans leur découverte. Pour Inter Pharma, un nouveau médicament représentait d'énormes sommes d'argent. Pour Leila, cela signifiait retrouver ses parents et qu'ils la reconnaissent, avant qu'il ne soit trop tard et qu'ils ne disparaissent à jamais.

— Docteur Cruickshank ?

Leila se leva brusquement de sa chaise et s'approcha de la porte, qu'elle déverrouilla. Elle avait pris l'habitude de verrouiller la pièce chaque fois qu'elle était seule dans le laboratoire. En l'ouvrant, elle vit le visage rougi de l'assistante personnelle du PDG, Jane.

— Oh, bien, vous êtes encore là. Je n'étais pas sûre, bredouilla-t-elle.

Leila hocha la tête, préoccupée. Son personnel était déjà parti pour la nuit, mais, même s'il était plus de huit heures, elle n'était pas prête à partir. Il y avait toujours plus de données à analyser.

— Jane, avez-vous besoin de quelque chose ? demanda-t-elle, espérant que la secrétaire distraite ne voulait qu'un paquet supplémentaire d'édulcorant ou un sachet de thé, parce qu'elle avait encore oublié de commander des fournitures pour les bureaux de la direction.

— C'est M. Patten qui m'envoie. Il a demandé s'il pouvait vous parler pendant une minute.

— Maintenant ? Je pensais qu'il serait rentré chez lui depuis longtemps.

Il était rare qu'une autre personne que le gars de la sécurité ou elle-même travaille aussi tard.

— J'aimerais bien. Mais il avait une réunion tardive, et elle vient à peine de se terminer. Évidemment, il m'a obligée à rester.

Jane eut d'un coup un soupir d'agacement.

— Pourriez-vous aller le voir dans son bureau ?

Leila hocha distraitement la tête, même si elle détestait cette interruption.

— Et, est-ce que vous avez encore de l'édulcorant ? Je n'en ai plus.

Cela expliquait pourquoi Jane ne l'avait pas appelée.

Leila se retourna rapidement pour prendre une poignée de sachets dans le bol sur le dessus du réfrigérateur et les donna à Jane, qui tendait les bras. S'assurant que la porte se verrouille derrière elle, elle s'engagea dans le long couloir, accompagnée de l'assistante de Patten.

La clé qui pendait à son cou tinta contre son pendentif, produisant un son sinistre dans le corridor désert.

— J'ai toujours admiré votre collier, dit Jane. Vous souvenez-vous de l'endroit où vous l'avez acheté ?

— C'est du sur-mesure, répondit Leila, ignorant le picotement soudain sur sa nuque.

Elle jeta rapidement un coup d'œil par-dessus son épaule, mais ne vit rien d'autre que le linoléum luisant et les murs blancs stériles.

— Sur mesure ?

Elle hocha la tête en direction de Jane.

— Oui, j'ai demandé à un bijoutier de le faire.

Pour dissimuler sa clé USB d'un téraoctet et garder ses recherches près de son cœur, littéralement. Personne ne le savait, c'était peut-être de la paranoïa ou simplement du bon sens, mais elle voulait s'assurer que toutes ses données soient toujours en sécurité.

— C'est magnifique. Où est sa boutique ? Je voudrais m'en procurer un.

— Malheureusement, il a fait faillite, mentit Leila en forçant un sourire de regret.

Elle ne révélerait pas le nom du bijoutier, au cas où il laisserait échapper que le pendentif était vide à l'intérieur et qu'il avait la taille parfaite pour contenir une clé USB. Personne ne devait savoir qu'elle transportait ses données avec elle. Déjà, le fait de ne pas sauvegarder ses données sur l'ordinateur en réseau de son laboratoire avait déclenché un signal d'alarme et lui avait valu une réunion avec le PDG. Cependant, après qu'elle ait expliqué qu'elle craignait que ses recherches soient volées,

M. Patten avait accepté un compromis : chaque soir, après avoir terminé ses recherches, elle devrait sauvegarder les données sur un disque externe et le mettre dans un coffre-fort. Seule l'empreinte digitale de son pouce ou celle de Patten pouvaient ouvrir la pièce spécialement conçue, garantissant ainsi que les personnes non autorisées ne pourraient pas y entrer.

Il semblait que son patron soit presque aussi paranoïaque qu'elle. Pourquoi ne le serait-il pas ? La recherche pharmaceutique était un secteur très concurrentiel. La première entreprise qui développe un nouveau médicament a une avance énorme qu'aucune autre entreprise ne peut concurrencer. Dans ce secteur, être le premier était primordial.

Son ordinateur portable était équipé d'un logiciel spécial qui lancerait une séquence pour détruire toutes les données du disque dur si quelqu'un le manipulait. C'était une fonction de sécurité intégrée.

— ... alors j'ai pris le rouge à la place. Qu'en pensez-vous ?

Jane désigna ses ongles, qui étaient peints d'une affreuse couleur orange. De toute évidence, la jeune femme était daltonienne, même si le daltonisme est plutôt une anomalie masculine.

— Mignon, réussit à dire Leila, se demandant ce que Jane avait bien pu radoter d'autre pendant qu'elle avait de nouveau la tête dans les nuages. Cela lui arrivait souvent ces derniers temps : elle s'isolait en pensant à une chose ou à une autre, sans remarquer qu'il y avait d'autres personnes autour d'elle.

Au bout du corridor, elles tournèrent à gauche. Leila appuya sur le bouton de l'ascenseur. Les portes s'ouvrirent instantanément et elles entrèrent, Jane la suivant. Sa collègue appuya sur le bouton menant à l'étage de la direction, et les portes commencèrent à se refermer. Quand elles étaient à mi-chemin, quelque chose bipa, et les portes s'ouvrirent à nouveau.

— C'est quoi, ce bordel ?

Jane jura et appuya une seconde fois sur le bouton.

— Je n'arrive pas à comprendre ces stupides ascenseurs. Ils tombent en panne la moitié de la semaine, puis, quand ils devraient être réparés, l'autre moitié, ils tombent encore en panne.

Leila secoua la tête.

— Je ne sais pas. D'habitude, je prends les escaliers.

— C'est vrai, c'est facile quand on est au troisième étage, mais essayez le huitième, et vous serez essoufflée en un rien de temps.

Leila ne put s'empêcher de regarder les talons de sept centimètres de Jane.

Oui, ou bien tu te casses la cheville.

Mais elle s'abstint de faire un commentaire. Ce n'était pas son problème que Jane ne soit pas en forme. Elle-même courait au moins quatre fois par semaine, essayant de rester en bonne santé et en forme, mais aussi de rester mince. Elle avait remarqué à quel point sa mère avait pris du poids lorsqu'elle s'était cassé une jambe il y a quelques années et qu'elle n'avait pas pu bouger beaucoup. Leila savait qu'elle avait le physique de sa mère : de petite taille, mais solide, plutôt que grande et maigre. Elle savait aussi qu'elle deviendrait ronde si elle ne faisait pas attention. C'était la raison pour laquelle elle courait et montait les escaliers dès qu'elle en avait l'occasion.

Lorsqu'elles arrivèrent au huitième étage, Jane se tourna vers la cuisine et demanda à Leila de sortir.

— Entrez directement le voir. Il vous attend.

Leila redressa sa blouse de laboratoire et repoussa un cheveu du tissu blanc. Elle se racla la gorge et frappa à la porte avec ses doigts.

— Entrez.

L'ordre fut instantané et prononcé d'une voix autoritaire.

Elle ne perdit pas une seconde, ouvrit la porte et entra dans le bureau de Patten. La pièce était plongée dans la pénombre. Patten, un homme d'une cinquantaine d'années, chauve sur la tête et les tempes grisonnantes, était assis devant le grand bureau éclairé par une grande lampe halogène. Les lampes fluorescentes du plafond étaient éteintes.

— Entrez, entrez, docteur Cruickshank, excusez le manque de lumière, mais les ampoules ont brûlé juste au moment où j'ai reçu mon visiteur. C'est très ennuyeux. Je ferais mieux de m'occuper de ça rapidement.

— Bonsoir, monsieur Patten, répondit-elle simplement, sachant que sa diatribe sur les lumières n'attendait pas de réponse. Vous désiriez me parler ?

— Ah, oui. C'est vrai.

Il repoussa une mèche de cheveux gris derrière son oreille, lui faisant comprendre qu'il avait aussi besoin d'une coupe. Il avait l'air un peu négligé.

Maintenant qu'elle le regardait de plus près, alors qu'elle s'approchait et s'installait sur le siège en face de lui, elle remarqua que son visage était gris et fatigué. Comme s'il avait brûlé la bougie par les deux bouts, tout comme quelqu'un d'autre qu'elle connaissait : elle-même. Eh bien, elle n'était probablement pas le seul bourreau de travail chez Inter Pharma. Personne n'arrivait au sommet sans y sacrifier quelque chose.

— Asseyez-vous... Ah, vous êtes assise... bien, bien...

Leila fronça les sourcils, inquiète. Elle n'avait jamais vu son patron aussi inquiet. Elle espérait qu'il n'était pas sur le point de faire un AVC, car, malgré son diplôme en médecine, elle n'était pas formée pour faire face à une situation médicale d'urgence. La dernière fois qu'elle avait vu un patient, c'était lors de sa résidence à Mass General, et c'était il y a longtemps.

—Vous vous sentez bien ? Se sentit-elle obligée de demander, son côté bienveillant reprenant le dessus.

Ses yeux se concentrèrent soudain, et il apparut aussi lucide qu'à l'habitude.

— Bien sûr, pourquoi ne me sentirais-je pas bien... ?... Eh bien, je voulais vous parler parce qu'un actionnaire m'a rendu visite.

Leila se pencha en avant sur sa chaise, décroisant ses jambes. Pourquoi Patten voudrait-il lui parler d'un actionnaire ? Elle n'était pas impliquée dans les finances de l'entreprise. De plus, elle était responsable du budget de son propre laboratoire et ne faisait que de la recherche pure.

Une poussée d'adrénaline la traversa soudain. Elle savait que le cours de l'action avait récemment baissé. Cela pourrait-il signifier que les actionnaires étaient mécontents et souhaitaient réduire les programmes ? Peut-être devrait-elle éliminer ses recherches ?

— Mon budget est déjà serré.

Les mots furent prononcés avant qu'elle ait pu réfléchir davantage. Zut ! Avec la façon dont elle se comportait, elle n'aurait jamais pu faire partie du corps diplomatique. Si elle continuait à laisser échapper des commentaires, sa carrière de chercheuse dans son propre laboratoire pourrait bientôt elle aussi se retrouver sur une pente glissante.

Patten lui lança un regard confus.

— Quoi ?

— Je suis désolée, poursuivez. Vous m'avez dit qu'un actionnaire vous avait rendu visite.

— Oui. Il semble que M. Zoltan ait acheté beaucoup d'actions lorsque le marché a chuté. Il possède maintenant 36% de nos actions. Bien que cela ne lui permette pas d'exercer un contrôle absolu sur la société, il est tout de même le plus important actionnaire individuel...

Leila leva sa main de ses genoux.

— Euh, monsieur Patten, comme vous le savez, je ne m'occupe pas de ce côté-là de l'entreprise. Mes recherches...

— J'y arrive, docteur Cruickshank.

Elle hocha rapidement la tête, sans vouloir le contredire. Quelque chose l'avait clairement ébranlé aujourd'hui, et elle n'avait pas envie de se retrouver prise entre deux feux. Mieux valait qu'elle se taise et qu'elle le laisse parler. Peut-être voulait-il juste parler à quelqu'un. À part Jane et l'agent de sécurité du hall, elle était la seule à être encore dans l'édifice.

Leila soupira intérieurement. Super ! Maintenant, son patron lui confiait des tâches inutiles. Elle aurait pu mettre ce temps à profit pour analyser les données qui attendaient.

— Je le répète, monsieur Zoltan possède maintenant une grande partie de cette entreprise, ce qui lui confère des pouvoirs importants. Vous comprendrez que ce serait imprudent de le mettre en colère ou de lui refuser ce qu'il souhaite.

M. Patten essuya une goutte de sueur sur son front avant de poursuivre :

— Il pourrait déclencher un vote forcé, pratiquement remanier le conseil d'administration, me mettre à la porte... euh, comme vous le voyez, je n'ai pas vraiment le choix dans cette affaire.

Il la regarda avec nervosité. À son tour, la même nervosité se répandit en elle, faisant picoter sa peau de malaise. Ses paumes devinrent moites. Nerveuse, elle bougea sur son siège, mais s'abstint de dire quoi que ce soit, réalisant qu'il n'avait pas encore terminé.

— Il ne fait que s'assurer que son investissement est en sécurité. Ce n'est pas différent d'un nouvel entrepreneur qui inspecte son usine et supervise le processus de production. C'est vrai, il faut voir les choses ainsi.

Surveiller le processus de production ? Est-ce qu'il disait vraiment ce qu'elle pensait qu'il disait ? Il ne pourrait pas le permettre... Non, cela n'arriverait jamais.

– M. Patten, je... je... balbutia-t-elle, l'esprit trop chamboulé pour pouvoir former une phrase cohérente.

— M. Zoltan reviendra lundi pour s'installer près de vous.

— S'installer ?

Patten acquiesça, évitant son regard, et fixa plutôt l'obscurité derrière la vitre.

— Il désire en savoir plus sur vos recherches. Il semble qu'il soit aussi diplômé en médecine, et qu'il désire évaluer la viabilité du produit sur lequel vous travaillez.

Leila se leva d'un bond.

— C'est impossible ! Mes recherches... sont secrètes. Aucune personne extérieure ne peut...

— Monsieur Zoltan n'est pas une personne extérieure. Il est pratiquement propriétaire de cette entreprise.

L'incrédulité monta en elle, faisant vaciller ses genoux.

— Mais vous avez dit qu'il ne détenait que 36 % des actions, cela ne veut pas dire qu'il nous possède.

— Dans le monde de l'entreprise, cela lui donne suffisamment de pouvoir sur nous pour qu'il impose presque tout ce qu'il veut. Nous ne savons même pas quelles autres ressources sont à sa disposition. Selon les informations dont nous disposons, il peut acheter 15 % de plus, ce qui lui donnerait le contrôle total.

Leila se pencha par-dessus le bureau.

— Monsieur Patten, s'il vous plaît, vous devez arrêter ça. Je ne peux pas avoir un étranger qui regarde par-dessus mon épaule. C'est un travail sensible. Quelqu'un pourrait mettre la main sur ma formule et la voler. Ce n'est pas prudent d'avoir quelqu'un dans le laboratoire qui pourrait...

— Je comprends, docteur Cruickshank, mais je n'ai pas le choix. J'ai les mains liées. Vos recherches appartiennent à cette entreprise. Ce n'est pas votre propriété. Si je vous dis que vous devez permettre à quelqu'un d'y accéder, alors vous ferez ce que je dis, martela-t-il entre ses dents serrées. Est-ce que nous nous comprenons ?

Leila se retira, la déception envahissant ses veines.

— Je comprends.

Sa mâchoire se crispa.

— C'est tout pour ce soir ?

Il acquiesça, un air fatigué traversant son visage.

— Docteur Cruickshank, rentrez chez vous. Vous verrez bientôt que les choses ne sont pas aussi mauvaises qu'elles en ont l'air.

Elle tourna les talons sans dire un mot de plus et retourna dans son laboratoire, retenant ses larmes de frustration jusqu'à ce que la porte se referme derrière elle. Se laissant glisser sur sa chaise, elle se couvrit le visage de ses mains et laissa venir les larmes.

Ce n'était pas juste.

Elle avait travaillé si longtemps et si dur pour cela, et maintenant un riche actionnaire avec un diplôme de médecine allait débarquer et fouiller dans son travail. Et si ce n'était pas tout ce qu'il voulait faire ? S'il comptait s'approprier les recherches et s'en attribuer le mérite ? Elle avait déjà vu des cas similaires, où un chercheur avait été mis à la porte en plein milieu du projet et où un nouvel arrivant avait repris le flambeau, s'attribuant le mérite du résultat final.

Que se passerait-il s'il était incompétent et qu'il détruisait les progrès qu'elle avait déjà accompli ? Si cela se produisait, l'état de santé de ses parents ne s'améliorerait jamais.

Elle ne pouvait pas accepter que ça arrive. Personne n'en découvrirait assez pour continuer ses recherches. C'était le travail de sa vie !

— Vous ne pouvez pas m'enlever ça, Patten, murmura-t-elle en essuyant les larmes de ses joues.

Alors qu'elle repoussait la chaise, celle-ci racla le plancher, le bruit résonnant dans le laboratoire désert. Ses jambes la portèrent jusqu'au coffre-fort mural. Elle appuya son pouce sur le pavé tactile, ce qui fit apparaitre le scanner. Puis elle entendit un mécanisme cliqueter. Un bip suivi d'un feu vert lui indiqua que son autorisation avait été acceptée.

Leila ouvrit la porte épaisse et regarda à l'intérieur, sombre. Elle devait faire ce qu'il fallait.

3

Aiden entra dans le bastion sans même avoir à ouvrir la porte. Son corps se dématérialisait simplement lorsqu'il traversait le matériau solide, puis il se rematérialisait après l'obstacle dans un processus trop rapide pour que l'œil humain puisse l'analyser. Tout ce qu'il voyait, c'était un homme qui se dirigeait tout droit vers une porte ou un mur. Le fonctionnement de ce pouvoir restait un mystère. C'était un pouvoir propre aux Gardiens de la Nuit. Aucun démon connu d'eux ne possédait une compétence semblable.

Il fonça dans le couloir. Le bâtiment massif comptait trois étages au-dessus du sol et deux sous terre. Ses murs étaient épais, comme ceux d'un vieux château anglais, construit à l'instar des forteresses érigées par leurs ancêtres. Leur passé était imprimé sur la structure : d'anciennes runes ornaient les murs et les planchers, et des amulettes destinées à éloigner le mal étaient accrochées à chaque porte et à chaque fenêtre.

Il y avait de nombreux bastions de Gardiens de la Nuit disséminés dans le monde entier, des endroits où les frères, et les quelques sœurs, vivaient ensemble. Protégés par le pouvoir collectif de leur *virta*, ils auraient tout aussi bien pu être invisibles. Un ancien sortilège hypnotique permettait aux bâtiments de passer inaperçus aux yeux des humains.

Aucun humain n'était autorisé à entrer. On ne pouvait pas compter sur les protégés des Gardiens de la Nuit pour garder les emplacements secrets. Il y avait toujours un risque qu'un d'entre eux se retourne contre eux et finisse par les trahir auprès des démons.

À l'intérieur des murs du bastion, les gardiens de la nuit pouvaient recharger leur énergie après chaque mission. Ils dépensaient cette énergie en cachant leurs protégés pour éviter d'être repérés par les démons.

Des armes oubliées depuis longtemps étaient entreposées dans les vastes voûtes souterraines. Elles pouvaient tuer un gardien de la nuit, même immortel. Alors qu'aucune arme humaine, comme un pistolet ou un couteau, ne pouvait blesser Aiden ou ses frères et sœurs d'une manière permanente, tout objet forgé durant les Jours Sombres avait le pouvoir de tuer aussi bien les Gardiens de la Nuit que les Démons de la Peur.

Alors qu'Aiden pénétrait dans la grande cuisine, qui était au cœur de la maison qu'il considérait comme étant la sienne, il balaya rapidement du regard l'assemblée. Manus s'affairait à piller le réfrigérateur, vêtu seulement d'un pantalon de cuir moulant, son torse balafré dénudé. Quant à Logan, il se servait un verre. Ses cheveux noirs pendaient sur ses épaules, comme s'il venait à peine de se lever.

Enya, la seule femme de leur bastion, se prélassait dans un coin du grand canapé de la grande pièce attenante. Ses longs cheveux blonds étaient tressés et épinglés en rond à l'arrière de sa tête. Elle les portait rarement lâchés, et Aiden ne pouvait que soupçonner qu'ils descendaient maintenant jusqu'à sa taille. Au lieu de regarder le match de football qui hurlait sur l'écran géant fixé au mur, elle avait le nez plongé dans un livre.

Aiden jura.

— Où est-il, putain ?

Toutes les têtes se tournèrent vers lui. Manus claqua la porte du réfrigérateur et y déposa un tas d'emballages en plastique de charcuterie sur le comptoir de la cuisine.

— Je crains que ma faculté de lire dans les pensées soit assez limitée, dit-il. Donne-nous donc un nom, s'il te plaît.

Manus jeta un coup d'œil à Logan, qui avala d'un trait le reste de son verre.

— Quelqu'un est d'humeur chiante aujourd'hui, ajouta Logan comme s'il voulait le provoquer.

Aiden sentit sa colère monter. Il se dressa sur ses pieds.

— Manus a en quelque sorte raison, intervint Enya sans même lever les yeux de son livre.

— C'est de ce foutu Hamish que je parle !

Aiden sentit l'air s'échapper de ses poumons. La colère suscitée par l'incapacité de son second à le soutenir grandissait à chaque instant.

Logan fronça les sourcils et leva à nouveau la bouteille de whisky.

— Je ne savais pas que vous étiez aussi proches !

Aiden saisit Logan par le col avant qu'il ait pu finir sa phrase, puis le plaqua contre la porte du four.

— Je ne suis pas d'humeur pour tes putains de blagues. Je te le redemande : où est-ce putain de Hamish ?

Son captif se pressa contre lui, secouant ses mains avec plus de grâce qu'un homme de sa carrure massive ne semblait en être capable. Tandis que Logan redressait soigneusement son t-shirt et roulait ses épaules, il lui lança un regard furieux.

— Je n'ai pas vu Hamish depuis deux jours. On devait être ensemble, alors, va te faire foutre ! Laisse-moi profiter du match !

Logan se retourna et se dirigea vers le canapé, s'asseyant dans le coin opposé à Enya. Lorsque le poids avec lequel il s'était laissé tomber la secoua et qu'il faillit lui faire lâcher son livre, elle se contenta de hausser un sourcil.

— Testostérone, marmonna-t-elle dans sa barbe.

Logan plissa les yeux.

— Tu ne sais rien de tout ça.

—Ferme-la !

La réponse de Manus arriva avant qu'Enya n'ait eu le temps d'attraper la dague qui était toujours à sa hanche, même lorsqu'elle était détendue.

— Sale con, siffla-t-elle.

Manus jeta un regard à Aiden.

– Quant à Hamish. S'il n'est pas avec toi, il a peut-être été pris dans une embuscade.

— Alors, nous devrions localiser son téléphone et le retrouver.

Aiden tourna la tête vers le nouvel arrivant qui venait de parler. C'était Pearce.

— Il ne néglige jamais ses devoirs, poursuivit Pearce en entrant complètement dans la pièce.

Aiden hocha la tête. Pearce avait raison.

— J'étais en infériorité numérique.

Une main douce toucha son bras. Il tourna la tête vers la droite. Enya s'était approchée de lui sans qu'il s'en aperçoive.

— Que s'est-il passé aujourd'hui ?

Aiden appuya sa main contre le comptoir de la cuisine. Il ferma les yeux.

— J'ai essayé d'appeler Hamish, mais il ne s'est pas présenté. Je n'ai pas pu les retenir plus longtemps. J'en ai tué deux, mais le troisième est resté dans la protection du vortex. Il était trop fort. Il avait un pouvoir total sur elle.

À tel point qu'elle avait essayé de le tuer, et, au lieu de cela…

— Ma protégée a tué un enfant innocent. J'ai dû l'éliminer.

— Putain !

Manus poussa un juron.

— Pas encore une autre ! ajouta Logan.

— Bon sang, qu'est-ce que tu as fait, Aiden ? Tu dormais ? Pourquoi n'était-elle pas dissimulée ? grommela Manus entre ses dents serrées.

La colère s'embrasa dans les yeux d'Aiden alors qu'il faisait face à Manus.

— Je l'ai protégée du mieux que j'ai pu !

— Si tu l'avais cachée correctement, elle ne serait pas perdue maintenant !

— Qu'est-ce que tu racontes ? demanda Aiden.

— Tu sais très bien ce que je veux dire ! répliqua Manus, qui se dirigea vers lui. Si tu voulais qu'elle soit correctement dissimulée, tu aurais dû la toucher pendant tout ce temps.

Aiden savait exactement ce que Manus voulait dire. Ses collègues Gardiens et lui avaient deux façons de rendre les humains invisibles : par le pouvoir de leur esprit ou par le toucher. La première méthode nécessitait plus d'énergie, mais tout comme le signal d'un téléphone portable pouvait être intercepté ou interrompu, il était possible de rompre la connexion et de débloquer une protégée par inadvertance. La seconde méthode présentait aussi des inconvénients. Le contact d'un Gardien de la Nuit pouvait être perçu comme étant intime, ce qui n'était pas du tout le but.

— Comme tu les touches, toi ? Comme lorsque tu fais semblant de ressentir quelque chose pour elles afin qu'elles te fassent confiance ? Ce n'est pas les protéger ! C'est contraire à toutes les règles, grogna Aiden.

— Je m'en fiche des règles. Les règles sont faites pour ceux qui ne savent pas penser par eux-mêmes.

— Et tu les brises toutes.

Aiden sentit son cœur bondir. Il ne voulait pas devenir comme Manus, qui feignait d'aimer chaque femme qu'il devait protéger, dans le but de s'assurer qu'elle serait toujours dissimulée. Pour lui, au contraire, éviter tout contact avec les humains constituait une priorité. À part une expérience occasionnelle d'une nuit avec une femme, il ne s'intéressait pas à elles. Il n'y pensait plus. Pas après ce qu'un être humain avait fait à sa famille.

— Tu les baises pour ne pas avoir à dépenser d'énergie supplémentaire !

Cette accusation n'obtint qu'un léger sourire de Manus.

— Je ne pense pas que je dirais ça. J'y mets énormément d'énergie.

Avant que Manus ait pu se détourner, Aiden lui asséna un coup de poing dans le visage, effaçant le sourire.

Bon sang, ça faisait du bien de frapper quelqu'un !

C'était libérateur de tabasser Manus, de déverser sa colère et sa frustration sur lui. Peut-être que ça l'abrutirait.

Un coup de poing au menton fit basculer la tête d'Aiden vers l'arrière. Il goûta son propre sang un instant plus tard, mais l'ignora pour répondre à celui de Manus. Faisant levier avec sa jambe droite contre le comptoir de la cuisine, un tabouret de bar s'écrasa sur le sol pendant qu'Aiden s'élançait vers son camarade Gardien de la Nuit. Le coup fit cogner Manus contre le réfrigérateur, qui gémit sous l'impact.

— Crétin ! s'exclama Manus. Ce n'est pas la question de savoir quelles règles j'ai enfreintes. Tu dois admettre que tu y as aussi pensé... Comme il est doux d'enfreindre une règle de temps à autre !

Il afficha un sourire diabolique.

— Va te faire foutre !

Il y avait plein de femmes consentantes dans les bars où allait Aiden. Il n'avait pas besoin de coucher avec ses protégées. Pour lui, le sexe, c'était le sexe, et tant que la femme était raisonnablement attirante, ça ne lui faisait rien. Il n'avait aucun intérêt à s'impliquer dans une histoire. Il maintenait une distance, tant émotionnelle que physique, avec elles, sachant qu'un jour viendrait où il devrait en tuer une, comme ce soir. Il devait éviter que ses émotions prennent le dessus.

— Cesse de me faire porter le chapeau pour tes échecs ! Je refuse d'être ton bouc émissaire, aujourd'hui ! Manus interrompit les pensées d'Aiden, qui fut contraint de se concentrer sur la situation présente.

Il ne pouvait s'en prendre qu'à lui-même pour ce qui s'était passé cette nuit. Enfin, lui et Hamish. Mais une fois qu'il aurait retrouvé son second fugitif, il le lui ferait payer.

Réduire Manus en bouillie ne ramènerait pas sa protégée, n'annulerait pas ce qui s'était passé.

— Ah, merde !

Aiden poussa un juron et baissa le poing.

— J'ai échoué.

Il leva les yeux et croisa le regard de Manus. Au lieu d'un éclat moqueur, il y vit un éclair de compassion.

Manus se détacha du frigo et passa près de lui en le frôlant.

— Tu dois t'y faire. Ça va arriver plus souvent dorénavant.

Aiden lui attrapa l'épaule et le fit se retourner.

— Qu'est-ce que tu veux dire ?

V Tu n'as pas vu les rapports des autres bastions ?

— Et quand penses-tu que j'aurais eu le temps de lire des rapports stupides ?

Cela faisait déjà plusieurs semaines qu'il était affecté à cette mission et il n'avait pas le temps de se rendre au bastion pour des mises à jour urgentes.

Aiden essuya le sang qui coulait de sa bouche, puis regarda les autres personnes présentes dans la pièce.

Pearce se racla la gorge.

— Les Démons deviennent plus forts. Les autres bastions subissent de plus en plus de... pertes.

Aiden secoua la tête en signe d'incrédulité.

— Comment ?

— Ils semblent savoir où se trouvent nos protégés. Bien qu'ils soient cachés, ils les trouvent quand même.

— C'est impossible, protesta Aiden en regardant Logan et Enya. Ils n'ont pas ces capacités. Ils ne peuvent pas sentir nos protégés quand ils sont dissimulés.

Enya hocha la tête d'un air grave.

— C'est vrai, mais ils n'ont peut-être pas besoin de leurs sens. Peut-être ont-ils un autre moyen de savoir où sont nos protégés ?

Ne voulant pas suivre le raisonnement d'Enya, Aiden inspira profondément.

— Tu ne peux pas dire ça.

Logan poussa un long soupir.

— Et pourquoi pas ? Les émotions que nous partageons avec les êtres humains que nous protégeons ne sont pas si différentes. Alors, qu'est-ce qui te fait croire que nous sommes tous capables de résister à la tentation ?

— Mais c'est pour cela que nous sommes entraînés...

La voix d'Aiden s'éteignit. Il déglutit, la gorge sèche. Sa pensée suivante surgit de nulle part.

— Mais, Hamish, tu ne veux quand même pas dire…

— Non, il n'était pas là pour te soutenir. Comment les Démons ont-ils pu localiser ta protégée, alors que tu prétends l'avoir dissimulée ? interrogea Logan.

— Qui est mieux placé pour te localiser en tout temps, si ce n'est pas ton second ? demanda Manus.

— Un traitre ? Tu penses que Hamish m'a vendu aux démons ?

Lorsque ces mots quittèrent ses lèvres, son cœur se serra douloureusement. Aiden chercha un appui au comptoir de la cuisine, ses genoux fléchissant sous l'effort. C'était impossible. Hamish était comme un frère pour lui. Un frère avec qui il se disputait parfois, mais un frère quand même.

— Nous devons le retrouver.

Aiden jeta un coup d'œil à Pearce.

— Trace son téléphone. Peut-être qu'il est blessé quelque part.

Il misa tous ses espoirs sur ces derniers mots. Qu'Hamish n'ait pas été là pour l'aider serait préférable au fait qu'il ait pu rejoindre les Démons. Cette idée-là était trop horrible à envisager.

4

Barclay laissa tomber le marteau et demanda le silence dans la Salle du Conseil. Les marmonnements de ses collègues membres du Conseil cessèrent au fur et à mesure. Lorsqu'il n'y eut plus aucun bruit, il contempla les visages des hommes et des femmes assis autour de la table, qui était construite en demi-cercle. Tous étaient des Gardiens de la Nuit expérimentés, sept hommes et deux femmes dotés de grandes connaissances et compétences, qui servaient leur peuple depuis plusieurs siècles. Ils avaient été triés sur le volet pour siéger au Conseil des Neuf, l'organe dirigeant de leur ancienne race. À la fois juge, jury et bourreau, le Conseil portait un lourd fardeau. Pourtant, chacun de ses membres s'acquittait de sa tâche avec fierté.

Entouré d'anciennes runes gravées dans les murs de pierre des salles, et protégé par les pouvoirs collectifs des Gardiens de la Nuit, c'était le sanctuaire intime, un endroit où peu d'autres Gardiens étaient autorisés à mettre les pieds. D'importantes décisions étaient prises entre ces murs, des décisions qui pouvaient signifier la vie ou la mort pour les humains comme pour les Gardiens de la Nuit.

Chaque fois qu'il s'asseyait au centre de la table, Barclay, en tant que *primus inter pares*, le premier parmi les égaux, sentait le poids de la responsabilité sur ses épaules. Il sentait le vent du changement, et il savait que leur monde était à la lisière de quelque chose de nouveau – quelque chose qui changerait toutes leurs vies pour le pire si lui et ses collègues Gardiens de la Nuit ne pouvaient pas l'arrêter. Si seulement il savait ce que c'était.

Barclay s'éclaircit la voix et reposa ses yeux sur le grand homme, dont les yeux noisette semblaient anxieux et les cheveux brun foncé plus ébouriffés que d'habitude.

— Geoffrey, c'est toi qui as convoqué cette réunion. Le Conseil est impatient d'entendre ton rapport.

Geoffrey se leva.

— Frères, sœurs, primus.

Il fit un signe de tête en direction de Barclay.

— J'ai reçu des rapports inquiétants de la part de nos *emissarii*. Des informations ont fait surface selon lesquelles les Démons ont découvert un sérum qui pourrait rendre les humains plus sensibles à leurs influences.

Une exclamation collective collectif parcourut l'assemblée. Barclay inspira une bouffée d'air, l'idée qu'une telle chose soit possible le choquant au plus haut point. Était-ce le changement qu'il avait perçu dernièrement ?

— Les Démons ne sont pas capables de faire de la sorcellerie, protesta Finlay à voix haute.

— Jamais entendu parler d'une telle chose ! interrompit Riona, l'une des deux femmes membres du Conseil, en levant ses mains en l'air dans un geste théâtral. De plus, les sorcières sont *nos* alliées, pas les leurs.

Barclay frappa le marteau sur la table.

— Silence ! Silence !

Les autres membres du Conseil se turent lorsqu'il leur lança un regard furieux. Puis il se tourna vers Geoffrey.

— Continue ton récit.

Jetant un regard exaspéré à Finlay, Geoffrey entrouvrit les lèvres.

— La sorcellerie, non. Nous sommes d'accord sur ce point, mon ami.

Barclay était parfaitement conscient que Geoffrey et Finlay étaient rarement d'accord sur quoi que ce soit. Il avait dû arbitrer de nombreuses disputes entre les deux Gardiens, qui étaient aussi têtus l'un que l'autre.

Pour une fois, il espérait qu'aucune dispute de ce genre n'éclaterait lors de cette réunion. Les circonstances étaient trop graves pour que l'on perde du temps dans une Démonstration inutile d'excès de testostérone, comme si ces deux-là étaient des adolescents boutonneux et non les hommes endurcis qui s'étaient battus à ses côtés pendant des siècles.

— Cependant, je ne parle pas de sorcellerie. Je parle de science.

— De science ? répéta Finlay, visiblement abasourdi.

Un hochement de tête sinistre marqua la réponse de Geoffrey.

— Sciences pharmaceutiques. Le docteur Leila Cruickshank...

Il fit circuler une photo.

— ...est une chercheuse talentueuse pour Inter Pharma. Ces dernières années, elle a consacré sa vie à la recherche d'un remède contre la maladie d'Alzheimer.

— C'est très admirable. Mais quel est le rapport avec nous ? l'interrompit Wade en passant ses doigts dans ses cheveux blond foncé. D'ailleurs, beaucoup d'autres ont essayé avant elle, et personne n'a réussi.

— Est-ce que la Dr Cruickshank a réussi ? demanda Finley, en faisant un signe de la main à la photo qui parvint à Barclay à ce moment-là.

Le regard de Barclay se posa sur le visage de la jeune femme. La photo avait été prise à travers une fenêtre, à une bonne distance. Malgré cela, l'objectif avait réussi à capturer son essence même : ses traits agréables, mais déterminés, son nez droit et ses yeux perçants soulignaient ce que Geoffrey avait dit. Vêtue d'une blouse blanche de laboratoire, elle était assise devant un ordinateur et regardait l'écran avec fascination. Ses longs cheveux noirs étaient rassemblés en une queue de cheval d'apparence désordonnée, des mèches s'étant échappées, encadrant ses traits classiques, les adoucissant.

— Notre *emissarius* nous rapporte qu'elle est au bord d'une percée. D'après les rapports de laboratoire auxquels il a pu avoir accès, les premiers essais cliniques suggèrent que le sérum semble... débloquer l'esprit.

— Débloquer ? Barclay fit écho. Explique.

— Avec la maladie d'Alzheimer, les neurones et les synapses du cerveau sont détruits, ce qui éteint l'esprit, enferme les souvenirs et les expériences, faisant en sorte que les gens ne se souviennent même pas de leurs proches. Si ce sérum fait ce que nous pensons qu'il fait, alors il semble inverser certains de ces effets.

— C'est une bonne chose alors, acquiesça Deirdre en repoussant ses longs cheveux blonds derrière son dos. Alors, je suppose que tu veux qu'elle soit protégée ?

Geoffrey secoua la tête et regarda l'assemblée, l'expression solennelle.

— Au contraire. Je veux qu'elle soit éliminée.

Finlay se leva de son siège.

— Quoi ?

— Nous avons juré de protéger les humains et d'aider à faire avancer le bien dans le monde, ajouta Deirdre en posant une main sur le bras de Finlay et en l'incitant à se rasseoir. Et tu veux faire le contraire ?

— Tu ferais mieux d'avoir une sacrée bonne explication pour ça, rugit Wade.

Alors que Norton, Ian et Cinead, les trois membres du Conseil qui étaient restés silencieux jusqu'à présent, se raclaient la gorge, Barclay se leva et fit signe à tout le monde de se taire. Puis il se tourna vers Geoffrey.

— Moi aussi, j'aimerais entendre ton raisonnement à ce sujet. La maladie d'Alzheimer frappe l'humanité depuis de nombreuses années, et refuser aux humains un remède contre ce mal...

Il secoua la tête.

— Parle.

Les joues de Geoffrey étaient rouges alors qu'il continuait. De toute évidence, ce sujet lui tenait à cœur.

— Tout comme le sérum peut stopper la maladie d'Alzheimer et inverser certains de ses effets en réparant quelques neurones endommagés et en permettant aux souvenirs de circuler à nouveau librement, il déverrouille l'esprit, ce qui permet aux Démons d'y accéder facilement. La résistance naturelle que les humains possèdent pour résister à l'influence des Démons de la Peur est anéantie. Il n'y a plus d'obstacle, plus de portail. L'esprit d'un être humain est alors ouvert qu'un portail d'école le jour de la remise des diplômes. Et si Inter Pharma décide non seulement d'utiliser ce médicament pour traiter les patients actuels atteints d'Alzheimer, mais aussi de l'utiliser comme vaccin...

Geoffrey n'eut pas besoin de terminer sa phrase. Tout le monde dans la salle savait ce que cela signifiait. Dès leur plus jeune âge, tous les humains seraient des invitations ambulantes pour que les Démons s'emparent de leur esprit et les contrôlent pour faire ce qu'ils voulaient.

— Personne ne pourrait résister, dit Cinead d'une voix rocailleuse en se levant.

Il fit un signe de tête en direction de Barclay.

— Puis-je parler ?

Barclay manifesta son accord d'un geste de la main. Cinead, l'Écossais qui siégeait au Conseil depuis plus longtemps que n'importe lequel d'entre eux, mais qui n'avait pourtant jamais accepté d'être nommé *Primus*, était le plus sage d'entre eux, examinant toujours tous les aspects d'une question avant de prendre une décision.

— Geoffrey, tu dis que ton *émissaire* a vu des rapports de laboratoire. Sont-ils disponibles pour que nous les examinions ?

— Je peux me les procurer, si tu ne crois pas à mes paroles.

Il sembla contrarié par la demande de Cinead.

— J'aimerais les voir et étudier les données moi-même. Nous ne pouvons pas éliminer sans ménagement un humain uniquement sur la base du rapport d'un *émissaire* qui n'a peut-être pas les connaissances pertinentes qu'il faut pour évaluer cette question. Nous n'avons jamais agi sur la base de rumeurs ou de suppositions. Il n'est pas nécessaire de commencer maintenant.

Geoffrey souffla.

— Je vous donnerai ce fichu rapport, mais je vous le dis, il n'y a pas de temps à perdre. Si on autorise la mise sur le marché de cette drogue, elle a le potentiel d'anéantir la race humaine et nous par la même occasion.

— Je suis d'accord, dit Riona. Il faut au moins en restreindre l'accès jusqu'à ce que nous en sachions plus. Si les Démons mettent la main dessus, ils pourraient bien être en mesure de le reproduire et de le distribuer parmi la population humaine.

— Il faudrait quand même l'administrer par injection, je suppose ? demanda Norton en fronçant ses sourcils.

Geoffrey haussa les épaules.

— Tous les vaccins ne sont pas administrés avec une aiguille. Si les Démons s'en emparent, qui dit qu'ils ne peuvent pas infiltrer les réserves d'eau et de nourriture des humains avec ce vaccin ? Il faut les arrêter avant qu'ils n'en arrivent là. Nous devons détruire toutes les traces des recherches du docteur Cruickshank et tous les échantillons du médicament.

— Si le médicament fait vraiment ce que tu dis, concéda Norton. Cependant, en attendant, je suis d'accord avec Cinead : nous n'interviendrons pas tant que les faits n'auront pas été confirmés.

— Les faits me semblent assez clairs, exprima Ian. Ses recherches sont dangereuses. Il faut s'en occuper dès maintenant. Chaque minute que nous passons à discuter, les Démons se rapprochent d'elle, s'ils ne l'ont pas déjà trouvée.

— Alors, c'est ça la valeur que tu accordes à une vie humaine, remarqua Riona. Et si c'était ta vie ?

— Je suis immortel, dit Ian.

— Même toi, tu peux être tué, expulsa Riona dans un souffle, avec les bonnes armes.

Barclay grinça des dents, peu désireux d'écouter davantage de chamailleries entre les deux.

— Soit vous gardez vos remarques pour le sujet qui nous occupe, soit vous sortez. Qu'est-ce que vous choisissez ?

Devant son regard sévère, tous deux pressèrent leurs lèvres l'une contre l'autre.

Wade leur jeta un regard, puis se redressa sur son siège.

— Si ce que dit Geoffrey est vrai, je crois que la race humaine court un grave danger. Et il n'y a vraiment qu'une seule façon de faire face à une telle menace. Nous ne sommes pas simplement des Gardiens, nous sommes aussi des guerriers ; il faut s'attendre à des dommages collatéraux.

Barclay serra la mâchoire. Wade avait toujours eu tendance à frapper d'abord et à poser des questions ensuite, et dans ce cas-ci, il ne semblait pas vouloir agir autrement. Barclay jeta un regard crispé à son collègue du Conseil. Wade répondit par un haussement d'épaules.

Geoffrey lança à Barclay un regard suppliant.

— Primus, j'en appelle à toi. Nous ne pouvons pas laisser cette situation perdurer. Le danger est trop immense, les conséquences pourraient être désastreuses.

Barclay croisa ses doigts et souffla sur eux. Pendant un moment, il ferma les yeux. Ce n'était pas à lui de prendre cette décision, même s'il craignait que Geoffrey ait raison. Une drogue qui transformerait l'esprit d'un humain en buffet à volonté pour les Démons de la Peur annoncerait une vague de mal qui balaierait ce monde. Avec de plus en plus d'humains agissant sous l'influence des Démons, les guerres ravageraient la terre, la misère et la douleur se répandraient. Les Démons de la Peur se nourriraient de tout cela, en particulier de la peur. Et ils deviendraient plus forts avec chaque humain qu'ils amèneraient dans leur giron.

Bientôt, le monde serait envahi par le mal : encore plus de gens mourraient de maladie et de faim. Chaque pays serait en proie à la guerre et aux conflits ; il n'y aurait plus de gardiens de la paix, plus de forces de l'ordre, plus d'organisations apportant une aide humanitaire. Tout le monde s'occuperait de ses propres intérêts. L'Armageddon.

Barclay souleva ses paupières.

— Un vote alors. Ceux d'entre vous qui pensent que la femme devrait se voir attribuer un Gardien de la Nuit pour la protéger pour le moment, dites « oui » ; ceux qui veulent éliminer la menace en éliminant la scientifique et ses recherches, dites « non ».

L'un après l'autre, les « oui » et les « non » rebondirent contre le mur des chambres.

Barclay retint son souffle jusqu'à ce que tout le monde ait voté.

AIDEN FAISAIT les cent pas dans le long couloir qui menait à la salle du Conseil, jetant un regard à la porte fermée toutes les quelques secondes. Il lui semblait que les membres du Conseil étaient là depuis une éternité, ou peut-être était-ce simplement parce qu'il avait hâte d'en finir. Déjà que le Conseil ne serait pas satisfait du résultat de sa dernière mission, le fait d'accuser un collègue Gardien de la Nuit de trahison dans la foulée ne lui vaudrait les faveurs de personne.

Ses amis du bastion l'avaient mis en garde contre cette accusation et lui avaient suggéré de laisser le Conseil tirer ses propres conclusions, en se contentant de présenter les faits que ses frères et lui avaient découverts en recherchant Hamish. Mais Aiden se connaissait trop bien. Il était autant une tête brûlée que Logan, même s'il ne s'affichait pas en enfreignant les règles du Conseil comme le faisait Manus. La plupart du temps, il les respectait. Ne pas le faire lui vaudrait une sévère punition.

La seule raison pour laquelle les transgressions de Manus n'étaient pas encore parvenues aux oreilles du Conseil était que leur bastion était particulièrement soudé. Personne ne voulait être considéré comme un mouchard. Leur règle tacite était de fixer les choses entre eux sans impliquer le conseil.

Alors que Manus n'avait aucun scrupule à séduire les femmes dont il avait la charge, Aiden n'appréciait pas l'arrière-goût amer qu'une telle liaison laissait derrière elle. Oui, il recherchait des aventures sexuelles en dehors du bastion, avec des humaines, mais sans prétention, ne couchant jamais deux fois avec la même femme, se limitant à des aventures d'un soir pour ne pas perdre de vue sa mission ou s'impliquer émotionnellement.

Il avait rarement des temps morts pendant lesquels il pouvait s'investir dans une relation qui irait au-delà de l'habituelle aventure d'un soir. Non pas qu'il s'en plaignit. Il n'était pas intéressé par une relation. Et le sexe ? Il pouvait toujours en obtenir quand il en avait vraiment besoin, mais ces derniers temps, même le frisson d'un petit coup rapide avec une quasi-inconnue ne parvenait pas à chasser le vide qu'il avait commencé à ressentir dans ses tripes. Il se demandait si c'était le changement à venir qui était à l'origine de ces sentiments étranges. Il approchait de son deux centième anniversaire, et avec lui ce que les Gardiens de la Nuit appelaient le *rasen*, la saison des amours. Ses hormones le poussaient à trouver une compagne, mais il n'avait que peu de choix.

La raison pour laquelle si peu de Gardiennes de la Nuit étaient disponibles pour l'accouplement était le gène mâle dominant, qui favorisait la production de mâles plutôt que de femelles de leur espèce, faisant pencher l'équilibre dans leur monde. Depuis des siècles, les Gardiens de la Nuit mâles devaient chercher leurs compagnes dans le monde des humains. Toute cette entreprise était pleine de dangers : si un Gardien de la Nuit choisissait une humaine comme compagne, plutôt que l'une des rares Gardiennes, ils risquaient tous deux de perdre la vie. Seul un amour au cœur pur rendait possible une union entre un Gardien de la Nuit et une humaine. Aiden ne croyait pas qu'un tel amour puisse exister. Un Gardien de la Nuit pourrait-il jamais aimer une créature si intrinsèquement faible ?

Et si l'amour n'était pas vrai et pur, l'accouplement rituel qui liait les deux amants les priverait de leur vie. Leur mort ne serait pas instantanée, mais ils le sauraient immédiatement. L'immortalité d'un Gardien de la Nuit s'écoulerait comme le sable dans un sablier. Tout comme sa compagne, il s'étiolerait en quelques mois, le temps de regretter ses actes et de voir sa propre mort arriver. Hamish avait failli contracter une telle union, et ce n'était que par pure chance qu'il avait découvert à temps que sa compagne avait été une taupe à la solde des Démons.

Le taux de réussite pour trouver une compagne était donc faible, peu de Gardiennes de la Nuit célibataires étant disponibles. Il avait pratiquement grandi avec Enya, qui vivait dans le même bastion que lui, et il la considérait comme une véritable sœur. Il n'y avait aucune attirance physique entre eux. Il connaissait la plupart des autres Gardiennes de la Nuit aux États-Unis, car elles étaient rares, mais aucune ne l'émoustillait comme une femme devrait émoustiller un homme. Peut-être n'était-il tout simplement pas fait pour une relation.

Aiden savait ce qu'on attendait de lui, et il ne voulait pas décevoir. Mais plaire à sa mère et à son père ainsi qu'à leur communauté n'était pas au premier plan de ses pensées. Il était un Gardien avant tout ; trouver une compagne et aider sa race à procréer n'était qu'un lointain second objectif. Peut-être pourrait-il réprimer les pulsions que *rasen* lui imposait. Il avait une volonté de fer, ces foutues hormones n'avaient rien sur lui.

— Gardien, cria une voix. Le Conseil va te recevoir maintenant.

Le préposé, qui semblait avoir surgi de nulle part, se tenait devant la porte de la salle du conseil.

— Un instant, demanda-t-il, place ici tous les appareils électroniques.

Il indiqua un renfoncement sculpté à côté de la porte.

Aiden fit ce qu'on lui demandait, puis laissa le préposé passer une baguette de haut en bas de son corps. C'était une mesure de sécurité pour qu'aucun appareil d'enregistrement ne puisse être introduit clandestinement dans la Salle du Conseil, car toutes les activités qui s'y déroulaient étaient gardées secrètes.

Lorsque Aiden entra finalement, la porte se referma derrière lui avec un grand bruit.

— Le Conseil te souhaite la bienvenue, Gardien, le salua Primus.

Aiden le regarda droit dans les yeux pour répondre à son accueil. Il inclina la tête.

— Je remercie le Conseil de m'avoir reçu, Primus.

Les formalités étant derrière lui, il était temps de leur annoncer la nouvelle. Il ne pouvait pas faire traîner les choses plus longtemps.

— J'apporte de mauvaises nouvelles. Ma dernière mission s'est soldée par une défaite. Ma protégée a succombé aux Démons. J'ai dû l'éliminer.

De faibles marmonnements parcoururent l'assemblée.

— Même si nous regrettons cet incident, commenta Geoffrey, ce n'est pas vraiment une question qui doit déranger le Conseil. Tu n'es pas le seul à avoir perdu un protégé ces dernières semaines. Des rapports ont...

— J'ai entendu parler des rapports, interrompit Aiden avec impatience.

Lorsque Geoffrey et plusieurs autres membres du Conseil sursautèrent, il comprit qu'il avait agi contre le protocole en l'interrompant. Cependant, il avait déjà perdu assez de temps. Il ne pouvait pas faire des manières.

— Et ce que j'ai à vous dire pourrait y être lié.

Lorsque Geoffrey essaya de prendre la parole, Primus leva la main.

— Laisse-le parler.

Prenant une respiration supplémentaire, Aiden raconta ce qui s'était déroulé dans leur bastion.

— Hamish a disparu. Au début, nous avons pensé qu'il était peut-être tombé dans une embuscade, mais ensuite nous avons tracé son téléphone portable et trouvé ses affaires.

— Ce qui veut dire quoi ? demanda Primus avec curiosité.

— Nous avons trouvé son téléphone portable dans une benne à ordures, ainsi que tous ses vêtements. Soigneusement pliés.

Plusieurs sourcils se levèrent. Deirdre prit la parole.

— Qu'est-ce que tu veux dire exactement ?

Aiden ravala le goût amer qu'il avait dans la bouche.

— Lors de ma dernière mission, en infériorité numérique par rapport aux Démons, j'ai appelé Hamish. Il était mon second. Il n'est pas venu. J'ai des raisons de croire qu'il nous a abandonnés.

Les mots suivants lui firent mal à prononcer, son cœur se serrant douloureusement face à la perte qu'il vivait.

— Je crois qu'il a rejoint les Démons.

Il souhaitait se tromper, mais tout le portait à le croire.

Des cris d'indignation envahirent la Salle du Conseil.

Cinead se leva de son siège. Aiden avait toujours apprécié l'Écossais et savait qu'il pouvait s'attendre à une décision juste de sa part.

— Ce sont des allégations sérieuses, Aiden. Hamish est un membre apprécié de notre société, un combattant acharné. Je ne le crois pas capable de trahison. Il est fort d'esprit, l'un des Gardiens les moins susceptibles d'être influencés par les Démons.

— Alors explique-moi pourquoi il n'est pas venu m'aider, pourquoi nous avons retrouvé ses vêtements et son téléphone portable. Il s'est débarrassé de tout ce qui aurait pu nous permettre de retrouver sa trace.

Aiden lança un regard accusateur à Cinead. Peut-être que le Membre du Conseil ne *voulait pas* croire qu'un compatriote écossais était capable d'une telle chose.

— Pourquoi les Démons ont-ils trouvé ma protégée alors que je l'avais dissimulée ? Seul Hamish aurait pu savoir où nous étions.

Ian leva la main.

— Ah, ce n'est pas tout à fait vrai, j'en ai peur.

Aiden leva un sourcil en signe d'interrogation alors que plusieurs têtes se tournèrent vers le membre du Conseil qui parlait.

— Comme vous le savez tous, tous ceux qui siègent dans ce Conseil sont au courant de toute mission qui est distribuée. Chacun d'entre nous aurait pu savoir où se trouvait ta protégée. Est-ce que tu nous traites aussi de traîtres ?

— Non, bien sûr que non ! s'empressa-t-il de répondre.

— Alors tu pourrais accorder la même courtoisie à ton collègue Gardien Hamish. Il peut y avoir une myriade de raisons pour lesquelles il a disparu. Il a peut-être été capturé.

— Depuis quand les agresseurs plient-ils les vêtements qu'ils dépouillent de leurs victimes ? grommela Aiden tout bas.

Seul Hamish lui-même prenait autant soin de ses vêtements de marque adorés.

Cinead fit un signe de tête à Ian.

— Nous allons envoyer des Gardiens à sa recherche.

Il fit un signe de la main en direction de Geoffrey.

— Peux-tu prévenir les *emissarii* ? Ils pourront peut-être nous aider.

Ce dernier acquiesça de la tête.

— Je veux faire partie de l'équipe de recherche, demanda Aiden.

— Je ne crois pas que ce soit judicieux. Tu es trop impliqué émotion-nellement, objecta Cinead.

Aiden lança un regard suppliant au chef du Conseil.

— Primus, j'en appelle à toi.

Le lent tremblement de sa tête réduisit à néant tout espoir d'atteindre Hamish avant tout le monde et de lui arracher la vérité.

— Père, je t'en conjure, insista-t-il, espérant qu'en soulignant le fait qu'il n'était pas seulement son Primus, mais surtout son père, il parviendrait à le raisonner.

Son père et lui échangèrent un long regard. Les cheveux noirs de l'homme plus âgé laissaient apparaître quelques mèches d'argent disséminées çà et là, et son visage anguleux était plein de rides du sourire. Des yeux bruns l'étudièrent sous des cils sombres. Aiden savait qu'il avait hérité de nombreux traits de son père, et côte à côte, beaucoup les auraient crus frères plutôt que père et fils.

Comme tous les Gardiens de la Nuit, son père ne vieillissait que très peu par rapport aux humains. Alors que la progéniture des gardiens vieillissait de la même façon que les enfants humains, une fois qu'ils atteignaient leur vingt-cinquième anniversaire, leur vieillissement ralentissait à la vitesse d'un escargot. Même l'homme le plus âgé de leur espèce, un Gardien de la Nuit de plus de mille cinq cents ans, ressemblait à un homme d'une cinquantaine d'années. Le temps faisait du bien à leur espèce.

Finalement, Primus secoua la tête.

— J'ai bien peur, mon fils, que ce ne soit pas possible. On a besoin de toi ailleurs. Nous avons une mission à te confier.

5

———————

Dans son état de dissimulation, invisible pour tous, Aiden faisait les cent pas à l'extérieur des locaux d'Inter Pharma. Après avoir quitté la salle du conseil, il avait regardé le dossier contenant les détails de sa mission et l'avait lu d'un bout à l'autre. Il s'était fait une opinion sur cette affaire avant d'atteindre la dernière page, remettant secrètement en question la décision du Conseil. Au vu des détails exposés dans le rapport, il aurait décidé d'éliminer l'humaine en question. Ce serait le moyen le plus sûr et le seul fiable de s'assurer que les Démons n'aient pas accès à cette dangereuse drogue.

Cependant, lorsqu'il avait sorti la photo du Dr Cruickshank, qui avait été glissée dans une enveloppe et placée à l'arrière du dossier, ses tripes avaient instantanément fait une curieuse volte-face. Il s'attendait à ce qu'elle soit différente... plus âgée... et moins... belle. Mais ce n'était pas seulement sa beauté qui avait créé une telle réaction physique en lui. C'était le regard déterminé dans ses yeux que la caméra avait réussi à capturer. Ce qu'il y lisait l'attirait par-dessus tout : la force. Une femme humaine forte et déterminée, pas faible et impressionnable, pas facilement séduite. Serait-elle assez forte pour résister aux Démons une fois qu'ils l'auraient trouvée ?

Il se retourna, agacé contre lui-même d'avoir laissé une photo le faire vaciller dans sa conviction. Ce à quoi elle ressemblait n'avait pas d'importance. Cela n'influencerait en rien la façon dont il la traiterait : avec un professionnalisme absolu. Comme il l'avait fait pour tous les autres. Et s'il s'avérait nécessaire de la tuer, il n'hésiterait pas.

Le regard d'Aiden dériva le long de la rue. Le quartier était un mélange de bâtiments résidentiels et commerciaux. Les magasins avaient fermé depuis longtemps, mais quelques restaurants situés plus loin dans la rue étaient encore ouverts. Certaines fenêtres des immeubles de bureaux voisins étaient éclairées, et dans les immeubles d'habitation, il voyait des gens vaquer à leurs occupations, préparer le dîner, regarder la télévision. Il se sentait toujours comme un voleur lorsqu'il observait les autres de la sorte. Pourtant, c'était devenu une seconde nature. Tous les Gardiens de la Nuit le faisaient.

La curiosité avait toujours été l'un de ses traits de caractère. Dès le début de sa formation, il avait aimé observer les humains, voir comment ils vivaient. À bien des égards, c'était si différent de sa propre vie consacrée au devoir et au service des autres. Dans les appartements qu'il contemplait, les gens aimaient et vivaient. Ils élevaient des enfants, avaient des carrières, partageaient des rires et des larmes. Et un jour, ils mouraient. Un étrange désir l'envahissait chaque fois qu'il pensait à leur vie.

Bien que sa vie au sein du bastion lui permette de bénéficier du même confort que les humains, elle y était très différente. Pour commencer, il passait très peu de temps dans le bastion, et il était rare que tous les habitants s'y trouvent en même temps. L'un ou l'autre était toujours en mission. Les anniversaires n'étaient pas célébrés, ni Noël, ni Pâques, ni aucune autre fête. Chaque jour était le même. Il n'y avait pas de week-end où les gens se détendaient et décompressaient. Les Démons ne se reposaient pas le samedi ou le dimanche, et les Gardiens de la Nuit non plus. Le danger était toujours latent. Ils ne dormaient jamais.

Aiden arracha son regard de l'immeuble d'habitation et continua à arpenter les environs. Peu de voitures passaient. Un bus s'arrêta dans le pâté de maisons suivant, déposant une femme avec un enfant en bas âge.

Au loin, une porte se ferma et une autre s'ouvrit. Les bruits normaux d'un quartier.

Mais ses sens n'étaient que partiellement concentrés, ses pensées retournant à sa nouvelle protégée, Leila. Il la suivrait chez elle ce soir et évaluerait les endroits où elle serait la plus vulnérable à une attaque des Démons. Non pas qu'il croyait qu'ils lanceraient une attaque pure et simple : ils voulaient ce qu'elle avait, la drogue. Il était plus probable qu'ils trouvent quelque chose dans sa vie pour négocier avec elle.

Des bruits de pas et de voix lointaines, portés jusqu'à lui par ses sens surnaturels, lui firent tourner la tête vers le bâtiment qu'occupait Inter Pharma. À travers les fenêtres du sol au plafond qui encerclaient le hall d'entrée, il vit Leila traverser vers la porte, échangeant quelques mots aimables avec le veilleur de nuit. La photo qu'on lui avait donnée ne lui rendait pas justice. En réalité, elle était encore plus ravissante que sur l'image en noir et blanc. Son estomac se crispa à sa vue, provoquant une réaction viscérale à laquelle il n'était pas habitué lorsqu'il s'agissait d'une protégée. Elle était si différente de toutes les autres personnes qu'il avait eu à protéger.

Aiden attribua sa réaction au fait que cette femme était extrêmement dangereuse : si les Démons parvenaient un jour à la séduire pour la faire passer de leur côté, ils auraient une brillante scientifique à leur service. C'était ce qu'il avait compris en lisant le dossier sur elle. Qui savait quels autres petits sérums elle pourrait inventer, peut-être un qui rendrait les Gardiens de la Nuit impuissants ? Oui, se raisonna-t-il, ce qu'il ressentait dans ses tripes à présent avait tout à voir avec le fait de savoir qu'un esprit aussi brillant que le sien était piégé dans un corps humain qui finirait par succomber aux Démons, car malgré la force qu'il avait vue dans ses yeux, elle ne serait jamais assez forte pour leur résister.

Et sa réaction à son égard n'avait absolument rien à voir avec le fait qu'il la trouvait plus enivrante que toutes les femmes qu'il avait jamais rencontrées.

Leila sourit à l'agent de sécurité avant de sortir dans l'air vif de la nuit. On était en septembre, mais la journée avait été couverte et il faisait plus froid que la normale pour la saison. Elle tourna à gauche et descendit le pâté de maisons.

Aiden la suivit, toujours dissimulé, et conscient que même si son corps était invisible, on pouvait toujours l'entendre. Sa respiration, ses pas, rien de tout cela ne pouvait être camouflé par son don. C'était l'une des raisons pour lesquelles lui et tous ses collègues Gardiens de la Nuit portaient des chaussures à semelles souples spécialement conçues lorsqu'ils étaient en mission. Elles absorbaient presque tous les sons de ses pas sur le pavé. De plus, il avait appris à marcher légèrement comme un chat, ou comme un voleur. S'il restait suffisamment en retrait, sa protégée ne le remarquerait jamais.

Pourtant, il rompit le protocole et s'approcha, marchant à peine derrière elle, assez près pour la toucher s'il le désirait. Une légère odeur de rose l'entourait. Elle était si exquise qu'elle lui fit oublier un instant la raison de sa présence.

Elle portait une veste courte par-dessus son chemisier. Son derrière délectable, enfermé dans un pantalon de tailleur, se balançait d'un côté et de l'autre dans un rythme excitant qui pourrait rendre n'importe quel homme mou dans la tête et dur à d'autres endroits. Ses cheveux étaient retenus par une queue de cheval serrée, et il se demandait ce que cela ferait de les libérer de leur entrave et d'y enfouir son visage. S'imprégner de son parfum, sentir la douceur soyeuse de ses cheveux, tout cela pendant qu'elle se tordait sous lui dans une extase évidente.

Il expira brusquement à cette pensée inattendue.

Un instant plus tard, Leila tournait sur ses talons. Il l'aurait percutée sans la vitesse surnaturelle dont son espèce était dotée. Il s'arrêta net et retint son souffle.

Ses yeux scrutèrent l'obscurité, des lignes de tension se formèrent sur son front, ses lèvres étaient légèrement entrouvertes. Il remarqua que le pouls de son cou se contractait. Elle fouilla dans son sac à bandoulière, serrant visiblement quelque chose dans son poing. Un couteau ? Un pistolet ? Mais elle ne le sortit pas, ses yeux et son visage se détendirent lentement tandis qu'elle scrutait les alentours. Ses épaules s'affaissèrent et elle fit demi-tour, continuant dans la même direction qu'auparavant.

Aiden recommença à respirer. Il valait mieux ne pas se concentrer sur le corps séduisant de Leila, sinon des incidents comme celui-ci continueraient à se produire. Et la prochaine fois, elle pourrait se cogner contre lui et se rendre compte que quelque chose n'allait pas. Il ne pouvait pas prendre ce risque, même si cela ne le dérangerait pas de savoir ce que son corps ressentirait une fois pressé contre le sien, et de sentir ses courbes se plier à ses muscles durs.

Merde, pourquoi se concentrait-il sur cela plutôt que sur le fait qu'elle représentait un danger pour l'humanité ? Il n'était pas affamé de sexe au point d'oublier que s'engager avec une protégée ne ferait qu'engendrer de nombreux problèmes. Il avait plus de contrôle que ça !

Ses yeux retombèrent sur ces courbes qu'elle exhibait si innocemment devant lui sans même savoir ce qu'elle faisait. Réduirait-elle le balancement de ses hanches si elle savait l'effet que ces mouvements avaient sur lui ? Ou continuerait-elle à le narguer avec son corps de pécheresse ? Car c'était bien de cela qu'il s'agissait.

Un éclair de lumière lui fit soudain détourner la tête de son derrière. Avec horreur, il vit une voiture foncer sur elle à l'intersection qu'elle venait d'atteindre. S'apprêtant à s'engager sur le passage piéton, Leila fit un bond en arrière mais son talon se prit dans un collecteur d'eaux pluviales.

Aiden s'élança en avant, la saisit et l'arracha de la trajectoire du véhicule hors de contrôle. Perdant l'équilibre, il dégringola sur le trottoir, roulant dans l'embrasure d'une boutique avec Leila dans les bras. Son cœur battit la chamade dans sa poitrine et son instinct se mit en marche, se rendant visible en une fraction de seconde. Le cri surpris de Leila fut étouffé contre son manteau.

— Vous allez bien ? réussit-il à dire en reprenant son souffle et en essayant de s'asseoir sans la lâcher.

Cet incident comptait clairement comme une urgence, et se révéler à elle était donc nécessaire. Cela ne signifiait pas qu'elle devait savoir qui il était. Elle n'aurait jamais besoin d'apprendre qu'il n'était pas humain et qu'il possédait des pouvoirs qui l'effraieraient au plus haut point. Il valait mieux qu'elle ne le sache pas, car il ne savait pas comment elle réagirait.

Leila semblait hébétée et ne fit aucune tentative pour se libérer de son étreinte. Son corps si proche du sien était enivrant. Elle avait l'odeur d'un fruit mûr prêt à être récolté, ses courbes présentant la combinaison parfaite de douceur souple et de solide détermination. Il savoura le moment, tout en sachant qu'une fois qu'elle aurait récupéré, elle le repousserait. Après tout, il était un étranger, il faisait nuit et il y avait peu de personnes aux alentours. L'instinct lui dirait d'être prudente, malgré le fait qu'il l'ait sauvée de l'écrasement par une voiture.

Aiden jeta un coup d'œil vers l'intersection, mais la voiture ne s'était même pas arrêtée. Un conducteur ivre, très probablement. Néanmoins, il ne pouvait pas se défaire de l'idée que ce n'était pas une coïncidence. Il avait cessé depuis longtemps de croire aux choses qui arrivent au hasard.

— Je vais bien, marmonna-t-elle, sa main poussant contre lui pour se stabiliser.

Lorsqu'elle réussit à s'asseoir et à relever la tête, elle le regarda, l'évaluant comme pour savoir si elle pouvait lui faire confiance.

— Merci. Je n'ai pas vu... la voiture a grillé un feu rouge.

Il acquiesça.

— Je suis content d'avoir été là.

— Je ne vous ai pas vu, dit-elle, la voix teintée de prudence alors qu'elle s'éloignait maintenant de lui. Il n'y avait personne derrière moi. Je vous aurais entendu.

Humaine perspicace.

— J'étais juste en train de traverser depuis là-bas. Les phares de la voiture vous ont probablement aveuglé, alors vous ne m'avez pas vu.

Il se leva lentement et lui tendit la main.

Leila lui jeta un regard dubitatif.

— Merci.

Elle fit un mouvement pour se lever, déclinant sa main, mais au moment où son pied droit toucha le sol, son genou se déforma et elle poussa un cri de douleur.

Aiden n'hésita pas et la soutint en passant un bras autour de sa taille, la faisant s'appuyer contre lui. La chaleur de son corps s'infiltra dans le sien, enflammant instantanément ses cellules.

— Accrochez-vous à mes épaules, lui ordonna-t-il en s'accroupissant.

Ses mains élégantes s'enfoncèrent dans ses épaules.

Il tendit la main vers son pied.

— Je vais vérifier s'il n'est pas cassé, d'accord ?

— D'accord, chuchota-t-elle.

Lentement, il caressa sa cheville et testa l'amplitude de ses mouvements. Elle grimaça immédiatement.

— Aïe !

— Je suis désolé. Ça ne prendra qu'une seconde , lui assura-t-il en laissant ses sens surnaturels pénétrer sa peau et atteindre l'os.

Il était intact. Il n'y avait pas de fracture, simplement une entorse. Soulagé, il expira.

— Ce n'est pas cassé.

— Comment le savez-vous ? Vous êtes médecin ?

Les yeux emplis de curiosité, Leila le regarda de haut en bas.

Aiden relâcha son pied et se leva en veillant à continuer à supporter son poids.

— Non, je ne suis pas médecin. Mais votre cheville n'a qu'une entorse. Vous avez beaucoup de chance.

— Merci encore.

— Vous devriez mettre de la glace dessus tout de suite.

— Je ferai ça quand je rentrerai à la maison.

— Non, je veux dire tout de suite. Même un retard d'une demi-heure peut aggraver la situation.

Il pointa du doigt le bout du pâté de maisons où les lumières d'un pub irlandais scintillaient d'une manière attrayante.

— Ils devraient avoir de la glace là-bas.

Qu'est-ce qu'il était en train de faire ? Il ne devrait pas s'engager plus qu'il ne l'avait déjà fait avec elle. S'il était intelligent, il la quitterait tout de suite. Mais apparemment, ce soir, son esprit était occupé par d'autres choses, le désir étant l'une d'entre elles, le besoin inexplicable d'apprendre à la connaître en étant une autre.

— Ce ne sera pas nécessaire. Je prendrai juste un taxi pour me ramener à la maison.

Il jeta un coup d'œil en haut et en bas de la rue.

— Vous ne trouverez pas de taxi par ici à cette heure de la nuit. Nous pouvons en appeler un depuis le pub – après que vous ayez mis de la glace sur votre cheville.

Et remercié votre sauveteur.

Il imaginait très bien le type de remerciement qu'il préférait : un baiser de la part de ces lèvres pulpeuses. Cette pensée le bouleversa. Il n'avait jamais espéré de gratitude de la part de ses protégées, peu importe le nombre de fois où il leur avait sauvé la vie. C'était ce qu'il faisait, ce qu'il était appelé à faire. Il ne s'attendait pas à être payé, de quelque manière que ce soit.

— D'accord, je pense que je peux marcher jusque-là, concéda finalement Leila.

— Marcher ?

Il secoua la tête. Pas tant qu'il serait là pour lui donner un coup de main.

— Je ne pense pas que tu devrais marcher.

Le tutoiement lui était venu naturellement et elle ne le reprit pas, heureusement.

Ignorant ses protestations, il la souleva dans ses bras et se dirigea à grands pas vers le pub.

— Mais...

Lorsqu'il plongea son regard dans ses yeux bleu océan, ses paupières papillonnèrent soudain, et elle les abaissa rapidement. Le rouge envahit ses joues.

À chaque pas, son corps se frottait au sien, et malgré les vêtements qui les séparaient, il sentait une poussée d'excitation le traverser. Le contact était intense et réel, mais la récompense torturante, comme en témoignait le bourrelet dans son jean.

Il remarqua qu'elle étudiait son cou et les muscles qui fléchissaient sous son T-shirt moulant. Il sembla qu'elle ne voulait pas lever les yeux pour scruter son visage ouvertement. Non pas que cela le dérangerait qu'elle l'étudie. D'ailleurs, il lui semblait que rien de ce qu'elle pourrait faire ne pourrait le déranger.

Du pied, Aiden poussa la porte du pub et fut heureux de constater qu'il était à moitié vide. Ignorant les regards inquisiteurs des quelques clients, il installa Leila sur un banc près de la fenêtre et y posa sa jambe.

— Reste ici, je vais chercher de la glace, indiqua-t-il en se dirigeant vers le bar.

Le barman regarda d'abord Aiden, puis derrière lui.

— Quelque chose ne va pas ?

— Mon amie s'est tordu la cheville. Pouvez-vous me donner de la glace pilée et un torchon propre ? demanda-t-il en posant deux billets de vingt dollars sur le comptoir. Et deux Jamesons, sans glace.

— Ouaip, les femmes et leurs talons, répondit-il en prenant une serviette derrière lui et en la remplissant de glace.

— Ses talons ne sont pas à blâmer. Une voiture a grillé un feu rouge et a failli la tuer.

Il frissonna lorsque les mots quittèrent ses lèvres.

— Putain de conducteurs ivres, siffla le barman. Je vais vous dire une chose, quand je vois un de mes habitués qui a trop bu, je lui confisque ses clés de voiture. Peu importe s'ils me maudissent pour ça.

Il lui tendit la serviette.

— Tenez. Je vais apporter les Jamesons à votre table.

— Merci.

Aiden prit la serviette remplie de glace et revint vers sa protégée qui était assise bien droite, adossée au mur lambrissé, la jambe tendue sur le banc. Il s'accroupit à ses pieds.

— Cela devrait te permettre de te sentir bientôt beaucoup mieux.

Il roula la serviette en un long tube et l'enroula autour de sa cheville, en la nouant aux extrémités pour qu'elle tienne en place. Lorsqu'il releva la tête, son regard se heurta au sien.

— Tu as déjà fait ça avant, dit-elle d'un air approbateur.

Il lui fit un clin d'œil.

— J'avais l'habitude de me retrouver dans beaucoup d'embrouilles quand j'étais plus jeune.

Les enfants Gardiens de la Nuit ne guérissaient pas automatiquement comme les adultes Gardiens. Ils avaient besoin d'être soignés de la même manière que les enfants humains. Ils étaient cependant immunisés contre les maladies humaines telles que la rougeole et les oreillons, mais les os cassés, les coupures et les ecchymoses laissaient leur marque de la même façon que sur les enfants mortels.

— Voici vos deux Jameson, annonça le barman en posant deux verres au liquide ambré sur la petite table à côté d'eux. À la vôtre !

Aiden lui fit un signe de tête puis se retourna vers Leila, en lui montrant le whisky.

— Pour faire partir le choc.

6
***

Leila prit le verre que lui tendait son sauveteur et hésita. Était-ce une bonne décision ? Elle était un poids plume en matière d'alcool, et cet homme était un parfait inconnu. *Un très bel inconnu,* corrigea-t-elle. Un homme qui lui avait sauvé la vie, à ce qu'il semblait. S'il ne l'avait pas attrapée si rapidement, la voiture l'aurait percutée de plein fouet et elle aurait fait la une des journaux de demain. *Une chercheuse prometteuse tuée dans un accident avec délit de fuite.* Elle frémit intérieurement.

Elle avait peut-être besoin d'un verre maintenant que la réalité la rattrapait.

— Je m'appelle Aiden, déclara le beau gosse.

Un nom qui lui allait bien.

— Leila.

Il fit tinter son verre avec le sien.

— Buvons à la chance, Leila ?

— À la chance.

Elle but une gorgée du whisky. À mesure qu'il se frayait un chemin dans sa gorge, sa peau commença à se réchauffer, mais ce n'était pas désagréable. La chaleur se répandit dans son corps, la faisant instantanément se sentir mieux malgré sa cheville lancinante.

Lorsqu'elle se pencha vers la table pour poser son verre, Aiden le lui prit, ses doigts frôlant les siens au passage. Elle s'aperçut qu'il la regardait en même temps. Son regard était intense, ses yeux sombres semblaient encore plus foncés que lorsqu'il était revenu du bar avec la serviette à la main. C'était étrange que la couleur des yeux d'une personne puisse changer comme ça.

En même temps, elle était incapable de rompre le contact. Sa bouche devint sèche lorsque son regard se posa sur ses lèvres entrouvertes. Elle n'avait jamais été aussi consciente de la proximité d'une autre personne. Il était juste là, et pourtant trop loin pour qu'elle puisse le toucher, alors qu'il pouvait à tout moment poser sa main sur sa jambe s'il le voulait. Le ferait-il ? Elle se débarrassa de cette pensée incongrue. Qu'est-ce qui n'allait pas chez elle ? De toute évidence, le choc d'avoir failli se faire écraser par une voiture lui avait brouillé l'esprit. Sinon, pourquoi fantasmerait-elle soudainement sur le fait d'embrasser un inconnu ?

Et pourquoi son cœur battait-il plus vite, sa poitrine se soulevait-elle et sa langue sortait-elle pour humecter ses lèvres sèches ? Comme si elle s'attendait à goûter à une friandise appétissante. Son estomac se serra de concert avec sa respiration haletante, s'attendant lui aussi à quelque chose de délicieux. Ses paumes étaient moites, mais elle s'abstint de les essuyer sur son pantalon, ne voulant pas attirer l'attention sur leur réaction qui trahissait son état. Si elle ne se connaissait pas mieux, elle dirait qu'elle se comportait comme une lycéenne qui venait de voir le quarterback de son équipe de football sortir des vestiaires avec rien d'autre qu'une serviette enroulée autour de ses hanches.

Aiden était entièrement habillé, pourtant il lui faisait le même effet. La réaction qu'elle avait face à lui était inhabituelle pour elle. Elle n'avait jamais été du genre à trouver un intérêt à une aventure d'un soir, mais avec cet homme, elle n'hésiterait pas à abandonner sa prudence habituelle, juste pour cette fois.

— Merci encore, dit-elle rapidement, ne voulant pas que le silence entre eux s'étire encore plus et se transforme en gêne.

C'était déjà assez pénible qu'elle bave sur lui. Comme si elle n'était jamais sortie avec un bel homme.

Un bel homme ? Dis plutôt sinistrement magnifique, modifia-t-elle intérieurement.

Ses cheveux noirs étaient courts et raides. À vue de nez, ils étaient épais, et elle était sûre de pouvoir confirmer son hypothèse si seulement elle pouvait y passer ses doigts. Peut-être qu'en même temps, elle pourrait tester la douceur de ses lèvres et savoir quelles sensations l'envahiraient en frottant ses doigts sur la cicatrice au-dessus de son front ou sur la barbe qui ornait son menton.

— On dirait que tu as retrouvé tes couleurs.

Il jeta un coup d'œil sur ses joues, et elle réalisa à quel point elle était rouge. Est-ce qu'elle rougissait ? À son âge, elle aurait dû avoir dépassé ce genre de réactions immatures, mais un coup d'œil rapide pour capter son reflet dans la fenêtre lui révéla que son visage était effectivement un peu rouge.

Elle trouva très vite un bouc émissaire et n'eut aucun mal à désigner un coupable : le whisky. Leila pointa le verre posé sur la table.

— Je n'ai pas l'habitude.

— J'aurais dû te demander si tu voulais autre chose, mais vu le choc, je me suis dit que le whisky ferait l'affaire. Ça m'aide toujours.

Aiden but une gorgée de son verre en savourant visiblement le goût avant d'avaler.

— Oui, le choc, convint Leila en toute hâte.

Sa main tremblait encore lorsqu'elle lissa derrière son oreille une mèche de cheveux qui s'était détachée de sa queue de cheval, mais elle se sentait déjà mieux. La glace avait un effet anesthésiant sur sa cheville. Malheureusement, la beauté de son compagnon avait réduit son cerveau à ne produire que des phrases simples et courtes. Elle ne pouvait pas permettre que cela continue. C'était ridicule. Elle était médecin, une femme intelligente et plus que capable de parler à un bel homme avec des phrases complexes. Elle devait juste se ressaisir, retrouver sa confiance habituelle.

— Je travaillais tard, marmonna-t-elle puis se racla la gorge pour donner plus de force à sa voix.

Cela fonctionna.

— Je travaille tard la plupart du temps.

Qu'est-ce qu'elle pourrait faire d'autre ? Elle n'avait pratiquement aucune vie sociale.

“Tu ne devrais pas rentrer seule chez toi le soir. Il peut se passer toutes sortes de choses.”

Elle haussa les épaules, surprise par l'air soucieux qu'il arborait.

— Je ne faisais que parcourir les quelques pâtés de maisons qui mènent au métro.

— Le prochain métro est à cinq pâtés de maisons d'ici – cinq *longs* pâtés de maisons *assez déserts*, si je puis me permettre.

Il fit claquer sa langue.

— C'est risqué.

— Je ne suis pas inquiète. Je suis armée.

Elle avait grandi en ville et savait qu'il valait mieux prévenir que guérir.

Il leva un sourcil surpris.

— Un pistolet ?

Elle fouilla dans son sac en bandoulière et en sortit une arme de choix, qu'elle brandit triomphalement.

— Du gaz lacrymogène.

Mais Aiden ne sembla pas impressionné, secouant la tête en signe de désapprobation apparente.

— Tu sais à quel point il est facile pour un homme qui sait ce qu'il fait de t'arracher ça de la main et de l'utiliser contre toi ?

Elle lui fit signe de s'éloigner.

— Je sais comment l'utiliser.

Elle avait le spray sur elle depuis des années.

— Vraiment ?

Il y avait une étrange lueur dans ses yeux lorsqu'il fit un mouvement brusque. Avant qu'elle ne puisse réagir, il lui arracha le gaz lacrymogène des mains et la brandit.

Le choc la traversa et, du coin de l'œil, elle vit le barman s'arrêter en plein mouvement. Un sentiment de panique s'empara d'elle, même s'il y avait d'autres personnes dans le bar.

— Tu vois ? demanda Aiden. Tu vois comme il m'a été facile de te désarmer ?

Le cœur encore battant, elle le fixa avec des yeux écarquillés. Cela ne faisait pas partie de sa liste de prédictibilité.

— Mais... mais je n'étais pas préparée ici. Nous sommes dans un bar.

Il secoua la tête et remit la bombe de gaz lacrymogène dans sa main.

— Ça peut arriver n'importe où. Tu devrais toujours être prête.

Sa voix contenait une forte dose d'insistance, comme s'il voulait s'assurer qu'elle n'oublie pas la leçon qu'il lui avait apprise.

Elle avait toujours pensé qu'elle était préparée, mais cet étranger venait de lui prouver qu'elle était loin de pouvoir faire face à l'imprévu. Elle se mit en tête de travailler sur ce point, mais elle ne savait pas exactement comment.

— Tu avais un avantage parce que je te l'ai montré.

Elle ressentit le besoin de se défendre, ne voulant pas passer pour une femme faible qui avait besoin de la protection d'un homme. Surtout pas devant Aiden. Lorsqu'elle le regardait, elle ressentait l'étrange besoin de lui montrer qu'elle était forte, qu'elle n'avait besoin de personne – comme pour lui prouver quelque chose, même si elle ne savait pas quoi.

Il sourit et posa sa main sur la sienne. Instinctivement, elle resserra ses doigts autour de la bombe.

Aiden hocha la tête d'un air approbateur.

— C'est bien, tu es en train d'apprendre. Parce que n'importe qui peut être un agresseur.

— Même toi ? Même si tu m'as sauvée la vie ?

Elle n'avait aucune idée de la raison pour laquelle elle lui demandait cela, ses lèvres formant des mots sans sa permission.

Il lui serra brièvement la main, puis rompit le contact, un air étrange sur le visage.

— Tu n'as rien à craindre de moi.

Leila releva le menton.

— Alors, tu me dis que je peux te faire confiance ?

Pouvait-elle lui faire confiance ? Ou se laissait-elle berner par son beau visage ?

Il se pencha plus près d'elle et attrapa sa main libre. Ses yeux la pénétrèrent comme s'il essayait de voir au plus profond d'elle. Lorsque ses lèvres s'écartèrent, ce ne fut que pour murmurer si doucement qu'elle l'entendit à peine :

— Peut-être que tu ne devrais pas.

Puis il tira sa main jusqu'à ses lèvres et déposa un baiser sur le dos de la main. Lorsqu'il la relâcha, un sourire se dessina sur ses lèvres. En réponse, son ventre se mit à palpiter d'excitation. Maintenant, elle comprenait. Ce n'était qu'une blague. Il s'était juste moqué d'elle.

Elle inspira une bouffée d'air, soulagée. En expirant, un gloussement roula sur ses lèvres.

Il la dévisagea avec surprise.

— Qu'y a-t-il de si drôle ?

— Toi, tu essayais de me faire peur, mais tu n'arrivais pas à garder ton sérieux. Tu fais toujours ça pour charmer les femmes ?

— Je t'ai charmée ?

Elle préféra ne pas répondre à cette question.

Aiden fit un sourire en coin.

— Je suppose que tu m'as découvert.

Pendant un instant, elle put voir en lui le petit garçon qu'il avait dû être autrefois.

— L'intuition d'une femme ?

Elle pencha la tête sur le côté pour l'étudier.

— Peut-être.

Nerveusement, elle tendit à nouveau la main vers le verre, mais il anticipa son geste et le lui tendit. Lorsqu'elle but une nouvelle gorgée, une autre vague de chaleur se répandit dans son corps, mais elle ne savait pas si c'était l'alcool qui provoquait cette réaction ou le fait qu'il la fixait du regard. En retournant son regard intense, elle réalisa soudain qu'elle était en train de flirter avec lui. Tout ce qu'il y avait de féminin en elle s'épanouit en un instant.

— Et qu'y a-t-il d'autre à savoir sur toi ? demanda-t-elle avant que son courage ne l'abandonne.

— Je ne voudrais pas ennuyer une femme en parlant de moi.

— Alors, tu préfères rester mystérieux, riposta-t-elle.

— C'est ce que je suis pour toi, mystérieux ?

Ses cils s'abaissèrent légèrement, la chaleur illuminant ses yeux.

— Bon mystérieux ou mauvais mystérieux ?

Elle déglutit rapidement.

— Je n'ai pas encore décidé.

— Qu'est-ce qui t'aidera à prendre cette décision ?

— Il faudrait que j'en sache plus sur toi.

Il laissa échapper un rire franc.

— Cela va à l'encontre de l'objectif de rester mystérieux. Si je te dis tout sur moi, il n'y aura plus rien de mystérieux à mon sujet.

— Est-ce que ce serait si terrible ?

— Tu me trouverais ennuyeux et inintéressant.

Elle gloussa.

— J'en doute fort.

Elle s'arrêta un instant, ses yeux se posant soudain sur la cicatrice au-dessus de son sourcil. Elle la pointa du doigt.

— Dis-moi comment tu as eu cette cicatrice.

Il frotta son doigt dessus.

— Ça ? C'est vieux. J'étais un petit garçon.

— Et ?

Elle lui fit signe de continuer.

— Tu veux vraiment savoir ?

Leila acquiesça.

— Ma sœur jumelle et moi étions des petits diables. Nous étions toujours en train de vagabonder dans les bois, disparaissant pendant des heures. Nous rendions nos parents fous.

Elle sourit.

— Vous vous baladiez dans les bois ? Mes parents auraient été fous d'inquiétude.

Il sourit.

— Nous étions dix, et crois-moi, mes parents étaient contents d'avoir quelques heures pour eux. Ils avaient fort à faire avec nous.

— Je peux le croire, murmura-t-elle, remarquant l'excitation qui brillait dans les yeux d'Aiden.

Il prit un air faussement surpris.

— Ce n'était pas moi le problème ! C'était ma sœur qui l'était. C'était elle la sauvage.

— Bien sûr.

Leila gloussa silencieusement, appréciant qu'il revive les aventures de son enfance.

— J'ai entendu.

Il fit un clin d'œil.

— Julia a toujours pensé qu'elle pouvait faire n'importe quoi. Mais... elle a glissé et est tombée. Il y avait une grotte, et elle était suspendue, sur le point de tomber dedans.

— Oh mon Dieu, quelle était la profondeur de la grotte ?

— Elle était très profonde J'étais horrifié, mais j'ai réagi par instinct. Ma main a entouré son poignet, la retenant pendant que je m'arc-boutais contre une racine massive ancrée dans le sol. Je l'ai sortie de là, mais au moment où elle était en sécurité, la racine a craqué sous notre poids et m'a cogné. Elle a manqué mon œil de peu.

Leila laissa échapper un souffle.

— Tu as sauvé ta sœur.

Il acquiesça, un air triste traversant son visage.

— Cette fois-là, oui.

Puis il sourit, changeant de sujet.

— Alors, comment va ton pied ?

Elle le regarda.

— En fait, je n'y ai même pas pensé ces dernières minutes. Tu fais des miracles.

— Pas du tout.

— Merci de m'avoir aidée.

— C'est une journée normale.

Elle étudia son visage.

— Mais tu as dit que tu n'étais pas médecin.

— Je ne le suis pas.

Surprise qu'il n'ait pas pris l'initiative de parler de son travail, ce que la plupart des hommes aimaient, elle creusa davantage.

— Alors, si ce n'est pas de la médecine, qu'est-ce que tu fais ?

— Des trucs de sécurité.

— Tu veux dire comme un consultant en sécurité ?

— Pas exactement.

— Militaire ?

Mon Dieu, elle espérait que non.

Il hésita, comme s'il réfléchissait à ce qu'il devait lui dire.

— Si tu ne veux pas me le dire, c'est –

— Je suis garde du corps.

De leur propre fait, ses yeux parcoururent instantanément son corps. Oui, il était grand, et lorsqu'il l'avait portée, il avait semblé le faire sans effort. Elle avait senti ses muscles fléchir sous elle. Mais il n'était pas que muscle et force. Il était aussi rapide. La rapidité avec laquelle il l'avait attrapée et déplacée hors de la trajectoire de la voiture qui roulait à toute allure était irréelle.

L'excitation et la déception s'entrechoquaient en elle. C'était un homme avec un travail dangereux, quelqu'un de très différent d'elle-même, de sa vie ordonnée. Un homme avec lequel il ne fallait pas s'engager, même s'il était très sexy et qu'elle lui devait beaucoup. Elle n'avait pas besoin d'ajouter à sa vie une autre personne pour laquelle elle s'inquiéterait. Elle s'inquiétait déjà assez pour ses parents. Cela lui prenait toute son énergie. Il ne restait rien pour un homme qui serait parti pendant des jours et des jours, probablement sans un mot. Non, elle n'en serait jamais capable.

Le coup d'un soir qu'elle avait envisagé quelques minutes plus tôt perdit de son attrait. Elle ne voulait pas être tentée par plus qu'une aventure avec lui. Parce que si les choses se passaient bien, et si un coup d'un soir se transformait en deux nuits, une semaine ou un mois ? C'était pour cette même raison qu'elle ne sortait jamais avec un policier, un pompier ou un militaire. Un garde du corps faisait partie de la même catégorie.

Ce fut avec regret qu'elle laissa ses lèvres former ses mots suivants.

— Il se fait tard. Je devrais appeler un taxi.

Il sembla secoué par sa réponse pendant un moment. Puis il vida la dernière partie de sa boisson et regarda dans son verre.

— Je m'assurerai que tu rentres bien chez toi.

7

———————

iden insista pour attendre le taxi avec elle. Alors qu'il l'aidait à monter dans le véhicule, son humeur était morose.

Pourquoi cela le dérangeait-il que Leila ait soudainement écourté leur soirée improvisée ? Il aurait dû être soulagé. Mais après lui avoir parlé de Julia et de leurs aventures ensemble, il avait ressenti un étrange sentiment d'envie de s'ouvrir à elle, alors qu'il parlait rarement de sa sœur à qui que ce soit.

Pourquoi l'humeur de Leila avait-elle soudainement changé lorsqu'il lui avait dit qu'il était garde du corps, ce qui était assez proche de la vérité, il n'en avait aucune idée. Son rejet aurait dû lui convenir, mais pour une raison ou une autre, il n'aimait pas ça. Intellectuellement, il savait que plus il pouvait garder de distance entre elle et lui, mieux c'était pour tout le monde. Ils n'étaient pas amis, et elle ne devait jamais faire l'erreur de le considérer comme tel. Il ne devait pas non plus vouloir autre chose d'elle que sa docilité, afin de pouvoir la protéger. Fin de l'histoire.

Non, ce n'est que le début, insista sa voix intérieure tandis que les battements de son cœur s'accélèrent en signe d'assentiment.

Ne voulant pas que ses pensées aillent plus loin dans cette voie, il regarda le taxi disparaître au coin de la rue suivante et sortit son téléphone portable de sa poche. Il composa le numéro de Manus et commença à marcher dans la direction où sa voiture était garée.

— Oui, répondit immédiatement son second.

De tous les membres de son bastion, c'était malheureusement à Manus que ce rôle avait été assigné par le Conseil.

— J'ai besoin que tu vérifies une plaque d'immatriculation pour moi. Ma protégée a failli être écrasée par une voiture ce soir.

— Sans déconner.

— Ça pourrait être une coïncidence...

Manus renifla.

— Depuis quand crois-tu aux coïncidences ?

Manus avait raison. Il n'y croyait pas.

— Quel est le numéro de la plaque ?

Aiden le récita de mémoire.

— Je n'ai pas vu le dernier numéro. Il y avait de la saleté sur la plaque, qui l'a masquée.

Il n'avait eu qu'une fraction de seconde pour lire la plaque lorsque la voiture l'avait frôlé. Mais ses sens surnaturels en avaient tout de même capté une bonne partie.

— Quel genre de voiture était-ce ?

— Toyota, on aurait dit une Corolla.

Une voiture très commune, comme des millions d'autres.

— Donne-moi quelques heures. Je t'enverrai un texto pour te dire ce que j'ai trouvé.

— Bien, je vais chez Leila maintenant...

— Ah, c'est Leila maintenant. Intéressant.

La main d'Aiden se resserra autour de son téléphone, la colère l'envahissant.

— L'appartement du Dr Cruickshank, corrigea-t-il en serrant les dents.

— Comment est-elle ?

— Pas ton genre, riposta Aiden, ses poils se dressant une fois de plus.

Il gèlerait en enfer le jour où il permettrait à Manus de la protéger à sa place. Elle était sa mission. Sa responsabilité.

— Ah, donc c'est comme ça maintenant.

— De quoi tu parles, putain ?

— Tu la veux – Leila, c'est ça – pour toi, devina Manus.

— Foutaises ! Elle est ma protégée, c'est tout. Je n'ai pas d'aventure avec mes protégées. Il obéissait aux règles. Même si son corps voulait quelque chose de différent cette fois-ci. Quelque chose qui enfreindrait non seulement les règles des Gardiens de la Nuit, mais aussi son propre code d'éthique.

— Tu comprendras tout un jour, crois-moi.

— Fais juste ton travail !

Aiden raccrocha et regarda la ruelle sombre à l'entrée de laquelle il avait garé sa Ferrari noire. C'était le même type d'allée où, quelques jours plus tôt, il avait perdu une protégée. Se débarrassant de ce souvenir désagréable, il déverrouilla la voiture et se glissa dans le siège du conducteur.

Le moteur démarra quelques secondes plus tard, et la voiture fonça dans la rue. La circulation était faible, ce qui lui permit de se replonger facilement dans ses pensées, même s'il n'en avait pas envie.

Il les força à s'éloigner de Leila et à revenir à son meilleur ami. Meilleur ami ? Il n'avait plus de meilleur ami : Hamish était parti, à ce qu'il semblait séduit par le côté obscur des Démons. Est-ce que c'était ce qui s'était passé ? Était-il passé du côté du mal ? Si c'était vrai, alors la prochaine fois qu'ils se rencontreraient, ce pourrait être en tant qu'ennemis, entrechoquant leurs épées.

C'était une perspective macabre, qui, pendant un instant, noya même ses pensées pour Leila. Aiden sentit la lame qui était logée sur le côté de sa botte droite, une dague forgée pendant les Jours Sombres. Devrait-il un jour utiliser cette arme contre Hamish ? Il sentit son cœur se contracter douloureusement à cette idée, mais il ferait ce qu'il devrait.

En tant que Gardien de la Nuit, Hamish en savait trop. Il connaissait les portails qui reliaient tous les bastions entre eux. Comme des trous de ver, ils permettaient à leurs semblables d'entrer dans un portail d'un bastion et d'en ressortir, quelques secondes plus tard, dans une autre, même si elle se trouvait à des milliers de kilomètres de là. Les déplacements entre leurs forteresses devenaient ainsi un jeu d'enfant. Mais si jamais les Démons avaient vent de l'emplacement de leurs bastions et donc des portails, ils pourraient détruire les Gardiens de la Nuit de l'intérieur. Une perspective effrayante, et la raison pour laquelle aucun protégé n'était jamais autorisé à pénétrer à l'intérieur des murs d'un bastion, même s'il s'agissait de l'endroit le plus sûr pour eux.

Aiden arrêta la voiture en face du petit immeuble dans lequel vivait Leila. Son appartement était au deuxième étage et donnait sur la rue, ce qui permettait de l'observer facilement de l'extérieur. Les lumières de deux pièces, le salon et sa chambre, étaient allumées. Plus tôt, avant d'aller à Inter Pharma, il y était entré en passant par la porte verrouillée comme s'il était composé d'air, et l'avait inspecté. Il n'avait rien trouvé d'anormal, aucune trace d'activité Démoniaque, rien d'inhabituel.

Ses étagères étaient remplies de livres de médecine, sa table basse était jonchée de revues médicales et son réfrigérateur était vide. Il savait qu'Inter Pharma avait une cantine et il supposait qu'elle y mangeait plutôt que de cuisiner à la maison. L'appartement était bien rangé, mais il n'y avait pas les fioritures qu'il avait rencontrées chez d'autres femmes.

Son ouïe sensible capta le ping d'un micro-ondes, et quelques instants plus tard, il vit Leila revenir en boitant dans le salon, une assiette à la main.

Aiden tambourina ses doigts contre le volant, réfléchissant à l'opportunité de monter s'asseoir avec elle. Il savait que ce n'était pas nécessaire, car à la courte distance où il se trouvait, il n'avait aucun mal à la dissimuler avec son esprit. Elle serait invisible pour tout Démon se trouvant à proximité. Pourtant, quelque chose d'inexplicable lui donnait envie de se rapprocher.

La décision s'imposa à lui lorsqu'il entendit sonner à la porte de l'appartement de Leila et qu'il la vit se lever. Son regard se dirigea vers la porte d'entrée de l'immeuble, mais il n'y avait personne.

Il se catapulta de la voiture et traversa la rue à toute allure, franchissant la porte et montant les escaliers. Il tourna le coin après la première volée de marches et leva les yeux vers le palier suivant, juste au moment où Leila ouvrait la porte au jeune homme qui se tenait derrière.

— Salut, Jonathan, l'accueillit-elle avec un sourire fatigué, mais un sourire quand même.

Qui était ce type ? Son petit ami ? Aiden le jaugea rapidement : grande carrure, mince, cheveux blonds courts, les bras derrière le dos, des fossettes sur les joues quand il souriait. Et c'était ce qu'il faisait maintenant. Il lui souriait chaleureusement.

— Salut, Leila. J'ai entendu dire que tu rentrais à la maison. Je ne voulais pas te manquer.

Aiden remarqua la manière dont elle s'appuyait sur le montant de la porte, sa jambe blessée légèrement décollée du sol. Bon sang, ce type ne devrait pas la retenir. Ne voyait-il pas qu'elle était fatiguée et qu'elle avait besoin de se reposer ?

— J'allais justement me coucher...

Bien, il semblait qu'elle n'était pas d'humeur à parler à cet intrus.

Il porta ses mains à son front, et Aiden se mit instantanément en alerte, au cas où il s'apprêterait à la toucher. Pourtant, il tenait une boîte carrée d'une dizaine de centimètres de côté, enveloppée de papier coloré, un ruban et un nœud autour.

— Je voulais juste être le premier à t'offrir un cadeau d'anniversaire.

— Ohh, roucoula-t-elle. Tu n'aurais pas dû.

Mais elle lui prit quand même la boîte des mains.

Maintenant, va te faire voir, Aiden eut envie de grogner.

Jonathan leva le doigt.

— Mais tu n'as pas le droit de l'ouvrir avant demain. Ce n'est pas encore ton anniversaire.

Elle lui répondit par un sourire.

— Promis.

Puis elle fit une pause.

— Je t'inviterais bien à entrer, mais...

Non !

Aiden fit quelques pas vers eux pour s'interposer si nécessaire.

— Non, non, ne t'inquiète pas, je vois bien que tu es fatiguée. On passera du temps ensemble une autre fois.

Puis il se pencha vers elle et l'embrassa sur la joue.

— Joyeux anniversaire !

Dégage !

— Bonne nuit, Jonathan, et merci encore.

Elle se retourna et disparut dans son appartement. Aiden regarda Jonathan attendre que la porte se renferme derrière elle, puis monta une volée de marches. Cet abruti vivait donc dans le même immeuble. Ce n'était pas bon signe. Cela signifiait qu'il devait rester avec Leila jour et nuit, il n'y avait pas moyen de faire autrement. Il ne pouvait pas laisser ce type s'incruster facilement.

Il mit Jonathan sur sa liste mentale de personnes à vérifier. Pour ce qu'il en savait, ce type pouvait travailler pour les Démons. Il était clairement humain, mais cela ne voulait rien dire. Les Démons avaient beaucoup d'humains à leur service, des humains qui ne savaient même pas pour qui ils travaillaient.

Ce connard l'avait embrassée, seulement sur la joue, mais c'était tout de même un baiser. Leila n'avait pas eu l'air surprise non plus, comme s'il l'avait déjà fait. L'avait-il fait ?

Aiden baissa les yeux sur ses mains qui s'étaient serrées en poings, comme s'il voulait frapper quelqu'un, de préférence Jonathan. Qu'est-ce qui le rendait si agressif ?

Il savait qu'il ne pouvait pas mettre en péril cette mission et attirer l'attention sur lui, alors il se força à se détendre et à desserrer les poings. Si le conseil avait vent de son comportement erratique, il le prendrait à partie. Même son statut de fils de l'actuel Primus ne l'aiderait pas dans ce cas. Non pas qu'il l'ait déjà aidé : maintenant qu'il y pensait, il n'avait jamais reçu de traitement de faveur à cause de cela. Au contraire, il avait parfois l'impression d'être traité plus durement juste parce qu'il était le fils de Primus. Mais il s'en moquait. Peu importait ce qu'ils lui jetaient à la figure, il pouvait s'en charger.

Sans plus réfléchir, il entra dans l'appartement de Leila. Ce qui le poussait à agir, il ne se souciait pas de l'analyser.

8

———————

Aiden sentit l'excitation de Leila.

Elle avait pris une brève douche après avoir terminé son dîner, une douche qu'il s'était forcé à ne pas regarder. Il était déjà inexplicable qu'il la désire. La voir faire couler de l'eau chaude sur son corps nu aurait brisé son contrôle comme une brindille sur le chemin d'un troupeau d'éléphants. Le simple fait d'imaginer les perles d'eau ruisselant sur sa chair luxuriante lui donnait envie de plonger dans un lac gelé pour rafraîchir son corps enflammé.

Maintenant, elle était allongée dans son lit, nue, les couvertures poussées sur le côté.

Il jeta un coup d'œil sur son visage, mais ses yeux étaient fermés. Elle ne dormait pas encore et elle ne le ferait pas avant un moment, car il savait ce qui allait suivre. L'anticipation le faisait bander et il luttait contre la culpabilité qu'il sentait monter dans sa poitrine. Parce que ce qu'il était en train de faire était déshonorant. Il devrait lui laisser son intimité, mais il ne pouvait pas s'arracher à elle. Un homme meilleur aurait quitté sa chambre et serait allé dans le salon, d'où il l'aurait protégée. Peut-être était-il aussi dépravé que Manus. N'était-ce pas ce à quoi son second avait fait allusion quelques jours plus tôt ? Qu'avec la bonne femme, il ferait fi des règles du Conseil de la même façon que Manus ?

Ou peut-être que le *rasen* le contrôlait, malgré le fait qu'il luttait contre son influence.

Aiden laissa ses yeux affamés parcourir la forme nue de Leila : depuis son cou gracieux et la petite échancrure à la base de sa gorge, la peau d'albâtre s'étendait sur des muscles bien toniques, le long de ses biceps puissants jusqu'à ses poignets minces. Les courbes qui formaient sa poitrine pulpeuse étaient plus qu'attirantes. A cause de la chaleur qui régnait dans la pièce, les mamelons foncés qui trônaient sur des seins parfaitement ronds perlaient. Durs et exigeants, ils surmontaient de magnifiques monticules de chair et réclamaient à grands cris d'être caressés.

Lorsque son regard descendit, glissant dans la profonde vallée entre ses seins magnifiques, il saliva. Plus au sud, là où une voûte sombre gardait un trésor qu'il voulait goûter, son arôme lui parvenait plus intensément maintenant. Sans avoir à regarder, il savait qu'elle était mouillée à cet endroit. Si elle écartait les jambes, il verrait le miel sucré scintiller sur sa chair rosée.

À la jonction de ses cuisses, de solides jambes se rencontraient, des jambes qui pouvaient envelopper un homme et lui faire tout oublier. Ces jambes toniques pouvaient se croiser dans son dos et se resserrer pour qu'elle puisse l'attirer plus près d'elle pendant qu'il s'enfonçait en elle. Avec sa force, elle pouvait le forcer à aller plus loin, à la prendre plus fort, plus vite.

Aiden essuya les perles d'humidité sur son front, mais ne put prendre la profonde inspiration dont il avait besoin. Leila l'entendrait sinon. Seules des respirations superficielles entraient dans ses poumons, et elles ne faisaient rien pour atténuer la chaleur dans son corps ou calmer son cœur qui s'emballait. Tout ce qu'il pouvait faire, c'était l'admirer. Elle était parfaite, son corps était celui d'une déesse.

Lorsque ses mains bougèrent, il écarta ses cuisses, donnant à son appendice toujours plus grand plus d'espace entre ses jambes. Cela lui fit l'effet d'une libération, mais il n'eut pas le temps d'en profiter, car les mains de Leila étaient maintenant sur ses seins.

Par des mouvements langoureux, elle les massa lentement, ses doigts encerclant ses mamelons durs. Ils semblèrent encore plus durs qu'avant. S'il pouvait passer sa langue chaude dessus, il pourrait savoir exactement à quel point ils étaient durs.

Non ! Il ne devrait pas penser à cela. Il devrait quitter la pièce maintenant, lui donner l'intimité qu'elle méritait et cesser de regarder ce qu'il n'avait pas le droit de voir. Mais il avait beau ordonner à ses jambes de se diriger vers la porte, elles restèrent figées là où elles étaient. Il n'avait aucun contrôle sur son corps. Comme si quelque chose ou quelqu'un le contrôlait. Était-ce le *rasen* qui avait pris possession de son corps, ou simplement le désir qu'il éprouvait pour elle ? Un désir si déraisonnable et pourtant si puissant qu'il ne sut pas comment le combattre. Ce n'était pas lui : il n'était pas homme à rechercher ce genre de frissons interdits. Au contraire : il était fier de son honneur, de son éthique et du détachement émotionnel avec lequel il traitait ses protégés. Pourquoi ne pourrait-il pas faire de même avec Leila ?

Il essaya à nouveau de faire bouger ses jambes vers la porte, mais son ordre silencieux resta sans réponse.

Au lieu de cela, il se retourna vers elle. Ses lèvres s'écartèrent et elle poussa un doux soupir, comme si elle avait attendu un moment pour faire ça. Se touchait-elle ainsi tous les soirs ? Est-ce que c'était ce qu'elle faisait pour évacuer le stress de son travail ? Et en tant que son protecteur, serait-il tenté d'assister à cela nuit après nuit ? Devrait-il subir cette torture tous les soirs, où une partie de lui le poussait à lui accorder son intimité, et l'autre le forçait à regarder ?

Lorsqu'elle se titilla les tétons, elle gémit de nouveau, plus fort cette fois. Au même moment, ses jambes s'ouvrirent et pour la première fois, il vit la chair rose qui s'y cachait. Le petit faisceau lumineux d'un réverbère qui pénétrait dans la pièce par dessous les rideaux suffisait à éclairer ce qu'il voulait voir, et sa vision nocturne supérieure faisait le reste.

Aiden se rapprocha d'un pas instinctif, incapable de s'arracher à la vue alléchante. L'odeur s'intensifiait à mesure qu'il s'approchait, et cela ne faisait qu'attiser sa faim. C'était comme si elle le droguait avec son arôme.

Avec une fascination ravie, il regarda sa main descendre sur son ventre et se glisser entre ses jambes, tandis que son autre main continuait à pétrir son sein.

Son corps se tordait et fléchissait à chaque mouvement de ses doigts, tandis que ses gémissements coupaient le silence par courts intervalles. Lorsque sa deuxième main rejoignit la première, elle écarta les jambes encore plus, lui offrant une vue qui le catapulta presque au bord du gouffre. Elle plongea un doigt dans son canal luisant tandis que son pouce caressait le paquet de chair engorgé à la base de ses boucles.

Ses doux soupirs et gémissements emplissaient la pièce, et il ferma les yeux un instant, choqué par l'intensité des émotions qui le submergeaient. Ce n'était pas la première fois qu'il voyait une femme se donner du plaisir, mais c'était la première fois que cela l'excitait au point de lui faire mal. Garder le contrôle n'avait jamais été aussi difficile. Mais il ne pouvait pas se permettre que cela agisse sur son désir. Elle était sous sa responsabilité, se rappela-t-il. Il devrait quitter la pièce maintenant et oublier ce qu'il avait vu.

Le rythme de Leila s'accéléra, et il put sentir que sa respiration se transformait en courtes rafales.

— Oh, Aiden, murmura-t-elle de façon inattendue.

Ses mots firent s'arrêter son cœur alors qu'une onde de choc se propageait dans son corps.

Savait-elle qu'il était là ?

Son regard se porta sur son visage, mais les yeux de Leila étaient fermés et elle était trop absorbée par ses propres émotions pour le sentir. Mais si elle ne savait pas qu'il était dans sa chambre, alors pourquoi avait-elle prononcé son nom ? Avait-il mal entendu parce qu'il voulait tellement qu'elle pense à lui, qu'elle crie son nom en jouissant ?

— Aiden, chuchota-t-elle encore.

Cette fois, il l'avait clairement entendu : son prénom. Elle l'appelait. Cela ne pouvait signifier qu'une chose : elle fantasmait sur *lui* en se donnant du plaisir ! Mais alors, pourquoi l'avait-elle rejeté tout à l'heure ? Était-ce simplement parce qu'elle ne lui faisait pas confiance ? Il était un étranger pour elle, mais beaucoup de femmes allaient au lit avec des étrangers, et il avait vu de l'intérêt dans ses yeux au début.

Un autre gémissement le tira de ses réflexions, lui faisant retourner son regard vers ses mains qui caressaient son sexe avec ardeur. Son doigt plongea plus profondément en elle, et son autre main frotta son clito de plus en plus vite.

— A l'intérieur... oui, prends-moi... fais-moi jouir...

Elle expulsa les mots en souffles courts et essoufflés, sa peau maintenant recouverte d'un léger voile de transpiration, dont l'odeur le rendait presque fou.

Lorsque ses genoux heurtèrent le matelas, il réalisa qu'il avait franchi la distance qui les séparait encore. Depuis le pied du lit, il n'avait plus qu'à glisser dessus et il serait allongé entre ses jambes, la bouche sur sa douce chatte. Il pourrait la lécher et l'amener à l'extase, la sentir succomber à son orgasme, un plaisir qu'il lui procurerait.

Fais-le !

Il serra ses poings, son érection palpitante le poussant à prendre ce qu'il voulait. Elle ne saurait jamais que c'était lui. Tout ce qu'elle sentirait, ce serait son toucher, ses doigts, sa bouche, sa langue. S'il restait assez léger, peut-être qu'elle supposerait simplement que ses fantasmes étaient plus puissants que jamais, plus réels. Et même si elle soupçonnait la présence de quelqu'un dans sa chambre, elle ne verrait rien, juste l'air autour d'elle. Il serait un rêve vivant pour elle tant qu'elle ne le toucherait pas et ne réaliserait pas qu'il y avait un corps invisible dans son lit, parce que même invisible, sa chair lui semblerait aussi réelle que jamais.

Personne ne le découvrirait jamais. Mais *lui le* saurait, et il se détesterait pour cela. Lorsqu'il la toucherait, il voulait qu'elle sache que c'était lui, qu'elle l'appelle par son nom, qu'elle le regarde dans les yeux. Pourtant, il avait l'eau à la bouche, imaginant son goût, la douceur de son miel et de sa chair.

Comme si elle savait qu'il se tenait là, luttant contre son moi intérieur, elle murmura :

— Oui.

Ses mains continuèrent à taquiner sa chair sensible, et à sa respiration hachée, il comprit qu'elle était proche.

Il tendit la main.

Une forte détonation ressemblant à une explosion stoppa son action. Sa tête se dirigea vers la porte.

Merde ! Il se précipita vers la porte au moment où Leila se redressa de sa position couchée, tout aussi choquée.

C'est alors que le détecteur de fumée se mit à biper.

— Oh, non ! s'écria-t-elle.

Aiden passa la porte de la chambre à coucher sans l'ouvrir. Depuis le couloir qui menait à la cuisine et au salon, un nuage de fumée s'élevait sous le plafond, et venant de la cuisine, il vit des flammes jaillir par la porte ouverte. Un violent incendie y faisait rage, et il en savait assez sur les incendies pour comprendre que celui-ci se propagerait rapidement.

Derrière lui, la porte de la chambre s'ouvrit.

Un cri de surprise faillit lui percer le tympan. Il se tourna vers Leila, qui se tenait dans l'encadrement de la porte, nue.

Elle le regarda fixement, les yeux écarquillés, ses lèvres se préparant à crier une fois de plus.

Elle le voyait ! *Merde !* Dans sa panique, il s'était rendu visible par inadvertance.

— Comment es-tu entré ici ?

Ses mains se démenèrent pour couvrir sa nudité, mais c'était en vain ; ses petites mains ne purent pas couvrir ses courbes abondantes.

— Leila, je peux t'expliquer. Plus tard. Le feu, il faut qu'on sorte d'ici.

Il jeta un regard inquiet vers la cuisine, où les flammes embrasaient toute la porte et se frayaient un chemin dans le couloir, le nuage de fumée sous le plafond prenant de l'ampleur.

Ce ne fut qu'à cet instant que son regard sembla tomber sur son pantalon où son érection créait un bourrelet visible.

Ses yeux s'élargirent, et une véritable peur envahit ses iris.

— Oh, mon Dieu, tu es venu me violer !

Elle rentra en trombe dans la pièce et claqua la porte. Il entendit le verrou se fermer avec un clic.

Putain ! Il s'était royalement planté ! Mais il n'avait pas le temps de s'expliquer maintenant. Le feu approchait rapidement, consumant tout ce qui était combustible sur son passage. Déjà maintenant, le couloir était impraticable et ils allaient devoir trouver une autre issue.

Il n'y avait pas de temps à perdre pour la supplier d'ouvrir la porte de la chambre, pas de temps à perdre pour l'enfoncer à coups de pied. Ils auraient besoin de cette porte comme barrière contre le feu. Comprenant qu'il devait s'exposer et montrer ce qu'il était, il passa la porte.

Un cri l'accueillit, sa main tenant à peine le récepteur dans lequel elle tapait un numéro. 9-1-1, devina-t-il. Il le lui arracha des mains et appuya sur le bouton de fin d'appel avant de le jeter dans un coin.

Son visage blanchit.

— Qu'est-ce que tu es ?

9

―――――

Leila heurta violemment ses genoux contre le cadre du lit et saisit instinctivement son oreiller pour l'appuyer contre elle.

Comme si cela lui donnait une quelconque protection !

Mais couvrir sa nudité n'était pas sa plus grande préoccupation. Ce qu'elle venait de voir était impossible. Aiden, si c'était effectivement son nom, avait pénétré dans la chambre, dont la porte verrouillée était en bois massif, comme s'il s'agissait d'une brise légère. Elle jeta un coup d'œil par la porte pour confirmer qu'elle était toujours verrouillée.

Elle secoua la tête, se demandant si elle n'était pas en train de rêver. Cependant, elle savait qu'elle était éveillée et qu'elle n'avait jamais fermé les yeux. C'est alors qu'une idée lui vint soudainement.

— Tu m'as droguée au bar ! s'exclama-t-elle.

C'était la raison pour laquelle elle avait des hallucinations.

— Tu m'as suivie.

— Non, Leila, ce n'est pas vrai, protesta-t-il.

Elle n'y croyait pas.

— Je te raconterai tout plus tard.

Il fit un pas en sa direction.

— Nous n'avons pas le temps pour ça, maintenant.

Ses yeux se dirigèrent involontairement vers son pantalon. Le bourrelet y était toujours, mais il était moins gros.

— Éloigne-toi de moi !

— Il faut que tu t'habilles, maintenant.

Il laissa ses yeux vagabonder dans la pièce et son regard tomba sur un jean et un pull. Il les ramassa.

Alors qu'il se rapprochait d'elle à nouveau, elle tenta de s'éloigner de lui, mais avec le lit derrière elle, elle n'avait nulle part où aller.

— Maintenant, Leila, dit-il d'une voix qui ne laissait aucune place au doute.

Sans défense, elle prit les vêtements qu'il lui tendait. Lorsqu'elle essaya d'enfiler son pantalon en se protégeant avec l'oreiller, il le lui arracha des mains et le laissa tomber sur le lit derrière elle. Une chaleur monta à ses joues.

— Bon sang, Leila ! Il n'y a pas de place pour la pudeur ! Le feu...

Il désigna la porte, où la fumée commençait à s'infiltrer par le haut.

Elle se vêtit plus rapidement que jamais, la peur lui donnant des ailes. Cela ne pouvait pas lui arriver. Non seulement il était là pour la violer, mais il avait également incendié son appartement pour la kidnapper. Elle ne pouvait pas non plus protester : c'était soit aller avec lui, soit mourir étouffée par la fumée. Elle détenait un diplôme en médecine, elle savait que cela pouvait arriver très vite.

— S'il te plaît, ne me fais pas de mal, implora-t-elle.

Ses yeux exprimèrent soudain de l'incrédulité. Il la fixa longuement, les secondes s'écoulant.

— Je ne te ferai jamais de mal. Je suis ici pour te secourir.

Puis il l'attira contre lui et tous ses efforts s'évanouirent. Elle ne put rien faire pour protester.

— Laisse-moi partir, murmura-t-elle.

Mais sa demande n'était qu'un simple gémissement.

Elle avait du mal à gérer le danger et la panique. Elle se trouvait dans une situation inattendue, en décalage avec sa vie ordonnée.

La main d'Aiden se posa sur sa joue, mais le contact était délicat, ses doigts effleurant doucement sa peau.

— Jamais, Leila. Je suis ici pour te protéger.

Oh, mon Dieu, non ! C'était un harceleur obsédé. Selon ses informations, il l'avait suivie dès la fin de la soirée, avant qu'ils ne se rencontrent au bar.

Du coin de l'œil, elle vit la peinture de la porte se boursoufler. L'odeur de la fumée se faisait de plus en plus présente, s'infiltrant dans les interstices du cadre de la porte. Elle savait que c'était inévitable : la porte allait bientôt céder, laissant le feu envahir sa chambre. Elle avait pris sa décision : elle partirait avec lui pour l'instant, mais dès qu'elle aurait échappé à ce brasier, elle crierait à l'aide et s'enfuirait.

Elle hocha la tête et vit son visage s'apaiser.

— Nous devons partir par la fenêtre.

Elle le regarda droit dans les yeux.

— Je ne peux pas sauter en bas. C'est trop haut.

Sa cheville était foulée. Il était impossible qu'elle atterrisse correctement. Elle risquait de se blesser ou de se casser l'autre jambe en tentant d'amortir sa chute. Un atterrissage maladroit pourrait causer toutes sortes de blessures.

Elle tenta de se libérer de son emprise, mais il ne voulut rien savoir.

— Tu ne sauteras pas. Je m'en chargerai.

Son front se froissa.

— Mais comment puis-je… ?

Allait-il l'abandonner ici, pour qu'elle y laisse la vie ?

Aiden la libéra et, sans ouvrir la fenêtre, il repoussa les rideaux des deux côtés.

— Nous devons partir avant que le feu ne détruise la porte, dit-il.

— Oh mon Dieu, murmura-t-elle, l'horreur paralysant son sang dans ses veines.

Quand elle sentit les bras d'Aiden l'enlacer, elle commença à se sentir en sécurité, comme si elle avait troqué une souffrance pour une autre. Il la serra contre lui, son corps chaud et étrangement apaisant.

— Attends ! J'ai oublié mon sac !

Elle se dégagea de ses bras et attrapa à la fois son sac à main et son collier sur la table de chevet. Son collier était une chose qu'elle ne pouvait pas laisser se consumer dans les flammes. Dès qu'elle eut glissé le pendentif dans la poche de son jean et posé son sac en diagonale sur son corps, Aiden l'attira à nouveau vers lui.

— Enroule tes bras et tes jambes autour de moi, ordonna-t-il.

La crainte l'incita à obéir sans hésitation. Elle s'accrocha à lui comme du velcro, son souffle chaud à son oreille.

— Ne me lâche pas, je vais sauter, mais tu seras en sécurité.

Quelque chose dans sa voix apaisa son cœur qui battait la chamade et ralentit sa respiration. Pendant un instant, elle se souvint qu'il lui avait déjà raconté comment, étant enfant, il avait sauvé sa sœur, et cela la réconforta. Ou bien, est-ce que tout cela n'était qu'un mensonge ? Curieusement, elle crut entendre de la tendresse dans ses paroles. Elle devait être folle pour croire une chose pareille.

Leila enfouit son visage dans le cou d'Aiden quand il donna un coup de pied dans la fenêtre.

En même temps, les flammes passèrent par la porte, la poussant dehors. Elle attendit le choc brutal du contact avec le trottoir, mais ça n'arriva pas. Peut-être qu'elle était morte, ou peut-être que Aiden s'était posé sur ses pieds.

— Tu peux ouvrir les yeux, maintenant.

Elle hésita avant de relever la tête de sa poitrine, puis ses paupières battirent. Soudain, comme si rien ne s'était passé, ils se tenaient debout sur le trottoir devant son immeuble, sans la moindre égratignure. Elle devait encore être sous l'influence de drogues, car un atterrissage comme celui-là était impossible, surtout après avoir été presque jetée par la fenêtre par l'incendie.

— Comment ?

Cependant, elle n'eut pas le temps de demander, car ses lèvres la firent taire. Comme s'il l'avait déjà fait cent fois, sa bouche s'enfonça dans la sienne. Son baiser était un baiser de possession, d'exploration et de désir.

À sa grande surprise, elle répondit spontanément. Elle évoqua l'hypothèse qu'elle venait de fuir un appartement en flammes ou la drogue qu'il venait de lui injecter dans un pub irlandais. Peut-être était-elle sous le coup du stress. Il n'y avait aucune autre explication logique pour qu'elle réagisse à un baiser d'un homme qui avait clairement pénétré dans son domicile, y avait mis le feu et était sur le point de l'enlever.

En effet, il n'y avait aucune justification, à part son goût profondément masculin et viril. Ses mains dans son dos la pressaient contre sa poitrine dure comme de la pierre, où elle sentait son cœur battre à l'unisson du sien. Sa langue explorait sa bouche, la possédant comme s'il n'avait pas embrassé de femme depuis des années et qu'il allait mourir d'envie de goûter à nouveau. Peut-être avaient-ils tous deux faim, car elle ne pouvait s'empêcher de caresser sa propre langue contre la sienne, de se battre avec lui, de l'explorer comme il l'explorait. C'était de la folie, et c'était une erreur à bien des égards.

Mais son corps ne voulait pas écouter son cerveau, qui tentait de lui dire de s'éloigner. Au contraire, comme elle avait ressenti de l'excitation en imaginant l'embrasser plus tôt, une chaleur liquide s'accumulait maintenant entre ses jambes. Il devait probablement ressentir cette chaleur à travers ses vêtements. C'était de la folie.

La sirène lointaine d'un camion de pompiers la ramena à la réalité. Elle recula, rompant le contact. Il la regarda, les yeux mi-clos, les lèvres rouges et humides de leur baiser passionné.

Puis il tourna brusquement la tête, comme s'il n'avait entendu la sirène qu'à cet instant.

— Nous devons partir.

Au-dessus de sa tête, elle apercevait les flammes qui jaillissaient de la fenêtre de son appartement. Elle tenta de se dégager de lui, en laissant tomber ses jambes par terre, puis en le repoussant. Mais il était trop fort.

— Je t'en prie, laisse-moi partir, implora-t-elle.

Il secoua la tête, son regard était sombre.

— Non. Deux fois ce soir, quelqu'un a tenté de te tuer. Je serais fou de te laisser hors de ma vue.

Qu'est-ce qu'il avait dit ?

— Me tuer ?

Elle ne put que répéter ces mots, tout en jetant des regards inquiets autour d'elle, espérant que les pompiers arriveraient bientôt au coin de la rue pour l'aider ou que la police arriverait rapidement.

— J'expliquerai tout plus tard, mais nous devons partir immédiatement. Tu n'es pas en sécurité ici. Ils connaissent ta position.

Ignorant ses protestations, il la porta jusqu'à une voiture garée de l'autre côté de la rue. Un clic et les phares de la voiture clignotèrent brièvement, indiquant que les portes étaient déverrouillées. Sans cérémonie, il la déposa sur le siège passager et claqua la porte derrière elle. Dans l'obscurité, elle tâtonna pour trouver la poignée, ses tremblements étant désormais perceptibles. Avant qu'elle ne puisse ouvrir la porte de la voiture, il était déjà dans le siège du conducteur et tirait sa main vers lui.

Ses yeux profonds la pénétrèrent.

— Peut-être ne me fais-tu pas confiance en ce moment, compte tenu des circonstances qui ne sont pas en ma faveur, mais si tu veux survivre, tu dois rester avec moi.

Sans attendre de réponse, il démarra le moteur et quitta son stationnement. À travers le rétroviseur, elle aperçut le camion des pompiers tourner au coin de la rue. Enfin, ils étaient arrivés pour sauver le bâtiment de la destruction totale, mais malheureusement, il était trop tard pour elle. Elle se trouvait maintenant sous la coupe d'Aiden. Qui pouvait savoir quels étaient ses projets ?

Leila tourna la tête vers la droite, et son regard se posa une fois de plus sur sa zone intime. La bosse dans son pantalon était à peine perceptible. Pourtant, cela ne la réconfortait guère. Dès qu'il aurait garé la voiture quelque part, une fois qu'ils seraient arrivés à l'endroit qu'il avait en tête, il accomplirait ce qu'il avait planifié depuis le départ. La forcer...

Réagirait-elle de la même manière qu'elle l'avait fait face à son baiser ? Accepterait-elle sans rien dire ? Le laisserait-elle la prendre sans se battre ? Après tout, elle avait consenti au baiser, et pas simplement consenti, elle s'était même montrée plus enthousiaste que jamais lors d'un baiser avec un homme. C'était forcément la drogue qui l'avait poussée à agir ainsi, qui avait émoussé ses défenses pour qu'il puisse faire d'elle ce qu'il voulait.

— Qu'est-ce que tu m'as fait boire ou manger pour que je sois si docile ?

Peut-être qu'elle pourrait contrer les effets de cette substance mystérieuse si elle en connaissait la nature.

Il ne quitta pas la rue des yeux pendant qu'il s'engouffrait dans la circulation.

— Je ne t'ai pas droguée

— La boisson du pub irlandais, insista-t-elle.

Il secoua la tête.

— C'était du whisky pur, le barman l'a versé pour toi. Tu l'as vu. Il t'a apporté le verre. Je n'aurais pas pu y mettre quoi que ce soit, même si je l'avais voulu.

Il s'interrompit et la dévisagea du coin de l'œil.

— Ce n'est pas le cas. Je veux que tu sois entièrement consciente.

Pour qu'elle ressente de la douleur ? De l'humiliation ?

— Pourquoi m'enlèves-tu ?

— Je ne t'enlève pas.

— Bien sûr ! marmonna-t-elle sous son souffle, ses lèvres tremblantes de nervosité.

— J'ai entendu.

— Où allons-nous ?

— Dans un lieu sécurisé.

Tout à coup, il arracha sa main du volant et l'enlaça tendrement. Tout son corps se tendit. Allait-il la caresser ici, dans la voiture ? Peut-être pourrait-elle alors prendre le volant et causer un accident, ce qui lui permettrait de s'enfuir.

Oui, si tu survis à l'accident.

Merde, pourquoi était-elle si lâche ?

— Leila, dit-il si doucement qu'elle tourna la tête pour le regarder, essayant de s'assurer qu'il s'agissait toujours du même homme, car pour ce qu'elle en savait, elle pouvait être en train d'halluciner.

Comme tout à l'heure, lorsqu'elle avait cru le voir passer à travers la porte verrouillée.

Il parut sur le point de s'exprimer, mais il ne dit rien. Au lieu de cela, il pressa un bouton sur son volant. Elle entendit une tonalité, suivie du bruit d'une numérotation rapide. Le correspondant répondit dès la première sonnerie.

Une voix masculine se fit entendre par l'intermédiaire des haut-parleurs.

— Aiden ? De quoi as-tu besoin ?

— L'appartement de ma protégée a brûlé, expliqua Aiden.

Protégée ?

— Merde ! s'exclama l'homme.

— Écoute, Manus, poursuivit Aiden. Je ne pense pas que ce soit une coïncidence. Quelque chose sur la voiture ?

— Négatif, Pearce est en train de vérifier les plaques. Ça devrait prendre encore une demi-heure.

— Parfait. Je veux que tu écoutes la radio des pompiers. Ils sont sur les lieux et éteignent le feu. Je dois connaître l'opinion de chacun quant à l'origine de l'incendie. Je pense qu'il s'agit d'un incendie criminel.

Le cœur de Leila se serra soudainement. Un incendie criminel ? Quelqu'un voulait-il la tuer ? Cela ne pouvait pas être vrai.

— Je vais m'en occuper. Est-elle blessée ?

— Non, Dieu merci, je l'ai sortie à temps.

Il l'avait sauvée, oui, vraiment. Cela signifiait-il qu'il n'était pas responsable de l'incendie de son appartement ? Pouvait-elle croire ce qu'elle entendait maintenant ?

— Où l'emmènes-tu ?

— Dans un endroit sûr.

— Appelle-moi dès que tu y seras, dit l'autre homme.

— Ok.

Il appuya sur un bouton, ce qui mit fin à l'appel.

— Qui es-tu ? Es-tu du FBI ? De la CIA ?

Il secoua lentement la tête.

— Pas exactement.

S'il ne faisait pas partie du gouvernement, il devait être autre chose, quelque chose de plus dangereux.

— La Mafia, hein ?

Elle sentit sa voix trembler de peur. Aiden l'avait remarqué aussi, car ses lèvres s'entrouvrirent une fois de plus pour parler.

— Sur la vie de mes parents, je te promets une chose : je ne te ferai jamais de mal.

Ces mots la firent soudainement pleurer. Elle avait complètement oublié ses parents. Que leur arriverait-il si elle n'était plus là ? Qui s'assurerait qu'ils continuent à recevoir les soins nécessaires et qu'ils ne soient pas maltraités par le personnel soignant ? Elle devait se battre pour s'échapper. Ses parents avaient besoin d'elle. Ils comptaient sur elle, même s'ils avaient parfois des doutes sur son identité. Malgré tout, ils avaient encore une chance de récupérer une partie de ce que la maladie d'Alzheimer leur avait pris, si seulement elle pouvait terminer ses recherches à temps.

Elle devait se battre pour eux. De plus, elle n'avait pas le courage de faire face à la mort. Il y avait tant de choses à accomplir, tant d'expériences de la vie à vivre. Non, elle ne pouvait pas laisser cet inconnu l'enlever et l'éloigner de tout ce qui lui était cher. Elle devait négocier avec lui.

10

Aiden stoppa la voiture derrière une poubelle, dans une ruelle déserte. Leila était assise à côté de lui, son corps tendu par la nervosité, les lèvres serrées comme si elle retenait des larmes. Compte tenu des circonstances, elle avait réagi avec beaucoup plus de calme qu'il ne l'aurait cru possible.

Aiden réalisait maintenant qu'il avait eu tort de l'embrasser, après tout ce qui s'était produit, mais il n'avait pas pu résister. Le feu avait été si proche, et la peur avait épaissi son sang jusqu'à le transformer en gel, presque paralysant son cœur à l'idée de la voir blessée. Jamais il n'avait ressenti une telle frayeur pour quelqu'un d'autre. Il n'avait jamais craint de perdre quelqu'un comme il craignait de la perdre, même s'il n'avait pas le droit de la posséder.

Mais il avait eu besoin de ce baiser. Il en avait eu besoin pour s'assurer qu'elle allait bien. Il en avait eu besoin comme d'une libération, et quand elle avait cédé, il aurait presque joui dans son pantalon, comme un adolescent boutonneux. La façon dont elle l'avait serré si fort et dont sa langue avait joué avec la sienne, comme si elle était faite pour elle, avait effacé toutes ses pensées saines. Même maintenant, il pouvait encore la goûter, comme si elle avait imprimé son parfum sur lui pour toujours.

Il saisit le volant comme si sa vie en dépendait et s'adressa à elle sans la regarder :

— Je te promets que tout ira bien. Tu n'as rien à craindre, je suis là pour te protéger. Je tuerai tous ceux qui essaieront.

Ces mots semblèrent la bouleverser, car elle releva la tête et tourna son regard vers lui. Ses yeux reflétaient une crainte profonde lorsqu'il la vit.

– Laisse-moi partir, je t'en prie. Je ferai ce que tu veux. Je ne résisterai plus. Mais alors, s'il te plaît, laisse-moi partir. Ma famille... »

Il ne prêta qu'une oreille distraite au reste de ses paroles, car il n'était pas certain d'avoir bien compris. Elle ferait ce qu'il voulait ? Est-ce que cela signifiait ce qu'il supposait ?

— Tu crois vraiment que je suis venu dans ton appartement pour te violer ?

Pourquoi ne le penserait-elle pas ? Il s'était introduit illégalement, faute de mieux, et, quand elle l'avait regardé, il affichait une érection impressionnante, comparable à une batte de baseball. Il ne faisait aucun doute qu'elle en était arrivée à cette conclusion.

Comme elle ne disait rien, mais le regardait simplement avec des yeux effrayés, il tendit la main pour caresser la sienne. Il la retira aussitôt quand il réalisa ce qu'il faisait. Merde, il devait rester loin d'elle. La toucher ne ferait que rendre les choses plus difficiles.

— Leila, je suis ton garde du corps. Je suis là pour te protéger. J'étais chez toi pour veiller sur toi.

Il se passa la main dans les cheveux. Comment allait-il lui expliquer pourquoi elle l'avait trouvé dans cet état d'excitation ?

— Mon garde du corps ? Je le saurais si j'en avais engagé un.

Il expira un souffle tendu, mal à l'aise à l'idée de devoir révéler son identité. On ne le faisait que dans les circonstances les plus désastreuses, ce qui était probablement le cas ici.

— Je ne suis pas le genre de garde du corps que tu peux embaucher. On me confie des missions. Je n'ai pas besoin de poser de questions, je remplis simplement mes obligations.

La plupart du temps. Avec Leila, il avait dépassé ses obligations.

Regarder une personne se masturber et l'embrasser après l'avoir sauvée n'était pas dans le code de conduite des Gardiens de la Nuit, ni dans le code personnel de l'individu en question.

— Je ne te crois pas.

Il aurait dû s'y attendre. Il hocha la tête en signe de consentement.

— Tu te souviens que tu as verrouillé la porte de ta chambre après m'avoir croisé dans le couloir ?

— Effectivement.

Elle leva la tête en signe de défi, ce qui l'amusa. Elle n'était pas du genre à se laisser faire.

— Quelques instants plus tard, j'étais déjà dans ta chambre. Tu as vu comment je suis entré.

Elle secoua la tête.

— Non, je dormais encore à moitié. Je rêvais. Ce n'est pas possible.

Aiden se pencha sur une mèche de cheveux qu'il voulait éloigner de son visage. Elle semblait nettement plus féminine avec ses cheveux détachés que lorsqu'ils étaient attachés en queue de cheval.

— Non, tu ne rêvais pas. Tu n'étais même pas encore endormie.

Elle poussa un cri d'effroi et ses yeux s'écarquillèrent.

Oh merde !

Il n'avait pas l'intention de laisser Leila savoir qu'il avait été dans sa chambre plus tôt et qu'il l'avait observée. C'était tout simplement sorti de son esprit.

La bouche de Leila s'ouvrit d'étonnement et elle se rapprocha de la porte pour s'éloigner le plus possible de lui.

— Tu étais dans ma chambre ?

— Leila, je suis désolé... je ne voulais pas... je... je suis désolé.

— Oh, mon Dieu, non. Comment as-tu pu ?

Il se posait la même question, mais il n'avait toujours pas de réponse. Il avait violé son intimité, et il n'y avait aucune excuse à cela.

Il se retourna et fixa l'obscurité. Est-ce qu'elle trouvait cette idée si dégoûtante ?

— Je ne voulais pas... Je...

— Tu m'as regardée ? Tout le temps ? Pendant que j'étais...

Elle baissa les paupières.

— Tu n'avais pas le droit de me regarder !

— Oui je sais, dit-il sur un ton sérieux. Je suis désolé. Je ne sais pas ce qui m'a pris. Je n'ai pas d'excuses.

Et il n'en inventerait pas. Il était le seul à blâmer. Lui, avec son désir incontrôlable, qui coulait encore dans ses veines.

Lorsqu'il se tourna vers elle, elle évita son regard.

— Je ne crois toujours pas en ta prétendue capacité de traverser des portes. Pourquoi ne pas admettre la vérité ? Tu m'as droguée, tu m'as espionnée... puis tu as mis le feu à mon appartement pour ensuite m'enlever.

— Soit. Je suppose qu'il faut que je te prouve.

Il actionna le système de sécurité de la voiture.

— Comme tu le constates, les portes sont maintenant verrouillées.

Puis il se concentra et sortit de la voiture comme si la porte était grande ouverte, permettant à son corps de passer à travers le verre et le métal, mais sans jamais disparaître. Il n'était pas nécessaire de lui révéler qu'il pouvait aussi devenir invisible. Cela ne ferait que soulever davantage de questions et semer le doute.

De l'extérieur de la voiture, il observa par la fenêtre Leila qui avait posé sa main sur sa bouche, tandis que ses yeux exprimaient une surprise profonde. Cependant, il vit aussi l'acceptation naître sur son visage.

Il reprit sa place dans la voiture, comme il en était sorti, s'affalant dans son siège.

— Maintenant, tu me crois, hein ?

Elle hocha lentement la tête en soulevant sa main de ses lèvres.

— Qu'est-ce que tu es ?

— Je suis un immortel, un Gardien, un guerrier envoyé pour te protéger.

— Un ange ? demanda-t-elle en écho.

Il esquissa un sourire moqueur.

— Non, nous ne sommes pas des anges, et encore moins moi.

Il était à peu près sûr que les anges n'avaient pas d'érection pour leurs protégées.

Nous nous appelons les Gardiens de la Nuit, nous sommes là pour protéger les humains des Démons de la Peur.

Il posa sa main sur la sienne, mais celle-ci se déroba à son contact.

— S'il te plaît, ne me touche pas.

Leila le regarda, mortifiée.

Elle l'avait vu passer à travers la porte fermée de la voiture et elle le croyait maintenant. Cela ne signifiait pas qu'elle devait l'aimer, ou se soumettre à ses désirs, bien au contraire. Quelque chose de très inquiétant planait sur ses propos. Il restait un étranger, un étranger qui l'avait suivie, qui était entré chez elle sans son consentement et qui l'avait presque enlevée. Le fait qu'il soit un genre de superhéros ne changeait rien.

Il s'était décrit comme un guerrier immortel.

Aiden était un individu redoutable qui exerçait un métier périlleux, bien que le terme «guerrier» ne soit peut-être pas considéré comme une profession à part entière. Sa seule présence suffisait à susciter des problèmes. Elle n'avait aucune idée des ennuis qu'elle allait avoir, mais elle sentait qu'elle en aurait beaucoup. Même si ce qu'il disait était la vérité, même si c'était vraiment un genre de gardien ou de protecteur (ce dont elle n'était pas du tout convaincue), elle ne savait pas ce qu'il voulait d'elle. La seule protection dont elle avait besoin était quelqu'un qui la protègerait de lui. Parce qu'il avait réveillé un côté d'elle qu'elle croyait inexistant. Un côté qui avait besoin d'excitation, de passion, et même de danger. Un côté qui l'effrayait à mort.

Mais ce n'était pas tout : il l'avait regardée se donner du plaisir. Ce que cela signifiait, elle ne voulait même pas commencer à l'envisager. Non, elle devait se concentrer sur autre chose.

Merde, elle était complètement paumée. Il était temps de faire le point sur tout ça, d'en savoir le plus possible, d'évaluer la situation difficile dans laquelle elle se trouvait, puis de prendre ses jambes à son cou.

— Des Démons ? demanda-t-elle. — Non, les Démons dont je parle sont des êtres de chair et de sang, des proches qui nous entourent. Ils nous observent et cherchent à nous nuire. C'est pour cela qu'on m'a envoyé pour te protéger.

Mais pourquoi quelqu'un voudrait-il lui faire du mal ? Elle ne comptait aucun ennemi. Elle traitait les gens avec politesse, payait ses factures et ses impôts, et faisait des dons à des associations caritatives. N'avait-elle pas assez de soucis avec ses parents ? Elle voulait juste qu'on la laisse tranquille avec ses recherches.

Sans réfléchir, elle posa sa main sur le médaillon qu'elle avait dans sa poche. Il était toujours présent, à l'abri. Ce qui avait été consumé dans son appartement pouvait être remplacé. En revanche, l'objet qu'elle portait sur elle ne le pouvait pas.

— Il me semble que tu fais du bon travail, dit-elle, ne parvenant pas à dissimuler le ton ironique de sa voix.

Depuis qu'elle l'avait rencontré, elle avait frôlé la mort en étant heurtée par une voiture et son appartement avait pris feu. Peut-être que sa présence était synonyme de danger. Peut-être qu'il la suivait.

— Je vois que le chaton a des griffes, répondit-il.

— Je ne suis pas un chaton. Je suis un chercheur respecté...

— Je sais tout ce qu'il y a à savoir sur vous, docteur Cruickshank. Il n'est pas nécessaire de me donner des informations.

Sa voix était soudainement empreinte de tension.

Alors, c'était le Dr Cruickshank maintenant ? Après l'avoir regardée se faire plaisir – quelle pensée effrayante et en même temps scandaleusement excitante – et l'avoir embrassée, il jugeait nécessaire de se montrer formel. C'était bien. Elle pouvait être comme ça aussi. C'était encore mieux. Tant qu'elle parviendrait à le maintenir à distance, elle pourrait s'en sortir indemne.

— Quel péril m'attend, Monsieur le Gardien de la Nuit ?

Elle remarqua qu'il détournait le regard d'elle, ce qui laissa clairement entendre qu'il n'aimait ni sa question ni la façon dont elle s'adressait à lui.

Elle frémit spontanément.

— Je suis capable de faire face à la réalité.

— Tu en es sûre ? demanda-t-il. Parce qu'il y a quelqu'un dehors qui veut ta mort.

Elle frissonna légèrement, son regard de prédateur indiquant clairement qu'il désirait un morceau d'elle. Et à vrai dire, dans ce cas précis, elle n'était pas sûre d'avoir la volonté de lui résister s'il prenait ce qu'il voulait. Soudain, sa gorge fut aussi sèche que du papier de verre. Elle avala rapidement une bouffée d'air supplémentaire, ses narines emplissant son nez de son odeur masculine si puissante qu'elle aurait fait plier ses genoux si elle n'était pas déjà assise. Mais elle ne voulait pas lui donner cette satisfaction en lui montrant l'effet que cela avait sur elle.

— Je veux connaitre la vérité.

Aiden la fixa longuement.

— Je suppose que oui.

Il examina ensuite la zone extérieure, comme s'il pouvait percer les ténèbres qui les enveloppaient. Sa main alla toucher le contact.

— Ce n'est pas un endroit sûr ici.

Un instant plus tard, le moteur reprit sa course.

— Je n'irai nulle part avec toi, dit-elle, si tu ne...

Sa phrase s'interrompit quand l'accélération subite de la voiture la propulsa sur son siège. En dépit de toutes les conventions routières, Aiden s'engagea dans la rue adjacente.

— Tu...

Il lui lança un regard qui ne présageait rien de bon pour son avenir à court terme.

— Tes questions trouveront leurs réponses dès notre arrivée.

Elle ne pouvait qu'espérer que leur destination ne fût pas loin, car elle ne savait pas combien de temps elle pourrait retenir sa langue alors que son soi-disant sauveur se comportait comme un homme des cavernes. Cela l'exaspérait au plus haut point, lui donnant envie de se battre avec lui, alors qu'elle n'avait jamais été une partisane des confrontations. Mais cette fois, c'était différent. Cet imbécile essayait de prendre le contrôle de sa vie. Sans même lui dire pourquoi. C'était inacceptable.

Quelle que soit cette menace stupide, elle était convaincue que les autorités seraient en mesure de la gérer. Dès qu'il aurait révélé les détails, elle le quitterait et irait immédiatement déposer une plainte auprès des forces de l'ordre. Ils pourraient alors régler le problème, quel qu'il soit, et elle pourrait reprendre sa vie bien rangée et continuer ses recherches. Cet intermède désagréable ne serait plus qu'un lointain souvenir tant qu'elle ne s'y attarderait pas.

11

———————

Aiden ne dit plus un mot jusqu'à ce qu'ils arrivent à destination quelques minutes plus tard. Il l'enferma dans la voiture pendant qu'il prenait une chambre dans un motel délabré de deux étages situés dans l'un des quartiers les plus mal famés de la ville, ne lui laissant aucune chance de s'échapper.

Alors qu'il fermait maintenant la porte derrière lui, Leila parcourut la pièce austèrement meublée. Ses yeux se posèrent instantanément sur le lit : il n'y en avait qu'un seul. Croyait-il réellement qu'elle accepterait de partager son lit avec lui ? Sans hésitation, elle croisa les bras sur sa poitrine. Elle refusait catégoriquement de rester dans cette pièce avec lui.

— Tu as froid ? demanda-t-il dans son dos de sa voix bourrue.

Ses épaules se raidirent involontairement. Elle ne répondit pas à sa question.

— Tu allais me dire ce qui se passait.

Il fit le tour de la pièce, ses pas résonnant sur le tapis usé. Il poussa la porte de la salle de bains et jeta un coup d'œil à l'intérieur, comme pour vérifier qu'ils étaient bien seuls. Lorsqu'il se tourna vers elle, il la dévisagea du regard, d'abord la tête, puis les épaules et les jambes. Il désigna ensuite le lit.

— Assieds-toi.

— Je ne suis pas un chien, riposta-t-elle.

— Comme tu veux.

Qu'avait-elle donc fait pour mériter ce comportement grossier ?

— Si je faisais ce que je voulais, je serais déjà de retour à la maison.

— Eh bien, ta maison a brûlé, alors ce n'est pas une option.

Il avait raison sur ce point, mais cela ne voulait pas dire qu'elle devait l'admettre.

— J'attends toujours une explication.

Aiden fronça les sourcils.

— Si tu penses pouvoir le supporter.

Il s'arrêta un instant et passa sa main dans ses longs cheveux noirs.

Ses yeux se dirigèrent vers la fenêtre obscurcie par les lourds rideaux qu'il avait tirés en entrant.

— Le Mal rôde dehors. Des horreurs que tu ne peux même pas concevoir.

— On verra bien.

Leila se prépara à son récit.

Il laissa échapper un ricanement amer.

— Je suis là pour te protéger des démons de la peur.

Elle hocha la tête.

— Ce sont les mots que tu as employés tout à l'heure. Pourtant, ça ne répond pas à mes questions.

Il aurait dû donner des détails sur le prétendu danger auquel elle faisait face.

— Ils veulent te séduire pour t'avoir à leur côté, afin que tu exécutes leurs ordres.

— Pardon ?

Elle n'était pas du genre à se laisser charmer facilement, et elle était convaincue qu'elle refuserait toujours de suivre les ordres d'un démon. D'ailleurs,

— Quels sont donc leurs objectifs ?

— Qu'est-ce qu'ils font ? Je vais te dire ce qu'ils font : ils sèment la pagaille dans ce monde. Ils incitent à la guerre, ils créent le malaise.

Les informations manquaient toujours pour elle. Est-ce qu'il croyait vraiment qu'il pouvait lui lancer quelques phrases et qu'elle serait satisfaite ? Il y a déjà plein de guerres partout.

— Si tu penses que ce que ce monde vit en ce moment est mauvais, si tu penses que les atrocités de la Seconde Guerre mondiale étaient mauvaises, si tu penses que ce qui s'est passé dans les camps de concentration en Allemagne était une horreur ou que ce que Pol Pot a fait à son peuple au Cambodge était diabolique, tu n'as encore rien vu. Ces évènements ne sont rien comparés aux capacités maléfiques des démons.

Ces mots la laissèrent sonnée.

— Comment ? Comment font-ils ?

Il hésitait clairement, tout comme il avait hésité au bar irlandais quand elle lui avait demandé ce qu'il faisait dans la vie. Il ne lui avait pas menti, mais il ne lui avait révélé qu'une partie de la vérité.

— Ils approchent les êtres humains les plus talentueux et les plus prometteurs, et les séduisent avec des choses hors de leur portée en échange de leur âme. Ensuite, ils s'assurent que tout le bien que ces personnes allaient faire soit utilisé pour le mal entre leurs mains. Et ils s'en prennent à toi maintenant.

Un frisson parcourut son dos.

— Je dois admettre que cette situation ne me plaît guère.

— Tu ne devrais pas. Tu finiras par apprécier ça. Tout le monde y passe. Finalement, la plupart cèdent. C'est comme ça que les démons gagnent en puissance.

— En collectant des âmes humaines ? Désolée, mais c'est un concept un peu trop abstrait. Tu ne peux pas séparer l'âme du corps. Scientifiquement, c'est...

Il s'approcha rapidement, réduisant considérablement la distance entre eux.

— Ce n'est pas une question de science, en tout cas pas celle que tu connais. C'est du domaine du paranormal, quelque chose que tu ne saisirais pas.

Leila poussa un soupir de colère. Il la prenait pour une imbécile.

— Je ne suis pas une femme stupide, contrairement à –

Il grogna.

— Finis ta phrase et je te renverse sur mes genoux tout de suite !

Bouche bée, elle fixa la menace ridicule. Est-ce qu'il allait vraiment le faire ? Comme si elle était une vilaine écolière ! Elle posa ses mains sur ses hanches, réalisant trop tard que ce geste appuyait presque ses seins contre sa poitrine.

Aiden baissa les paupières, sans aucun doute pour admirer sa poitrine. Sans y penser, elle fit volte-face, créant une zone tampon entre eux. Elle voulait éviter que ses tétons ne se raidissent à nouveau sous l'effet du contact avec les muscles fermes.

Le crétin répondit avec un sourire d'autosatisfaction.

— Reculez-vous, docteur Cruickshank ? Ce comportement ne correspond pas à votre personnalité.

Il n'avait aucune idée de ce qu'elle était, et il maintenait toujours cette pseudo-formalité ridicule de l'appeler Dr Cruickshank, alors qu'elle savait ce qu'il voulait vraiment dire : salope.

Elle releva le menton, ignorant son expression moqueuse.

— Qu'est-ce que ces Démons me veulent ?

Le mot « Démons » lui laissa un goût bizarre sur la langue. Il lui semblait tellement étrange de le prononcer, alors que son cerveau n'arrivait pas à s'imprégner de ces informations. En tant que scientifique, elle avait besoin de plus que la parole d'une personne. La possibilité de l'existence de créatures démoniaques était extrêmement improbable et n'était étayée par aucune preuve tangible. Les affirmations spectaculaires doivent être appuyées par des preuves tout aussi extraordinaires. Sans preuve, tout ce qu'elle avait était la déclaration d'un inconnu ou un mensonge.

— Serais-tu assez stupide pour demander ? Je pensais que tu étais plus maligne que cela..., se moqua-t-il.

Elle allait rétorquer quand elle réalisa soudain : il n'y avait qu'une seule chose qu'on souhaiterait lui voler. Ses recherches. Elle pencha la tête vers le bas.

— Ah, enfin ! Il parlait d'un ton apaisant. Tu comprends maintenant pourquoi tu dois rester avec moi ? Tu n'es pas en sécurité seule. Je suis ici pour te défendre contre eux.

— Si tu crois que je partagerais mes découvertes avec des entités démoniaques, tu te trompes lourdement. Elle protégerait ses données jusqu'à la mort, car ses recherches représentaient toute sa vie. Rien au monde ne pouvait l'en détourner, pas même une offre alléchante.

— Chacun a son prix, même toi.

Leila secoua la tête.

— Tu ne me connais pas. Tu ne me connais pas du tout.

— Je connais tout ce que je dois savoir.

Il le dévisagea d'un regard mauvais.

Elle le fixa pendant un long moment. Tandis qu'elle regardait ses yeux marron chocolat, une idée lui traversa l'esprit. Et si, sous prétexte de vouloir l'aider, il gagnait sa confiance pour ensuite accéder à ses recherches ? Elle avait remarqué son étrange capacité à traverser les matériaux solides. Elle se demandait s'il pouvait être un Démon plutôt qu'un Gardien Immortel, comme il le prétendait.

— À quoi ressemblent ces Démons ?

Aiden haussa les épaules.

— Ils ont une apparence humanoïde, mais tu les reconnais à leurs yeux verts une fois qu'ils utilisent leurs pouvoirs Démoniaques.

Elle déglutit. Ce n'était pas bon signe. Selon sa description, n'importe qui pouvait être un démon, même lui. Elle devait s'éloigner de lui, maintenant.

— J'ai besoin de me doucher.

Aiden observa Leila enlaçant ses bras autour de sa taille, comme si elle tentait de se recroqueviller, de se protéger du danger qu'il lui avait signalé. Peut-être que maintenant, elle comprenait.

— Tu as pris une douche récemment, dit-il sans réfléchir.

Son regard outré lui confirma qu'il aurait dû s'abstenir de lui rappeler qu'il l'avait observée dans son appartement. Encore un geste stupide de sa part.

Les dents serrées, elle le fixa d'un regard sombre.

— Je me sens sale.

Magnifique ! Comment avait-il pu tout gâcher aussi rapidement ? Il lui avait fallu une heure pour retourner sa protégée contre lui. C'était un record, même pour lui.

Mais à chaque fois que Leila avait émis une protestation ou posé une autre question, il avait eu l'impression de devoir justifier ses actions. Sa nature combative le rendait furieux. Il se sentait impuissant à contrôler sa colère quand elle était là. Cela avait commencé lorsqu'elle lui avait dit dans la voiture de ne pas la toucher. Même s'il comprenait son refus, ses paroles l'avaient profondément blessé. Il aurait pu les laisser passer sur lui, comme une vague insignifiante, mais ses mots l'avaient frappé aussi fort que si elle l'avait giflé.

— D'accord. Va prendre une douche.

Lorsqu'elle passa à côté de lui, l'arôme de sa peau se répandit jusqu'à son nez. Se sentait-elle sale ? Il était d'humeur à lui montrer ce que se sentir sale signifiait vraiment. Il serra les poings pour ne pas l'attraper et la jeter sur la surface plane la plus proche pour lui montrer ce qu'il appelait sale.

Lorsqu'elle ouvrit la porte de la salle de bain, il se sentit submergé de remords pour son comportement. Il n'éprouvait pas de ressentiment envers elle, mais envers lui-même, envers son incapacité à la maîtriser.

— Leila, s'il te plaît, je suis...

Elle ferma brutalement la porte, ne prêtant pas attention à ses paroles. Le bruit sec qui suivit confirma qu'elle avait bien verrouillé la porte. Aiden s'allongea sur le lit, enlaçant ses doigts derrière sa tête et fixant le plafond. Il redoutait la nuit qui l'attendait, une nuit qu'il devait passer seul avec Leila. Non seulement la proximité avec elle était déjà douloureuse, mais il devait également la garder dans ses bras toute la nuit pour s'assurer qu'elle soit cachée pendant qu'il dormirait quelques heures. En effet, le pouvoir d'un Gardien de la Nuit de dissimuler quelqu'un avec son esprit s'interrompt pendant le sommeil, ne laissant que sa capacité à se camoufler avec son toucher.

Il n'avait même pas encore abordé ce sujet avec elle. Parce qu'il pouvait déjà deviner sa réaction. Elle le combattrait bec et ongles, remettrait en question la nécessité de ce système, la science qui expliquerait ce phénomène, les tenants et les aboutissants de son fonctionnement. Bon sang, il n'avait pas envie de faire un cours sur les pouvoirs spéciaux des Gardiens de la Nuit. Il devrait lui en dire le moins possible. En fait, il devrait lui montrer son pouvoir de traverser les objets solides et lui parler des Démons.

Du reste, il pourrait tout aussi bien lui faire visiter leur bastion et lui montrer comment fonctionnaient les portails.

Mais il n'était clairement pas l'homme de la situation. Tout ce qui concernait cette mission n'était pas bon. Il était trop impliqué émotionnellement, ce qui n'est jamais une bonne chose. Son instinct lui disait de déléguer cette tâche à quelqu'un d'autre, qui traiterait Leila avec plus de professionnalisme et de détachement. Il l'avait dans la peau et elle remuait une partie de lui qu'il aurait préféré laisser cacher. Elle gagnerait en sécurité si elle était accompagnée par quelqu'un d'autre. Il était trop distrait par son désir pour elle pour être un bon garde du corps. Il finirait par commettre une erreur. Et alors ? Leila devrait-elle payer le prix ultime pour son échec ? Ce n'était pas acceptable. Il valait mieux qu'il abandonne cette mission. Il fallait qu'elle ait un protecteur qui soit moins partagé que lui. En cet instant, il ne pouvait pas se fier à lui-même.

Il sortit son téléphone portable. Quand on décrocha, Aiden prit une grande inspiration.

— Papa, il faut qu'on parle.

— Aiden, répondit son père avec surprise. Je pensais que tu étais en mission.

— Je le suis, répondit Aiden. C'est justement pour cette raison que nous devons parler. Je ne suis pas l'homme de la situation. Bien qu'il n'ait jamais reculé devant un défi, cette fois-ci, c'était différent.

— Aiden, tu sais que nous avons confiance en toi, rappela la voix apaisante de son père. Tu as été entraîné pour cela.

Il ne serait pas facile de convaincre son père de le laisser s'en sortir. Il faudrait qu'il mette l'accent sur ses lacunes.

— J'ai perdu une protégée il y a seulement quelques jours. Je ne devrais pas être celui qui protège cette humaine. Cette affaire est trop importante.

— Malheureusement, de mauvaises choses peuvent arriver. Les Démons deviennent plus forts. Tous les rapports le confirment. Les meilleurs d'entre nous ont perdu plus de protégés que d'habitude, comme tu as pu le constater toi-même. C'est pourquoi tu as besoin de cela dès maintenant. Tu n'as pas affronté l'échec depuis un certain temps. Si tu ne le surmontes pas maintenant, il s'enracinera dans ta pensée et te gênera pour toujours. Tu ne peux pas le laisser s'envenimer comme une plaie infectée.

En repassant sa dernière mission dans sa tête, Aiden ne put détecter aucune erreur évidente qu'il aurait pu commettre. Il sentait pourtant qu'il était responsable de son échec. Il aurait toutefois fait la même chose, sauf qu'il aurait tué Sarah plus tôt, avant qu'elle ne tue l'enfant.

— Tu ne comprends pas.

Comment son père pouvait-il réellement comprendre ce qui se passait dans son cœur ? Il ne pouvait pas assurer la protection de Leila, comme il était censé le faire, parce qu'il la désirait autant que le désert assoiffé désire l'eau.

— Je suis désolé pour ton deuil, Aiden. Je connais ce sentiment, lorsqu'on perd quelqu'un qui nous est cher. On a tous traversé cette épreuve. Tu vas t'en sortir. On a déjà vécu des situations bien pires.

Aiden hocha la tête pour chasser ses mauvais souvenirs, remontés à la surface par les propos de son père. Il ne voulait pas qu'on évoque son plus grand échec.

— Ce serait plus efficace si je confiais ma protégée à quelqu'un d'autre et que j'allais chercher Hamish.

— Nous nous occupons d'Hamish. Concentre-toi sur ton travail, Aiden !

C'était un ordre clair.

Aiden se redressa sur le lit, la frustration l'envahissant.

— Je te prie de reconsidérer la question.

Il y eut un court silence, et il ne perçut plus que la respiration de son père.

— De quoi s'agit-il vraiment ?

Aiden frotta ses yeux avec sa main libre.

— Je ne pense pas pouvoir la protéger.

Pas quand le désir le contrôlait ainsi. Une femme comme Leila méritait mieux.

— Est-ce que tu dis que tu ne veux pas la protéger ? demanda son père.

— Eh bien... je ne sais pas. Ce que je veux dire, c'est que... et si j'échouais, comme je l'ai déjà fait ? Ou pire, si je ne peux pas faire ce qui doit être fait parce que...

Sa voix s'interrompit. Il ne pouvait pas avouer cela à son père. Il ne pouvait pas lui avouer qu'il se passait quelque chose en lui qui le dérangeait. Que le rasen semblait s'être emparé de lui et le rendait imprévisible.

— Est-ce que tu contesterais la décision du conseil de t'assigner cette affaire ? Me dis-tu que nous avons fait fausse route en te faisant confiance ?

— Il semblerait que les circonstances aient évolué.

— Quelles sont ces circonstances, Aiden ?

— J'ai entendu ta conversation. J'ai perdu une protégée. Elle a tué un enfant innocent avant que je ne l'élimine. Si je l'avais tuée plus tôt, cela ne se serait pas produit. Nous étions conscients de sa faiblesse et de sa vulnérabilité aux manipulations démoniaques. Nous savions à quel point ils désiraient l'avoir pour ses compétences. Tu aurais dû voter pour éliminer Sarah, pas pour la protéger. Il y a des êtres humains qui ne méritent pas d'être défendus. Ils sont trop dangereux. Ils se retournent contre nous et même contre leur propre espèce. Ils se laissent facilement séduire et peuvent mettre en danger les Gardiens de la Nuit. Cela est déjà arrivé, mais ce n'est que la moitié de la vérité que Aiden ne pouvait pas avouer à son père.

— Ce n'est pas nouveau, nous avons toujours été conscients des risques, alors pourquoi en faire un problème maintenant ?

Aiden se leva brusquement du lit et fit les cent pas jusqu'à la fenêtre.

— Je suis sur le terrain tous les jours et je vois ce qui se passe. Tu sais toi-même ce qui se passe à tous les niveaux. De plus en plus de protégés sont perdus et les Démons deviennent de plus en plus forts. Je ne pense pas que nous ayons le luxe de préserver la vie d'un seul être humain si cela doit en compromettre des millions. Nous devons adapter notre façon de penser à cela.

Pourtant, en disant cela, il savait bien qu'il serait incapable de tuer Leila. C'est pourquoi il devait confier cette mission à quelqu'un d'autre.

— Les humains méritent une chance. Peuvent-ils seulement se racheter à tes yeux ? Chaque vie est digne d'être sauvée ! s'exclama son père.

Les mots sortirent avant qu'Aiden n'eût pu les retenir.

— Comme celle de Julia.

Au bout de la ligne, son père expira bruyamment.

– Garde ta sœur hors de ça. Cela n'a rien à voir avec elle.

— Si. Il a toujours été question d'elle. Rien n'a changé.

Julia serait en vie aujourd'hui s'il n'avait pas échoué. S'il avait agi plus tôt. S'il n'avait pas hésité à tuer son protégé. Il portait encore sur les mains le sang de sa sœur, des années après les faits. Et il le hantait jour et nuit.

— Je te suggère donc de faire des efforts pour changer. Le moment est venu d'aller de l'avant, de laisser le passé derrière soi. Nous avons tous fait notre deuil, mais tu es le seul à ne pas avoir encore tourné la page.

— Et comment veux-tu que je passe à autre chose ? Je porte la responsabilité de son décès.

Une vieille douleur remonta dans la poitrine d'Aiden.

— Je sais au fond de moi que je vais la décevoir.

Un long silence s'installa à l'autre bout du fil, puis son père reprit la parole.

— Échec à Julia ou échec à ta protégée ? soupira son père. Cette mission est exactement ce dont tu as besoin. Ne t'y oppose pas. Quoi que te dise ton instinct, suis-le. Tu ne la décevras pas – ni elle ni eux.

Aiden était sur le point de demander à son père ce qu'il voulait dire, mais il ne put pas.

— Bonne nuit, mon fils.

Le déclic dans la ligne confirma que son père avait raccroché.

Pourquoi n'avait-il pas eu le courage de s'exprimer clairement avec son père et de lui expliquer qu'il ne pouvait pas rester neutre envers Leila ? Était-ce parce qu'au fond de lui, il ne voulait pas être retiré de cette mission après tout ? Voulait-il continuer à la protéger parce qu'il désirait être auprès d'elle ? Comment allait-il passer cette nuit, sans évoquer la mission, en sachant ce que son corps réclamait, mais que son code de déontologie interdisait ?

Une pensée le frappa soudainement, comme une décharge électrique. Il leva la tête et écouta. La douche continuait de couler. Il se dirigea vers la porte de la salle de bain. Il avait déjà séjourné dans ce motel. Il était vieux et délabré, mais il faisait le travail. Cependant, l'approvisionnement en eau dans ce tripot laissait à désirer. Aiden jeta un coup d'œil à sa montre. Elle était sous la douche depuis une demi-heure. Il ne devait plus y avoir d'eau chaude.

— Leila.

Il frappa pour que sa voix soit plus forte que celle de l'eau.

— Tu vas bien ?

Il n'eut pas de réponse. Il essaya de percevoir si elle pleurait, mais, outre le bruit de l'eau, il n'entendit rien.

— Leila ! appela-t-il une fois encore.

Et si elle s'était blessée ? Ou si elle avait entendu sa conversation avec son père ? Bon sang, il devait entrer pour s'assurer qu'elle allait bien. Il était certain qu'elle lui en voudrait, mais il pouvait s'en accommoder.

Il entra dans la pièce brumeuse, et ses pupilles s'ajustèrent immédiatement, se concentrant sur la fenêtre au-dessus des toilettes. Elle était ouverte.

— Idiot, idiot, idiot ! s'exclama-t-il en sortant précipitamment de la salle de bain déserte.

Il avait été victime du stratagème le plus ancien au monde. Il ne devait s'en prendre qu'à lui-même.

12

———

Leila avait remarqué un panneau indiquant une station de métro lorsque Aiden était arrivé en voiture à l'hôtel. Son sac à main serré contre son corps, ses membres tremblant à cause du froid de la nuit, elle courut, ou plutôt boita, vers l'entrée, aussi vite que sa cheville douloureuse le lui permettait. Elle chercha frénétiquement dans son sac à main quelques pièces de vingt-cinq cents et les déposa dans le distributeur de tickets. Le tintement des pièces alors qu'elles passaient dans la machine résonna dans la zone d'entrée déserte.

Elle jeta un coup d'œil par-dessus son épaule, scrutant l'environnement, espérant que Aiden était toujours au motel, supposant qu'elle se trouvait sous la douche.

Ses yeux essayèrent de percer l'obscurité, mais ils n'y parvinrent pas. Elle ne vit personne, et elle espérait être seule.

Une pièce glissa de ses doigts tremblants. Elle se pencha pour la ramasser et la glissa dans la fente. De loin, elle entendit une voix venant du haut-parleur.

« Prochain train entrant dans une minute. Quai 2. »

Leila appuya sur le bouton « Acheter un billet », mais rien ne se produisit. Elle appuya de nouveau frénétiquement sur le bouton, sans succès.

—Merde, merde, merde ! s'exclama-t-elle.

Des pas derrière elle l'incitèrent à chercher dans son sac et à saisir la bombe lacrymogène qu'elle y avait encore. Tandis qu'elle se retournait, prête à se défendre, des bruits de pas se rapprochaient. Son cœur palpitait, étouffant l'air qu'elle pouvait respirer, alors qu'une ombre menaçante se rapprochait. Dès que les lumières de la gare l'enveloppèrent, elle poussa un soupir tremblant.

Un jeune homme imposant, vêtu d'un sweat à capuche usé et d'un jean déchiré, la démarche nonchalante, fit son entrée dans la zone réservée aux billets. Il jeta un regard furtif en direction de la scène, puis, sans se soucier de savoir si un agent de la gare était en train de le regarder, il franchit allègrement le tourniquet.

Alors qu'il s'apprêtait à descendre l'escalier, elle porta à nouveau toute son attention sur la machine. Elle avait mis le bon nombre de pièces, alors pourquoi celle-ci refusait-elle de lui donner son billet ? Furieuse, elle tapota du pied contre l'appareil, espérant le faire redémarrer. Tout à coup, toutes les pièces qu'elle avait introduites se retrouvèrent dans le petit réceptacle à monnaie.

— Yo !

La voix masculine qui venait de derrière elle la fit tressaillir.

Leila sortit la bombe de son sac en un éclair et se tourna vers son possible agresseur. Elle n'avait jamais ressenti une telle nervosité dans sa vie.

Un grand homme noir, dont la taille équivalait à celle d'un joueur de football, fit délibérément un pas en arrière, levant les mains au passage.

— Hé, ma sœur, il n'y a pas de problème.

Il fit un signe de la tête vers la machine derrière elle.

— Ce putain de truc est encore cassé. Le train est gratuit ce soir.

Puis, il s'approcha du tourniquet en la fixant.

Leila déposa la bombe et reprit son souffle. Elle observa ensuite comment il passait de l'autre côté.

« Train en approche sur le quai numéro 2 », annonça la voix du haut-parleur.

— Et merde ! s'exclama-t-elle en se précipitant vers le portail, et en sautant par-dessus avec beaucoup moins d'élégance que ne l'avait fait le type avant elle.

Elle n'avait pas de temps à perdre. Elle ne connaissait pas l'heure du prochain passage. Ce pouvait être le dernier de la nuit.

Elle descendit les escaliers en courant, en se tenant à la rampe pour soulager sa cheville douloureuse, et aperçut le train, dont les portes étaient déjà ouvertes.

« Fermeture des portes », annonça-t-on.

— Attendez ! s'écria-t-elle en courant aussi rapidement que possible, ignorant la douleur encore plus intense de sa jambe.

Prise de panique, elle vit les portes se refermer et se précipita vers elles. Une main émergea du train et glissa entre les portes. Des bips stridents retentirent alors que les portes se rouvrirent.

Leila se précipita à l'intérieur, passant devant l'homme noir qui avait tenu la porte pour elle. En reprenant son souffle, elle leva les yeux vers lui.

— Merci.

Il hocha simplement la tête en réponse.

— De rien.

Elle s'assit près de la porte, réalisant que son cœur battait comme un marteau-piqueur et que son souffle l'avait abandonnée une fois de plus. Mais elle avait réussi, se réjouit-elle avec soulagement. Désormais installée dans le train, elle se sentait enfin en sécurité.

Pendant un moment, elle se détendit et se laissa bercer par le grondement du train. Les lumières qui clignotaient quand le train changeait de voie et passait d'un tunnel à l'autre semblaient presque apaisantes, réconfortantes pour elle. C'était quelque chose qu'elle connaissait, quelque chose de familier. Quelque chose de tellement différent de ce qui s'était passé ce soir.

Elle serra ses bras autour d'elle, essayant de calmer ses tremblements corporels. Elle était peut-être encore sous le choc après tout ce temps, mais soudainement, tout lui revint en mémoire : Aiden, un étranger, l'avait suivie jusqu'à son domicile et avait pénétré dans son appartement. Il l'avait observée faire... ça... avant de l'enlever. Les propos qu'il avait tenus sur les démons et les gardiens, ces êtres surnaturels et immortels, lui paraissaient maintenant irréels, complètement incroyables.

Pourtant, elle ne pouvait pas nier l'avoir aperçu passer par la porte de sa chambre et celle de sa voiture. Cela ne signifiait pas que tout ce qu'il lui avait dit était vrai. Il aurait pu être un démon, justement celui dont il prétendait la protéger. Elle était confuse et ne savait plus quoi penser. S'il était vraiment un garde du corps immortel, pourquoi ne l'avait-il pas mentionné dès leur première rencontre ? Pourquoi s'était-il introduit chez elle en pleine nuit ? Mais, d'un autre côté, elle devait admettre qu'il ne lui avait pas fait de mal, même s'il y avait eu des occasions.

Mais cela voulait-il dire qu'elle pouvait lui faire confiance ? Ou était-ce juste une ruse pour gagner sa confiance ? Il jouait avec l'attirance sexuelle qu'il y avait entre eux, et il profitait de cette attirance pour abattre ses défenses.

Ses joues étaient encore rouges à l'idée qu'il l'avait regardée. Qu'il l'avait embrassée. Oh mon Dieu ! Elle avait été tellement abasourdie par l'effroi de s'échapper de son appartement en flammes qu'elle avait répondu comme une femme de mauvaise réputation. Ce n'était pas elle. Elle n'était pas ainsi : dévergondée, provocante, insouciante. Mais cet homme, cet inconnu, l'avait métamorphosée en une personne qu'elle ne reconnaissait pas. Une personne qu'elle ne voulait pas être.

Menteuse, murmura une petite voix dans sa tête. Tu as aimé.

Elle essaya de protester, mais toutes les forces semblaient avoir disparu de son corps et de son esprit fatigué. Vaincue, elle baissa la tête dans ses mains, essayant de se cacher du monde et plus encore d'elle-même.

Quelques minutes plus tard, lorsqu'elle leva les yeux, le train était déjà à l'arrêt. Elle s'apprêtait à se lever quand elle réalisa une chose : elle ne pouvait pas descendre ici. Son appartement avait été réduit en cendres, il était impensable qu'elle y passe la nuit. Elle s'affaissa sur son siège. Où pourrait-elle se cacher ?

La maison de ses parents se trouvait à la périphérie de la ville, et il n'y avait pas de train à cette heure avancée de la nuit. Sans voiture, elle ne pouvait pas s'y rendre ce soir-là. Il ne lui restait plus qu'un seul endroit où se cacher : son bureau, un endroit sûr et serein.

Même si elle réalisait qu'Aiden pouvait traverser les murs et les portes, cela ne l'aiderait pas : Max, l'agent de sécurité qui se trouvait dans le hall d'Inter Pharma le verrait. Aiden n'avait aucune chance de passer inaperçu, car des caméras de surveillance étaient installées dans tous les couloirs. Au moins, pour cette nuit, elle serait en sécurité. Elle réfléchirait ensuite demain à ses options. Peut-être que, après une bonne nuit de sommeil, son cerveau fonctionnerait mieux et elle pourrait concevoir un plan pour la suite.

Si elle partageait avec la police son histoire de démons et d'immortels, ils la prendraient probablement pour une folle et pourraient même l'orienter vers une évaluation psychiatrique. Non, elle devait d'abord clarifier son histoire avant de se rendre à la police.

Ses doigts tressaillaient en manipulant la lanière de son sac à main, alors que le train roulait vers la prochaine gare, puis une autre. Finalement, après ce qui lui sembla être une éternité, il arriva à son arrêt.

Elle fut la seule à quitter le train. Préoccupée par l'idée qu'elle était suivie, elle garda fermement la bombe à la main pendant qu'elle quittait la gare et qu'elle boitait sur les cinq longs pâtés de maisons menant à Inter Pharma. Les rues étaient désertes, même le pub irlandais était fermé. Leila accéléra sa marche.

Quand elle aperçut la lumière du hall de son immeuble, elle laissa échapper un soupir de soulagement. À travers les parois vitrées, elle vit Max assis derrière son bureau, ses yeux parcourant les écrans devant lui.

Elle courut vers la porte. Même si elle possédait l'habilitation de sécurité, toutes les portes extérieures étaient fermées après 21 heures. Il n'y avait donc aucun autre moyen d'entrer que de se faire ouvrir la porte par l'agent de sécurité.

— Max appela-t-elle en atteignant la porte vitrée et en frappant.

La tête de Max se retourna pour la regarder, une expression de surprise sur le visage. Puis il sourit et se leva.

Un instant plus tard, il déverrouilla la porte et lui fit signe d'entrer, la verrouillant derrière elle.

— Hé, docteur Cruickshank ! Une urgence ?

Elle força un sourire sur ses lèvres.

— Non, non, Max. Mais vous me connaissez. Je n'arrivais pas à dormir, alors j'ai commencé à penser à l'une des expériences sur lesquelles je travaille. J'ai donc décidé de venir jeter un coup d'œil à certaines données.

Elle savait qu'il ne trouverait pas bizarre qu'elle arrive si tard. Il était conscient de sa propension à travailler trop.

Il secoua la tête en signe de réprimande légère.

— Vous travaillez trop dur. M. Patten a intérêt à vous augmenter bientôt. Cet homme ne sait vraiment pas quelle perle il a à ses côtés.

— Ça ne me dérange vraiment pas. J'aime mon travail.

— Il est vrai qu'il est agréable d'apprécier son travail. Toutefois, c'est une autre histoire d'avoir du temps libre.

— Une fois cette étape de mon projet de recherche terminée, je prendrai un peu de temps libre, ne vous inquiétez pas, lui assura-t-elle en regardant derrière elle et en scrutant l'obscurité au-delà du bâtiment.

— Si vous le dites.

— Je vais juste monter au laboratoire. Oh, et Max, personne n'est venu me chercher ce soir, n'est-ce pas ?

Il lui jeta un regard perplexe.

On vous chercherait ? Pourquoi quelqu'un vous chercherait-il ?

— Oh, rien... Quoi qu'il en soit, j'avais juste envie de travailler sans être dérangée, tergiversa-t-elle.

— Pas de problème.

Apaisée, elle se dirigea vers l'ascenseur et y pénétra. Dès qu'elle atteignit la porte de son laboratoire, elle se sentit déjà plus à l'aise. Max s'assurerait que personne ne puisse entrer dans le bâtiment, même pas Aiden. Grâce aux caméras de surveillance, Max le détecterait et déclencherait l'alarme anti-intrusion, ce qui alerterait immédiatement la police. Ce soir, elle serait en sécurité. Elle pourrait dormir sur le vieux canapé de son petit bureau situé juste à côté du laboratoire.

Elle fouilla frénétiquement son sac à main, heureuse d'avoir eu le réflexe de l'emporter avec elle lorsqu'elle avait quitté précipitamment son appartement en proie aux flammes. Sans réfléchir, sa main se dirigea vers la poche de son jean où son pendentif faisait un petit renflement. Ses recherches étaient en sécurité. C'était tout ce qui comptait. Elle sortit le collier de sa poche et le mit autour de son cou. Lorsqu'elle sentit à nouveau le pendentif contre sa peau, un sentiment de soulagement la submergea.

Dès qu'elle ouvrit la porte, elle s'engouffra dans l'obscurité du laboratoire. Ce n'est qu'une fois la porte refermée derrière elle qu'elle tendit la main vers l'interrupteur et l'actionna. La pièce fut instantanément baignée dans la lumière crue de l'éclairage fluorescent.

Elle fit un pas de plus dans la pièce et balaya du regard les alentours. Son regard tomba sur sa table de travail, où se trouvait son ordinateur portable. Le couvercle était ouvert. Elle était certaine de l'avoir fermé avant de partir plus tôt dans la soirée.

Submergée par une intuition étrange, elle se dirigea vers le comptoir et fixa l'écran. Sur un fond noir, le curseur clignotait de manière alarmante. Tout ce qu'elle put lire était « c:/. »

Son cœur sombra.

— Oh mon Dieu, non ! se murmura-t-elle à elle-même, consciente de la signification du curseur clignotant. Mais elle ne voulait pas y croire.

Elle appuya sur la touche « Entrée », mais tout ce que l'ordinateur fit fut de cracher un autre «c:/ ». Puis un autre. Elle glissa sur sa chaise, et ses doigts volèrent sur le clavier, entrant toutes les commandes qu'elle connaissait pour tenter de redémarrer le système. Rien n'y fit.

Cela confirma ses soupçons : quelqu'un avait tenté d'accéder aux données de son ordinateur portable crypté. Le système de sécurité dont il était muni avait alors déclenché la séquence d'autodestruction, effaçant ainsi tout le contenu du disque dur. Il ne restait plus aucune donnée.

Elle ne put s'empêcher de suspecter un lien entre cet incident et les évènements survenus plus tôt dans la soirée : la voiture qui avait manqué de l'écraser, l'incendie à son appartement, l'enlèvement. Quelqu'un tentait manifestement de s'emparer de ses recherches. C'était la seule explication possible.

Aiden avait-il été envoyé par une société pharmaceutique rivale pour lui dérober ses données ? S'agissait-il de cela ?

Elle devait en avoir la certitude. Elle se leva brusquement de sa chaise et courut vers son bureau. Si quelqu'un avait bricolé son coffre-fort, elle saurait avec certitude qu'ils cherchaient cela.

— Des démons, mon cul ! Ce sont plutôt des espions industriels !

Leila ouvrit la porte de son bureau et se tourna vers la gauche, où son coffre-fort était encastré dans le mur. Elle s'arrêta net. La porte du coffre-fort était grande ouverte.

Elle fit un pas hésitant vers lui. Personne ne semblait avoir forcé l'ouverture du coffre-fort ou utilisé des explosifs. Non, le verrou avait été ouvert de l'intérieur. Et la seule autre personne qui pouvait le faire était Patten, son patron.

Pourquoi ?

Avait-il été payé pour voler les données de l'entreprise et les vendre à une autre ? Elle secoua la tête, tentant de repousser la déception qui la submergeait. Elle tendit la main vers le coffre-fort, faisant un pas de plus. Elle marcha sur quelque chose, ce qui la fit reculer instinctivement.

Elle baissa les yeux vers le sol.

À ses pieds, un petit flot de sang entourait un pouce abandonné, jeté comme un outil inutile.

Ses lèvres entr'ouvertes, elle allait crier, mais une main vint étouffer ce bruit, empêchant ainsi toute expression de sa terreur.

13

A iden maintint sa paume sur la bouche de Leila pour s'assurer qu'elle ne criait pas. Il enroula son autre bras autour de sa taille, la tirant contre lui.

Il n'avait pas été difficile de la trouver. Elle n'avait que deux endroits où se trouver : son appartement ou son laboratoire. Bien sûr, elle aurait pu séjourner dans n'importe quel hôtel, mais, compte tenu de ce qu'il savait de son passé et de ce qu'il avait lu dans son dossier, il avait deviné qu'elle choisirait un endroit familier, un endroit où elle se sentirait en sécurité. Il avait supposé qu'elle opterait pour le laboratoire pour des raisons évidentes. L'une d'entre elles était que son appartement était actuellement inhabitable. Une autre était qu'elle croyait que son bureau était hors de portée des intrus. Malheureusement, ce n'était pas le cas.

Il n'a pas eu de difficulté à contourner l'agent de sécurité, grâce à son déguisement. L'homme ne l'a pas remarqué, le prenant pour un simple passant.

Aiden approcha doucement sa bouche de l'oreille de Leila, ses cheveux effleurant délicatement sa joue.

— Chut, susurra-t-il.

Il sentit son corps se raidir en prenant conscience qu'il la retenait prisonnière une fois de plus. Un murmure inaudible frappa sa main. Son souffle chaud faillit l'embraser, envoyant une flamme brûlante dans son entrejambe.

— Oui, c'est bien moi. Tu as fait preuve d'une grande imprudence en me quittant. Je t'avais pourtant dit que je te protégerais !

Il ressentit à nouveau de la colère.

— Tu vas te taire si j'enlève ma main de ta bouche maintenant ?

Elle hocha la tête en signe d'accord.

Lentement, il retira sa main et fit pivoter Leila vers lui. Ses lèvres s'écartèrent aussitôt, sa gorge se contractant. Évidemment, elle n'allait pas céder aux désirs d'Aiden. Il n'y avait plus qu'une seule chose à faire.

Avec un juron bas, il l'attira contre lui et posa ses lèvres sur les siennes, capturant sa bouche dans un baiser brûlant, un baiser qu'il avait désiré toute la nuit.

Merde, ce n'était pas comme ça que ça devait se passer. Tout ce qu'il avait à faire, c'était venir chercher son cul insolent et le ramener dans un endroit sécuritaire, tout en la surveillant. Et qu'est-ce qu'il faisait, cet idiot ? Il l'embrassait !

Et ce ne fut pas un baiser banal. Il engloutit sa bouche, dévora sa délicieuse grotte, s'emmêla avec sa langue récalcitrante jusqu'à ce qu'un son – en partie un sanglot, en partie un soupir – lui échappe. Cependant, il ne s'arrêta pas là. Au contraire, le petit son qu'elle avait émis l'incita à aller plus loin, à glisser ses doigts dans ses cheveux pour la serrer plus fort contre lui. Tandis que ses poings heurtaient ses épaules, il essayait vainement de l'empêcher de faire quoi que ce soit.

Il glissa sa main gauche sur la douce courbe de son postérieur et l'enserra contre son érection qui grandissait. Il voulait la punir pour l'avoir échappé. Peut-être que cela l'inciterait à l'écouter. Parce qu'une protégée qui n'écoutait pas son garde du corps était comme morte. C'était une idée qui ne lui plaisait pas. La pensée que Leila puisse être blessée, voire pire, lui serra le cœur, l'affligeant profondément. Il n'avait connu cette émotion qu'une seule fois, au décès de Julia. Il devait absolument l'empêcher de se reproduire. Il devait trouver un moyen de gagner la confiance de Leila.

Et si leur rencontre s'était produite dans des circonstances différentes ? Collerait-elle son corps de pécheresse contre le sien, presserait-elle ses courbes douces contre ses muscles durs avec abandon, comme si c'était des amants ? Cette pensée lui vint à l'esprit. Pourrait-il un jour réussir à ce qu'elle le comprenne, pour que cette possibilité devienne réalité ?

Aiden la relâcha finalement, bien qu'avec regret.

Leila lui adressa un regard empreint de colère, haletante. Ses lèvres étaient rouges et gonflées, le résultat de multiples baisers. Ses yeux se dirigèrent vers la porte qu'il avait bloquée, ses pensées d'évasion se dessinant clairement sur son visage, comme s'il lisait dans ses pensées.

— Comment oses-tu ? Comment as-tu pu entrer ici ?

Son ton cassant soulignait sa colère, et la façon dont elle s'essuyait les lèvres avec le dos de sa main était si délibérée qu'il savait que le geste était destiné à lui signifier que son attention physique n'était pas souhaitée.

— Je suis un expert en infiltration, capable de traverser des obstacles imposants.

— L'agent de sécurité aurait dû te voir sur les caméras. Il aurait déjà dû prévenir les autorités.

— Il ne m'a pas remarqué.

Elle recula lentement et heurta la porte du coffre-fort, qui était restée ouverte derrière elle. Soudainement, le regard d'Aiden se posa sur l'intérieur obscur. Il le montra du doigt.

— Qu'est-ce qui s'est passé ici ?

— Pourquoi ne me le dis-tu pas ? grommela-t-elle. Tu as ouvert le coffre, n'est-ce pas ?

Il fit un pas vers elle, la faisant reculer.

— Quand cela aurait-il pu se produire, Leila ? J'étais avec toi toute la nuit. Tu avais presque une demi-heure d'avance sur moi. Alors dis-moi comment j'aurais pu entrer dans ton laboratoire après ton arrivée.

Son front se plissa tandis qu'elle mordillait sa lèvre inférieure. Et, bon sang, si ce n'était pas un geste qui lui donna envie de la ramener dans ses bras et de lui assurer que tout allait bien !

— Pourquoi devrais-je te croire ?

Ses yeux fixèrent un point à côté de lui pour la seconde fois. Si elle espérait toujours que la police ou un agent de sécurité arrivent, elle serait déçue.

— Parce que tu es une femme intelligente.

Peut-être que, en faisant appel à son intelligence, il pourrait y arriver.

— Si tu regardes les choses sous un angle logique, tu verras que c'est impossible. J'étais avec toi tout le temps, sauf lorsque tu es allée prendre une douche au motel.

Il fronça les sourcils.

— D'ailleurs, je suis tombé dans ce piège vieux comme le monde. Néanmoins, tu crois vraiment que je t'aurais laissée seule au motel alors que je croyais que tu étais sous la douche ?

Il la regarda droit dans les yeux.

Pendant quelques secondes, elle la regarda en retour, fixement, avant de finalement hocher la tête.

— Qui a fait ça, alors, si ce n'est pas toi ?

Elle désigna le plancher du bout de son index.

Aiden suivit le doigt tendu de Leila et vit ce qu'elle regardait : un doigt humain, maculé de sang, reposant sur le sol, juste devant le coffre-fort. Il lui jeta un regard perplexe.

— Qu'est-ce que c'est, ça ?

Les larmes commencèrent à monter aux yeux de Leila. Elle continuait de pointer son pouce ensanglanté. Sa voix trembla quand elle répondit :

— Le seul moyen d'ouvrir le coffre-fort, c'est l'empreinte du pouce, soit la mienne...

Sa voix s'estompa.

Inconsciemment, les yeux d'Aiden cherchèrent ses mains, même s'il savait ce qu'il y trouverait : des doigts impeccables et parfaits.

— Le pouce de qui ? demanda-t-il avec insistance.

Elle eut du mal à avaler sa salive.

— M. Patten. Mon patron. C'est la seule autre personne qui aurait pu ouvrir...

Une larme solitaire roula sur sa joue.

— Dis-moi que tu n'as pas fait ça. Dis-moi que je ne suis pas aux mains d'un dérangé, supplia-t-elle à travers les sanglots qui l'envahissaient maintenant.

Il la fit relever la tête en utilisant son pouce et son index.

— Je n'ai pas fait ça. Tu dois me croire.

Il lutta contre l'envie de l'enlacer. Ce n'était pas le moment. Il jeta un coup d'œil vers le coffre-fort.

— Le coffre est vide. Qu'est-ce que tu y mets d'habitude ?

Leila hésita, mordillant sa lèvre une fois de plus.

— J'y range généralement un disque de sauvegarde de mes données de recherche.

Un juron lui échappa.

— Le remède contre l'Alzheimer ?

Elle releva la tête, les pupilles agrandies.

— Comment tu... ?

Elle l'évita, cherchant manifestement à s'éloigner de lui pour rejoindre son bureau.

— Ça n'a pas d'importance. Ce médicament était-il destiné au traitement de la maladie d'Alzheimer ?

Les yeux de Leila se tournèrent vers la porte, l'espoir d'un sauvetage diminuant à mesure. À contrecœur, elle hocha la tête.

— Putain !

Il passa une main tremblante dans ses cheveux, constatant qu'il était arrivé trop tard.

— Maintenant, les Démons l'ont en leur possession. S'il te plaît, dis-moi que les données seules ne leur permettront pas de recréer la drogue.

S'ils avaient tout ce dont ils avaient besoin, il avait encore échoué.

— Les Démons ?»

S'apprêtait-elle enfin à le croire ? Il l'espérait.

— Pourquoi veulent-ils mes recherches ? Pourquoi ?

Il vit l'effroi dans ses yeux.

— Ils en ont besoin pour asseoir leur pouvoir sur les humains. Cela leur permettra de renforcer leur influence sur eux et de les séduire. La substance sur laquelle tu travailles leur sera utile pour manipuler les humains et les attirer vers leur camp.

— Oh mon Dieu !

Puis, elle regarda le coffre-fort.

— Ce n'était pas dedans, murmura-t-elle si doucement que cela faillit échapper à son attention.

Elle semblait perdue.

Peut-être que la nuit entière avait été trop éprouvante pour elle. Après tout, c'était une humaine. Ils avaient des limites à ce qu'ils pouvaient supporter avant de craquer. Il devrait en tenir compte.

Il désigna du doigt le coffre-fort ouvert.

— Bien sûr que non ! Il est vide, ils l'ont pris. Les Démons l'ont pris.

Leila secoua la tête.

— Il n'était pas là. Ce disque.

Il concentra de nouveau son attention sur les mots qu'elle avait prononcés.

— Que voulais-tu dire par là ?

— J'ai sorti le disque il y a quelques jours et je l'ai effacé.

Avait-il bien entendu ?

— Tu as fait quoi ?

Ses yeux bleu océan le regardèrent, grands, beaux, encore scintillants de larmes.

— J'ai détruit le disque de sauvegarde. J'ai eu un sentiment étrange... J'ai senti qu'il n'était pas en sécurité. Alors, je l'ai pris et j'ai effacé les données.

— Où sont les données originales ?

Si c'était juste une copie, il aurait dû y avoir un deuxième disque. Est-ce qu'ils ont pu la récupérer après avoir réalisé que le coffre était vide ? S'il était encore là quelque part, il n'y avait qu'une seule chose à faire maintenant que les Démons étaient devenus assez effrontés pour lancer une attaque.

— Montre-moi où il se trouve. Nous devrons le détruire.

LE CŒUR de Leila s'arrêta momentanément.

— Détruire ?

Elle secoua la tête, incrédule. Il ne pouvait pas dire ça. Elle y avait consacré des années de sa vie et ne pouvait pas simplement effacer son travail comme s'il n'avait jamais existé.

Lorsqu'elle vit l'expression choquée d'Aiden lorsqu'elle mentionna l'existence d'une sauvegarde sur disque, gardée dans un coffre-fort, elle comprit que quelqu'un d'autre devait l'avoir ouvert. Mais le fait qu'il voulait détruire ses données n'améliora pas la situation.

— Tu ne comprends pas. C'est ma recherche. Je vais guérir la maladie d'Alzheimer.

Elle retrouverait ses parents. Ils auraient une chance de recouvrer suffisamment de leurs facultés pour se souvenir qu'ils l'aimaient et qu'ils s'aimaient l'un l'autre.

Aiden posa ses mains sur les épaules d'Eve, ses yeux profonds exprimant toute sa détermination.

— Je comprends. Mais c'est plus important.

Plus important que la guérison d'une terrible maladie ?

— Non !

Elle secoua ses mains et recula d'un pas. Ce n'était pas possible. Instinctivement, sa main se leva pour toucher son pendentif. Elle le ramena de force à son côté, espérant ne pas avoir attiré l'attention sur lui. Protéger la dernière copie de ses données de recherche était vital. En effet, non seulement les Démons la voulaient, mais Aiden aussi.

— Si ce médicament est mis sur le marché, il ouvrira l'esprit des humains et les rendra plus sensibles à l'influence des Démons. Ce sera un jeu d'enfant pour eux d'infiltrer leur esprit, de jouer avec eux, de les manipuler. Tu ne réalises pas ? Cette drogue est la cause de tout ça. Nous devons l'empêcher.

Leila frissonna en entendant la détermination dans la voix d'Aiden. Il ne l'écouterait pas. La seule solution était de mentir.

Elle hocha la tête, donnant l'impression d'être d'accord. Tout espoir de voir Max venir la sauver s'était envolé.

— L'autre exemplaire est sur mon ordinateur portable, qui est crypté.

Elle désigna la porte du doigt.

— Dans le labo, compléta-t-elle.

Aiden se tourna vers elle.

— Où ça, exactement ? demanda-t-il.

Elle le dépassa et se dirigea vers son plan de travail où, quelques minutes plus tôt, elle avait confirmé que son ordinateur portable avait été effacé. Il ne lui restait plus qu'à développer certaines compétences d'actrice pour lui faire croire que les dernières informations de recherche avaient aussi été anéanties. Peut-être qu'alors, il la laisserait tranquille, persuadé que les démons ne pourraient plus rien lui prendre. Elle reprendrait alors le contrôle de sa vie.

— Oh, non ! s'exclama-t-elle, essayant de paraître convaincante.

Elle se laissa tomber dans le fauteuil et fixa le moniteur où le sinistre « c:/ » pulsait toujours en silence.

— Qu'est-ce qui ne va pas ?

Elle leva les yeux vers lui, forçant ses yeux à verser des larmes.

— Quelqu'un a essayé de pirater mon ordinateur portable.

— Merde ! s'exclama-t-il. Ont-ils réussi ?

Secouant la tête, elle continua sa mascarade.

— Non, mais ils ont activé la fonction d'autodestruction.

— Qu'est-ce que ça veut dire ? demanda-t-il en se penchant sur son épaule, s'approchant dangereusement.

J'avais installé un logiciel de sécurité sur mon ordinateur portable. Si quelqu'un tente de se connecter à mes données plus de deux fois sans succès, le programme déclenche une action automatique : il efface tout le disque dur.

— Donc, tu veux dire que toutes les données ont disparu ?

Elle hocha la tête.

— Oui, toutes.

Sentant qu'elle devait montrer son désespoir face à la perte de ses recherches, elle détourna le visage et laissa échapper un sanglot. Ce n'était pas trop difficile à produire. La pensée du pouce ensanglanté sur le sol de son bureau lui donnait une raison suffisante pour pleurer à chaudes larmes. Cela la frappa sans crier gare : la douleur qu'avait dû subir son patron.

— Oh, mon Dieu ! Patten. Je dois le retrouver. Il a besoin d'un médecin. Oh mon Dieu, ces salauds !

Elle se leva d'un bond et faillit percuter Aiden, qui la retint instantanément en posant une main sur sa hanche.

— Où se trouve son bureau ?

— Il se trouve au huitième étage.

— Allons-y ! ordonna-t-il.

Alors qu'ils couraient vers la porte et l'ouvraient, une alarme retentit dans le couloir. Des lumières stroboscopiques clignotèrent.

Aiden lui lança un regard interrogateur.

Ils verrouillent le bâtiment.

Et elle pouvait deviner ce que cela signifiait.

14

———————

iden à ses côtés, Leila se précipita vers l'ascenseur en appuyant sur le bouton d'appel avec impatience.

— Allez, allez, le cajola-t-elle en se dandinant d'une jambe sur l'autre. Ses soucis pour sa propre sécurité étaient éclipsés par ses inquiétudes pour son patron.

Elle n'avait peut-être pas été d'accord avec lui lors de leur dernier échange, mais cela ne signifiait pas qu'elle ne se préoccupait pas de son bien-être. De plus, une petite voix dans sa tête lui disait que c'était en partie de sa faute.

Aiden agrippa brusquement son bras, attirant ainsi son attention. Le regard sombre sur le visage d'Aiden confirma ses craintes : il partageait les mêmes inquiétudes. Cette révélation n'apaisa pas vraiment ses nerfs.

Le signal retentissant du bouton « Ascenseur » indiqua l'arrivée imminente de la cabine. Dès que les portes s'ouvrirent, elle se faufila rapidement à l'intérieur et appuya sur le bouton du huitième étage.

Le silence régnait entre eux pendant le trajet. Leila ne quittait pas des yeux l'affichage indiquant leur progression d'étage en étage. Elle avait l'impression que l'ascenseur avançait au ralenti, comme un escargot. Le bus de la ville aurait pu les transporter plus rapidement.

— Nous aurions dû prendre les escaliers, marmonna-t-elle.

Soudain, elle sentit la main d'Aiden sur son bras, la serrant affectueusement. Elle leva les yeux vers lui et perçut une étincelle de compassion dans son regard. Elle s'évanouit aussi rapidement qu'elle était apparue. Peut-être avait-elle seulement vu ce qu'elle voulait voir, même si elle sentait bien que l'homme dur à côté d'elle n'avait aucune capacité pour une telle émotion. Il avait demandé froidement qu'elle détruise ses propres recherches, sans la moindre hésitation. Si quelqu'un pouvait faire ça, en sachant qu'il priverait des milliers, voire des millions de personnes, d'un remède contre une maladie dévastatrice, de quoi d'autre était-il capable ?

Lorsque les portes de l'étage de la direction s'ouvrirent enfin, Leila laissa échapper un soupir de soulagement et se précipita vers le bureau de Patten. En approchant, elle remarqua que la porte était largement entre-bâillée.

Elle entra en trombe, Aiden sur ses talons.

La pièce était éclairée, les lampes fluorescentes illuminant l'espace ; la petite lampe qui se trouvait normalement sur le bureau de Patten gisait brisée sur le sol devant celui-ci – à côté du corps de Patten.

Un cri étouffé tenta de sortir de sa gorge, mais n'y parvint pas tout à fait. Sa respiration s'était arrêtée. Mais ses pieds la rapprochèrent du corps, presque comme si une partie perverse d'elle-même voulait se gaver de ce spectacle. Elle devait connaître les circonstances de sa mort.

Elle fixa la forme inanimée étendue à ses pieds. Du sang coulait de son cou, ayant taché sa chemise et sa cravate. La blessure semblait nette et presque... parfaite, comme si le tueur savait ce qu'il faisait. Son regard se posa sur les mains de Patten. Et là, comme pour confirmer ses soupçons, il n'y avait plus de pouce sur sa main droite.

Un sanglot s'échappa de sa poitrine, contournant la boule dans sa gorge qui l'empêchait de s'exprimer. Elle avait déjà vu des corps sans vie à l'école de médecine et pendant son stage. Cependant, c'était différent. Ce n'était pas clinique, et ce n'était pas attendu. C'était un crime brutal.

Tout ça pour que quelqu'un puisse accéder à ses recherches ? N'était-ce pas de sa faute ?

Les bruits provenant du couloir firent lever la tête d'Aiden, qui regarda ensuite la porte puis revint vers elle.

— Quelqu'un arrive. Pas un mot. Promets-le-moi, ordonna-t-il.

Elle hocha la tête machinalement, comme si elle pouvait dire quoi que ce soit, tout en luttant contre la montée de nausée qui se développait dans son estomac à l'odeur métallique du sang qui atteignait ses narines.

Aiden la tira à l'écart, loin du corps, et cette fois, elle n'eut pas la force de le combattre. À présent, d'une manière ou d'une autre, son cerveau avait compris qu'il ne lui ferait pas de mal. Même si elle savait qu'elle ne pouvait pas lui faire entièrement confiance, elle ne pourrait jamais lui avouer l'existence d'une dernière copie de ses données de recherche.

Il la fit se rapprocher de lui, lorsque soudain plusieurs personnes entrèrent dans la pièce. La première d'entre elles, elle la reconnut instantanément : Max. Trois autres hommes entrèrent en scène, derrière lui.

— Ici, monsieur l'agent. Max désigna du doigt le corps de Patten.

— Je faisais ma ronde quand je l'ai trouvé."

La police, enregistra-t-elle instantanément, soulagée qu'ils soient enfin arrivés.

Tandis que deux des hommes se mettaient à genoux à côté du corps, celui qui était corpulent et à qui Max s'était adressé prit la parole.

— Monsieur Flanagan, êtes-vous seul dans l'immeuble ?

Max secoua la tête.

— Non, le docteur Cruickshank travaille toujours aussi. Je devrais aller la voir dans son laboratoire pour m'assurer qu'elle va bien.

Pourquoi Max aurait-il besoin d'aller la voir dans son laboratoire alors qu'elle était ici même ? Leila ouvrit la bouche pour prendre la parole, mais Aiden posa sa main sur sa bouche pour qu'elle ne dise rien. Avant qu'elle puisse protester, sa bouche s'approcha de son oreille. Son souffle chaud caressa sa peau tandis qu'il lui murmurait si bas qu'elle l'entendit à peine.

— Chut, je t'expliquerai plus tard.

La stupéfaction paralysa ses cordes vocales. Pourquoi Max et les autres personnes ne remarquaient-ils pas sa présence ou le fait qu'Aiden avait sa main sur la bouche ? Ne trouvaient-ils pas cela suspect ? Quel genre de détectives étaient-ils, pour ne pas remarquer ce qui se passait juste sous leurs yeux ?

— Kowalski, appela l'un des officiers à côté du corps. On dirait qu'il s'agit d'une coupure nette au niveau de la gorge. Il est probablement mort sur le coup.

— L'équipe médico-légale devrait être là dans un instant.

Le regard de l'agent Kowalski balaya la pièce, sans jamais s'arrêter sur l'endroit où se tenaient Leila et Aiden, comme s'il ne les voyait pas du tout.

— Putain de merde ! s'exclama soudain l'autre agent, en montrant la main de Patten.

Kowalski se rapprocha.

— Bon sang, le meurtrier lui a coupé le pouce. Qu'est-ce que... ?

Puis il se tourna vers Max avec un regard interrogateur.

— Savez-vous ce que cela peut signifier ?

Le visage de Max devint presque aussi blanc qu'un drap et il se serra l'estomac. Oh, mon Dieu, s'il vomissait, Leila n'était pas sûre de pouvoir étouffer sa propre nausée plus longtemps.

— Oh, mon Dieu, le coffre-fort. Il y a un coffre dans le bureau de la Dr Cruickshank...

La voix de Max s'interrompit soudainement.

Aiden, toujours près d'elle, murmura à son oreille : – Allons-y. Maintenant.

Il l'entraîna vers la porte, son geste brusque la faisant trébucher légèrement.

— Tu as entendu ça ? demanda Kowalski.

— Entendu quoi ? répondit l'un des officiers.

Kowalski se frotta la nuque.

— Rien. Alors, vous disiez quelque chose à propos d'un coffre-fort...

Aiden la guida à l'extérieur, les voix derrière elle s'éloignant au fur et à mesure qu'ils marchaient dans le couloir.

— Les escaliers ? chuchota-t-il.

Elle désigna du doigt la direction à prendre. Lorsqu'ils atteignirent la porte, il l'ouvrit et la fit passer à travers, la refermant doucement derrière eux.

Étourdie par la confusion, l'horreur et la nausée, elle le laissa l'entraîner dans les interminables volées de marches, le bruit de ses tennis résonnant dans l'escalier. Le son était lugubre, renforçant son sentiment d'effondrement.

En l'espace de quelques heures, son existence entière avait basculé : son appartement réduit en cendres, sa confiance dans l'ordre du monde ébranlée, ses recherches presque anéanties et son patron tué. Elle se demandait si elle avait la capacité d'en supporter encore plus. Pourtant, d'une manière ou d'une autre, elle sentait que ce n'était pas la fin.

Pourquoi la police ou Max ne l'avaient-ils pas remarquée alors qu'elle se trouvait dans la même pièce qu'eux ? Pourquoi avaient-ils parlé d'elle comme si elle n'était même pas là ? Quelque chose clochait. Avait-elle rêvé tout cela ? Avait-elle eu des hallucinations ?

Aiden la tira vers la sortie, poussant une porte, puis une autre, jusqu'à ce que l'air froid de la nuit la traverse.

Des sirènes de police retentissaient à l'extérieur et plusieurs voitures de police s'arrêtèrent dans un crissement de pneus près de celle qui était déjà là. D'autres policiers, certains en civil et d'autres en uniforme, en descendirent et se dirigèrent vers le bâtiment.

Ils les ignoraient, Aiden et elle, et les laissaient passer. Ils auraient dû les arrêter, leur poser des questions sur ce qu'ils faisaient là, au milieu de la nuit.

— Pourquoi ? marmonna-t-elle.

Aiden la traîna jusqu'au coin suivant, puis s'arrêta finalement de marcher et la tira jusqu'à l'entrée d'un café.

Elle le fixa intensément.

— Pourquoi ne nous ont-ils pas interpellés ? Ils ne nous ont pas... ils ne nous ont pas vus ?

Il balaya une mèche de cheveux du visage de Leila et la poussa derrière son oreille, un geste si doux qu'elle l'avait certainement rêvé.

— Je nous ai dissimulés. Nous étions invisibles pour eux.

— Invisibles ?

C'était impossible. C'était contraire aux lois de la physique. Ce n'était pas possible.

— Mais...

— C'est l'un des pouvoirs des Gardiens de la Nuit. Nous avons le don de rendre les humains invisibles aux yeux des autres grâce à notre toucher. Nous l'utilisons pour cacher nos protégés des Démons. C'est pourquoi ils ne nous ont pas vus, mais ils pouvaient quand même nous entendre. C'est pourquoi j'ai dû t'interdire de parler.

– C'est impossible. Cette loi de la physique n'existe pas. Personne ne peut accomplir cela.

C'était trop fou, mais cela devait être vrai : ni Max ni la police ne l'avaient vue. En fait, ils avaient regardé à travers elle comme si elle était effectivement invisible. Il faut dire qu'elle avait déjà observé Aiden passer au travers de cloisons. Devenir invisible n'était pas plus étrange que de traverser des objets solides.

— Je suis invisible, se dit-elle à voix basse.

Il hocha la tête en signe d'approbation.

— Oui, c'était le seul moyen de nous sortir de cette situation. Nous ne pouvons pas nous permettre d'avoir affaire à la police. Ils ne seront pas en mesure de te protéger. Moi oui.

— On a assassiné Patten.

— Nous devons partir, maintenant.

Il tourna la tête vers l'endroit d'où ils venaient.

— Ce lieu n'est pas sûr. Les Démons sont peut-être encore dans les parages.

Pour une fois, elle était d'accord avec lui. Après tout, si ces créatures avaient pu tuer Patten sans hésitation et lui trancher le pouce, elles pourraient très bien lui faire la même chose si elles la trouvaient. De toute évidence, la sécurité du bâtiment n'était pas suffisante pour les empêcher d'entrer. D'une manière ou d'une autre, ils ont réussi à contourner Max, peut-être de la même manière qu'Aiden. Maintenant qu'elle savait qu'il pouvait à la fois traverser les murs et devenir invisible, il n'y avait plus de place pour le doute sur la façon dont il était entré. Les démons auraient pu agir de la même manière. Il était préférable qu'elle l'accompagne maintenant. Il était le seul capable de la défendre contre ces créatures maléfiques.

— Tu vas me faire du mal ?

Ses yeux s'élargirent et ses lèvres s'écartèrent. Le souffle d'Aiden effleura sa peau comme un spectre.

— JAMAIS.

15

L'estomac d'Aiden se tordit tandis qu'il ramenait Leila à l'endroit où il avait garé la voiture.

Il lui avait dit qu'il ne lui ferait jamais de mal. Quelle trahison ! S'il devait accomplir sa mission, il devrait la tuer. Si le Conseil modifiait ses votes et décidait plus tard que Leila devait être éliminée pour assurer la sécurité de l'humanité, il devrait suivre ses ordres. En effet, s'il ne le faisait pas, il serait puni pour désobéissance, et les humains auraient de sacrés ennuis. La première conséquence, il pouvait la supporter ; la seconde était inacceptable.

Mais le ferait-il vraiment ? Serait-il capable d'enfoncer son couteau dans le doux corps de Leila et de la vider de sa vie, alors qu'il voulait la voir vivre, rire, respirer et surtout, aimer ? Serait-il prêt à transgresser sa mission, car elle comptait pour lui ?

Il tenta de chasser cette idée, mais elle fut remplacée par une autre, plus gênante encore.

Il lui avait dit qu'en la touchant, il pouvait la rendre invisible. Il n'avait pas menti, mais il avait seulement oublié de mentionner que, grâce à la puissance de son esprit, il était capable de la rendre invisible sans aucun contact. Il avait laissé croire à la demoiselle qu'elle devait lui permettre de la toucher pour rester invisible aux yeux des Démons. Il devrait corriger son omission tout de suite.

Il hésita un moment. Si elle pensait qu'elle devait rester physiquement près de lui pour être dissimulée, il serait plus facile de la protéger. Elle ne s'enfuirait pas une seconde fois. Et cela lui éviterait de divulguer encore plus d'informations sur les Gardiens de la Nuit qu'il ne voulait en donner. Mais elle avait le droit de connaitre la vérité. Il corrigerait sa supposition dès qu'ils seraient dans un endroit sûr où il aurait le temps de tout lui expliquer, d'énoncer les règles de base et de répondre aux nombreuses questions qu'elle ne manquerait pas de poser.

— Où allons-nous ?

Sa voix tremblait alors qu'elle s'empressait de suivre ses longues enjambées.

— Dans une maison sécurisée.

Il y en avait plusieurs dans la ville : discrètes et dotées d'humains fidèles à leur cause, d'humains qui leur devaient quelque chose.

Aiden sortit son smartphone de la poche de sa veste et tapa un code. Quelques instants plus tard, une application se chargea. Il saisit un autre code et laissa le système calculer. Même s'il connaissait chaque planque de cette ville, puisqu'il s'agissait de sa base, il ne savait pas si l'une d'entre elles était déjà prise. Il serait contraire au protocole de se rendre dans une planque alors qu'un autre Gardien de la Nuit s'y trouvait déjà avec l'un de ses protégés. Cela ne ferait qu'exposer les autres au danger.

Lorsqu'une carte s'afficha, un seul point rouge clignota : c'était la seule cachette disponible. Il glissa son doigt dessus pour indiquer sa présence. Une bulle apparut sur l'écran. « Notifier second ? » put-on y lire. Il appuya sur « oui », puis éteignit le téléphone, afin que personne d'autre ne puisse le localiser.

— Allons-y.

Il pressa Leila de monter dans la voiture, ce qu'elle fit sans protester. Peut-être que, après avoir vu le cadavre de son patron, elle avait fini par comprendre qu'elle devait lui faire confiance si elle ne voulait pas connaître le même sort. Aiden mit le moteur en marche et accéléra, laissant Inter Pharma et la police derrière lui.

– Parle-moi des Démons, s'il te plaît.

Il la regarda en coin, étonné par sa question. Il avait pensé qu'elle voudrait faire abstraction de tout ce qu'elle avait vu et ne pas en parler. Apparemment, il s'était trompé à son sujet. Elle était peut-être plus résistante qu'il ne le pensait.

Alors qu'il insérait la voiture dans le flot de la circulation, il se demanda comment aborder le sujet.

– Dis-moi ce que tu veux savoir.

– Tout : leur apparence, leur motivation, leurs forces et leurs faiblesses, leurs cachettes, leurs méthodes...

– Attends, attends, c'est déjà beaucoup trop d'informations pour commencer. De plus, je ne peux pas répondre à toutes tes questions.

— Comment peux-tu encore me cacher des choses après tout cela...

Elle jeta un regard vers la fenêtre, indiquant ce qu'ils avaient laissé derrière eux.

—... ce qui s'est passé là-bas ?

Il la fixa, son pouls s'accélérant face à son accusation. Pourquoi se préoccupait-il de son opinion à son égard ? Pourtant, il ne pouvait nier qu'il était profondément touché par cette question. Il ne voulait pas qu'elle le perçoive comme un adversaire.

— Sois assurée que je ne te cache rien. Je ne suis pas en mesure de répondre à toutes les questions. Tu crois vraiment qu'on n'aurait pas éliminé les Démons si on avait su où ils se cachaient ?

Il maintenait sa voix posée, malgré la tempête qui se déchaînait en lui.

— Oh.

Elle croisa les bras sur sa poitrine et fixa droit devant elle.

— Alors, qu'en est-il de tous les autres trucs ?

Il leva une main du volant et la passa dans ses cheveux.

— Ils sont là depuis les Jours Sombres. Personne ne sait comment ils sont apparus.

— Qu'est-ce que les « Jours Sombres » ? demanda-t-elle.

Il soupira.

— J'y arrive. Patience.

Lorsqu'il la regarda, il remarqua qu'elle serrait fortement ses bras contre sa poitrine. Soudain, l'inquiétude envahit ses entrailles.

— Quelque chose ne va pas ?

— Quelque chose ne va pas ? N'est-ce pas évident ? Les démons ont tué mon patron, et maintenant ils s'en prennent à moi. Et s'ils nous rattrapent et me voient ? Je ne suis plus invisible.

Il s'apprêtait à la corriger, mais avant qu'il ne trouve les mots appropriés, elle le supplia du regard.

— S'il te plaît.

Sa main glissa sur sa cuisse.

— Je dois rester invisible.

La chaleur qui émanait de la paume de Leila lui brûla la chair. C'était bon, bien trop bon pour admettre maintenant qu'elle était masquée depuis le début, depuis qu'il l'avait rejointe dans son laboratoire. Il devrait avouer immédiatement et ne pas la laisser dans l'illusion, lui dire qu'il n'avait pas besoin qu'elle le touche.

— Leila...

— Les Démons..., demanda-t-elle.

Aiden se racla la gorge, mais son aveu ne parvint pas à franchir ses lèvres. Était-ce le Rasen qui le faisait réagir ainsi, alors qu'il aurait dû plutôt lui avouer la vérité au sujet de la dissimulation ? Pourtant, il n'y arrivait pas. Il se l'avoua à lui-même : il était faible. Et quand Leila le touchait, il ne pouvait pas penser clairement.

— Les Démons... répondit-il plutôt, ils vivent dans un endroit que nous appelons les Enfers, faute d'un meilleur terme. Ils s'engouffrent et ressortent par des ouvertures mystérieuses, mais nous ne savons pas si ces soi-disant portails sont fixes ou non, ni où ils se trouvent. Nous ne les avons vus qu'en combattant des entités maléfiques, mais nous n'avons jamais pu en franchir un, et il semble qu'ils disparaissent en même temps que les Démons.

Il lui lança un regard pour vérifier qu'il n'avait pas perdu son attention avec son explication.

— As-tu déjà regardé Stargate ?

Elle hocha la tête.

— C'est à peu près ça. Les Démons passent, puis s'en vont. Probablement vers leur repaire, sous terre.

Il évitait délibérément de mentionner que, eux aussi, avaient des portails. Il préférait qu'elle ignore cette information. Elle n'aurait jamais l'occasion d'en voir un, et elle n'avait pas besoin de savoir cela.

— Donc, ils peuvent apparaître à tout moment ?

— À peu près.

— Quelle est votre stratégie pour vous défendre face à eux ?

— Ils sont insensibles aux armes humaines, poursuivit-il, et il entendit un murmure. C'est logique.

— Cependant, les Gardiens de la Nuit ont des armes contre eux. Toute arme, lame, dague, épée ou autre forgée pendant les Jours Sombres peut blesser ou tuer un démon. C'est la seule chose à laquelle ils soient vulnérables.

Du coin de l'œil, il remarqua qu'elle écartait les lèvres, et il comprit immédiatement ce qu'elle allait lui demander.

— Les Jours Sombres ? C'est à cette époque que les Gardiens de la Nuit ont fait leur apparition. Notre lignée remonte à une tribu des Hébrides extérieures, située au large du continent écossais. Ce sont des chevaliers, des guerriers qui protégeaient leurs îles des intrus en les enveloppant d'un épais brouillard que personne n'aurait pu percer. Tout assaillant potentiel naviguait simplement devant eux, ignorant qu'il y avait une terre en vue.

Leila prit une profonde inspiration.

— C'est ce que tu fais ? Cacher les gens dans un nuage de brouillard ?

Aiden lui adressa un sourire en coin.

— Non. Nos pouvoirs ont évolué au fil des siècles. Nous n'avons plus besoin de brouillard pour nous cacher ou pour dissimuler ceux qui nous entourent. Nous les rendons simplement invisibles.

Et il pouvait le faire de manière sélective. S'il le désirait, il pouvait les rendre invisibles aux démons, mais visibles aux humains.

— Que veulent les Démons ?

Il poussa un profond soupir. Leila était une fontaine de questions inépuisable. Compte tenu de son statut de scientifique, il aurait dû s'y attendre.

— Qu'est-ce que les gens désirent ? Le pouvoir, la domination, la survie.

Elle agita la main, rejetant sa réponse.

— Non, qu'est-ce qu'ils désirent réellement ? Ils doivent avoir un objectif, une mission.

— C'est leur mission : acquérir du pouvoir sur les humains, séduire les humains pour qu'ils fassent leur travail, alimenter la peur dans ce monde, afin qu'ils puissent s'en nourrir.

— Est-ce que les démons tirent leur force de la peur ?

— Oui, en effet. Plus il y a de peur dans le monde, plus les démons sont forts. En temps de guerre et d'incertitude, ils deviennent plus puissants. Lors de la crise des missiles de Cuba, nous avons vécu un moment critique. Heureusement, l'intervention courageuse d'un dirigeant a permis d'éviter le pire.

— Les gardiens de la nuit ont-ils réussi à désamorcer la crise ? demanda-t-elle.

— Seulement indirectement. Nous n'intervenons pas directement dans ton monde. Nous sommes là pour protéger les humains qui peuvent, d'une manière ou d'une autre, contribuer à renforcer leur propre race. Nous avons assuré la sécurité de diverses figures centrales du gouvernement américain, qui ont contribué de manière décisive à la signature d'un accord avec les Russes pour résoudre la crise. Nous avons pris des mesures pour nous assurer que les démons n'exercent aucune influence sur eux.

— Tu veux dire que tu peux les empêcher de faire quelque chose ?

Aiden secoua la tête. Ce n'était pas si simple.

— Tout ce que nous pouvons faire, c'est cacher les humains dont ta race ne peut pas se passer et les aider à atteindre leur but dans la vie, qu'il s'agisse de jouer le rôle de gardien de la paix, d'inventeur génial ou de scientifique. Cependant, le reste dépend des humains. Nous ne pouvons que les orienter vers le bon chemin, mais nous ne pouvons pas les forcer à y rester.

Il lui jeta un coup d'œil. Leurs regards se croisèrent et il remarqua qu'elle avait soudain pris conscience de la situation.

— Qu'arrive-t-il lorsqu'un humain sous ta protection n'est plus en mesure de combattre l'influence des démons ?

Aiden appuya ses lèvres l'une contre l'autre. Il ne s'attendait pas à ce qu'elle lui pose cette question, et il n'était pas prêt à y répondre.

— Dis-moi. Que deviennent ceux qui font la volonté des démons ?

Ses yeux le transperçaient, et il savait qu'elle ne se reposerait pas avant qu'il lui ait donné une réponse. Pour une fois, il ne pouvait pas mentir.

— Nous devons les éliminer.

Avant qu'ils ne tuent un des nôtres, voulait-il ajouter. Comme ils avaient tué sa sœur. Mais il ne pouvait pas confier cela à Leila. Il ne devrait pas avoir envie de ressentir ce besoin de lui expliquer son raisonnement. Mais pour un motif inexplicable, il voulait qu'elle comprenne pourquoi il devait faire ce qu'il devait faire. Cependant, il n'aimait pas la vulnérabilité que cela lui procurait.

16

Le cœur de Leila battait toujours à tout rompre lorsque Aiden arrêta la voiture. Les paroles d'Aiden résonnaient encore dans ses oreilles. Sa détermination l'avait profondément ébranlée. Même si elle avait encore du mal à y croire, elle reconnaissait la vérité dans ses mots. «Éliminer», avait-il dit, mais elle savait bien qu'il voulait dire : «tuer». Cette façon froide et clinique de s'exprimer, comme si une vie ne signifiait rien pour lui... Peut-être que ce n'était pas vrai.

Après tout ce qu'il lui avait dit sur les Démons, elle avait compris à quel point ils étaient dangereux. C'était donc à elle de les combattre, au cas où ils la trouveraient. Connaissant sa propre lâcheté et sachant qu'elle perdrait n'importe quel combat contre les Démons en une fraction de seconde, une chose primait sur tout le reste : il ne fallait jamais qu'ils la trouvent. Si cela voulait dire qu'elle devait rester invisible jusqu'à ce que la menace soit passée et qu'ils se désintéressent d'elle, alors, c'est exactement ce qu'elle ferait. Cela voulait aussi dire qu'elle allait devoir s'attacher à un Gardien de la nuit en qui elle ne pouvait pas avoir confiance. À un gardien dont l'attirance lui semblait inexplicable, malgré les dangers qu'il représentait.

— Nous y sommes enfin, annonça Aiden en sortant son téléphone portable pour y taper quelque chose.

Un bourdonnement assourdissant attira son attention vers l'avant. Une lueur émergea alors qu'une porte de garage s'ouvrit devant eux. La voiture avança et se stationna dans l'une des places de parking le long du mur le plus éloigné.

— Allons-y ! ordonna-t-il, et il sauta de la voiture, mettant fin à leur contact.

C'était étrange, elle avait toujours sa main sur sa cuisse, et cela lui semblait naturel, comme une extension de son propre corps. Cela l'avait apaisée tout en l'électrisant.

Elle descendit rapidement de la voiture et contourna le véhicule pour se diriger vers Aiden. Cependant, il marchait déjà vers la porte du garage ouverte. Elle l'intercepta et saisit son bras.

Il se tourna vers elle, jetant un coup d'œil à sa main qui tenait son avant-bras. Ses yeux plongèrent dans les siens, la faisant vaciller. Quand il la rattrapa, ses deux mains s'enfoncèrent profondément dans ses muscles des bras. La chaleur dans ses yeux la fit rougir, malgré l'air frais de la nuit qui effleurait sa peau.

— Qu'est-ce qui ne va pas ?

L'inquiétude teinta la voix d'Aiden.

— Je..., bredouilla-t-elle, puis elle dompta sa peur.

Elle n'était pas assez fière pour refuser. Elle voulait juste être en sécurité.

— S'il te plaît, tu dois me garder invisible.

Lentement, ses traits s'adoucirent et l'emprise qu'il avait sur ses bras se relâcha. Les mains d'Aiden caressèrent ses bras, ses mouvements étaient délibérés et réguliers. Un frisson glissa le long de sa colonne vertébrale. Elle comprit que ses gestes visaient uniquement à la tranquilliser, mais cela ne l'empêcha pas de ressentir sa présence comme étant douce et tactile, semblable à une délicate caresse.

Elle ferma les paupières, écrasée par le regard perçant. Cela ne fit qu'intensifier son odeur, qui l'enveloppa comme un cocon protecteur.

Peut-être était-ce simplement la sensation d'invisibilité : une chaleur apaisante, une protection assurée, une conscience aiguisée de son environnement. Plus tôt, lorsqu'ils s'étaient retrouvés à Inter Pharma, elle avait été sous le choc et incapable de comprendre ce qui lui arrivait. Même dans la voiture, quand elle avait déposé sa main sur la cuisse d'Aiden pour se cacher, elle s'était davantage concentrée sur ce qu'il disait plutôt que sur les effets que son corps produisait sur elle.

Maintenant, toutes les distractions avaient disparu, repoussées au loin, et tout ce qu'elle ressentait, c'était la présence de l'homme devant elle. Le pouvoir qui dansait sur sa peau, la force qui suintait de ses muscles et la chaleur qui émanait de lui.

Avec un soupir, elle souleva ses paupières, son regard se heurtant au sien.

Le visage d'Aiden n'était plus qu'à quelques centimètres du sien. Ses lèvres étaient écartées, son souffle rebondissait contre le sien. Nerveusement, elle se lécha la lèvre inférieure. Elle vit alors que les yeux d'Aiden s'attardaient sur son geste. Oh, mon Dieu ! S'il tentait de l'embrasser maintenant, elle serait incapable de se retenir. Au contraire, elle s'empresserait de coller son corps contre le sien, implorant qu'il la prenne. Cela l'aiderait à effacer de sa mémoire tout ce qu'elle avait vécu, à oublier le danger qu'elle courait, ne serait-ce que pendant un instant.

— Nous devons entrer, dit-il soudainement, et il recula en même temps en prenant sa main dans la sienne.

Stupéfaite, elle le suivit hors du garage, qu'il referma derrière eux. Au coin de la rue, elle leva les yeux et observa les enseignes lumineuses. Des néons jaunes, oranges et rouges clignotaient sur la plupart des bâtiments. Ses yeux s'habituèrent et lurent les panneaux.

Ses pieds se figèrent.

— C'est le quartier rouge.

Chacune des enseignes affichait divers services personnalisés : des filles, des massages ou même des filles dévêtues.

Aiden leva les épaules et l'entraîna dans son sillage.

— J'en suis conscient.

Quand ils croisèrent le chemin d'une femme à l'air de dépravée, sans aucun doute une prostituée, Leila fit spontanément un grand détour pour l'éviter. La femme lui adressa un sourire suggestif et l'examina de la tête aux pieds.

— Que dirais-tu d'un rencard ?

Leila lui jeta un regard choqué, surprise d'avoir reçu une proposition.

La prostituée sourit largement, comme si elle s'amusait de son malaise.

— Un plan à trois, chéri ? Cinquante dollars et je te bouffe la chatte pendant que ton homme me baise par derrière.

Le menton de Leila s'affaissa devant cette franche moquerie. Elle n'avait jamais été aussi silencieuse de toute sa vie.

— Peut-être une autre fois, suggéra Aiden en l'entraînant à l'écart.

Leila retrouva sa voix et s'exclama :

— Oh, mon Dieu ! Je ne peux pas y croire, tu as vraiment dit ça.

Envisageait-il vraiment de commettre un tel acte ?

— C'est ce qui arrive quand on regarde les gens dans les yeux, gloussa-t-il.

Suggérait-il qu'elle était responsable de l'offre de la prostituée ?

— Je n'ai pas...

— Malheureusement, je crois que oui. C'est pourquoi elle t'a taquiné.

Il marqua une pause et la regarda en biais.

C'est à ce moment-là qu'elle prit conscience de quelque chose.

— Non, pas ça !

Comment la prostituée avait-elle pu les voir ? Soudain, une bouffée d'adrénaline envahit son corps, faisant battre son cœur dans sa poitrine.

— Pourquoi ne puis-je pas être invisible ?

— Détends-toi. Les démons ne te voient toujours pas. Mais j'ai choisi que nous soyons visibles par les humains.

— Tu peux faire ça ?

Son pouls se calma légèrement.

— Oui.

— Mais pourquoi ? Ne serait-ce pas plus sûr si personne ne nous voyait ?

— Cacher notre existence aux deux espèces demande énormément d'énergie. Je préfère la conserver lorsque cela n'est pas nécessaire.

Eh bien, il semblerait qu'un immortel ait aussi ses limites.

— Qu'est-ce que les démons verront ?

Il haussa les épaules.

— Simplement une prostituée qui se parle à elle-même.

— Oh.

Quelque temps après, ils s'arrêtèrent devant un immeuble de trois étages. Leila fixa l'enseigne lumineuse dans la vitrine. Elle annonçait « Massage thaïlandais ».

— Qu'est-ce qu'on fait ici ?

— C'est notre refuge.

Il devait plaisanter.

— Nous allons passer la nuit ici.

La porte s'ouvrit et une femme d'un certain âge apparut. Non, se corrigea Leila, c'est une maquerelle qui apparut. C'est ainsi que les propriétaires de ce genre d'établissements se désignaient eux-mêmes, car cette femme n'était plus toute jeune. Il y a quinze ans, elle exerçait peut-être encore le métier de prostituée, mais qui aurait envie d'elle maintenant ? Leila se reprocha ses pensées méchantes, les attribuant à sa propre fatigue. Elle avait besoin de dormir, de se reposer et d'oublier ce qui s'était passé cette nuit-là.

— Venez, proposa-t-elle simplement, et elle les invita à entrer dans la maison.

L'intérieur était étonnamment propre et chaleureux. Leila laissa ses yeux vagabonder pendant que la femme les guidait vers le deuxième étage, en passant devant une longue rangée de portes numérotées. Leila frissonna à l'idée de ce qui se cachait derrière elles. Il n'y avait aucune honte à admettre qu'elle avait vécu une existence relativement protégée, éloignée de la saleté et des excès humains.

Elle n'avait jamais mis les pieds dans un bordel auparavant, et elle espérait de tout cœur ne jamais avoir à y revenir. Sa seule consolation était que les chances de rencontrer quelqu'un qu'elle connaissait dans cet endroit étaient nulles. Au moins, elle n'aurait jamais à expliquer cette expérience à qui que ce soit.

Le corridor était bordé de plusieurs virages, évoquant un labyrinthe, les tableaux asiatiques énigmatiques ornant les murs servant de seul repère pour éviter de tourner en rond. Sous ses pieds, des tapis luxuriants amortissaient ses pas. L'odeur des huiles essentielles imprégnait l'air, comme si elle se trouvait dans un spa. De toute évidence, la propriétaire prenait l'étiquette de massage thaï un peu trop au pied de la lettre, comme si elle pouvait tromper qui que ce soit sur ce qui se passait réellement dans cet établissement.

Une porte à sa droite s'entrouvrit, révélant une jeune femme vêtue d'un kimono éclatant. Elle inclina la tête en signe de salutation et sourit. Leila ralentit sa marche, tournant la tête pour regarder la jeune fille qui se dirigeait dans la direction opposée. Elle ne ressemblait en rien à la prostituée qu'elle avait croisée dans la rue. La fille était charmante, ses traits délicats et harmonieux. Si elle l'avait rencontrée dans la rue, elle n'aurait jamais deviné sa profession.

La pression sur sa main la fit sursauter. Aiden lui lança un regard de reproche.

— Tu regardes encore ?

— Je n'étais pas...

Elle n'acheva pas sa phrase lorsqu'elle remarqua un sourire en coin sur ses lèvres. Trouvait-il son malaise dans cet endroit drôle ? Elle souffla et serra les mâchoires.

Finalement, la femme s'arrêta devant une porte au prochain tournant. Elle déverrouilla la porte, puis remit la clé à Aiden.

— Merci, Coralee, répondit-il.

La vieille femme se contenta de hocher la tête et de passer devant elles en traînant les pieds. Alors que la proxénète effleurait son corps, son regard se promenait sur Leila, puis se fixait sur son visage. L'évaluait-elle comme une potentielle chair fraîche pour sa maison close ?

Elle se tourna vers Aiden et lui adressa un sourire.

— Jolie, lui dit-elle avant de disparaître dans le couloir.

Une fois à l'intérieur, il ferma la porte derrière eux, la laissant seule avec lui.

La chambre s'avéra plus spacieuse que prévu. Elle était équipée d'un coin salon, d'un placard, d'une coiffeuse avec miroir et d'un lit, mais un seul. Bien qu'il fût spacieux, cela ne changeait rien au fait qu'il n'y en avait qu'un. Elle posa un regard sur le canapé.

— Tu dois dormir, dit-il. Il y a des vêtements qui te vont dans la salle de bain.

Elle baissa les yeux sur leurs mains jointes.

— Peux-tu me laisser quelques minutes sans me cacher ?

Il hocha la tête.

— Il leur faudra plus de deux minutes pour réaliser ta présence, même s'ils sont quelque part dans les parages. À moins qu'ils ne te voient, auquel cas la détection sera instantanée. Cependant, nous sommes à l'intérieur et les rideaux sont tirés.

Elle contint sa frayeur et entra dans la salle de bains adjacente.

— Je n'aurai besoin que d'une minute.

17

Aiden regarda la porte de la salle de bains se refermer derrière Leila. Il venait de manquer une autre occasion parfaite de lui dire la vérité. Pourquoi ne l'avait-il pas fait ? Était-ce parce que pour ce soir, cela n'aurait pas d'importance puisqu'elle n'avait pas d'autre choix que de le laisser la toucher pendant qu'ils dormaient tous les deux ? Parce que, pendant le sommeil, seul son toucher pouvait dissimuler un être humain. Mais expliquer cela à Leila aurait soulevé trop de questions dans son esprit inquisiteur. Il était trop fatigué pour répondre à toutes ces questions. Et il n'était pas prêt à affronter sa colère pour la tromperie qu'il avait commise plus tôt. Il lui expliquerait tout le lendemain.

Quand il entendit la porte de la salle de bain s'ouvrir, il se retourna. Leila sortit avec précaution, les yeux baissés, la moitié du visage caché par ses longs cheveux. Pourtant, ses yeux ne se fixèrent pas sur cette partie. Ils parcouraient déjà son corps, ou du moins, ce qu'il en voyait.

Pourquoi s'était-elle habillée avec le pyjama le plus informe qu'elle avait pu trouver dans ce placard ? Il était sûr que Coralee y gardait une bonne sélection de chemises de nuit et de déshabillés. Pourtant, Leila avait choisi une chemise de nuit en flanelle ample qui dissimulait toutes ses courbes. Le tissu épais ne révélait pas la femme séduisante qui se cachait en dessous.

Essayait-elle de se dissimuler à ses yeux ? Sans un mot, il la dépassa et se dirigea vers la salle de bain. La porte se claqua derrière lui.

L'envie de la toucher était plus intense que jamais. Savoir qu'elle allait bientôt dormir dans ses bras le rendait fou. Il savait qu'il ne devait pas ressentir cela, car c'était mal : elle était sous sa protection, pas son amante. De plus, Leila ne voulait pas de lui. Aucune femme désirant être séduite ne portait un pyjama en flanelle.

Il revit sa dernière conversation avec elle, se demandant s'il n'a pas dit des choses qu'elle ne voulait pas entendre. Apprendre qu'il l'éliminerait si elle se laissait séduire par les Démons ne l'avait sans doute pas vraiment adoucie. Peut-être aurait-il dû éviter de répondre à cette question ou lui mentir à la place.

Alors qu'il se préparait à aller se coucher et qu'il se déshabillait, il sentit les événements récents l'assaillir. L'épuisement le submergea, même si des nuits comme celles-ci étaient devenues la norme. Il ne devrait pas se sentir fatigué comme il l'était en ce moment. Peut-être que c'était mieux ainsi : peut-être que sa pulsion sexuelle serait anéantie par sa fatigue et l'empêcherait de faire quelque chose de stupide.

Vêtu uniquement de son boxer, sa queue à demi dressée, il retourna dans la chambre à coucher. Seule la veilleuse près de la porte était allumée. Il laissa tomber ses vêtements sur une chaise pour les avoir à portée de main en cas d'urgence.

Le corps de Leila était visible sous les draps, qui la recouvraient jusqu'à sa tête. Elle s'était tournée vers le mur opposé et il supposa qu'elle dormait déjà.

Aiden regarda l'horloge posée sur la table de nuit. Le soleil allait bientôt se lever. Il valait mieux dormir quelques heures avant de décider de la suite des événements. Pieds nus, il se dirigea vers le lit, souleva les couvertures et se glissa silencieusement dessous.

Il sentit la chaleur du corps de Leila, puis, remarquant qu'elle retenait sa respiration, il se rapprocha. Elle était éveillée, contrairement à ce qu'il avait cru.

Avec des mouvements lents, il s'approcha d'elle.

— Juste pour que tu sois dissimulée, chuchota-t-il.

— Ok.

Sa voix rauque était à peine audible.

En passant un bras autour de sa taille, il l'attira dans la courbe de son corps. Lorsque son doux derrière entra en contact avec son bas-ventre, il serra la mâchoire pour s'empêcher de gémir à voix haute.

Putain ! Il ne survivrait jamais à cette nuit. Il valait mieux qu'il lui dise la vérité maintenant et qu'il ne continue pas cette supercherie.

— Leila, commença-t-il.

Mais son geste suivant l'arrêta : elle posa sa main sur celle d'Aiden et l'appuya plus fort contre sa poitrine. En seulement trois pulsations cardiaques, son corps fit circuler davantage de sang vers sa queue, la rigidifiant au maximum.

— J'ai peur.

— Pour le moment, tu n'as rien à craindre.

Il posa délicatement ses lèvres sur ses cheveux.

Le souffle de Leila se bloqua, son corps se tendit pendant un instant.

—Je m'excuse, tu n'as rien à craindre de ma part. Je ne ferai rien que tu ne veuilles pas que je fasse, dit-il précipitamment.

Oui, où avait-il déjà entendu ça ? Comme si, une fois commencé, il pourrait s'arrêter.

Alors ne commence rien, lui dit son esprit.

— Aiden...

Sa voix n'était-elle pas un peu excitée ? Est-ce que ce n'était pas plutôt un vœu pieux de sa part ? Le doux derrière de Leila se pressait-il plus près de lui ?

— Leila, il y a quelque chose que tu dois comprendre, tenta-t-il une nouvelle fois, sa conscience coupable refaisant surface.

— Je ne veux plus en parler, souffla-t-elle. Je veux juste tout oublier.

— Je n'ai pas la capacité de t'effacer de ma mémoire. Je suis désolé de te décevoir.

— Juste pour un moment, supplia-t-elle.

— J'aimerais pouvoir t'aider.

Il déposa un baiser délicat dans ses cheveux, mais cette fois, elle se tourna vers lui.

Même dans l'obscurité, il voyait ses yeux l'étudier. Quand ses lèvres remuèrent, il sentit un souffle léger effleurer son visage. Sans réfléchir, il se pencha vers elle, et les cils de Leila s'agitèrent.

— Nous ne devrions pas, murmura-t-il, tout en gardant les lèvres presque collées aux siennes.

— Mais c'est tellement bon.

Aiden posa ses lèvres sur les siennes, même s'il savait que ce n'était pas bien. Quelque part dans le livre de règles des Gardiens de la Nuit, ça devait être écrit, mais, pour une raison ou une autre, les règles ne signifiaient rien pour lui à ce moment-là.

Peut-être que c'est ainsi que Manus séduisait ses protégées : avec des paroles douces et des caresses tendres.

Lui murmurer des mots doux à l'oreille ne signifiait pas qu'il mentait, car les choses qu'il voulait lui dire semblaient réelles, justes et bonnes.

Elle soupira et se laissa aller contre lui, ses lèvres s'écartèrent sous les siennes. Il lui adressa un tendre baiser avant de s'éloigner.

— Leila, te souviens-tu de ce que tu as fait plus tôt dans la soirée, lorsque tu étais dans ton lit ?

Un soupir s'échappa d'elle, mais elle resta près de lui.

— Oui.

— C'était magnifique de te regarder.

Il posa des baisers le long de la colonne gracieuse de son cou. Puis il laissa sa main errer. Ses doigts trouvèrent la ceinture de son pyjama, qu'ils firent ensuite glisser.

— J'aurais voulu te rejoindre plus tôt, tu m'as tellement excité.

Son doigt glissa lentement vers le bas, comme un escargot.

— Laisse-moi te procurer du plaisir dès maintenant. Dis oui, supplia-t-il, alors que ses doigts plongeaient plus profondément dans la fourrure qui entourait son sexe.

— Aiden... murmura-t-elle, tandis que ses hanches se penchaient vers sa main.

— Dis oui et je t'aiderai à oublier.

Il avait besoin d'oublier le danger auquel elle avait échappé ce soir-là. Ce n'est que lorsqu'il la sentit frissonner contre lui qu'il parvint à oublier ce qu'il voulait confesser un instant plus tôt.

— Oui, oublier, répéta-t-elle.

Il ne perdit pas un instant pour s'emparer de ses lèvres et les dévorer dans un baiser ardent. Il la retourna sur le dos et glissa ses doigts sur sa fente humide, la faisant presque décoller du lit par la même occasion.

— Doucement, bébé, prévint-il. Je te donnerai ce dont tu as besoin.

Son doigt humide remonta lentement vers le haut et rencontra son clitoris gonflé. Il en fit le tour, puis commença à le caresser délicatement.

— Oh !

Il n'osa pas allumer la lumière. Sous le couvert de l'obscurité, elle semblait se sentir en sécurité avec lui. Au moins, sa vision nocturne supérieure lui permettait d'entrevoir l'expression d'excitation de son visage sans qu'elle s'en rende compte.

— As-tu imaginé des choses avec moi quand tu t'es caressée tout à l'heure ?

Aiden passa son pouce sur sa peau sensible, puis glissa son doigt jusqu'à l'endroit qui était mouillé.

— Dis-moi.

Il insista sur sa requête en glissant un doigt énorme dans son conduit étroit.

Elle appuya sur sa main, l'enfouissant complètement.

— Oui, admit-elle finalement. Je pensais à toi.

— Dis-m'en plus.

Il l'entendit déglutir difficilement, comme si elle était gênée de lui dire. Il savait comment la faire craquer et lui arracher ces mots. Son pouce travaillait fort, dessinant de petits cercles sur son clitoris, la caressant avec plus de pression et en accélérant son rythme.

— Maintenant, bébé, dis-moi.

— Je t'imaginais en train de me toucher, comme ça... et ta bouche sur moi.

Oh oui, il en rêvait, il voulait manger sa belle chatte et boire son nectar.

— Tu veux ma bouche sur ta chatte ?

Il enfonça davantage son doigt en elle, la pénétrant profondément. Son pouce ne cessait de caresser son clitoris.

— Oui ! s'exclama-t-elle.

— Bien, parce que, une fois que nous aurons terminé ici, quand je t'aurai fait jouir avec mes doigts, je te ferai jouir avec ma bouche.

— Oh, mon Dieu !

— As-tu d'autres fantasmes ?

Voulait-elle qu'il glisse sa queue en elle ? Voulait-elle qu'il la chevauche jusqu'à ce qu'elle s'effondre sous lui ?

Son souffle se coupa.

— Je... je veux...

La difficulté à respirer fit que sa phrase devint une série de mots éparpillés.

— Dis-moi, Leila, qu'est-ce que tu veux ?

Il avait besoin de savoir.

— Ta... ta queue... à l'intérieur...

Sa voix s'éteignit alors que son corps se raidit.

— Aiden !

Le choc l'obligea à arrêter ses mouvements. La voix qui l'avait interpellé n'était pas celle de Leila. Elle ne provenait pas de l'intérieur de la pièce.

— Aiden !

— Merde ! siffla-t-il en reconnaissant la voix de Manus.

À ses côtés, Leila se dépêcha de s'éloigner.

Il lui tendit la main.

— Ce n'est rien. C'est un ami.

Lorsqu'il alluma la lumière une seconde plus tard, il vit qu'elle détournait le regard et remontait les couvertures jusqu'à son cou. Il n'avait pas besoin d'être un génie pour comprendre qu'elle était mal à l'aise.

— Tu me laisses entrer ou pas ?

Manus reprit la parole, et sa voix résonna dans la pièce.

Il se leva brusquement et ouvrit la porte. Son second parcourut instantanément des yeux le corps à moitié nu d'Aiden, les reposa sur le renflement notable de son boxer. Un sourcil leva et un sourire amusé se dessina sur les lèvres de Manus, laissant entendre qu'il avait remarqué l'état de la queue d'Aiden.

— Eh bien, j'espère que je n'interromps rien.

Il fit une grimace et se glissa devant lui pour entrer dans la chambre.

Aiden ferma la porte derrière lui sans répondre à la question de Manus. Il remarqua que ce dernier observait plus longtemps que nécessaire le lit sur lequel se trouvait Leila.

— Alors, il semble que tu aies finalement décidé de cacher ta protégée en la touchant et de donner du repos à ton esprit.

— Manus, tu...

— Qu'a-t-il dit ?

Leila, assise bien droite dans le lit maintenant, les couvertures pressées contre sa poitrine, lui lança un regard noir.

Oh, merde ! Manus, avec sa grande gueule !

18

Le regard de Leila se posa sur le visage rempli de culpabilité d'Aiden, puis se tourna vers l'inconnu séduisant qui les avait interrompus.

Manus lui rendit son regard avec un sourire penaud, puis jeta un coup d'œil à Aiden, qui arracha son pantalon d'une chaise et l'enfila hâtivement.

— Rien, répondit-il simplement.

Les deux hommes échangèrent un regard.

— Tu as dit quelque chose à propos d'Aiden qui me dissimule avec son toucher. Qu'est-ce qui ne va pas ?

— Il n'y a rien de mal à cela, chuchota-t-il.

— Mais ? demanda-t-elle, en donnant une tonalité plus acerbe à sa voix, afin de souligner qu'elle ne tolérerait aucune bêtise.

Manus feignit l'indifférence en fixant ses chaussures, détournant subtilement son attention de sa question.

— Je t'ai demandé ce que tu voulais dire par là.

En levant les yeux vers lui, elle remarqua le regard embarrassé qu'il adressait à Aiden.

— Il n'a pas besoin de te toucher.

— Comment ça ?

— Il... il peut te dissimuler avec son esprit, mais la nuit, il est conseillé de...

— Espèce d'abruti ! Tu m'as menti ! hurla-t-elle à Aiden, qui se tenait là, la culpabilité inscrite sur son visage.

Ce bâtard l'avait trompée pour pouvoir la mettre dans son lit !

— Bravo, Manus, c'est vraiment remarquable, répliqua Aiden d'un ton sec, en lançant un regard noir à son ami.

— Désolé, mec. Je ne voulais pas... Je croyais qu'elle le savait.

— Eh bien, je le sais maintenant ! cracha-t-elle.

Aiden rencontra le regard de la jeune femme.

— J'allais te le dire, mais tu ne m'en as pas laissé l'occasion. Je voulais t'expliquer, mais ensuite tu...

— Quoi ? Oh mon Dieu, est-ce que tu insinues...

Elle ne put pas terminer sa phrase, car il avait raison : elle lui avait demandé de la toucher. C'était elle qui l'avait tenté. Oh mon Dieu, elle s'était transformée en salope !

La chaleur envahit ses joues. Mais il fallait qu'elle se défende, elle ne pouvait pas laisser cette accusation en suspens.

— Tu n'as pas...

— Arrêté ? Non, je n'ai pas arrêté. Comment aurais-je pu ? dit-il en l'interrompant, une étrange lueur de regret dans les yeux.

Elle réalisa soudain : il l'avait désirée. Et elle l'avait désiré, et il le savait. Le malaise la retint de prononcer une phrase. Elle avait presque couché avec un étranger qu'elle connaissait à peine depuis quelques heures. Qu'était-il arrivé ? Qu'est-ce qui l'avait poussée à agir ainsi ?

Oh, mon Dieu, ils avaient même échangé des mots crus, ce qu'elle n'avait jamais fait auparavant. S'en souvenir maintenant lui donnait envie de s'enfouir dans un trou. Malheureusement, aucun fossé creusé à l'avance n'était visible quand elle en avait besoin.

— Je vous laisse une minute ?

Manus interrompit soudainement ses pensées, manifestement mal à l'aise d'être au milieu de leur échange.

— Non, ce n'est pas nécessaire !

Leila sauta du lit et se dirigea vers la porte, voulant s'échapper de la situation et éviter d'affronter Aiden et son ami pour le moment.

— Tu n'iras nulle part ! ordonna Aiden en la retenant par le bras.

— Tu ne peux pas m'arrêter !

Elle serra la mâchoire, détournant son visage de lui.

— Tu dois rester dans cette maison.

— Je vais quitter cette pièce, et tu ne peux rien y faire.

— Une cuisine se trouve au bout du corridor, proposa Manus. Je suis certain qu'elle y a préparé du café.

Elle retira son bras et sortit en trombe de la chambre, claquant la porte derrière elle pour faire bonne mesure.

Elle entendit la porte s'ouvrir à nouveau un instant plus tard, mais continua à marcher.

— Coralee sait qu'il ne faut pas te laisser quitter la maison, dit Aiden derrière elle.

Leila passa outre et s'engagea dans le corridor à la recherche de la cuisine dont Manus avait parlé. Elle aurait bien besoin d'une tasse de café en ce moment, d'autant plus que le sommeil n'était pas au rendez-vous de toute façon, quand elle était dans un état d'excitation comme celui-là.

Ses yeux balayaient les portes qu'elle traversait, évitant celles marquées d'un numéro. Il était évident qu'elles étaient utilisées par des prostituées. En se dirigeant vers le fond du corridor, elle se retrouva face à un cul-de-sac. Les trois portes sans numéro étaient fermées. Elle détecta un léger parfum de café, ce qui confirma ses soupçons : la cuisine se trouvait sans doute dans cette direction, selon les indications de Manus.

Elle tendit l'oreille pour entendre des bruits, mais tout était silencieux. Arrivée à la première porte, elle en tira doucement la poignée et poussa la porte.

La pénombre l'accueillit et la fit se figer. Ce n'était clairement pas la cuisine, car le plat qui était servi sur la table de massage, au milieu de la pièce, semblait trop riche à son goût.

Un homme nu était allongé sur le dos tandis qu'une jeune femme vêtue uniquement d'un caftan transparent se penchait entre ses jambes et léchait la crème fouettée sur sa queue. Au même moment, une autre femme penchait sur sa tête, ses seins, également couverts de crème fouettée, pendaient au-dessus de la bouche de l'homme.

Lorsque l'homme aspira un sein dans sa bouche et le suça avec beaucoup d'ardeur, un souffle lui échappa. Instantanément, les deux femmes se retournèrent dans la direction de Leila.

Ses joues brûlaient d'embarras et son cœur s'emballait à l'idée des agissements du trio. Les mains tremblantes, elle referma la porte d'un coup sec.

Bon sang, ce n'était pas l'endroit où elle voulait être. Ce n'était pas sa vie.

Derrière elle, une porte s'ouvrit. Elle se retourna, les nerfs à vif. Une jeune femme sortit de la pièce, une tasse de café fumante dans les mains. Elle sourit brièvement et passa devant elle sans dire un mot.

Leila soupira de soulagement et entra dans la pièce d'où la femme était sortie. Au moins, elle avait trouvé la cuisine. Elle se sentirait peut-être mieux après une tasse de café.

La pièce se révélait accueillante et bien équipée. Sur le comptoir se trouvait une cafetière surdimensionnée avec des tasses alignées à côté. Elle s'en versa une et y ajouta du lait. En s'asseyant à la table ronde au milieu de la pièce, elle remarqua la télévision qui trônait dans un coin. Elle était allumée, mais quelqu'un l'avait mise en sourdine.

Leila prit une gorgée du café brûlant et le laissa réchauffer ses membres trop fatigués. Elle n'avait pas passé une nuit blanche depuis son internat, et sentait que son âge se faisait sentir maintenant. À l'adolescence et au début de la vingtaine, elle n'avait eu aucun problème à rester debout toute la nuit, mais aujourd'hui, elle en ressentait physiquement les effets.

En relevant la tête de la tasse de café, son regard dériva à nouveau vers la télévision. Une bande rouge défilait en bas de celle-ci. Elle indiquait Nouvelles de dernière minute. Puis un journaliste apparut devant un bâtiment qu'elle reconnut instantanément : Inter Pharma.

Leila sauta de sa chaise et se précipita vers la télévision, cherchant frénétiquement le bouton pour augmenter le volume.

MANUS SE FROTTA LA NUQUE.

— Ça ne s'est pas bien passé.

— Comme toujours, tu possèdes un excellent timing, répondit Aiden.

— Hé, j'ai dit que j'étais désolé, et j'ai essayé de lui expliquer que la nuit, c'est justement le meilleur moment pour se reposer, mais tu as vu comment elle m'a coupé la parole. D'ailleurs, comment aurais-je pu savoir que tu avais recours à des astuces bon marché pour mettre ta protégée dans ton lit ? Tu aurais dû simplement utiliser ton charme.

Il esquissa un sourire en coin.

— Ça marche pour moi.

— Elle avait envie de moi.

Son second leva les bras.

— Hé, je ne le nie pas. C'était assez évident à la façon dont elle a rougi, mais tu dois encore beaucoup apprendre sur les femmes.

Comme s'il ne l'avait pas compris lui-même.

— Je n'ai pas besoin d'un sermon. Je vais m'en occuper.

Comment, il n'en avait aucune idée. Ils étaient tous les deux adultes ; elle savait dans quoi elle s'engageait, et pourtant elle l'avait laissé faire. N'était-ce pas elle qui avait commencé ? Ne lui avait-elle pas demandé de lui faire tout oublier ? Néanmoins, il devait d'une manière ou d'une autre faire en sorte qu'elle lui pardonne.

Aiden se racla la gorge.

— Maintenant, dis-moi ce que tu as découvert.

Manus s'affala sur le canapé et posa ses pieds sur la table basse.

— Quelqu'un a volé la voiture qui a failli écraser ta protégée la nuit dernière.

— Ce n'est pas bon signe.

— Je pense la même chose. Quelqu'un aurait pu la voler dans le seul but de la tuer avec.

Même si Aiden adhérait à cette hypothèse, une chose n'avait pas de sens.

— Mais pourquoi les Démons voudraient-ils la tuer ? Elle se trouve dans les dernières étapes de ses recherches. S'ils la tuent maintenant et que le médicament ne fonctionne pas, ils se sont coupé l'herbe sous le pied. Ce serait stupide.

— Ont-ils une chance de posséder déjà un échantillon du médicament et de savoir qu'il fonctionne ? demanda Manus. Peut-être qu'ils n'ont plus besoin d'elle.

— Je ne sais pas. Nous devrons lui poser la question sur cette possibilité. Et l'incendie ?

— Ah, le feu. Je suis monté dans le camion de pompiers de manière invisible. On dirait qu'ils soupçonnent un incendie criminel, probablement un engin incendiaire. Ils ont trouvé quelque chose dans la cuisine où le feu a pris. C'était peut-être une minuterie.

Aiden se frotta la tempe. Si quelqu'un avait délibérément mis le feu à la maison après avoir manqué de l'écraser, alors il ne pouvait pas considérer tous ces événements comme une coïncidence ou une simple malchance. Deux tentatives d'assassinat en une nuit ne pouvaient pas être expliquées aussi facilement.

— J'ai entendu un gros bruit. Il pourrait s'agir d'une sorte d'explosion. Et si quelque chose dans sa cuisine avait mal fonctionné ? Plusieurs appareils électriques auraient pu se court-circuiter et provoquer un incendie. Ou cela aurait pu être la cuisinière au gaz.

— Le chef des pompiers ne le pense pas. Ce n'était certainement pas la cuisinière à gaz, et c'est le seul appareil dans sa cuisine qui aurait pu produire le bruit d'une explosion si c'est ce que tu as entendu. Il est encore tôt dans l'enquête, mais il semble assez convaincu qu'il s'agit d'un incendie criminel, et je partage son avis. J'ai jeté un coup d'œil dans la cuisine. Aucun câble électrique ni aucune prise n'était visible là où ils pensent que le feu a pris : sur le comptoir.

Aiden acquiesça.

— Nous devons trouver qui a pu apporter quelque chose dans son appartement sans qu'elle ou moi ne le remarquions. J'attendais son retour à la maison. Je n'ai rien vu de suspect.

Manus haussa les épaules.

— Alors quelqu'un a dû placer quelque chose plus tard.

— Impossible. J'ai passé presque toute la nuit dans l'appartement. Personne n'aurait pu passer sans que je le remarque.

Son ami souleva un côté de sa bouche.

— Alors, tu as surveillé la porte toute la nuit ?

La chaleur lui traversa la poitrine. Manus savait-il qu'il se trouvait dans la chambre de Leila et qu'il l'avait regardée se donner du plaisir ?

— La façon dont je fais mon travail ne te regarde pas, riposta-t-il.

Manus se leva d'un bond du canapé et lui fit face.

— Vraiment ? C'est parce que tu refuses d'admettre ta ressemblance avec moi ? Que baiser une protégée t'excite ? Que Leila t'excite ?

Aiden poussa un grognement bas et sombre.

— Tu ne veux pas l'admettre ?

— Il n'y a rien à admettre.

— Tu es sûr ?

Aiden serra les poings, essayant de contenir sa fureur. Alors qu'il n'avait encore jamais baisé une protégée, malheureusement, le reste des accusations de Manus s'approchait trop près pour se sentir à l'aise. Leila l'excitait, et il avait envie d'elle.

Manus fit un pas en arrière, en acquiesçant.

— Bon, je crois qu'on ferait mieux de parler à Leila de son médicament alors. D'ailleurs...

Il sortit une petite boîte de la poche de sa veste.

— J'ai un cadeau d'anniversaire pour elle. Elle adore le chocolat suisse, tu sais.

Aiden regarda fixement son second.

— Son anniversaire.

— Bien sûr, je pensais que tu avais lu son dossier.

Une réalisation soudaine inonda ses sens. Comment avait-il pu oublier cela ? Cela s'était passé sous ses propres yeux.

— C'est son anniversaire. Bien sûr. C'est ça.

Puis il se tourna vers la porte.

— De quoi tu parles ? demanda Manus derrière lui.

— Viens.

19

La première chose qu'Aiden remarqua en entrant dans la cuisine, suivi par Manus, ce fut le visage de Leila qui avait l'air d'avoir vu un fantôme. La deuxième chose qu'il remarqua, c'était qu'elle avait les yeux rivés sur l'écran de télévision.

Il suivit instantanément son regard vide et se concentra sur le son provenant du programme.

«... aucun signe de la chercheuse disparue. La police n'a pas révélé si le Dr Cruickshank est considérée comme un suspect dans le meurtre brutal de son patron, cependant, elle l'a qualifiée de potentielle suspecte, puisqu'elle était la seule autre personne présente dans le bâtiment au moment du meurtre, en plus de l'agent de sécurité.»

La journaliste jeta soudain un coup d'œil sur le côté et écouta quelqu'un hors caméra. Un instant plus tard, elle regarda à nouveau la caméra.

« On vient de m'informer que l'appartement où vit le Dr Cruickshank a été détruit par le feu plus tôt dans la soirée. Les enquêteurs d'incendie n'ont pas annoncé de conclusion quant à la cause, mais ils soupçonnent un incendie criminel. On ne sait pas encore si ces deux incidents sont liés. Ici Deborah Winter, pour WOTK News. »

Aiden se dirigea vers la télévision et l'éteignit. Il s'y attendait, cependant, il avait espéré empêcher Leila de voir cela.

— Ils pensent que c'est moi qui l'ai fait, marmonna-t-elle comme si elle se parlait à elle-même.

— Tu n'en sais rien.

Elle releva la tête et le regarda fixement.

— Ils pensent que j'ai tué Patten. Ils me cherchent.

— La presse ne fait que des suppositions. Nous savons que tu n'y es pour rien.

— Nous, oui, mais qu'en pense la police ? Comment puis-je y retourner maintenant ?

Manus s'assit à côté d'elle.

— Écoute, Leila, tu ne dois pas penser à ça maintenant. Ce n'est pas important. Ce qui importe, c'est de te garder en sécurité. Tiens, joyeux anniversaire.

Il posa la petite boîte de chocolats sur la table devant elle.

— Tes préférés : des truffes au chocolat noir.

Son collègue Gardien de la Nuit pensait-il vraiment pouvoir la distraire avec des truffes ?

Elle tendit la main pour attraper la boîte, mais elle se contenta de la fixer sans l'ouvrir.

— Merci.

— Nous devons parler d'autre chose, commença Aiden en se rapprochant d'un pas hésitant de la table.

Après leur précédente confrontation, il pensait qu'il valait mieux rester à distance. Elle pouvait encore lui arracher les yeux, et il ne lui en voudrait même pas.

Lorsqu'elle lui rendit son regard, il remarqua soudain la fatigue dans ses yeux, comme si la résignation s'était installée en elle.

— Qu'y a-t-il d'autre à dire ? Ma vie est pratiquement terminée. Tout ce pour quoi j'ai travaillé...

— Je suis désolé, répondit Aiden, cherchant un moyen d'amener en douceur la conversation vers les points importants qu'il devait aborder.

Nous devons comprendre certaines choses. Et nous avons besoin de ton aide.

Manus lui tapota l'avant-bras, ce qui donna à Aiden l'envie de grogner comme une bête.

— Même si je déteste admettre qu'il a raison, il a raison. Certaines choses n'ont pas de sens.

— Comme le fait que des Démons se promènent dans notre monde ? ricana-t-elle.

Aiden se dandina d'un pied sur l'autre.

— Non. Malheureusement, c'est tout à fait logique. Mais nous ne comprenons pas pourquoi ils veulent te tuer alors qu'ils veulent obtenir ce que tu possèdes.

Leila leva les yeux et lui lança un regard inquisiteur.

— Les pompiers pensent que des criminels ont déclenché l'incendie dans ton appartement.

— Comment ? Tu étais présent. Tu aurais vu si quelqu'un y avait mis le feu.

Aiden repoussa le souvenir qui l'envahit, ne voulant pas qu'on lui rappelle maintenant à quoi elle avait ressemblé, allongée dans son lit.

— C'était un engin incendiaire, une petite bombe, très probablement avec une minuterie.

— Oh mon Dieu ! Ce sont les Démons qui ont commis cela ?

Aiden se gratta la nuque.

— En fait, j'hésite.

— Pourquoi pas ? Tu m'as dit que les Démons me pourchassaient. Et maintenant tu dis que ce n'est pas le cas ?

Manus leva la main.

— Ce n'est pas ce que veut dire Aiden. Ce qui est étrange, c'est pourquoi les Démons te tueraient, alors qu'ils n'ont pas encore la formule de ton médicament ou un échantillon de celui-ci entre les mains. Tu comprends ? Pourquoi tuer la poule aux œufs d'or ? Tu as de la valeur pour eux. Ils ne te tueraient pas avant d'avoir obtenu ce qu'ils désirent.

— Mais alors pourquoi ont-ils tué Patten ?

— Je me demande si ce sont vraiment eux qui l'ont tué, répondit Aiden, ce qui l'incita à tourner son regard sur lui. Dis-moi quelque chose. Nous savons qu'ils n'ont pas obtenu la formule de ta drogue parce que tu avais déjà effacé le disque de sauvegarde et que les données de l'ordinateur portable étaient grillées. Mais les Démons ont-ils pu mettre la main sur un échantillon du véritable sérum ?

Leila secoua instantanément la tête.

— Impossible. Inter Pharma mène les essais cliniques dans sa clinique satellite ambulatoire.

— Qu'est-ce que ça veut dire ?

— Eh bien, normalement, les essais cliniques se déroulent dans les cliniques des hôpitaux et des centres médicaux, mais nous voulions préserver la confidentialité et empêcher toute possibilité de fuite de nos données. Nous avons donc exigé que les sujets testés se rendent dans notre propre clinique, où leurs médecins leur administreraient le médicament sous notre supervision. C'était la seule façon de s'assurer que personne d'autre ne possédait des échantillons du médicament. Nous ne leur donnions qu'une dose à la fois et nous en surveillions l'administration. Personne n'aurait pu prendre d'échantillon.

Sa voix avait pris un ton calme et efficace, et il réalisa qu'elle s'était glissée à nouveau dans la peau dans laquelle elle se sentait le plus à l'aise, celle de la brillante chercheuse.

— Tu es certaine que personne n'a une autre copie des données quelque part ?

Il fouilla dans son regard.

Leila cligna des yeux, ses doigts jouant avec son pendentif serti de diamants.

— Je n'ai aucun doute.

Manus laissa échapper une longue inspiration.

— Les Démons n'auraient pas tenté de te tuer, ce serait illogique. Ils ont toujours besoin de toi, car le seul moyen pour eux de l'atteindre maintenant consiste à te forcer à le reproduire de mémoire.

Son collègue avait raison. Ce qui soulevait par conséquent une autre question.

— Que sais-tu de Jonathan ? demanda Aiden.

— Qui ?

Ses sourcils se rapprochèrent en signe de confusion.

— Ton voisin du dessus.

Sa bouche s'ouvrit.

— Qu'est-ce que Jonathan a à voir avec tout ça ?

— Il a placé l'engin incendiaire.

— C'est impossible. Il ne ferait jamais... c'est un gentil garçon.

Aiden secoua la tête. Les humains pouvaient si facilement se laisser berner par un visage amical.

— Il t'a offert un cadeau pour ton anniversaire. La bombe devait se trouver à l'intérieur.

Incrédule, Leila bougea la tête d'un côté à l'autre.

— Mais... mais je n'y crois pas.

Pourquoi niait-elle l'évidence avec tant de véhémence ? Avait-elle des sentiments pour cet homme ?

— Il t'a même dit de ne pas l'ouvrir avant aujourd'hui.

— Comment... ?

Elle s'interrompit, la compréhension éclairant soudain ses yeux intelligents.

—Tu m'espionnais déjà à ce moment-là.

Il n'était pas nécessaire de le nier.

— Ça ne veut toujours pas dire que c'était lui. Je le connais depuis plus d'un an. Pourquoi aurait-il soudainement essayé de me tuer ?

Manus tambourina ses doigts sur la table, détournant son attention de Leila.

— On peut aller droit au but ?

Quand Leila le regarda, il continua :

— D'après les pompiers, le feu a pris dans la cuisine. Est-ce que par hasard tu aurais posé le cadeau d'anniversaire qu'il t'a offert sur le comptoir de la cuisine ?

Les yeux bleus de Leila s'écarquillèrent en même temps que sa bouche s'ouvrit. Elle acceptait enfin leurs soupçons. Après une longue pause, elle ferma les yeux, puis les regarda à nouveau.

— Pourquoi aurait-il agi de la sorte ? Il avait l'air si gentil.

Manus haussa les épaules.

— Nous le découvrirons. Quelqu'un a dû l'envoûter.

— À moins qu'il ne sache pas ce qu'il te donnait, ajouta Aiden. Je suis convaincu qu'il est humain. Si les démons ne l'ont pas influencé, ce dont je doute, quelqu'un d'autre aurait pu l'utiliser, soit avec le soutien de Jonathan, soit sans qu'il le sache.

— Et Patten ? Il n'a pas pu tuer Patten aussi.

Aiden réfléchit à cette idée pendant un instant.

— Peu probable. Pour entrer dans le bâtiment d'Inter Pharma sans que le garde de sécurité intervienne, une certaine habileté s'impose. Je doute qu'il en soit capable. Cependant...

Il jeta un coup d'œil à Manus.

— ... on doit enquêter sur lui. Manus, trouve tout ce que tu peux sur lui : ses activités, son lieu de travail, ses relations, ses visiteurs et visiteuses récentes, les personnes qu'il a rencontrées...

— Je connais la marche à suivre, interrompit Manus.

— Nous devons découvrir l'identité de ceux et celles qui se cachent derrière tout ça.

Manus se leva.

— Je m'en occupe.

— Et la police ?

Leila lui jeta un regard interrogateur.

— La police ? demanda Aiden.

— Comment allons-nous leur dire que je ne suis pas impliquée ? Ils doivent savoir que je suis innocente.

Il fit un pas vers elle, en entourant ses épaules de ses mains.

— Ils ne peuvent pas savoir où tu es. Personne ne doit le savoir. Nous nous arrangerons pour que nos collègues fassent croire que tu es morte. Tu te sentiras alors plus en sécurité.

— Morte ? croassa-t-elle. Tu ne peux pas faire ça. Mon... mon...

— C'est la meilleure solution, souffla Manus derrière lui. Je vais m'en occuper. Nous allons chercher à la morgue un corps qui correspond à ta description.

— N'oublie pas les dents, prévint Aiden.

— Ne t'inquiète pas, je volerai le dossier de son dentiste et demanderai à notre équipe de travailler sur les dents du corps pour qu'elles correspondent.

— Quoi ?

Leila sursauta.

Aiden se retourna vers elle et constata qu'elle les fixait avec incrédulité.

— Oui, tu sais, poursuivit Manus, ils vont limer les dents, faire des plombages là où sont les tiens. Ce sont des experts en la matière. Ils peuvent créer une correspondance parfaite...

— Tu ne peux pas juste... ce n'est pas... mais...

Les larmes débordaient dans ses yeux, prêtes à jaillir à la surface une fois de plus.

— Fais-le, ordonna Aiden à son ami sans quitter Leila des yeux.

Un regard paniqué traversa soudain son visage lorsque son second se dirigea vers la porte. S'inquiétait-elle de se retrouver à nouveau seule avec lui ? Ou, de quelle façon Manus allait-il s'y prendre ? Quoi que soit, elle s'écarta de lui, lui faisant lâcher prise sur ses épaules.

— Oh, j'ai failli oublier.

Manus se retourna pour faire face à Aiden.

— Je t'ai ramené une voiture moins voyante. J'ai bien peur que ta voiture de sport ne détonne si tu cherches à t'enfuir rapidement.

Aiden acquiesça. Il en avait conscience, ce qui signifiait qu'il n'avait que rarement l'occasion de conduire sa belle voiture. Elle comptait à peine 5 000 kilomètres au compteur, et elle lui appartenait depuis deux ans déjà. Il tapota les poches de son jean à la recherche de la clé, mais elles étaient vides.

— Mes clés sont dans la chambre.

Il regarda Leila.

— Je reviens dans une minute.

Il se retourna et suivit Manus hors de la cuisine.

LEILA REPOUSSA les larmes et essaya de contrôler le tremblement de ses mains, mais savoir ce que les deux Gardiens de la Nuit préparaient lui glaça le sang dans les veines. Ils essayaient de faire croire à tout le monde qu'elle était morte.

Ses parents seraient dévastés lorsqu'ils l'apprendraient. Malgré le fait qu'ils souffraient tous les deux d'Alzheimer, ils avaient encore l'esprit assez clair pour la reconnaître dans leurs bons jours et savoir qui elle était. S'ils voyaient la nouvelle à la télévision, ils s'effondreraient. Elle ne pouvait pas faire souffrir ses parents inutilement. Ce serait cruel.

Elle devait les mettre en garde et leur dire de ne pas croire tout ce que la télévision diffusait. Dire à l'aide-soignante de ne pas les laisser regarder la télévision ne suffirait pas. C'était leur passe-temps. Rien ne pouvait les éloigner de cette boîte qui leur permettait de se divertir dans leur vie monotone. De plus, les journaux publieraient aussi l'histoire. Il y avait trop de façons d'apprendre la terrible nouvelle. Les voisins s'arrêteraient pour apporter des cartes de condoléances et des fleurs.

Leila jeta un coup d'œil à l'horloge de la cafetière et espéra qu'il n'était pas déjà trop tard. Avec un peu de chance, l'aide-soignante était en train de les lever et ne leur avait pas encore parlé de sa disparition. Cela suffirait à faire tressaillir le cœur de son père et monter en flèche la tension artérielle de sa mère.

Sachant qu'elle ne pouvait pas retourner dans la chambre pour prendre son téléphone portable dans son sac, elle a jeté un coup d'œil dans la cuisine. Un téléphone fixe était accroché au mur à côté du réfrigérateur. Elle devait prendre une décision rapide. Aiden ne tarderait pas à revenir. C'était maintenant ou jamais.

Jetant un coup d'œil par-dessus son épaule, elle décrocha le téléphone et tapa le numéro. D'une oreille, elle écouta la sonnerie à l'autre bout du fil, et de l'autre, les bruits du couloir. Trois sonneries, quatre. Si personne ne décrochait, le répondeur se mettrait en route d'un moment à l'autre.

— Allô ?

Leila poussa un soupir de soulagement lorsqu'elle reconnut la voix grave à l'autre bout du fil.

— Maman, c'est Leila.

— Allô ? répondit-elle.

— Maman, tu m'entends ? C'est Leila, répéta-t-elle un peu plus fort, se demandant si l'appareil auditif de sa mère fonctionnait.

— Oh, bonjour. Maintenant je t'entends.

Son cœur manqua un battement. Le son de sa mère était clair comme de l'eau de roche. C'était peut-être un de ses bons jours.

— C'est Leila, maman répéta-t-elle, pour faire bonne mesure.

— Bonjour, Leila.

— C'est si bon d'entendre ta voix. Écoute, maman, je n'ai pas beaucoup de temps, mais je veux que tu saches quelque chose.

Elle s'arrêta pour s'assurer que sa mère l'avait bien comprise.

— Vas-y, j'aime toujours parler. Nancy est tellement acariâtre certains jours. Elle bavarde rarement.

Elle prendrait Nancy, l'aide-soignante, à partie un autre jour, mais elle devait s'occuper de choses plus urgentes.

— Maman, tu vas voir des trucs à la télé à propos de moi. Ils diront que j'ai disparu, ou même que je suis morte. Mais ne crois rien de tout cela. Je vais bien. Tout va bien.

Bon sang, de qui se moquait-elle ?

— Je dois juste m'absenter quelques jours. Il se passe des choses au travail que je ne peux pas expliquer pour l'instant. Tu comprends ça ?

— Bien sûr, ma chérie. Tu dois partir.

— Oui, maman. Mais je ne veux pas que papa et toi vous inquiétiez pour moi. Je suis en sécurité là où je suis. Rien ne peut m'arriver. Je m'inquiète seulement pour papa et toi.

— Il n'y a pas lieu de s'inquiéter pour nous. Nous allons bien.

C'était un soulagement de l'entendre dire cela.

— Et ne t'inquiète pas pour Nancy. Quand je reviendrai, je lui dirai de s'asseoir plus souvent et de bavarder avec toi, pour que tu ne te sentes pas trop seule.

— Qui se sent seule, ma chérie ? lui répondit sa mère.

Ne s'était-elle pas plainte quelques secondes plus tôt que Nancy refusait de discuter avec elle ?

— Mais, tu as dit Nancy...

— Nancy ! cria soudain sa mère, avec un air plus distant, comme si elle tenait le téléphone loin de sa bouche.

— Oui, Ellie ?

Leila reconnut la voix de l'aide-soignante en arrière-plan.

— Quelqu'un veut te parler.

— Non, maman, tenta-t-elle de l'arrêter, mais sa mère ne l'entendit visiblement pas.

— Qui est-ce ?

— Oh, c'est la fille du voisin. Je crois qu'elle a un peu perdu la tête.

Oh, non ! Sa mère ne l'avait pas reconnue.

— Maman ! cria-t-elle dans le téléphone.

— Nancy te rappellera plus tard.

Puis il y eut un déclic sur la ligne, et l'appel fut coupé. Choquée, elle laissa le récepteur glisser sur le support. Cela n'avait pas été un des bons jours de sa mère. Elle n'avait pas vraiment compris un seul mot de ce que Leila lui disait.

Elle eut envie de crier sa frustration. Elle saisit le combiné une fois de plus. Elle devait réessayer. Peut-être que cette fois Nancy décrocherait et qu'elle pourrait tout lui expliquer. Oh, mon Dieu, elle l'espérait.

Sa main se figea sur le combiné lorsqu'elle entendit tourner la poignée de la porte.

20

Aiden hésita avant d'ouvrir la porte de la cuisine. Comment Leila réagirait-elle à son égard maintenant que leur arbitre, Manus, avait disparu ? Il se trouva qu'il n'avait pas à s'en préoccuper. Lorsqu'il ouvrit la porte, elle fixait toujours la télévision, regardant le même programme d'informations. Il en savait assez sur elle pour comprendre que cela ne l'aiderait pas à se sentir mieux, alors il se dirigea vers la télévision et l'éteignit.

— Tu devrais te reposer.

À sa grande surprise, elle acquiesça et ne protesta pas lorsqu'il la raccompagna dans leur chambre. Aiden ferma les stores pour que Leila puisse dormir plus confortablement alors que le soleil brillait fort à l'extérieur. Elle s'était recroquevillée sur le lit, entièrement vêtue cette fois. Il semblait qu'elle ne voulait plus jamais qu'il la touche.

Frustré et se sentant plus qu'un peu coupable de sa déception antérieure, il s'allongea sur le canapé, sachant que sa présence dans le lit serait mal accueillie. Cela ne fit rien pour calmer le désir croissant qu'il éprouvait pour elle. Pas plus que le fait de penser à elle pendant des heures alors qu'elle dormait à quelques mètres de lui.

Lorsque Coralee livra la nourriture dans la chambre, un peu plus tard que midi, Aiden posa le plateau sur la table basse et ouvrit les stores avant de se diriger vers le lit. Leila avait l'air si vulnérable ainsi avec ses yeux fermés, ses cheveux lâchés et répandus autour d'elle comme une auréole. Il ressentit l'envie de la prendre dans ses bras, de la protéger et de lui assurer qu'elle serait en sécurité. Cependant, il ne pouvait pas agir ainsi. Elle ne voulait pas non plus de son contact, et il ne dirait pas la vérité s'il lui disait qu'elle se trouvait en sécurité. Elle ne pourrait être en sécurité que lorsque ses collègues Gardiens de la Nuit et lui auraient réussi à faire croire aux Démons qu'elle était morte et avec elle, toutes les chances de recréer le médicament.

Même une fois qu'ils y seraient parvenus, ils devraient la surveiller. Et elle devrait prendre une nouvelle identité, à l'instar des personnes faisant partie du programme fédéral de protection des témoins. Ce n'était pas différent de cela. Mais ils avaient besoin de sa coopération pour cela, ce qui signifiait qu'Aiden devait commencer à réparer ses erreurs. Le plus tôt serait le mieux.

— Leila, appela-t-il doucement, mais elle ne bougea pas.

Il essaya à nouveau, mais ne reçut aucune réponse, alors il secoua doucement son épaule.

Elle se cabra avec un air effrayé et s'éloigna de lui en se tortillant.

— Qu'est-ce que tu veux ?

Il recula instantanément, lui laissant de l'espace pour qu'elle ne le perçoive pas comme une menace.

— Je veux m'excuser.

Nerveusement, il passa une main dans ses cheveux, les décoiffant encore plus.

— Je n'aurais pas dû...

Sa voix s'éteignit. Bon sang, il n'avait jamais appris à s'excuser auprès de qui que ce soit. C'était plus difficile que de combattre deux Démons dans une ruelle sombre avec une main attachée dans le dos.

Ses yeux bleu océan se baissèrent pour échapper à son regard.

— Je ne veux pas en parler.

Rêvait-il, ou bien ses joues étaient-elles vraiment en train de rosir ?

Curieusement, elle ne semblait pas lui en vouloir, malgré ses paroles. On aurait plutôt dit qu'elle était... timide. Le Dr Cruickshank, sûre d'elle et déterminée, ressentait de la timidité quand il était question d'intimité ? Serait-ce la raison pour laquelle elle avait réagi avec tant de véhémence lorsque Manus les avait interrompus ?

— Je dois t'expliquer une chose. S'il te plaît.

Elle fit un signe de tête presque imperceptible.

— Merci... Manus essayait de t'expliquer une chose : pendant qu'un Gardien de la Nuit dort, sa capacité à dissimuler un humain avec son esprit disparaît. Seul son toucher fonctionne encore. J'avais besoin de te toucher si je voulais dormir. Mais...

Il lui jeta un regard prudent, remarquant qu'elle l'observait attentivement.

— ...Je n'ai aucune excuse pour t'avoir touchée comme je l'ai fait, à part mon attirance envers toi. Je suis désolé. J'aurais dû te l'expliquer et simplement demander à prendre ta main pendant que tu dormais.

Ses yeux observèrent pendant un long moment.

— C'est ainsi que tu traites les autres femmes que tu protèges ?

— Non !

Sa protestation éclata aussitôt.

— Non... Ce n'est pas comme ça. Quand j'ai besoin de dormir, j'appelle mon second, Manus ou l'un des autres, pour qu'il prenne le relais pendant que je m'octroie quelques heures de sommeil.

Il chercha ses yeux.

— Je ne... touche pas à mes protégées quand je peux l'éviter. Mais toi...

Il baissa la tête.

— Je suis désolé. J'ai eu tort.

Comme elle ne répondait pas immédiatement, il fit un geste vers la table basse.

— Coralee nous a apporté à manger. Tu dois avoir faim.

Elle acquiesça et se leva du lit.

Elle s'assit sur le canapé et tendit la main vers l'une des assiettes pendant qu'il s'installait dans le fauteuil. Au moins, il avait fait la paix avec elle ; il espérait seulement qu'elle finirait par comprendre et pardonner ses transgressions.

— Combien de temps devons-nous rester ici ? demanda-t-elle.

Aiden s'empara d'une assiette.

— Peut-être deux ou trois jours. D'ici là, Manus devrait avoir initié toutes les démarches nécessaires pour mettre ta mort en scène.

Il remarqua le frisson qui la traversa à son dernier mot.

— Tu dis ça comme si ça arrivait tout le temps.

— Ce n'est pas le cas. Mais parfois, nous n'avons pas le choix pour débarrasser les Démons de nos protégés. Ils n'abandonnent que lorsqu'ils pensent avoir perdu. Et, dans ton cas, on doit s'assurer qu'ils ne peuvent pas accéder à tes recherches. S'ils parviennent jusqu'à toi, ils peuvent t'obliger à les reproduire pour eux.

Il enfourna une fourchette pleine de pad thaï dans sa bouche.

Elle secoua la tête.

— Je ne ferais pas ça. Je ne travaillerais jamais pour les Démons.

Son corps se tendit visiblement.

— Pas après tout ce qui m'est arrivé à cause d'eux.

Aiden posa sa fourchette et mâcha, contemplant ses prochains mots. Comment devait-il lui expliquer qu'à l'instar des autres humains avant elle, elle succomberait à ces derniers ?

— Ce n'est pas si facile de leur résister quand ils essaient de te séduire de leur côté.

— Je ne vois pas pourquoi. Maintenant que je connais leur nature et leur programme, je pense qu'ils ont perdu ce pouvoir mental sur moi. Rien ne pourrait me séduire pour me faire passer de leur côté.

Leila releva le menton dans un geste déterminé, indiquant qu'elle était prête à se battre.

— Crois-moi, ils trouveront quelque chose à quoi même toi, tu ne pourras pas résister. Ils chercheront assez longtemps pour trouver ton point faible, trouveront quelque chose que tu veux vraiment, puis te promettront que tu l'auras si tu travailles pour eux. Je l'ai déjà vu.

Sa dernière protégée avait succombé. Les Démons n'avaient plus eu qu'à trouver le bon déclencheur. Ils trouveraient aussi celui de Leila. Personne ne pouvait cacher longtemps ses désirs les plus profonds, surtout pas les humains. Et ces derniers temps, il se demandait si même lui, en tant que Gardien de la Nuit, il pourrait cacher ses désirs plus longtemps.

— Je n'ai pas atteint cette position en étant faible, clama Leila.

— Je ne sous-entendais rien de tel, nia Aiden, en essayant de rester calme. Je décris seulement leur mode opératoire. Ils sont très malins. Et ils ne s'arrêteront pas avant d'avoir compris que leur rêve de posséder ce médicament ne se réalisera pas.

— Tu ne peux pas t'attendre à ce que je vive cachée pour toujours. Je ne peux pas me résoudre à ça. Mes parents... mon travail, je dois continuer.

Aiden posa son assiette presque vide sur le plateau.

— Tu dois absolument suivre ce chemin si tu veux vivre.

Ses yeux se rétrécirent.

— Mais tu as dit que les Démons ne veulent pas me tuer, parce qu'ils veulent ce que je peux leur offrir.

Il la fixa, ses pensées faisant rage en lui pour savoir s'il devait l'expliciter une fois de plus. Si elle travaillait pour les Démons, lui ou l'un de ses collègues Gardiens de la Nuit devrait l'éliminer. Pourtant, en la regardant dans les yeux, il réalisa qu'il n'en était pas capable. Irait-il jusqu'à la défendre même contre ses propres frères s'ils essayaient de lui faire du mal ?

Soudain, ses yeux s'écarquillèrent et sa bouche s'ouvrit.

— Oh, mon Dieu, tu le penses vraiment, n'est-ce pas ? Tu me tuerais sans même cligner des yeux.

— À vue de nez, c'est une tâche qu'il n'apprécierait pas pour autant.

Au son de la voix masculine familière dans la pièce, Aiden se tourna brusquement vers la porte, bondissant simultanément de sa chaise.

Merde !

Le grand étranger robuste qui était apparu de nulle part et qui se tenait maintenant près de la porte se révélait être Hamish.

— Vous devez arrêter. Je ne peux pas supporter plus, aboya Leila en faisant cogner son assiette sur la table basse.

— Leila, mets-toi derrière moi, tout de suite ! ordonna Aiden.

Hamish ressemblait toujours à ça : des cheveux brun foncé, séparés au milieu, les mèches les plus longues pendaient devant ses yeux. Il portait une barbe de quatre jours, et ses sourcils formaient des crêtes légèrement surélevées lorsqu'il les fronçait, comme il le faisait maintenant.

Jetant un regard à son vieil ami, Aiden sortit son antique dague de sa botte, prêt au combat.

Comme Leila ne bougeait pas, il répéta son ordre.

— J'ai dit maintenant !

Hamish leva une main, sa posture restant étrangement détendue.

— Ce n'est pas nécessaire.

— C'est quoi ce bordel, Hamish ! Tu as un sacré toupet pour oser te montrer ici.

Aiden s'avança vers lui, à la fois soulagé et en colère. Soulagé que son ami ait survécu, et en colère parce qu'il n'arrivait pas à savoir de quel côté il se trouvait.

— Je n'avais pas le choix, mais je n'ai pas le temps de t'expliquer maintenant. Nous devons partir.

Hamish fit un signe de tête à Leila.

— Prends toutes tes affaires. On n'est plus en sécurité ici.

—Elle le sera, bon sang !

Aiden lui jeta un coup d'œil.

— Tu ne peux pas lui faire confiance, Leila. Il est devenu un traître. Il pourrait travailler pour les Démons maintenant.

En poussant un cri, elle se précipita à ses côtés. Aiden reconnut sa présence en lui serrant brièvement le bras.

Hamish laissa échapper un soupir audible.

— Ce n'est pas vrai. Et au fond de toi, tu le sais. Je ne travaille pas pour eux. Je t'expliquerai tout, mais plus tard.

Aiden secoua la tête. Il ne savait que croire. Pouvait-il vraiment se fier à son instinct ? Ou aux paroles de Hamish d'ailleurs ? Confus, il laissa son regard errer sur le visage de Hamish, se concentrant sur ses yeux. Ils le fixaient comme toujours, clairs et sans ciller, d'un brun doux. Pas un soupçon de vert. Mais était-ce une preuve suffisante ?

— Explique-toi maintenant. Nous avons tout notre temps. Et si ton explication ne me plaît pas, je te ferai goûter à mon poignard.

Sa position devait devenir claire immédiatement. Il n'accepterait aucune connerie.

Hamish secoua lentement la tête.

— Je comprends tes sentiments, vraiment. Les circonstances ne me montrent pas sous un jour favorable.

Aiden grogna. Non, en effet. Elles le montraient sous un mauvais jour. Alors pourquoi était-il venu ici ?

— Mais tu aurais fait la même chose dans ma situation.

Aiden poussa un grognement bas et sombre.

— Tu nous as abandonnées, la fille et moi. À cause de toi, les Démons ont pris son contrôle. À cause de toi, j'ai dû la tuer.

Hamish jeta un regard nerveux derrière eux, vers la fenêtre. Le soleil du début de l'après-midi pénétra dans la pièce.

— J'avais d'autres chats à fouetter, et, quand tu connaîtras toute l'histoire, tu partageras mon avis. Maintenant, fais les affaires de ta protégée et partons d'ici avant qu'ils n'arrivent, insista Hamish.

Quelque chose de plus important que de combattre les Démons et de sauver sa protégée ? Aiden avait du mal à croire à cette affirmation.

— Nous n'irons nulle part avec toi. Tu ne peux pas t'attendre à ce que je te fasse confiance après tout ce qui s'est passé. Le Conseil te poursuit déjà, mais franchement, j'apprécie l'idée de t'affronter en premier. Nous devons régler des comptes.

Aiden poussa Leila derrière lui et fit un pas en avant, les bras tendus sur les côtés, les hanches fixes.

— Même si j'aimerais me battre, je n'en ai pas le temps.

Les aboiements d'un chien provinrent de l'extérieur du bâtiment.

Hamish cligna des yeux.

— Merde, ils ont amené des chiens.

— Les Démons ? demanda Aiden.

— Non, ce ne sont pas les Démons qui en ont après ta protégée, pas pour l'instant en tout cas.

— Qui en a après moi ? demanda Leila derrière lui, sa voix teintée de panique.

Hamish haussa les épaules.

— Chérie, j'aimerais bien le savoir, mais qui que ce soit, ils viennent de te chercher.

Aiden entendit les aboiements des chiens se rapprocher. Ce n'était pas bon signe. Il savait exactement ce que l'arrivée des chiens signifiait.

— Mais comment ? se désespéra-t-elle.

— Au choix : Manus, une taupe au sein du Conseil, un appel téléphonique remonté jusqu'ici, peu importe...

Soudain, une forte détonation retentit en bas de l'immeuble. Instantanément, des voix excitées résonnèrent dans le bâtiment, des portes s'ouvrirent et se fermèrent, et des pas précipités emplirent les couloirs.

— Une descente ! cria quelqu'un.

Hamish se précipita vers la porte et l'ouvrit d'un pouce, jetant un coup d'œil dans le couloir.

— Ils font croire à une descente de police, mais ils en ont après Leila.

Il regarda par-dessus son épaule.

— C'est à toi de décider maintenant, Aiden. Veux-tu sauver ta protégée ou non ? Parce que, si tu ne viens pas avec moi maintenant, ils arriveront dans trente secondes et la tueront. Ils sont trop nombreux pour qu'on puisse les combattre.

21

___

Aiden réalisa qu'il n'avait que quelques instants pour prendre une décision. Deux dangers immédiats se présentaient à lui : tomber entre les mains des personnes qui faisaient une descente dans le salon de massage thaïlandais, ou se laisser entraîner dans un piège par Hamish, l'homme qu'il appelait autrefois son frère. Avait-il jugé son ami trop vite ? Pourrait-il vraiment exister une raison légitime pour laquelle il avait disparu et ne l'avait pas soutenu lors de sa dernière mission ?

À côté de lui, Leila s'agita.

— Pourquoi les chiens ? Ce sont des chiens d'attaque ?

Il lui prit la main et la serra.

— Non. Celui qui vient sait que je peux te rendre invisible, mais les chiens pourront quand même te retrouver, car ils peuvent te sentir.

— Oh, non !

Son expression paniquée prit la décision pour lui. Ils devaient s'enfuir tout de suite. Une fois qu'ils seraient sortis de ce guêpier, il pourrait s'occuper d'Hamish. Et il espérait pour eux tous que son vieil ami possédait une explication qui lui permettrait de croire. Parce qu'il ne se sentait pas capable de le perdre. Ils avaient traversé trop de choses ensemble.

— Pour aller où ?

Hamish acquiesça d'un signe de tête.

— Suivez-moi.

Leila se libéra de son emprise et se précipita vers le lit où elle récupéra son sac à main qu'elle mit en bandoulière. Lorsqu'il reprit sa main dans la sienne, elle lui fit un signe de tête, indiquant qu'elle se sentait prête.

Aiden utilisa ses pouvoirs pour s'assurer que Leila et lui échappaient aux regards de tous, à l'exception de Hamish, puis il les suivit vers la sortie et le couloir. Il lui fit signe de se taire en posant un doigt sur ses lèvres.

Le couloir se transformait en véritable chaos. Les masseuses à moitié vêtues et leurs clients se précipitaient vers les sorties de secours. Entraînant Leila avec lui, il courut à la suite de Hamish, évitant de temps à autre les gens qui fonçaient sur eux, sans se douter qu'ils allaient potentiellement se heurter à un obstacle. C'était l'un des inconvénients de l'invisibilité, un inconvénient qu'il acceptait volontiers si cela leur permettait de sortir en un seul morceau.

En regardant au fond d'un couloir, il vit des hommes en tenue anti-émeute traverser les couloirs, poussant les portes les unes après les autres, leurs chiens en laisse, reniflant chaque pièce avant de passer à autre chose.

Des aboiements excités retentirent tout à coup. Comment les chiens avaient-ils pu capter l'odeur de Leila ? À moins que ces gens, quels qu'ils soient, aient réussi à récupérer quelque chose portant son odeur dans son appartement incendié ou peut-être dans son bureau.

Il ne pouvait pas s'en préoccuper pour l'instant, car il essayait de suivre Hamish, qui courait dans le dédale de couloirs et d'escaliers comme s'il savait exactement où il allait.

Alors qu'ils montaient une autre volée de marches, Aiden attrapa l'épaule de Hamish et l'arrêta.

— Il est impossible de sortir par là-haut, lui souffla-t-il à voix basse.

Hamish regarda par-dessus son épaule et lui lança un regard sérieux.

— Il va falloir que tu me fasses confiance. Je vais nous sortir de là.

Aiden aurait aimé avoir la même confiance en son ancien second qu'autrefois, savoir qu'il pouvait lui confier sa vie. Malheureusement, ses doutes sur les motivations d'Hamish ne s'étaient pas dissipés.

— J'aurais aimé pouvoir compter sur plus que ta parole là-dessus.

— Ma parole n'a jamais été aussi bonne.

Leila s'agita à côté de lui.

— Mieux vaut lui que ces hommes et leurs chiens, murmura-t-elle.

Le calme s'était installé au dernier étage, tous les employés et leurs clients s'étant précipités vers les sorties de secours. Les intrus finiraient par les atteindre, et les chiens se rapprocheraient d'eux, peu importe leur invisibilité.

Aiden fit un signe de tête à Hamish qui se retourna et se dirigea vers une étroite volée d'escaliers. Accès au toit, indiquait un panneau sur le mur.

Alors que Hamish tendait la main vers la poignée de la porte, Aiden posa sa main sur la sienne et l'arrêta.

— Qu'est-ce qui me garantit qu'aucun Démon ne nous attend sur le toit ?

Son collègue Gardien de la Nuit inclina la tête vers le néon vert au-dessus de la porte qui indiquait « Sortie. » Elle fonctionnait parfaitement.

Aiden poussa un soupir de soulagement.

— Super. Allons-y.

— Quoi ? demanda Leila derrière lui. Qu'est-ce qui se passe ?

Il se retourna pour lui faire face.

— L'aura des Démons réagit avec deux gaz : le néon et le mercure, qui se trouvent à l'intérieur des tubes fluorescents et des néons. S'ils s'approchent trop près, la lumière commence par vaciller, puis elle brûle.

Ce fait les avait souvent alertés de la présence de Démons et leur avait donné quelques secondes d'avance en cas de besoin. Tout comme ce même fait confirmait maintenant qu'aucun Démon ne les attendait au-delà de cette porte. Et une autre chose me semblait absolument certaine : quels que soient les intrus, ce n'étaient pas des Démons, sinon les nombreux signes néon du salon de massage thaïlandais auraient vacillé et s'éteindraient instantanément.

Mais, pour confirmer que la voie se trouvait vraiment libre, il fit un pas devant Hamish.

— Je reviens tout de suite, chuchota-t-il à Leila en lui relâchant la main, puis il passa la porte fermée.

À l'extérieur, la lumière vive de l'après-midi illumina le visage d'Aiden. Ses yeux mirent une fraction de seconde pour s'adapter, mais dès qu'il contempla le toit vide, il fut satisfait et replongea à l'intérieur du bâtiment.

— La voie est libre, assura-t-il à Leila en lui serrant la main.

Une expression de soulagement recouvrit son visage, et il lui sembla qu'elle serrait sa main plus fort. Mais peut-être qu'il ne faisait que l'imaginer.

Aiden tourna la poignée de la porte et poussa, mais rien ne se passa. Elle était verrouillée. Il la secoua de plus belle et lança à Hamish un regard inquisiteur.

— Merde !

Hamish poussa un juron entre ses dents.

— Tu n'as pas vérifié la porte avant de décider de l'utiliser comme échappatoire ? grogna Aiden.

— Elle était ouverte la dernière fois que je suis venu, d'ailleurs, je n'avais pas besoin de la déverrouiller...

Il jeta un coup d'œil à Leila.

— Aiden, peut-on passer par là comme tu l'as fait ?

Leila lui lança un regard plein d'espoir.

— Nous pouvons, mais tu ne peux pas.

Le pouvoir d'un Gardien de la Nuit de dématérialiser son corps et de se rematérialiser derrière un objet solide ne pouvait pas être étendu à un corps humain.

— Le corps humain s'avère trop fragile pour survivre à cela. Si je t'entraînais avec moi, tes cellules ne se réassembleraient jamais correctement de l'autre côté. Tu serais...

Il ne pouvait même pas le dire.

Et en regardant le visage de Leila, il savait qu'il pouvait s'abstenir. Elle ne comprenait que trop bien.

Il lui lâcha la main et regarda Hamish.

— Dis-moi que tu as apporté des outils.

Ce dernier dézippa sa veste et fouilla à l'intérieur, sortant une panoplie d'outils métalliques dont n'importe quel voleur aurait pu s'enorgueillir.

— Il y a quelque chose qui pourrait être utile ici ?

Aiden lui prit une fine lame des mains, puis se tourna vers la serrure.

— Surveille nos arrières.

Alors qu'il entreprenait de crocheter la serrure, Leila se rapprocha de lui.

— As-tu déjà fait ça avant ?

— Plus souvent que tu ne voudrais le savoir, mentit-il.

Bien sûr, il avait appris à crocheter une serrure, mais il avait rarement besoin d'utiliser cette compétence. Dans la plupart des cas, il passait simplement une porte fermée, mais aujourd'hui, c'était différent. Les occasions où il avait dû forcer une porte pour faire passer un protégé se comptaient sur les doigts de la main ces derniers temps. Il manquait un peu de pratique.

— Ils se rapprochent, murmura Hamish.

— C'est presque fini.

Aiden tordit la lame à l'intérieur du trou du cylindre et tourna jusqu'à ce qu'il entende un déclic. Instantanément, il appuya sur la poignée et poussa. La porte s'ouvrit doucement.

— Maintenant ! ordonna Hamish et il les poussa Leila et lui à travers la porte.

Leila trébucha, et Aiden la rattrapa pendant qu'ils se précipitaient à l'extérieur, Hamish claquant la porte derrière eux alors que des voix fortes et des aboiements provenaient de l'intérieur.

— "Merde !

Aiden poussa un juron. Les intrus les poursuivaient déjà.

Scrutant le toit à la recherche de quelque chose pour barricader la porte, ses yeux tombèrent sur une planche de bois. Il le saisit et le coinça dans la poignée de la porte et dans la boucle de fer alignée à côté de celle-ci. Cela tiendrait, même si ce n'était que pour quelques minutes.

— Allons-y ! ordonna Hamish alors que leurs agresseurs potentiels frappèrent à la porte.

Scrutant le toit une fois de plus, Aiden évalua la situation : le toit s'étendait à plat, et à l'exception de quelques fils à linge et d'une antenne parabolique, il était vide.

Lorsqu'il se retourna vers Leila, elle lui lança un regard effrayé, les épaules remontées, les sourcils froncés. Il détestait la voir dans cet état.

— Sur l'autre toit, dit-il à Hamish qui regarda par-dessus son épaule, puis pointa du doigt la direction opposée, vers un toit qui se trouvait un étage plus bas que le leur.

Aiden s'apprêtait à objecter et à opter pour le toit de la même hauteur et plus facile à parcourir, quand Hamish continua :

— Fais-moi confiance.

Il faisait cela depuis ces dernières minutes : faire confiance à son ancien ami qui l'avait trahi. Cela se retournerait-il contre lui ?

Mais quelque chose dans le regard d'Hamish poussa Aiden à suivre sa suggestion. Ou peut-être voulait-il simplement croire son ami. Prenant une nouvelle fois la main de Leila, il courut vers lui. Arrivé au bord du toit, il se tourna vers Leila.

— Nous avons déjà fait cela auparavant. Tu vas t'en sortir.

Elle hocha la tête.

— Ok.

Elle l'entoura de ses bras sans se faire prier. C'était bon de la sentir si proche, et pendant un instant, tout ce qu'il voulut, ce fut de se délecter de son contact. Mais il fallait se hâter. Le cliquetis de la porte à quelques mètres derrière eux se fit plus insistant. Ils allaient bientôt réussir à l'ouvrir.

Hamish sauta le premier, puis se retourna et fit signe à Aiden de le suivre.

Leila dans les bras, il sauta en bas, atterrissant carrément sur ses deux pieds, ce qui permit à ses genoux d'encaisser l'impact. Instantanément, il la libéra de ses bras. Ils se précipitèrent à la suite de Hamish qui contournait déjà la structure de fortune sur le toit voisin.

Alors qu'ils arrivaient au même endroit, Aiden s'arrêta brusquement. Hamish n'était plus là.

Merde ! Si c'était un piège...

— Aiden, ici !

La voix de Hamish se fit entendre à côté de lui.

Il tourna la tête vers le bruit et vit Hamish jeter un coup d'œil par une fenêtre de la remise branlante. Soulevant Leila, Aiden la hissa rapidement à travers l'ouverture et la suivit.

À l'intérieur, il faisait sombre, mais sa vision supérieure s'ajusta et lui permit de voir l'escalier qui menait en bas. Hamish était déjà en train de l'emprunter.

Il sentit que Leila lui tendait les bras.

— Je ne vois rien.

— Je serai tes yeux.

Dans l'obscurité, il la guida vers le bas, en veillant à ce qu'elle ne trébuche pas. Lorsqu'ils arrivèrent en bas, de la musique parvint jusqu'à eux, ainsi que des applaudissements nourris.

Hamish poussa une porte située devant eux. Une faible lumière éclairait le couloir dans lequel ils se trouvaient. L'air ringard des années soixante-dix, «Stayin' Alive» des Bee Gees, devenait de plus en plus distinct à mesure qu'ils avançaient.

Aiden sursauta lorsqu'une porte à sa gauche s'ouvrit et qu'un jeune homme à peine vêtu, portant une sorte de costume, la franchit. Il aperçut la pièce derrière lui et haussa un sourcil. Les vestiaires d'un théâtre semblaient la destination, même s'il ignorait que cette partie de la ville en possédait un.

Toujours invisible, il s'aplatit contre le mur et fit signe à Leila de faire de même, pour que l'homme ne leur rentre pas dedans. Du coin de l'œil, il remarqua que Leila laissait courir son regard sur le corps à moitié nu de l'homme. Un sentiment étrange, qu'il n'arriva pas à identifier, le traversa : il n'aimait pas la façon dont elle regardait ses formes masculines, certes très parfaites. Il ne voulait même pas qu'elle regarde un homme habillé, et encore moins un homme à moitié nu.

Pendant un instant, le fait qu'ils essayaient toujours d'échapper à leurs ennemis passa au second plan. Aiden tira la main de Leila vers sa poitrine et l'entraîna contre lui. Sa hanche se heurta à sa cuisse. Lorsqu'elle leva la tête pour lui jeter un regard surpris, il remarqua qu'elle haletait. Avant qu'elle ne puisse baisser ses paupières pour en cacher l'expression, il lui releva le menton et la força à le regarder.

Ses lèvres s'écartèrent et son souffle effleura son visage. Sans réfléchir, il baissa la tête.

— Pas de temps à perdre.

L'ordre sévère d'Hamish le fit sursauter, le poussant à la relâcher instantanément. Une légère rougeur rosée envahit les joues de Leila.

— Pour aller où ? demanda Aiden, en se raclant la gorge.

Il avait failli l'embrasser, ici même, devant Hamish. Si ça ce n'était pas une erreur, alors qu'est-ce qui le serait ?

Hamish fit un signe de la tête vers une porte sur laquelle était écrit Scène. Il l'ouvrit et se glissa à l'intérieur. Aiden fit de même, entraînant Leila avec lui.

Un rideau obstruait la vue, mais des lumières clignotaient derrière, et de la musique retentissait sur de gros haut-parleurs tout autour d'eux.

«I'm stayin' alive», le public se joignit au refrain.

— Nous devons nous rendre de l'autre côté de la scène, lui chuchota Hamish à l'oreille. Il y a un portail là-bas.

Aiden avait de la difficulté à comprendre par-dessus le bruit de la musique, car, pour sûr, il n'y avait pas de portail dans cet établissement. Seuls les bastions possédaient des portails. Il haussa les épaules et suivit Hamish qui écarta le rideau et se glissa sur la scène.

Alors qu'il passait le rideau et faisait deux pas sur la scène, Aiden sentit Leila s'arrêter dans son élan. Un rapide coup d'œil lui confirma que sa bouche s'était ouverte et qu'elle regardait fixement le spectacle.

Là, sur une scène baignée de lumières scintillantes, cinq beaux gosses à peine vêtus faisaient un strip-tease en se déhanchant lascivement au son de la musique. Ils ressemblaient à des Chippendales, mais avec un peu moins de classe, se pavanant comme une bande de chiens dans une exposition canine. Leurs culs bardés de ficelles reflétaient les lumières qui rebondissaient sur la boule disco de mauvais goût des années 80 suspendue au plafond. Rien d'autre que des pompons recouvraient leurs précieux bijoux qui bougeaient en fonction des mouvements des danseurs.

Le public, quelques femmes et beaucoup plus de gars applaudissaient chaque fois qu'un pompon révélait la chair en dessous. Un spectateur masculin se pencha alors sur la scène, où l'un des artistes s'abaissa, permettant au spectateur de glisser un billet de vingt dollars dans sa ficelle. Mais la main du spectateur dévia rapidement de sa trajectoire et toucha l'entrejambe de l'artiste. Ce dernier lui donna une tape taquine sur la main et se contenta de rire, ce qui provoqua les rires du public.

Aiden en avait vu assez. Il tira sur la main de Leila et l'entraîna sur la scène, évitant les danseurs du mieux qu'il pouvait. Sans ménagement, il tira sur sa main pour que Leila concentre enfin son attention sur lui et non sur les danseurs à moitié nus.

Lorsqu'ils atteignirent l'autre côté de la scène, Hamish attendait impatiemment.

— Qu'est-ce qui vous a pris tant de temps ?

Aiden adressa un regard agacé à Leila.

— Quelqu'un regardait le spectacle avec fascination.

Leila souffla et libéra sa main de son emprise.

— Ce n'est pas vrai !

Hamish roula des yeux.

— Désolé de couper court à la fête.

— Où va-t-on à partir d'ici ? demanda Aiden.

— Il y a un portail.

— Quoi ?

Cette fois, il en était certain : il n'avait pas mal entendu.

— Ici ?

Hamish acquiesça.

— Ce n'est pas possible. Il n'y a pas de portails à l'extérieur des bastions.

Tous les Gardiens de la Nuit le savaient.

— Eh bien, prépare-toi à une surprise.

Hamish lui fit signe de se diriger vers un escalier qui menait vers le bas.

Aiden suivit à contrecœur, Leila à ses côtés. Hamish devait être dans l'erreur s'il pensait avoir trouvé un portail à l'extérieur des bastions. Quelque chose clochait. Sa main glissa vers la dague qu'il avait glissé dans la ceinture de son pantalon après avoir failli attaquer Hamish avec dans le salon de massage thaïlandais. S'il devait l'utiliser maintenant, il n'hésiterait pas.

Dans le sous-sol faiblement éclairé qui était rempli de vieux costumes, de meubles de scène et de caisses empilées les unes sur les autres, son collègue les fit naviguer jusqu'à l'arrière du bâtiment avant de se tourner vers une échancrure à peine visible dans le mur de pierre recouvert de poussière.

Hamish posa sa paume à plat contre l'indentation, qui semblait une simple imperfection de la pierre. Cependant, en y regardant de plus près, alors que son ami en brossait la poussière, Aiden reconnut qu'il s'agissait de leur symbole secret : une lame ancienne.

— Oh, mon Dieu ! Comment un portail pourrait-il se trouver à l'extérieur des bastions ?

Aiden effleura le symbole avec sa main, puis pressa sa paume contre lui. La chaleur de sa peau inonda le symbole, qui se mit à briller sous sa main. Un instant plus tard, le mur se désintégra et un tunnel sombre apparut devant eux.

Le portail était ouvert.

22

———

Leila fixa le trou dans le mur. Cela ne pouvait pas arriver. Une sorte de portail s'était ouvert juste devant eux, au moment où Aiden avait posé sa main sur le mur. Elle se rappela instantanément ce qu'il lui avait dit plus tôt au sujet des portails.

— Je pensais que seuls les Démons pouvaient utiliser des portails.

Cela la troubla. Pourquoi ne lui en avait-il pas parlé ?

— Les Gardiens de la Nuit s'en chargent. Cependant...

Aiden regarda Hamish.

— ... Je pensais qu'ils n'existaient pas en dehors des bastions.

— Nous avons tous pensé la même chose. Je t'expliquerai cela plus tard. Maintenant, nous ferions mieux d'y aller.

Il entra dans le tunnel sombre. Aiden attrapa la main de Leila et l'entraîna avec lui. Elle n'avait pas le choix. Même si elle l'avait voulu, elle n'aurait pas pu rester là où elle était. Les gens qui les suivaient finiraient par la retrouver ici.

— Je suis claustrophobe, avoua-t-elle.

— Ça ne sera pas long, promit Aiden, en l'attirant près de lui.

Un instant plus tard, la faible lumière du sous-sol disparut comme si quelqu'un avait fermé la porte du tunnel.

— Où allons-nous ? demanda Aiden.

— Prends ma main, ordonna Hamish.

Elle sentit Aiden l'attirer encore plus contre lui. Il lui passa un bras autour de sa taille, son autre main serrant vraisemblablement celle de Hamish. Puis l'air s'agita autour d'eux comme si une violente tempête approchait.

La peur la saisit et elle commença à trembler. Elle sentit son corps s'élever dans les airs, flottant en apesanteur et sans direction. Ses deux bras entourèrent Aiden et elle s'accrocha à lui comme si sa vie en dépendait. Elle avait peur de tomber, de tomber dans un gouffre sans fond, dans une obscurité éternelle.

— Pas de panique, chuchota Aiden, la bouche posée sur son oreille.

Puis il bougea et ses lèvres effleurèrent sa joue, puis s'approchèrent lentement et prudemment de ses lèvres. Elle aurait pu s'éloigner de lui, tourner la tête pour qu'il ne puisse pas l'embrasser, mais elle s'abstint. Au lieu de cela, elle laissa ses lèvres se presser contre les siennes, sa langue glisser doucement sur elles, les écarter et s'introduire.

Dans le noir, elle se sentait étrangement en sécurité avec lui. Avec un soupir, elle inclina la tête, le poussant à un baiser plus profond. Il accéda à son désir. Lorsque la langue d'Aiden caressa la sienne et que ses lèvres se posèrent fermement sur sa bouche, la tempête autour d'elle complètement oubliée. Tout ce qu'elle ressentait, c'étaient ses caresses fermes, son goût terreux et son corps dur qui se pressait contre elle, la tenant fermement et solidement dans ses bras. Elle avait oublié le fait qu'il lui avait menti en disant qu'il devait la toucher pour la dissimuler.

Peut-être n'aurait-elle pas réagi aussi violemment à cette révélation si Manus ne les avait pas surpris en plein milieu de l'acte. L'humiliation qu'elle avait ressentie l'avait trop gênée pour qu'elle pense à autre chose.

Mais maintenant, cela n'avait plus d'importance. Le baiser d'Aiden possédait toujours autant de sensualité, et il lui donnait envie de beaucoup plus qu'un baiser, plus qu'un simple contact, plus que des caresses intimes qu'ils avaient partagées au salon de massage. Bien plus que ça.

— Je déteste vous interrompre, dit Hamish avec ironie, mais nous ne pouvons pas rester ici indéfiniment.

Leila ouvrit les yeux, la chaleur lui montant aux joues. Devait-elle toujours se faire prendre en train de faire quelque chose... quelque chose d'aussi interdit ? Parce qu'elle faisait avec Aiden ce qu'elle devait éviter : il était là pour la protéger, et au-delà de ça, elle savait qu'elle ne pouvait pas lui faire confiance. Il l'avait confirmé peu de temps auparavant lorsqu'il avait avoué à Hamish qu'il avait tué son ancienne protégée.

Elle se calma et évita de regarder Aiden tout en se libérant de son étreinte. À la place, elle préféra examiner les environs. Ils se trouvaient dans une sorte de grotte. Des rangées de fûts de chêne bordaient le vaste espace, chacun portant un numéro et quelques lettres indiquant leur contenu.

— Où sommes-nous ? demanda Aiden.

— À environ une heure au nord de San Francisco, dans la région viticole, répondit Hamish.

— Tu dois m'expliquer pourquoi un portail se trouve ici, alors que les règles interdisent son existence en dehors des bastions, exigea Aiden, d'un ton ferme.

Hamish acquiesça.

— Je le ferai en chemin vers notre planque.

Il se dirigea vers la porte, la déverrouilla et l'ouvrit. Puis il jeta un coup d'œil à l'extérieur.

— La voie est libre.

Curieuse, Leila le suivit, sentant Aiden dans son dos. Dehors, le soleil brillait. Elle regarda la grotte et réalisa que les bâtisseurs l'avaient érigée dans le flanc de la colline, profitant ainsi de la fraîcheur naturelle de la terre pour maintenir les tonneaux à une température constante. Au loin, elle aperçut plusieurs bâtiments, l'un qui ressemblait à une grange avec de grands silos en acier inoxydable, un autre qui contenait probablement la salle de dégustation et les bureaux.

Personne ne se trouvait à proximité.

Le chemin de terre sur lequel Hamish les conduisit aboutissait à une cabane en bois. À l'intérieur se trouvait une vieille Toyota cabossée qui ressemblait à la perdante d'un concours de démolition. Leila s'assit sur le siège arrière, laissant Hamish et Aiden prendre la place de devant. À première vue, ils avaient énormément de choses à se dire de toute façon.

Alors qu'ils descendaient la colline et traversaient le vignoble, Hamish répondit enfin à la question d'Aiden.

— Tu as raison : les portails devraient rester à l'intérieur des bastions. Alors, tu peux imaginer ma surprise quand j'en ai trouvé un.

— Comment l'as-tu trouvé ? voulut savoir instantanément Aiden.

— Eh bien, cela m'amène à la question la plus importante. J'ai des raisons de croire qu'un des membres du Conseil travaille pour les Démons. Je ne peux pas...

Depuis la banquette arrière, Leila vit Aiden sursauter à l'annonce de la nouvelle.

— Ce n'est pas possible !

Il pencha la tête sur le côté pour lancer un regard à son ami.

— Si tu penses que tu peux accuser quelqu'un pour excuser tes propres faiblesses...

— Je n'ai pas failli à mes devoirs ! Hamish répliqua. Si j'avais pu t'aider, je l'aurais fait. Mais j'étais poursuivi. Si je n'avais pas disparu au moment opportun, je serais mort maintenant.

***

AIDEN RESPIRA UN BON COUP. Ce que son ancien second insinuait était scandaleux. Mais souvent, la vérité s'avérait incroyable. Et il espérait que Hamish disait la vérité.

— Je veux toute l'histoire, exigea-t-il. Et commence par la façon dont tu nous as trouvés, Leila et moi.

— Oh, tu vas l'avoir, mais tu ne vas pas apprécier, promit Hamish en le gratifiant d'un regard inquiétant.

D'une certaine façon, ce regard suffit à Aiden pour comprendre que ce qu'il allait entendre allait remettre en cause toute sa croyance en leur race.

— Continue.

— Eh bien, te trouver a été facile. Je t'ai suivi pendant des jours. J'ai eu l'intuition que tu courais un danger. Je me suis dit que s'ils essayaient de m'écarter du chemin, qu'est-ce qui les empêcherait de faire la même chose avec toi ? J'ai gardé un œil sur toi de loin pour pouvoir intervenir si nécessaire.

Hamish lui jeta un regard de côté. "

— Bref, pour en venir à la vraie histoire, il y a quelques semaines, j'ai remarqué d'étranges coïncidences, des Démons se montrant à proximité de planques et d'autres endroits où nous cachions des protégés. J'ai regardé les journaux de localisation et j'ai tracé ces évènements, en les recoupant avec les personnes qui ont accédé aux fichiers de localisation au moment où ces missions avaient eu lieu. J'ai trouvé une signature d'accès codée dans chacun de ces cas. Elle mène au Conseil.

— Cela ne signifie pas forcément grand-chose. Le Conseil a le droit d'accéder à ces fichiers quand il le veut. C'est ainsi qu'ils peuvent connaitre notre position.

— Qu'est-ce que ça veut dire ? demanda Leila depuis la banquette arrière. Est-ce qu'ils savent où nous nous trouvons maintenant ?

Aiden tourna la tête vers elle.

— Non. Il faudrait que je me connecte au système pour annoncer ma position.

— Tu n'en feras rien, ajouta Hamish rapidement. Personne ne doit savoir où nous sommes en ce moment. Pas tant que nous ne saurons pas qui, au sein du Conseil, est un traître.

Aiden détestait cette idée.

— Tu dois te tromper. Le Conseil est irréprochable.

— Tu te fais des illusions. Ils sont comme nous. Ils ont des désirs. Mais ceci mis à part, alors que je commençais à creuser et à m'attaquer au cryptage, j'ai eu l'étrange sensation d'être suivi. Plusieurs fois. Je ne peux pas l'affirmer, mais je savais que quelque chose n'allait pas. Lors de notre dernière mission, j'ai rencontré un problème.

Aiden sentit ses tripes se contracter à l'idée de la façon dont cette dernière mission s'était terminée.

— J'ai reçu un message, qui semblait provenir du centre de commandement. On m'a envoyé à un endroit, que j'ai pensé correspondre à ton emplacement. Ce n'était pas le cas. Au lieu de cela, je me suis retrouvé dans un piège. Mais ceux qui l'ont mis en place m'ont sous-estimé. Ils n'avaient envoyé que deux Démons. Je les ai tués, mais je savais qu'ils ne seraient pas les derniers à venir me chercher.

Hamish lui jeta un regard de côté.

— Ils ne voulaient pas que je t'aide à protéger Sarah. Ils la voulaient trop, alors ceux qui, au sein du Conseil, donnaient des informations aux Démons n'ont pas hésité à sacrifier l'un des leurs pour cela.

Incrédule, Aiden secoua la tête.

— Quelqu'un du Conseil ferait tuer un Gardien de la Nuit pour aider les Démons ? Mais pourquoi ?

Hamish haussa les épaules.

— Je ne sais pas. Pas encore, en tout cas. C'est pourquoi je devais disparaître. Le seul moyen de me convaincre qu'aucun traceur ne se trouvait sur moi était de laisser mes vêtements et mon portable derrière moi. Je ne pouvais pas te le dire. Cela t'aurait mis en danger. Tu es mon meilleur ami. Je ne pouvais pas m'engager là-dedans.

Aiden acquiesça. Il comprenait, et il aurait fait de même s'il se trouvait dans la même situation.

— Frères ?

— Toujours, répondit son meilleur ami.

Ils se regardèrent dans les yeux un instant, la confiance retrouvée.

— Et maintenant ?

Hamish arrêta la voiture devant une petite ferme.

— Rentrons à l'intérieur, ensuite nous pourrons parler davantage.

23

───────

Aiden s'enfonça dans le canapé confortable tandis que Leila s'excusait pour aller se rafraîchir dans la salle de bains. Personnellement, il n'avait pas envie de se débarrasser de son odeur. Il pouvait encore sentir le goût de son baiser, un baiser qu'elle avait eu toutes les occasions de lui refuser et auquel elle avait pourtant ouvertement participé. Cependant, même s'il avait envie de rêvasser à ce sujet, des choses plus importantes nécessitaient sa réflexion.

— Comment as-tu trouvé ce portail ?

Hamish, qui était assis en face de lui, fit sauter la capsule d'une bouteille de bière et en engloutit la moitié avant de répondre.

— Par accident. Lors d'une de ces occasions où je pensais être suivi, je me suis retrouvé dans ce club de strip-tease. J'ai cru voir quelqu'un disparaître dans le sous-sol, alors je l'ai suivi. Mais personne ne se trouvait là. Au lieu de cela, j'ai trouvé le portail. La poussière était dérangée à l'endroit où se trouvait le symbole ; je l'ai remarqué à cause de cela.

— Alors, tu penses que c'était un Gardien de la Nuit qui t'a suivi et qui a ensuite disparu à travers le portail ?

— Très certainement. Je l'aurais su si cela avait été un Démon. Le nombre de néons dans ce club est excessivement élevé. On n'aurait pas pu manquer l'un d'entre eux.

Aiden acquiesça. Un Démon aurait eu de la difficulté à se faufiler devant Hamish sans détruire toutes les lumières. Mais l'idée que quelqu'un du Conseil aidait leurs ennemis restait insoutenable.

— Tu soupçonnes quelqu'un en particulier ?

Pendant un instant, il retint son souffle. Lorsqu'il croisa le regard de son ami, il connaissait déjà la réponse.

— Personne n'est au-dessus de tout soupçon.

Hamish marqua une pause.

— Pas même ton père.

Aiden se leva d'un bond et se dirigea vers la cuisine, prenant une bière du réfrigérateur.

— Je suis désolé d'être aussi direct, mais ça peut être n'importe qui. Et ce n'est pas parce qu'il est ton père qu'il est immunisé contre les influences des Démons.

Aiden tordit le bouchon de la bouteille et le jeta à la poubelle avant de se retourner vers l'espace de vie ouvert.

— Mon père est un homme au caractère bien trempé. Il ne laisserait jamais les Démons l'influencer. De plus, il a tout ce qu'il veut. Avec quoi pourraient-ils le tenter ?

La seule chose qui pouvait tenter quelqu'un de sa famille, c'était de faire revenir Julia. Mais même les Démons ne pouvaient pas ressusciter les morts.

Lentement, il retourna vers le canapé et s'affala.

— Si je savais ce qui se passe dans la tête de chaque membre du Conseil, crois-moi, je ne serais pas assis ici à me poser des questions. Je serais en train de faire tomber ce trou du cul. Qui que ce soit, il nous trahit tous. Et nous met en danger, déclara Hamish.

— Qu'est-ce que tu proposes de faire, vu que les autorités te recherchent actuellement ?

Hamish sourit.

— C'est là que tu interviens.

— Pourquoi ai-je l'impression que tu vas te servir de moi ?

— À quoi servent les amis, sinon ? D'ailleurs, est-ce que je ne viens pas de te sauver les fesses, toi et ta protégée ? Et quel beau cul !

Aiden lui lança un regard noir.

— Laisse-la en dehors de ça.

Il n'était pas d'humeur à discuter des atouts de Leila avec lui.

— Je ne me suis donc pas trompé. Tu as vraiment le béguin pour une humaine. Tu ne cesseras jamais de me surprendre.

— Ce n'est pas comme ça. Et ce n'est pas non plus à discuter.

Surtout parce qu'il ne voulait pas se rendre à l'évidence : à chaque minute passée avec elle, l'idée de devoir lui faire du mal un jour le rendait de plus en plus malade. Il ne pouvait pas rester objectif à son sujet et la traiter comme il avait traité tous les protégés avant elle. L'indifférence et le détachement émotionnel qui lui avaient si bien servi par le passé l'avaient abandonné pour cette mission. S'il ne faisait pas attention, il s'attacherait à elle et aurait du mal à s'en défaire plus tard.

— Pouvons-nous changer de sujet ? Je crois que nous étions en train de parler de la façon de débusquer le traître.

— Très bien. Commençons par qui savait que tu étais à la planque.

— Malheureusement, comme nous le savons tous les deux, les Démons n'ont pas orchestré l'attaque de la planque, expliqua Aiden. Par conséquent, cela ne nous mènera pas au traître.

— Nous ne pouvons pas en être sûrs. Peut-être qu'ils ne voulaient pas tuer ta protégée mais la capturer à la place. Je sais qui elle est.

Aiden prit une grande inspiration.

— Qu'est-ce que tu sais ?

— L'essentiel. Qu'elle est une chercheuse talentueuse, que son patron vient d'être tué et qu'elle est impliquée d'une manière ou d'une autre, admit Hamish.

— Ce n'est qu'une partie.

Il se pencha en avant. Alors qu'il expliquait à Hamish pourquoi les Démons voulaient Leila, il écouta le bruit de la douche dans le couloir. Il oublia cette pensée et se concentra pour donner à Hamish toutes les informations dont il disposait.

Lorsqu'il s'adossa quelques minutes plus tard, Hamish but une nouvelle gorgée de sa bière et posa la bouteille vide sur la table basse.

— Sans déconner !

— Oui, c'est ça en résumé.

– Nous faisons donc face à deux ennemis : les Démons qui veulent son vaccin, et, comme on ne peut plus en trouver de copies, ils doivent l'avoir ; et quelqu'un d'autre qui veut l'éliminer avant que les Démons ne l'atteignent.

Aiden fit tourner la bouteille entre ses mains.

— Et comme les seules personnes qui savent quelle menace elle représente siègent au Conseil, celui qui veut l'éliminer en fait aussi partie.

— D'une pierre deux coups alors. Un traître, et un membre du conseil, disons, malavisé, qui n'aime pas le fait de se retrouver en minorité et qui prend maintenant les choses en main pour s'assurer du résultat souhaité.

— Exactement.

Hamish se frotta la nuque.

— Quelqu'un d'autre sait quel genre de danger Leila représente.

Aiden cligna des yeux.

— Manus.

Il frappa le coussin du canapé.

— C'est la seule autre personne qui savait où nous étions. Il est venu changer les voitures. Il a même apporté du chocolat à Leila pour son anniversaire, ce qui prouve qu'il a lu son dossier du début à la fin.

— C'est une possibilité. Mais n'oublie pas qu'en plus de Manus, le Conseil aurait pu consulter ton journal de localisation et trouver où tu étais.

Il secoua la tête.

— Non. Ils ne pouvaient pas savoir. Quand j'ai réclamé la planque, la demande était anonyme, et je n'avais pas encore vérifié ma position auprès du commandement central.

— Après avoir été à la maison pendant quoi, au moins huit heures ?

Hamish lui envoya un regard incrédule.

— Je sais que c'est contraire à la procédure, mais certaines circonstances m'en ont empêché...

Ah, bon sang, de qui se moquait-il ? Il avait oublié d'envoyer sa position au commandement central. Il avait été trop préoccupé par Leila. Quel Gardien de la Nuit efficace !

— Alors ça le confirme, acquiesça Hamish. Seul Manus savait que tu te trouvais au salon de massage thaïlandais. Cela signifie que c'est lui qui a envoyé les chiens à tes trousses.

— Merde !

Aiden poussa un juron.

— Non !

La voix de Leila provint du couloir alors qu'elle faisait un pas dans la salle de séjour.

— Ce n'est pas la faute de Manus. C'est la mienne.

Leila rassembla tout son courage et fixa Aiden, incapable de le regarder dans les yeux en ce moment. Pourtant, elle ne pouvait pas garder le silence et laisser un innocent porter le chapeau pour ses gestes. Cela la taraudait depuis que Hamish s'était présenté à la planque et avait dit qu'un appel téléphonique aurait pu permettre de remonter jusqu'à elle.

— Je suis désolée, je voulais juste... mes parents, je ne voulais pas qu'ils s'inquiètent en apprenant ce qui m'était arrivé. Je devais leur dire que j'allais bien.

Elle resserra la ceinture du peignoir qu'elle avait trouvé dans l'un des placards autour de sa taille.

— Tu as fait quoi ?

Aiden bondit du canapé.

— Je les ai appelés depuis la planque.

Aiden ferma les yeux un instant et serra la mâchoire. Elle remarqua que sa main se serrait comme s'il voulait frapper quelqu'un, vraisembla-blement elle.

Lorsqu'il rouvrit les yeux, ils flamboyaient de colère. `

— Veux-tu mourir ? Parce que tu agis de telle sorte que je trouve extrê-mement difficile de te protéger.

— Mais ils avaient besoin de savoir. Je ne pouvais pas...

— Tu ne pouvais pas quoi ? Alors, tu préfères te mettre en danger et mettre tout le monde en danger à cause de quoi ? Des sentiments ? J'ai bien peur que tu n'aies pas ce luxe.

Il marcha vers elle, ses pas lents comme ceux d'un tigre prêt à attaquer.

— Ce n'est pas juste ! rétorqua-t-elle.

Peut-être qu'il n'avait pas de parents pour qui il pourrait s'inquiéter, mais elle, si.

— Juste ? cria-t-il. La vie n'est pas juste ! Ces Démons ne sont pas justes, et ce Gardien de la Nuit qui te poursuit pour t'éliminer ne l'est pas non plus !

— Quoi ? répéta-t-elle. Avait-elle bien entendu ?

— Les Gardiens de la Nuit veulent me tuer ?

Instinctivement, elle recula de plusieurs pas et se cogna contre le mur derrière elle.

Aiden tapa du poing sur le mur à côté de sa tête, la faisant sursauter. Elle ne l'avait jamais vu aussi en colère.

— Putain, oui ! Tout le monde en a après toi.

— Arrête, Aiden !

Hamish se leva d'un bond et se rendit à ses côtés.

Aiden l'ignora.

— Les Démons ne sont pas seulement après toi. Celui qui a essayé de t'attaquer aujourd'hui, ou la nuit dernière d'ailleurs, est l'un des nôtres. Et tu t'inquiètes de ce que pensent tes parents ?

Leila frissonna, ne comprenant pas pourquoi il en voulait encore à son collègue.

— Je suis désolée, mais je t'ai dit que ce n'était pas la faute de Manus.

— Je ne parle pas de Manus !

Hamish posa une main sur l'épaule d'Aiden, puis la regarda droit dans les yeux.

— Il semble que quelqu'un de notre Conseil préfère te voir morte et que tes recherches meurent avec toi plutôt que de risquer que tu tombes entre les mains des Démons.

Sa bouche s'ouvrit, et son cœur battit la chamade dans sa gorge.

— Mais ce sont les mêmes personnes qui t'ont envoyé, n'est-ce pas ?

Les deux hommes hochèrent la tête.

Sa voix tremblait lorsqu'elle poursuivit :

— Alors ils t'ont ordonné de me tuer maintenant ?

Aiden laissa échapper une respiration, semblant un peu plus calme lorsqu'il continua

— Non. Celui qui veut ta mort est un traître et travaille contre les ordres du Conseil.

Leila avala la bile qui montait en elle. Elle sentit toute sa force l'abandonner. Elle se sentait en insécurité partout, même avec lui.

— Alors, non seulement j'ai les Démons à mes trousses, mais ton propre peuple veut ma mort.

— Seulement l'un d'entre eux répondit Aiden.

— Tu ne peux pas le savoir. Combien ont voté pour m'éliminer ?

— Nous ne savons pas.

Hamish se passa la main dans les cheveux.

— Un seul d'entre eux fera peut-être réellement quelque chose à ce sujet. Et nous le trouverons.

— Il utilisera n'importe quoi pour t'atteindre, je peux te le promettre, ajouta Aiden.

À ses mots, elle réalisa instantanément ce qui la rendrait la plus vulnérable.

— Mes parents. Tu dois t'assurer qu'ils vont bien. Assure-toi de les protéger. Si quelque chose leur arrivait...

Elle ne se le pardonnerait jamais.

— Les effectifs nécessaires pour protéger tes parents nous manquent. Pas quand nous ne savons pas à qui nous pouvons faire confiance.

— S'il te plaît, supplia-t-elle et elle se rapprocha d'Aiden, les larmes menaçant de la submerger. J'ai besoin de savoir qu'ils vont bien. S'il te plaît.

Elle regarda Aiden, puis Hamish, en espérant que l'un d'entre eux accède à son souhait.

— Tu n'as pas de parents ? Tu ne sais pas à quel point ça fait mal de ne pas savoir s'ils vont bien ?

— D'accord, j'y vais, lâcha Hamish.

Instantanément, Aiden plaqua sa paume sur le bras de son ami.

— Non, j'y vais.

Puis il la regarda fixement.

— J'ai besoin d'air.

Il se détourna d'elle, mais elle avait tout de même capté son regard résigné.

Elle ne sut pas ce qui lui donna soudain envie de savoir, mais elle ne put empêcher les mots de quitter ses lèvres.

— Si tu avais fait partie du Conseil, comment aurais-tu voté ?"

Il hésita, sa voix tremblant légèrement lorsqu'il répondit finalement :

— Je ne suis plus sûr de cette réponse.

24

———————

Il avait fallu une heure à Aiden pour atteindre la maison des parents de Leila. Hamish lui avait expliqué que les portails situés à l'extérieur des bastions fonctionnaient de la même façon que ceux qui se trouvaient à l'intérieur : il n'avait qu'à se concentrer sur sa destination et le portail le transporterait jusqu'à celui parmi ceux qui étaient les plus près de l'endroit souhaité. C'était aussi simple que cela. La raison pour laquelle les personnes utilisant les portails à l'intérieur des bastions n'étaient jamais accidentellement tombées sur les portails que Hamish appelait maintenant portails perdus était probablement parce que personne n'avait jamais essayé de se concentrer sur un autre endroit que les portails connus. Cependant, il n'arrivait pas à comprendre comment leur existence avait pu rester secrète aussi longtemps.

Il se réjouissait d'avoir une excuse pour partir. Le fait de savoir que l'action de Leila l'avait à nouveau mise en danger l'avait complètement effrayé. Et l'avait poussé à agir de façon irrationnelle. Ce qui était arrivé n'était pas la faute de Leila. C'était la sienne.

Il aurait dû prendre de meilleures précautions et lui expliquer les règles de base. Tout aurait pu être évité s'il avait utilisé son cerveau au lieu de laisser une autre partie de son corps guider ses actions.

Et peut-être que cette situation l'aurait moins énervé s'il n'était pas aussi impliqué émotionnellement. Voilà, il se l'avouait enfin : il tenait à elle. Lorsqu'elle s'était pressée contre lui lorsqu'ils se trouvaient au portail et qu'elle lui avait permis de l'embrasser, il avait cru un instant que tout se passerait bien entre eux. Malheureusement, il l'avait encore repoussée avec la façon dont il avait crié sur Leila, alors qu'en réalité, la fureur qu'il avait déchaînée était dirigée contre lui-même pour ne pas l'avoir suffisamment protégée.

Avec un soupir, il examina son environnement.

La maison était une bâtisse édouardienne à deux étages avec une grande cour à l'avant et un jardin encore plus grand à l'arrière. Du lierre poussait sur sa façade, et les haies autour du terrain avaient besoin d'être taillées. C'était la banlieue, mais une banlieue chic. Il ne faisait aucun doute que la famille avait de l'argent.

La nuit était déjà tombée et les lumières à l'intérieur de la maison étaient allumées. Aiden passa devant le vieux break qui était garé dans l'allée devant le garage, qui pouvait contenir deux voitures. La famille Cruickshank recevait-elle des visites ?

Il existait un moyen facile de le découvrir. Un picotement familier traversa tout son corps lorsqu'il se dématérialisa et passa la porte d'entrée, se faufilant dans le foyer douillet un instant plus tard. Restant invisible, il marcha dans le couloir tapissé avec toute la furtivité qu'on lui avait apprise.

La maison sentait bon, l'odeur des biscuits fraîchement sortis du four lui parvenait aux narines. Il pouvait presque imaginer Leila petite fille, dévalant les escaliers et se dirigeant vers la cuisine pour récupérer sa friandise. C'était étrange qu'elle lui apparaisse beaucoup plus douce maintenant, alors que, dans l'environnement où il l'avait rencontrée pour la première fois – son laboratoire et son appartement – rien ne laissait deviner cette douceur. Peut-être que ce n'était simplement qu'un effet de son imagination.

Une voix féminine lui parvint de l'arrière de la maison. Il la suivit et atteignit une porte ouverte. Il s'y arrêta et jeta un coup d'œil dans la cuisine. Elle était spacieuse, avec un grand îlot au milieu et un coin repas près d'une grande baie vitrée.

Une femme d'âge moyen, probablement la femme de ménage, se tenait à l'îlot et coupait le pain en tranches. Dans le coin repas, un couple de personnes âgées était assis et attendait en silence. La femme semblait avoir une soixantaine d'années, et l'homme, environ cinq à dix ans de plus. Ces deux-là devaient être les parents de Leila. En fait, maintenant qu'il était entré dans la cuisine pour regarder de plus près, il reconnut des similitudes.

Son père avait les mêmes yeux bleu océan que sa fille, mais ils n'avaient pas l'éclat et la passion qu'il avait vus dans ceux de Leila. Un reflet terne le recouvrait tandis qu'il fixait sa femme, comme si ses pensées l'absorbaient au point de ne pas la voir vraiment. Peut-être qu'après plusieurs décennies de mariage, c'était ainsi que les relations se déroulaient, car sa femme ne le regardait pas non plus. Elle jouait avec sa serviette, la pliant d'abord dans un sens, puis dans l'autre.

D'une certaine façon, la scène ne ressemblait pas au silence complice qu'il avait parfois observé chez ses propres parents. Il se sentit mal à l'aise. S'étaient-ils disputés ?

— La soupe arrive, dit la femme de ménage d'une voix enjouée, la même qu'il avait entendue dans le couloir tout à l'heure. Mmm, vous allez l'adorer. Je vous ai préparé une soupe de potiron aujourd'hui, fraîche avec beaucoup de crème, comme vous l'aimez.

Aiden se tourna vers la femme, surpris par son ton. On aurait dit qu'elle parlait à un enfant. Il s'écarta de son chemin et se déplaça vers l'autre côté de la table lorsqu'elle apporta deux bols contenant de la soupe chaude et fumante et les posa devant le couple.

— Voilà, dit-elle. Que diriez-vous d'un pain frais au romarin avec ça ?

La mère de Leila acquiesça d'un signe de tête.

— Et le beurre. N'oublie pas le beurre. Tu oublies toujours le beurre.

Aiden remarqua comment la femme de ménage roulait des yeux.

— Je n'oublie jamais le beurre, Ellie. Tu ne te souviens pas que j'en ai mis beaucoup ce matin ?

— Tu ne m'as pas donné de pain ce matin, protesta Ellie.

Son mari secoua la tête.

— Je n'ai pas eu de pain ce matin non plus.

Ellie lui jeta un regard de reproche et fit signe à la femme de ménage de s'approcher. À voix basse, elle s'adressa à elle.

— Dois-je toujours manger avec lui ? Nancy, pourquoi ne rentre-t-il pas chez lui ?

Nancy soupira et s'assit sur la chaise vide.

— Mais, Ellie, c'est George. Tu connais George, n'est-ce pas ? Ton mari ?

Les yeux d'Ellie se dirigèrent vers lui, le regardant de haut en bas. Puis elle se pencha de nouveau plus près de la femme de ménage.

— Je ne pense pas que ce soit mon mari. Il est vieux. J'ai épousé un beau jeune homme qui s'appelle George.

George se contenta de grogner et commença à manger sa soupe.

Aiden observa l'échange avec surprise. Quelque chose ne tournait pas rond. Les Démons avaient-ils déjà atteint les parents de Leila, et auraient-ils déformé leur sens de la réalité d'une certaine manière ?

— Pourquoi ne pas commencer ta soupe, Ellie, et je vais te donner tes médicaments, hein ? Peut-être que tu te sentiras mieux après.

Nancy se leva de la chaise et se dirigea vers le comptoir de la cuisine où une panoplie de bouteilles et de contenants de médicaments occupait tout un coin. Elle prit deux longs récipients en plastique, sur lesquels étaient imprimés les jours de la semaine ainsi qu'Ellie et George, et retourna à la table à manger.

Aiden ne la suivit pas. Au lieu de cela, il regarda les flacons de médicaments et lut les étiquettes. Comme il n'était pas médecin, il ne savait pas à quoi ils servaient, mais il devait le découvrir. Quelque chose qu'il ne pouvait pas expliquer le poussait à l'action. Il sortit son smartphone, l'alluma en mode silencieux et saisit le nom du premier médicament. Quelques secondes plus tard, les résultats de la recherche s'affichaient. Il cliqua sur le premier, le lut. Un nœud commença à se former dans sa poitrine.

Il tapa le nom du médicament suivant, et d'autres résultats apparurent. De nouveau, il lut le premier, et de nouveau, il n'en crut pas ses yeux. Il parcourut les flacons, remarquant que les deux parents de Leila prenaient des médicaments presque identiques.

Choqué, Aiden sortit de la cuisine en marchant et s'enfuit vers l'avant de la maison où il trouva le salon et se laissa tomber sur le canapé.

Les deux parents de Leila prenaient des médicaments pour le traitement de la maladie d'Alzheimer.

Maintenant, tout avait soudainement un sens : la détermination dont Leila faisait preuve dans ses recherches, l'objectif unique qui se reflétait dans sa vie privée, ou son absence de vie privée, sa dévastation lorsqu'elle avait trouvé ses recherches détruites. Elle le faisait pour ses parents. Elle voulait les sauver.

Elle ne cherchait pas la reconnaissance de ses pairs et de l'humanité en général pour devenir l'inventeur du premier médicament contre l'Alzheimer qui stopperait la maladie. Tout ce qu'elle voulait, c'était guérir ses parents et inverser certains des dommages que la maladie avait causés à leur esprit.

Aiden sentit la honte l'envahir. Il avait exigé sans ménagement que toutes les copies de ses recherches soient détruites, et les aurait détruites lui-même si quelqu'un d'autre ne l'avait pas devancé. Et pendant tout ce temps, ses rêves détruits, ses espoirs écrasés, Leila lui avait caché sa véritable douleur.

On pouvait comprendre qu'elle le déteste, lui et son espèce. Qu'elle n'ait pas essayé de lui opposer plus de résistance, ou qu'elle n'ait pas tenté de s'échapper une seconde fois, constituait un miracle. Maintenant qu'il savait ce que cachait sa détermination, il ne lui en voudrait même pas si elle essayait. Ne ferait-il pas la même chose ? N'essaierait-il pas de tout mettre en œuvre pour sauver ses parents s'il en avait les moyens ? Se soucierait-il du fait qu'en agissant ainsi, il mettrait en péril toute la race humaine ?

Pourrait-elle s'avérer aussi altruiste au final pour faire passer les besoins de l'humanité avant les siens ? Si elle y arrivait, si elle pouvait voir au-delà de ses propres désirs, il ne pourrait que l'admirer pour cela. Parce que cela signifierait qu'elle possédait une grande force. Elle se montrait plus forte que n'importe quel humain ou Gardien de la Nuit qu'il avait rencontré.

Une femme devant laquelle il pouvait tomber à genoux et souhaiter des choses qu'il croyait jusque-là impossibles.

Si jamais elle lui pardonnait.

L eila accepta la tasse de thé que Hamish lui tendit alors qu'il la rejoignait sur le canapé du salon. Elle s'était à nouveau habillée en jean et en t-shirt.

Hamish se pencha en arrière dans son coin et la salua avec un verre de Scotch, qu'il avait décrit comme la boisson préférée des Gardiens de la Nuit.

— Pourquoi le whisky ? demanda-t-elle.

Il haussa les épaules.

— Je suppose que c'est notre héritage. Nous sommes les descendants d'une ancienne tribu qui vivait en Écosse, ou plutôt sur une île au large de l'Écosse. Il fait froid là-bas. Et le scotch nous réchauffe.

— Aiden a parlé de quelque chose, les Hébrides extérieures, je crois qu'il a dit. Moi, je préfère le thé.

Au moins, cela lui permettrait de garder les idées claires.

Hamish sourit et prit une gorgée de sa boisson. Elle le regarda savourer le liquide qui enrobait sa gorge. Il était aussi grand qu'Aiden, mais un peu plus large au niveau des épaules et des hanches. Ses traits étaient un peu plus usés, avec des lignes plus prononcées sillonnant son visage et des ombres sombres sous ses yeux, comme s'il n'avait pas dormi depuis des jours. Comme si un gros problème l'avait empêché de dormir.

— Alors, qu'est-ce qu'il t'a dit d'autre sur nous ?

Leila posa sa tasse sur la table basse.

— Pas grand-chose, seulement la nature de vos pouvoirs ; que vous pouvez dissimuler les humains et traverser les murs. Il y a plus ?

Il fronça un sourcil.

— C'est à peu près ça.

— Combien êtes-vous ?

— Pas assez.

Il expulsa un rire amer.

— Et à ce stade, je me demande encore à qui je peux faire confiance parmi les nôtres. C'est triste de voir que, même parmi nos semblables, certains font passer leur propre profit avant le bien de la communauté. Et nous ne sommes pas à l'abri des tentations, comme tu as pu le remarquer.

Elle se sentit rougir sous son regard suggestif, ne sachant que trop bien à quoi il faisait allusion : le fait qu'Aiden et elle s'étaient embrassés passionnément lorsqu'Hamish les avait transportés dans la région viticole. Elle ne pouvait que blâmer sa peur des endroits sombres pour avoir provoqué ce baiser. Sinon, elle en était convaincue : elle ne l'aurait pas autorisé, pas après tout ce qui s'était passé entre Aiden et elle précédemment. Après tout, il lui avait menti — à plusieurs reprises.

Et toi aussi.

Elle tenta de faire taire la petite voix dans sa tête qui lui rappela qu'elle n'avait pas avoué l'existence d'une copie de ses recherches. Instinctivement, sa main se porta à son pendentif qui se trouvait toujours discrètement autour de son cou.

— Alors, chercha-t-elle hâtivement quelque chose à dire, depuis combien de temps Aiden et toi vous connaissez-vous ?

— Presque deux cents ans, nous avons grandi...

— Deux cents ans ?

Le choc la fit se redresser.

— Tu as deux cents ans ?

Il n'avait pas l'air d'avoir plus de trente-cinq ans, et Aiden non plus.

Un sourire charmeur se dessina sur les lèvres de Hamish.

— Oui, ça fait toujours réagir.

Il lui adressa un clin d'œil.

— Mais nous n'en sommes qu'à nos débuts. Malheureusement, le rasen peut s'avérer complexe.

Ses sourcils se rapprochèrent en signe de confusion.

— Le rasen ? Qu'est-ce que c'est ?

— La saison des amours. Plus nous approchons de notre 200ème anniversaire, plus la volonté de trouver une partenaire devient urgente. C'est un peu comme l'horloge biologique d'une humaine, mais en beaucoup plus intense.

— Oh.

Elle n'avait pas vraiment voulu parler de ce qui avait trait aux relations amoureuses. Il valait peut-être mieux changer de sujet.

— Ce n'est pas grave, je ne te demandais pas vraiment ça.

Mais Hamish ne la laissa pas s'en tirer à si bon compte.

— Tu voulais en savoir plus sur Aiden. Je suis prêt à parler. Tu pourrais tout aussi bien accepter l'offre. Qui sait si je me sentirai à nouveau aussi généreux.

Elle attrapa la tasse, ressentant le besoin de stabiliser ses mains avec quelque chose pour se distraire de sa nervosité.

— Je n'ai vraiment pas envie de parler de lui. Il manifeste clairement sa colère à mon égard parce que j'ai appelé mes parents. Je suis désolée, mais je devais agir ainsi. Je ne pouvais pas les laisser croire que...

Hamish leva la main.

— Je comprends. Mais tu interprètes mal les propos d'Aiden. Il ne ressent pas de la colère à ton égard. Bien sûr, il a ses raisons pour avoir réagi comme il l'a fait. Mais comme tu n'as pas envie d'en savoir plus, je vais les garder pour moi.

Leila lui lança un regard noir. Elle comprenait parfaitement sa manœuvre : il l'appâtait. Comme si elle se laissait manipuler avec tant de facilité. Prenant une rapide gorgée de son thé, elle se dit qu'elle se moquait bien des raisons qui avaient poussé Aiden à s'emporter. Cela n'avait aucune importance.

Lorsqu'elle leva les yeux, Hamish resta assis en silence, comme s'il attendait qu'elle craque. Elle ne craquerait pas. Elle ne voulait pas entendre d'excuses pour justifier le comportement d'Aiden.

— Tu me surprends, déclara-t-il soudain.

— De quelle manière ?

— Ta maîtrise de soi.

Quand elle lui jeta un regard confus, il continua :

— La plupart des femmes sauteraient sur l'occasion pour obtenir des informations privilégiées sur un homme qui les attire...

— Je ne suis pas attirée par lui ! s'emporta-t-elle.

— Autant pour moi. Je pensais le contraire.

Elle souffla et serra ses bras autour de sa poitrine.

— Nous avons grandi ensemble. Nous sommes les meilleurs amis du monde depuis que nous sommes sortis de notre berceau pour la première fois à l'âge de deux ans. Si quelqu'un le connaît, c'est moi.

— Très bien ! Vas-y, dis-moi ce que tu veux me dire et finissons-en. De toute évidence, il t'a dit de me calmer et de trouver des excuses à son comportement.

Mais elle prendrait tout cela avec des pincettes.

— Aiden ? Il m'arracherait la tête s'il l'apprenait. C'est un homme très discret. Il ne me dit jamais rien, mais je perçois ses sentiments. Il ne peut pas me cacher des choses.

Elle approuvait son avis sur ce point : Aiden ne lui disait pas grand-chose non plus. Il aimait plutôt omettre des choses, des choses importantes. Et il n'expliquait pas non plus pourquoi il prenait certaines décisions. Au moins, si elle savait pourquoi certaines choses devaient arriver, elle pouvait essayer de les comprendre. La scientifique en elle pouvait l'accepter. Il devait avoir de sérieuses raisons. Elle refusait d'excuser un comportement irrationnel.

Leila se réinstalla dans son coin du canapé et replia ses jambes sous elle.

— Il a un cœur tendre, commença Hamish, ce dont se moqua Leila instantanément.

Il lui jeta un coup d'œil ironique.

— Il le cache bien. Sa sœur et lui étaient très proches. Des jumeaux. Ils faisaient tout ensemble, alors c'est tout naturellement que lorsqu'Aiden décida de s'engager et de s'entraîner aux tâches les plus dangereuses pour combattre les Démons, Julia fut à ses côtés. Elle n'avait peur de rien.

Elle frémit, sachant qu'elle manquerait de courage pour faire de même.

— Et bien sûr, quand nous étions jeunes, nous pensions tous être invincibles. J'avais les mêmes pensées ; nous pensions tous pouvoir surmonter n'importe quel obstacle, vaincre n'importe quel ennemi, sauver n'importe quel humain.

Il marqua une pause.

— C'est impossible bien sûr.

Leila remarqua la douleur qui se lit soudain dans ses yeux.

— Qu'est-ce qui s'est passé ?

Il continua comme s'il n'avait même pas entendu sa question.

— Aiden ne détestait pas les humains. En fait, il manifestait plutôt de la curiosité à leur égard. Il aimait les regarder vivre leur vie, inconscients des dangers qui les entouraient, et il se sentait fier de les protéger. Chaque fois qu'il sauvait un humain des griffes des Démons, on pouvait lire la fierté et la satisfaction dans ses yeux. Il aimait ce qu'il faisait. Julia l'aimait aussi. Ils étaient taillés dans la même étoffe : féroces, loyaux et tellement fiers de leurs accomplissements. Et convaincus qu'ils ne pouvaient pas faire de mal.

Il soupira, et Leila retint son souffle, sentant que quelque chose avait finalement mal tourné.

— Aiden n'avait jamais tué d'humain auparavant. Il n'avait jamais eu à le faire. Et il croyait fermement que tout le monde pouvait être sauvé, que même si les Démons s'approchaient d'eux, il pouvait encore les ramener en arrière et les diriger vers le bon chemin.

Hamish laissa échapper un rire amer.

— Comme il avait tort. Comme nous avions tous tort. Mais bien sûr, nous n'écoutions pas nos aînés, nous n'écoutions pas l'expérience. Parce que nous étions jeunes et invincibles, tu te souviens ?

— Comme nous le sommes tout quand nous sommes jeunes, murmura Leila.

Elle avait pensé la même chose lorsqu'elle avait commencé sa carrière et espéré conquérir le monde, avant d'être ramenée à la réalité lorsqu'on avait diagnostiqué la maladie d'Alzheimer chez ses parents.

— Oui, tout comme les humains. Mais c'était pire, parce que nous savions que nous étions immortels. Enfin, aussi immortels qu'on peut l'être : il n'y a qu'une seule sorte d'arme qui peut nous tuer, mais nous étions trop imbus de nous-mêmes pour croire qu'elle nous affecterait un jour. Nous nous étions entraînés à combattre les Démons ; nous les combattions régulièrement ; nous excellions. Mais nous n'étions pas parfaits.

— Personne ne peut jamais être parfait.

Hamish la regarda alors, ses yeux débordant de la douleur de son passé.

— Non, mais nous avons bien essayé. Et échoué. Nous en avons tous payé le prix à la fin. Aiden et Julia effectuaient une mission, mais les choses ont mal tourné. Ils protégeaient un jeune physicien brillant, ambitieux et motivé. Il était sur le point de faire une découverte qui aurait relégué au second plan les travaux de Stephen Hawking. Mais comme c'est souvent le cas pour ceux qui veulent réussir, aucun prix n'est trop élevé.

Ses mots s'enfoncèrent profondément en elle, et elle sentit à quel point ils résonnaient en elle. En serait-il de même pour elle ? Accepterait-elle de payer n'importe quel prix pour réussir et atteindre son but ? Et à quoi renoncerait-elle pour cela ? Son âme ?

— Les Démons prirent le contrôle de lui, mais Aiden pensait pouvoir encore le sauver, même s'il était trop tard pour lui. Il leur appartenait déjà. Dans le combat qui s'ensuivit, l'humain, contrôlé par les Démons, enfonça une lame forgée pendant les Jours Sombres dans Julia. Dans une rage aveugle, Aiden le massacra. Je n'ai jamais vu autant de sang et de carnage de toute ma vie. Mais Julia, il était trop tard pour elle. Elle est morte dans les bras d'Aiden.

Leila haleta, les larmes menaçant de jaillir de ses yeux.

— Oh, mon Dieu.

Son cœur saignait pour lui.

— Aujourd'hui encore, il s'en veut. Et il méprise les humains pour leur faiblesse, pour leur manque de force à résister aux Démons. Il les protège encore, mais...

— Mais quoi ?

Elle donna un coup de coude vers l'avant, impatiente d'en savoir plus.

— Lorsque des circonstances l'ont contraint à tuer sa protégée la semaine dernière, les souvenirs de ce qui est arrivé à Julia ont dû remonter à sa mémoire. Je ne l'ai pas vu aussi agité depuis sa mort. Il n'hésitera plus à tuer un humain s'il pense que les Démons ont pris le dessus.

Elle hocha la tête d'un air engourdi.

— Comment peut-il supporter ma présence ? Il doit voir toutes les similitudes entre le meurtrier de Julia et moi. Il doit penser que je vais succomber moi aussi.

Hamish esquissa un doux sourire.

— Et pourtant, il cherche ta présence.

Il hésita.

— Peut-être que tu peux l'aider à restaurer sa foi en l'humanité. Peut-être que s'il voit que tous les humains ne sont pas faibles, il finira par comprendre que ce qui s'est passé est une terrible tragédie, mais que cela ne signifie pas que tous les humains représentent le même danger.

— Mais comment puis-je faire cela ? Est-ce que je t'ai déjà dit que j'étais une lâche ? Je me sentais claustrophobe dans ce portail que tu nous as fait traverser. Je tremblais comme une feuille. Je ne suis pas forte, protesta-t-elle.

Elle fuyait toute forme de danger.

— Tu possèdes une force insoupçonnée.

— Mais Aiden... il est tellement en colère contre moi maintenant. Parce que j'ai appelé mes parents.

Comment pourrait-il lui pardonner alors qu'elle avait réagi comme l'un des faibles humains qu'il méprisait ?

— Il n'est pas en colère. Il a peur parce qu'il pense qu'il n'a pas réussi à te protéger.

— J'aimerais pouvoir le croire.

Elle soupira et s'arrêta un instant.

— Euh... puis-je te demander quelque chose ?

— Bien sûr.

— Tu as dit qu'il méprisait les humains pour leur faiblesse.

Elle chercha dans ses yeux une confirmation et la trouva.

— Il m'a dit qu'il ne touchait pas à ses protégées... qu'il ne...

Elle s'interrompit. Peut-être qu'elle ne devrait pas s'engager sur cette voie.

— Oublie ça.

— Leila, j'ai vu la façon dont il te regarde, aida Hamish.

La chaleur lui monta aux joues alors qu'elle tentait une nouvelle fois de faire sortir sa question.

— Est-ce qu'il lui arrive d'avoir des relations avec des humaines ?

— Il y a quelques jours, j'aurais dit non, mais aujourd'hui, en le voyant avec toi, je dois revoir ma réponse.

— Mais... qu'est-ce qu'il veut de moi ?

— Pourquoi ne lui demandes-tu pas toi-même ?

Le bruit de pas provenant de la porte d'entrée lui fit lever les yeux. Aiden se tenait à la porte du salon, les yeux rivés sur elle. Leurs regards se croisèrent et le monde autour d'elle passa à l'arrière-plan. Tout ce qu'elle voyait, c'était l'homme et son cœur, vulnérable, nu et sans protection. Elle comprenait maintenant ce dont il avait besoin.

26

Ils avaient parlé de lui, mais Aiden n'avait entendu que les deux dernières phrases. Mais, à présent, il ne se souciait même plus des paroles de Hamish dans son dos, car il ne pouvait faire autrement que fixer Leila et se perdre dans la profondeur de ses yeux bleu océan. Des yeux qu'elle ne détournait pas, mais avec lesquels elle le regardait avec la même intensité.

— Et si j'allais chercher de la nourriture au village ?

Les mots d'Hamish lui parvinrent à peine, tout comme le fait que son ami passa à côté de lui et quitta la maison.

Tout à coup, Aiden se tint devant elle, la tira du canapé et lui prit les épaules.

— Tes parents sont en sécurité.

Il vit le soulagement qui la traversa, puis continua :

— Pourquoi ne m'as-tu rien dit ?

— Te dire quoi ? répéta-t-elle, ses lèvres s'écartèrent de la façon la plus engageante qu'il ait jamais vue.

Une couche d'humidité les recouvrait, lui donnant envie de passer sa langue dessus et de la lécher.

— Que tes deux parents souffrent de la maladie d'Alzheimer.

Ses yeux s'écarquillèrent, comme si on l'avait prise en flagrant délit. Comme si elle n'avait pas voulu qu'il le sache, alors qu'elle aurait pu utiliser cette information pour susciter sa sympathie.

— Je... je ne voulais pas...

Il secoua la tête.

— Je suis désolé. Je comprends maintenant l'importance que revêt pour toi la perte de tes recherches.

Il leva la main de son épaule et lui caressa la joue.

— Je suis vraiment désolé.

Elle aspira une bouffée d'air, lâchant un soupir silencieux, mais si elle avait voulu répondre. Il ne lui en laissa pas l'occasion. Au lieu de cela, il glissa ses lèvres sur sa bouche et l'embrassa. Doucement d'abord, sans aucune pression, lui donnant l'occasion de s'écarter si elle le souhaitait. Mais elle ne s'éloigna pas de lui. Sa bouche s'ouvrit sous ses lèvres, offrant sa reddition. Il n'hésita pas à réclamer ce qu'elle présentait ouvertement.

Sa langue s'engouffra dans les douces cavernes de la bouche de Leila, l'explorant et la conquérant. Sans hâte, il caressa sa langue, goûtant son essence, se pressant plus fermement contre elle, en même temps qu'il la serrait contre son corps. Un corps déjà excité et dur dès l'instant où il était entré dans la maison et avait senti son odeur.

Lorsque les bras de Leila l'entourèrent, l'un glissant vers le bas de son dos, l'autre main parcourant ses cheveux, il intensifia son baiser, le rendant plus exigeant, plus pressant de seconde en seconde. Il attrapa l'arrière de sa tête, la serra contre lui pour qu'elle ne puisse pas s'échapper, non pas qu'il pensait que c'était nécessaire, mais il aimait la tenir tendrement ainsi, la tenir captive de son étreinte.

Leila s'avérait douce et docile dans ses bras, se moulant à lui comme s'ils avaient été faits l'un pour l'autre. Comme si le fait qu'ils se soient disputés quelques heures auparavant n'avait pas d'importance. Cette pensée le dégrisa.

Il détacha ses lèvres d'elle.

— Tu m'as demandé comment j'aurais voté si j'avais fait partie du Conseil. Je connais la réponse maintenant : je t'aurais protégée. Et j'aurais tenté de convaincre tout le monde de voter de la même façon. Je ne pensais pas toutes les choses que je t'ai dites. Je ne t'aurais jamais fait de mal.

Puis sa bouche revint sur la sienne, la ravissant une fois de plus comme un sauvage, incapable de se retenir plus longtemps.

Son parfum frais l'enveloppait, l'odeur propre du savon et de la lotion pour le corps. Il se rendit compte qu'il ne s'était pas douché depuis qu'il avait commencé à la suivre.

— Je devrais prendre une douche, murmura-t-il contre elle, en tirant sa lèvre supérieure entre les siennes et en la mordillant.

— Non, n'arrête pas, s'il te plaît, insista-t-elle en glissant sa main vers son cul, le pressant soudain plus près d'elle.

Elle gémit dans sa bouche.

— Oh, mon Dieu, tu es dur. J'ai envie de toi. Tout de suite. Je ne veux pas attendre.

—Tu n'auras pas à le faire, répéta-t-il, incapable d'empêcher un rictus de se former sur ses lèvres.

Il se sentait dégoûtant, et il ne voulait pas lui faire subir ça. Leur première fois serait parfaite, il s'en assurerait.

Sans un mot de plus, il la souleva et la porta vers la salle de bain, poussant la porte avec son pied. Quand elle réalisa où il l'emmenait, elle sépara ses lèvres des siennes.

— Mais je ne veux pas attendre.

La façon dont elle fit la moue le fit durcir encore plus. La fermeture éclair de son pantalon s'enfonçait douloureusement dans sa chair excitée.

— Tu n'auras pas à le faire, bébé. Prends une douche avec moi, et je te promets que tu ne considéreras pas cela comme un délai.

Alors qu'il la remettait sur ses pieds et refermait la porte derrière eux, elle attrapa déjà sa chemise et la fit passer par-dessus sa tête.

Il lui sourit.

— À ton tour maintenant.

Un léger rougissement lui monta aux joues lorsqu'il retira le tee-shirt de Leila de son jean. Lorsqu'il le souleva et exposa la chair crémeuse en dessous, il se rappela instantanément qu'elle ne portait pas de soutien-gorge. Lorsqu'ils avaient échappé à l'incendie de son appartement, elle n'avait pas eu le temps d'en mettre un.

— Tu es belle, murmura-t-il en guise d'encouragement alors qu'il la libérait du tee-shirt et que ses yeux se régalent de ses seins magnifiques.

Ses mains se déplacèrent instantanément pour palper sa chair, rencontrant une combinaison parfaite de douceur et de fermeté. Ronds, de la taille d'un pamplemousse, ils tenaient parfaitement dans ses mains, ses tétons effleurant ses paumes lorsqu'il les tenait en coupe.

— Quand je t'ai vue cette nuit-là dans ton lit, j'avais tellement envie de te toucher, avoua-t-il.

Ses paupières s'abaissèrent à moitié, essayant de cacher le désir dans ses yeux, mais il le vit tout de même.

— Tu as regardé tout le temps ?

Aiden baissa la tête et captura un téton entre ses lèvres, le léchant lentement, puis le relâchant.

— Oui, j'ai regardé chaque seconde. Et j'ai souhaité pendant tout ce temps que ce soient mes mains qui te touchent.

Lorsqu'il embrassa son autre mamelon, elle gémit, rejetant la tête en arrière et se cambrant dans sa bouche.

Les doigts de Leila glissaient sur son torse, laissant dans leur sillage des traînées de feu aussi chaudes que la lave. Il était en train de brûler et allait se transformer en brasier s'il ne lui faisait pas bientôt l'amour.

— Déshabille-moi, ordonna-t-il en défaisant le bouton de son jean et en tirant sa fermeture éclair vers le bas.

Elle suivit son ordre et lui rendit la pareille, mais lorsqu'elle baissa la fermeture éclair, sa main effleura sa chair dure, et le contact envoya une flamme de désir dans tout son corps.

Il ferma les yeux et inspira une bouffée d'air.

— Putain, bébé !

— Comme ça ? ronronna-t-elle.

Il la regarda fixement. Depuis quand s'était-elle soudain transformée en tentatrice ?

— Exactement comme ça.

Il l'aida à enlever son pantalon et à le laisser tomber par terre. Elle ne portait pas de culotte – elle n'avait pas eu le temps d'en chercher une dans son appartement en flammes. Pendant qu'il enlevait ses chaussures, Leila fit passer son pantalon sur ses hanches, ses mains attrapant son caleçon, le tirant également vers le bas. L'air frais frappa sa queue qui ressortait dure et lourde, courbée vers le haut dans sa rigidité.

Lorsqu'il se retrouva nu devant elle, il l'attira à nouveau contre lui, son érection se pressant contre son ventre.

Ne voulant pas perdre une minute de plus, il l'entraîna avec lui dans la douche et ouvrit l'eau. Au début, l'eau semblait froide, mais il s'en réjouit, car son corps était tellement surchauffé qu'il apprécia l'effet rafraîchissant de l'eau sur lui.

Il attrapa le savon liquide et se savonnait la main quand elle l'arrêta.

— Laisse-moi faire.

Il n'aurait jamais pu imaginer à quel point ça l'excitait de sentir les mains savonneuses d'une femme qui caressaient son torse, faisant mousser sa peau d'une couche épaisse, ses mains glissant doucement sur lui. Lorsque ses doigts s'accrochèrent à ses tétons, il laissa échapper un faible gémissement. Il n'avait pas réalisé qu'ils réagiraient aussi fortement que ceux de Leila. Mais avant qu'il ne puisse se concentrer sur cette sensation, ses mains se déplacèrent vers le bas.

— Oh, mon Dieu, Leila ! martela-t-il.

<hr>

LES GÉMISSEMENTS d'Aiden lui donnèrent le courage de continuer alors qu'elle plongeait ses mains dans le nid de boucles sombres qui entouraient son érection. Elle n'avait jamais vu un homme aussi bien doté. Et l'idée de sentir cela, lui, en elle bientôt, lui fit jeter toutes ses inhibitions au vent.

Son corps était parfait : son torse sculpté de muscles durs, une cicatrice ici et là, mais sinon aussi beau qu'une statue de marbre. Et plus bas, là où ses mains couvertes de savon se promenaient, la perfection masculine l'accueillait. Sa queue se tenait droite au milieu de ses poils sombres, et en dessous, ses couilles s'étaient resserrées. Elle passa une main le long de la chair veinée, sentant sa peau douce, recouvrant la tige dure comme du fer qui se trouvait en dessous.

Aiden s'appuya en arrière contre le mur de carrelage.

— Leila, tu n'as pas à...

Sa voix s'éteignit lorsqu'elle enroula sa main autour de lui et glissa jusqu'à la base. L'idée que ce puissant guerrier, cet immortel, se transformait en pâte à modeler entre ses mains l'excitait. Elle se sentait elle-même forte et puissante, comme si elle se nourrissait de son pouvoir.

Par de lentes caresses, elle continua à le laver, son autre main atteignant le sac qui se trouvait en dessous. En le berçant dans sa paume, elle sentit un frisson le parcourir.

La voix rauque, il ordonna :

— Il faut que tu arrêtes, Leila.

— Je n'en ai pas envie.

Le toucher lui procurait plus de plaisir que celui de n'importe quel autre homme ne l'avait jamais fait.

Une poigne ferme sur le poignet de Leila arrêta son mouvement et l'empêcha de glisser une fois de plus sur sa longueur.

— Je crois que je t'ai promis que tu apprécierais la douche, mais tu ne me laisses aucune chance, dit-il en penchant la tête vers son cou et en plantant des baisers le long de celui-ci. J'ai envie de te donner du plaisir.

Il les tourna sur le côté, laissant l'eau couler entre eux, enlevant le savon de son corps et le rinçant. Soudain, elle se retrouva pressée contre le mur de carrelage avec sa bouche sur ses seins, ses mains encerclant ses poignets et les tenant de part et d'autre de son corps.

Sa poigne ferme attisait ses sens. Elle savait qu'elle ne pourrait pas lui échapper maintenant, même si elle le voulait. S'en rendait-il compte ?

— Qu'est-ce que tu fais ?

Il leva les yeux de sous des cils sombres, des rivières d'eau coulant de ses cheveux sur son visage et le long de son corps.

— M'assurer que tu me laisses te donner du plaisir. J'ai attendu assez longtemps, tu ne crois pas ?

Elle reconnut son ton enjoué et répondit de même.

— Et moi, je n'ai pas assez attendu ?

Il sourit et secoua la tête.

— Je t'ai vue en premier. Je bandais pour toi bien avant ce soir. Maintenant, je peux prendre ce dont j'ai envie.

À ses mots possessifs, un gémissement s'échappa de ses lèvres.

Son regard devint encore plus intense tandis qu'il appuyait ses hanches contre elle.

— Oui, bébé, je peux maintenant profiter de ton plaisir.

Puis il s'agenouilla, plaçant sa tête au niveau de son sexe, confirmant ainsi le sens de ses paroles. Alors qu'il soulevait la jambe de Leila et la faisait passer par-dessus son épaule, pour qu'il puisse pénétrer en son centre, il leva les yeux vers elle.

— Je suis désolé pour mon égoisme, dit-il, mais j'ai besoin de ça de ta part maintenant.

Égoïste ? Il se disait égoïste ? Mais elle ne put pas poursuivre le fil de ses pensées, car une seconde plus tard, sa bouche l'enveloppait, sa langue léchant longuement sa chair sensible. La réalité se brouilla et disparut. Comme si elle rêvait, l'amant à ses pieds l'emporta avec l'assaut sensuel de sa langue, la douce pression de sa bouche, et le contact pressant de ses doigts qui séparaient sa chair et l'exploraient.

Son pouls s'accéléra et prit le même rythme que sa respiration, qui, avant même qu'elle ne s'en aperçoive, allait aussi vite que des chevaux au galop. Si la douche ne l'avait pas mouillée, elle aurait pris feu, car les flammes incandescentes qu'Aiden envoyait à travers elle étaient en train de l'amener vers une incinération certaine.

Elle haleta, donnant à son corps l'oxygène dont il avait besoin. Pourtant, ce n'était pas suffisant. Son contact dépassait ce qu'elle pouvait supporter. La texture de sa langue léchant son clitoris engorgé lui procurait un effet explosif. Chaque fois qu'il touchait ce petit paquet de chair, des frissons parcouraient son corps, son utérus se contractait, se délectant de la douce torture qu'il lui infligeait avec tant de maîtrise.

Se pressant plus près du mur dans son dos, elle essaya de maintenir son équilibre, une tâche qui devenait de plus en plus impossible. Elle se stabilisa en posant une main sur son épaule, l'autre dans ses cheveux, mais son corps tremblait toujours.

— Aiden, haleta-t-elle.

Comme pour lui répondre, un doigt taquina l'entrée de son sexe et, un instant plus tard, il plongea à l'intérieur. Ses muscles se convulsèrent autour de lui, désireux de le maintenir en place. Lorsqu'il le retira, elle eut envie de hurler, mais il le plongea à nouveau en elle, s'enfonçant plus profondément en elle. Sa langue continuait à lécher son clito, plus fort et plus vite maintenant, pendant que son doigt entrait et sortait d'elle au même rythme.

Ses gémissements étouffés se répercutaient contre sa chair excitée, ne faisant qu'intensifier les sensations qu'il déchaînait en elle, jusqu'à ce que ce soit trop. Avec un violent frisson, son corps explosa en une symphonie de vagues déferlantes se précipitant sur le bord d'une chute d'eau gigantesque. La chaleur se répandit dans tout son corps tandis qu'Aiden se calmait et déposait de doux baisers sur sa chair tremblante.

Avec l'impression de flotter sur un nuage de coton, elle remarqua à peine qu'il la sortît de la douche et l'enveloppât dans une grande serviette de bain, la séchant centimètre par centimètre. Elle laissa tomber son visage dans le creux de son cou et l'entoura de ses bras.

— Aiden, c'est tout ce qu'elle parvint à murmurer avant qu'il ne la soulève dans ses bras puissants et ne l'entraîne hors de la salle de bains.

27

Aiden transporta Leila dans l'une des chambres à coucher et l'allongea sur le grand lit. Bien qu'il préfère normalement un lit king-size, cela ne le dérangea pas du tout cette fois-ci. Il avait l'intention de rester très près d'elle toute la nuit, et à vrai dire, un lit queen-size aurait suffi.

Goûter à son essence et sentir son corps s'abandonner à un orgasme bouleversant, l'avait rendu encore plus excité qu'avant. Si la regarder se toucher cette nuit-là avait été excitant, ce n'était rien comparé à être celui qui lui donnait ce plaisir.

Il la couvrit de son corps, s'appuyant sur ses bras et ses jambes pour ne pas peser de tout son poids sur elle. Alors qu'il balayait une mèche de cheveux humides de sa joue, elle souleva ses paupières et le regarda.

— Aiden, c'était... merveilleux.

Ses yeux brillaient et il ne put s'empêcher de les fixer.

— J'aime te goûter, admit-il avant de faire glisser ses lèvres sur les siennes.

Lorsqu'il appuya doucement, ses lèvres s'écartèrent et sa langue sortit pour rencontrer la sienne. Il saisit l'invitation et se plongea en elle, déversant tous ses désirs dans ce baiser. Sous lui, ses jambes s'écartèrent davantage, le faisant glisser parfaitement au milieu d'elle, sa queue déjà posée au niveau de sa chatte humide.

Lorsqu'il s'avança, ses mains poussèrent contre ses épaules et ses lèvres se séparèrent de lui.

— Préservatif, chuchota-t-elle.

Il secoua la tête.

— Les immortels échappent aux maladies.

— Mais je ne prends pas la pilule.

Curieusement, le fait qu'elle ne prenne pas de contraception lui plut, même si cela n'avait pas d'importance : seuls les Gardiens de la Nuit liés à un humain pouvaient engendrer des enfants. En attendant, son sperme restait stérile.

— Tu ne tomberas pas enceinte.

Dès qu'il le dit, il sentit son cœur se serrer. Pourquoi souhaitait-il soudainement que sa semence laisse quelque chose de durable en elle, alors qu'il avait toujours évité ce souhait auparavant ? Cette histoire devait rester une aventure, une liaison qui ne durerait pas plus longtemps que sa mission. Penser que c'était plus que cela, c'était s'attirer des ennuis. Mais en même temps, quelque chose en lui se révolta à l'idée de la quitter.

— Tu en es sûr ?

— J'en suis sûr, Leila.

Fixant le bleu profond de ses yeux, il s'avança, sa queue écarta ses lèvres extérieures, sa chaleur humide recouvrit son gland. Il serra la mâchoire devant l'étroitesse des muscles de la jeune femme et se glissa plus loin à l'intérieur.

Son rythme cardiaque s'accéléra et tout l'air quitta ses poumons. Puis il sentit ses jambes s'enrouler autour de ses hanches, ses talons s'enfoncer dans son dos. Sachant qu'il ne pouvait pas se retenir plus longtemps, il plongea en elle – un pur paradis.

Elle s'enroula autour de lui comme un gant de soie, ses muscles intérieurs veloutés, mais l'agrippant fermement, ses fluides le faisant glisser en elle comme dans une chaleur liquide. Tout son corps brûlait sous l'intensité du contact avec Leila, son pouls battant violemment sous sa peau.

Tandis que le sang s'engouffra dans ses veines, il se déplaça en elle, se retira, puis s'y enfonça à nouveau. D'abord lentement, puis avec plus de détermination.

Sous lui, elle réagissait à ses mouvements, cambrant le dos, ondulant les hanches pour l'inciter à se rapprocher et à s'enfoncer plus profondément. Comme si, comme lui, elle ne pouvait se passer de cette nouvelle connexion. Et cela ressemblait à une connexion, pas seulement une copulation sans âme, mais une connexion entre deux corps qui semblaient faits l'un pour l'autre. Ses précédentes aventures d'un soir se résumaient à des baises frénétiques sans grande implication, de simples chevauchées vers la libération. C'était différent. Le regard d'Aiden s'arrêta sur le sien, il la regarda et reconnut le désir et la passion qui y brûlaient, le besoin de savoir ce qui allait suivre. Il ne put s'arracher à ce spectacle et continua à se délecter de sa beauté intérieure – une beauté qu'il pouvait voir briller sous sa jolie carapace.

La force qu'il y voyait était ce qui rendait leur acte encore plus excitant. Pour la première fois, il partageait son intimité avec une humaine dont il admirait la force, dont il comprenait la détermination. Et tandis que son corps le prenait en lui, lui faisant confiance pour ne pas lui faire de mal, il sentit les murs qu'il avait construits autour de lui s'effondrer. Il sentit alors son corps tout entier se mettre à scintiller dans un brouillard argenté. Il engloutit Leila avec lui.

Au moment où elle sembla remarquer ce changement chez lui, ses yeux s'écarquillèrent.

— Qu'est-ce qui se passe ? demanda-t-elle, haletante.

Il effleura ses lèvres contre sa bouche.

— Je te fais l'amour à la manière des Gardiens de la Nuit.

Quelque chose de nouveau. Il ne s'était jamais senti suffisamment en sécurité avec quelqu'un.

— Accroche-toi, bébé.

En laissant son énergie circuler librement, le brouillard s'intensifia, tourbillonnant autour d'eux comme une tempête. La pièce sembla disparaître et seuls leurs corps restèrent, flottant. Des étincelles d'énergie s'allumèrent autour d'eux tandis qu'il continuait à s'enfoncer en elle, ses coups durs et profonds, augmentant en vitesse et en intensité à mesure que le brouillard s'épaississait.

Scellant ses lèvres d'un baiser et entremêlant sa langue à la sienne, il la serra fort, sa queue martelant sa chair avec une force qu'aucune humaine ne pouvait supporter. Pourtant, il ne lui ferait pas de mal. En lui faisant l'amour, il partageait son énergie et sa force avec elle, lui faisait sentir l'essence de son pouvoir pour qu'elle puisse goûter à l'extase ultime.

La pression dans ses bourses augmenta et s'intensifia jusqu'à ce qu'il ne pût plus se retenir. Alors que son orgasme le réclamait, sa semence jaillit à travers sa queue et dans le corps de Leila. Avec elle, une lance d'énergie déferla en elle, la virta du Gardien de la Nuit faisant scintiller son corps d'une lumière dorée. Au même instant, elle hurla sa libération, ses muscles se contractant autour de lui.

Lentement, ils redescendirent en flottant, le brouillard autour d'eux se dissipant et la pièce réapparaissant.

Il la regarda dans ses yeux stupéfaits.

— Oh, mon Dieu ! murmura-t-elle, puis elle regarda ses bras, les inspectant. Je suis rayonnante.

Elle le fixa, mille questions se reflétant dans ses yeux.

— Oui, et tu brilleras pendant quelques heures.

— Qu'est-ce que tu m'as fait ?

Son ton ne contenait aucune accusation, seulement de la curiosité.

— Lorsqu'un Gardien de la Nuit fait l'amour à l'ancienne, son énergie s'écoule dans sa partenaire. Elle y reste pendant des heures après l'amour.

— Pourquoi ?

— À cause de ça.

Il sourit et se décala, retirant sa queue avant de replonger en elle. Un souffle échappa de ses lèvres alors que ses paupières papillonnaient et que des frissons parcouraient son corps sensible.

— Tant que tu brilles, le moindre contact de ma part te donnera un autre orgasme. Un Gardien de la Nuit prend soin de sa femme.

— Je ne survivrai jamais à ça, s'exclama-t-elle avec incrédulité.

Il rit aux éclats et rejeta la tête en arrière.

— Tu le feras, Leila, car, tant que tu rayonnes, ta force s'approche de la mienne.

Il marqua une pause et lui adressa un clin d'œil espiègle.

— Et presque aussi insatiable.

— Une arrière-pensée à ce super tour se cache donc derrière. Tu veux t'assurer que tes amantes ne se lassent pas de faire l'amour.

— Eh bien, j'ai dit tout à l'heure que j'agissais égoïstement, n'est-ce pas ?

Elle lui sourit en retour et se lécha les lèvres, sa langue rose si séduisante qu'il sentit davantage de sang affluer à sa queue.

— Qu'arrive-t-il quand tu fais briller une femme déjà insatiable au départ ?

Son cœur fit un saut périlleux à sa remarque séduisante.

— Ça donne une nuit très, très sauvage. Sans sommeil, sans repos et sans regret.

Leila battit des cils et glissa sa main derrière sa tête, l'attirant à elle.

— Alors, voyons si je suis presque aussi forte que toi.

Avant qu'il ne comprenne son intention, elle l'avait déjà retourné sur le dos et s'était installée sur lui.

Il sourit.

— J'aurais peut-être dû réfléchir à deux fois avant de te faire briller.

Lentement, elle commença à le chevaucher, montant et descendant sur sa queue, ses muscles le serrant plus fort maintenant qu'avant. Cet effet résultait de la puissance qu'il avait déversée en elle.

— Ou peut-être pas, concéda-t-il en attirant sa tête vers lui pour l'embrasser. Chevauche-moi, ma belle Leila."

Leila se sentait incroyable, libre, puissante et surtout sans peur. Tout d'un coup, toute sa peur s'était dissipée. Elle s'était évaporée en un rien de temps. Ses pensées insignifiantes avaient disparu. Elles n'avaient plus leur place dans son corps, un corps qui se sentait à nouveau dynamique et libre. Il transformait sa vie ordinaire en quelque chose de si différent qu'elle avait du mal à l'exprimer avec des mots.

Lorsque Aiden avait joui en elle, tout son corps s'était soudain mis à briller, ce qui lui avait fait ressentir une montée instantanée de puissance, lui donnant l'impression qu'elle pouvait courir un marathon et le gagner. Mais ce n'était pas la chose la plus étonnante. Plus important encore, elle avait soudain eu un petit aperçu de son âme, de l'homme vulnérable qui sommeillait en lui. Cela avait été si fugace qu'elle l'avait considéré comme impossible. Pourtant, lorsqu'il lui avait expliqué qu'il avait partagé son pouvoir avec elle, elle avait réalisé qu'il avait dû partager plus – même plus que ce qu'il pensait.

Cette révélation effaça la méfiance qu'elle avait à son égard. Et en même temps, elle fit ressortir sa culpabilité face à ce qu'elle lui cachait encore. Même maintenant, lorsqu'elle était empalée sur sa queue dure comme la pierre, le pendentif qui contenait la dernière copie de ses données de recherche pendait à son cou. Elle avait l'impression qu'il brûlait contre sa chair, la poussant à lui dire la vérité. D'avouer.

Mais en même temps, elle se souvint de ce qu'il lui avait dit auparavant que toutes ses données devaient être détruites. Pour le bien de ses parents, elle devait intervenir. Elle devait s'accrocher à l'espoir que peut-être bientôt il comprendrait, qu'ils se rapprocheraient peut-être après une nuit dans les bras l'un de l'autre. Elle pourrait alors lui demander de reconsidérer sa décision, de l'aider à trouver un moyen de poursuivre ses recherches.

Demain, se promit-elle, demain je lui dirai.

Ce soir était destiné à faire l'amour et rien d'autre. Son corps était préparé pour cela, son propre désir pour lui, associé à la puissance qu'il avait en elle, constituait un cocktail enivrant de sensations. Des sensations qu'elle ne pouvait pas et ne voulait pas se refuser maintenant. Le désir qui faisait rage en elle débordait de toute part, l'empêchant de le retenir.

— Comment veux-tu que je fasse ? murmura-t-elle contre ses lèvres.

— Surprends-moi.

Puis les mains d'Aiden se dirigèrent vers ses hanches et les saisirent. D'un geste énergique, il la plaqua sur lui, enfonçant sa queue en elle jusqu'à la garde, envoyant une nouvelle vague d'extase dans son corps.

— Et fais vite, ou je prendrai le relais, prévint-il entre les dents serrées. Parce qu'à chaque fois que tu jouis alors que je suis connecté à toi, tu me pousses à bout.

Prenant ses mains par les poignets, elle les enleva de ses hanches et les coinça à côté de sa tête. Elle se pencha sur lui, ses seins se balançant près de son visage. Lentement, elle fit tourner ses hanches, laissant sa queue glisser à l'intérieur et à l'extérieur.

— Si tu veux jouir, alors tu devras faire quelque chose pour le mériter.

Elle abaissa ses paupières pour indiquer ses seins.

— Rien de plus facile, acquiesça-t-il et il releva la tête, enroulant ses lèvres autour d'un mamelon.

Alors qu'il l'aspirait dans sa bouche et l'enduisait de sa langue, des vagues de plaisir secouèrent son corps une fois de plus. De leur propre chef, ses hanches se misèrent à bouger selon un rythme vieux comme le monde, et elle le chevaucha comme les vagues le lui dictaient. Comme dans une danse d'accouplement africaine, elle laissa son corps prendre le dessus, bouger en synchronisation avec le sien, donnant et prenant tout à la fois.

Elle entendit des gémissements emplir la pièce, et écouta les bruits de la chair qui claquait l'une contre l'autre. L'odeur du sexe imprégna l'air autour d'eux, et la faible lampe de chevet créa un tableau d'ombres et de lumières qui dansaient sur leur peau.

Sous elle, Aiden suçait ses seins avec avidité, léchait et torturait ses mamelons qui s'étaient depuis longtemps transformés en points durs si sensibles qu'une brise légère pouvait les enflammer. En elle, un brasier faisait rage et semblait plus chaud que les feux de l'enfer ne pourraient l'être.

Et pendant tout ce temps, elle chevauchait sa verge dure comme du marbre, l'amenant au bord de sa libération encore et encore. À chaque orgasme de Leila, Aiden criait de pure passion et s'enfonçait plus profondément en elle.

— Maintenant, insista-t-il, son corps baigné de sueur. Donne-moi tout.

Un instinct qui ne pouvait venir que du pouvoir d'Aiden lui fit placer sa main sur son cœur. Elle rejeta la tête en arrière et se concentra uniquement sur lui et sur la façon dont elle voulait sentir sa libération.

Une chaleur soudaine l'inonda, et elle la sentit descendre le long de son épaule jusqu'à son bras, dans son coude et plus bas encore.

Avant qu'elle ne puisse atteindre le bout de ses doigts et se connecter à sa peau, elle sentit sa main s'arracher de la poitrine d'Aiden. Elle tourna brusquement la tête vers Aiden, remarquant une expression choquée sur son visage.

Une seconde plus tard, elle le sentit exploser en elle, plus fort que la première fois.

Elle s'effondra sur lui et sentit ses bras s'enrouler autour d'elle tandis que son corps tremblait sous les contrecoups de son orgasme.

— Comment as-tu su ? demanda-t-il, la voix rauque.

Mais avant qu'elle ne puisse formuler un mot, l'obscurité l'emporta.

28

Aiden regarda le café couler dans la cafetière et passa une main tremblante dans ses cheveux ébouriffés en se remémorant les événements de la nuit précédente. Il n'avait jamais eu de relation sexuelle plus satisfaisante que celle qu'il avait vécue avec Leila, mais ce n'était pas le centre de ses pensées en ce moment. Au contraire, il n'arrivait pas à comprendre comment elle avait su pour le rituel de liaison des Gardiens de la Nuit. Seuls les Gardiens de la Nuit et les compagnons qu'ils avaient choisis savaient comment il fonctionnait : en recueillant toute la virta qu'il avait versée en elle et en la canalisant vers son cœur, elle se lierait à lui. Cela ne figurait même pas dans leurs livres d'histoire. Pour des raisons de protection, ils ne l'avaient pas mentionné par écrit. Si jamais leurs livres d'histoire tombaient entre de mauvaises mains, au moins ce secret resterait en sécurité.

Parce que c'était un secret qui pouvait tuer un Gardien de la Nuit. Il aurait pu le tuer hier soir, s'il ne l'avait pas arrêtée à temps. Un rituel d'accouplement effectué entre deux amants qui ne partageaient pas le véritable amour entrainait leur mort.

Cela avait failli arriver à Hamish l'année précédente. Il avait éprouvé de l'amour pour une humaine. Et elle lui avait avoué son amour éternel. Mais tout n'était que mensonge. Les Démons l'avaient influencée, lui faisant croire qu'elle aimait vraiment Hamish alors que ce n'était pas le cas. Quand Hamish l'avait découvert peu avant leur rituel d'accouplement, cela l'avait dévasté. Aiden avait essayé de consoler son ami en lui rappelant que, s'il était allé jusqu'au bout, il serait mort. Mais Hamish ne lui avait lancé qu'un regard vide, professant qu'il préférait être mort plutôt que de vivre sans elle.

Depuis lors, Hamish s'était tenu à l'écart des femmes et, à la connaissance d'Aiden, n'en avait pas touché une seule depuis. Il avait perdu celle qu'il croyait être sa conjointe, et personne ne pouvait l'aider à surmonter son chagrin.

Personne n'aurait pu expliquer comment les démons avaient orchestré toute cette supercherie et comment ils avaient eu vent du rituel d'accouplement et de ses conséquences sur un Gardien de la Nuit.

Tout comme Leila ignorait ces détails. Il ne lui avait même jamais parlé des habitudes d'accouplement des Gardiens de la Nuit. Et pourquoi l'aurait-il fait ? Elle était sa protégée, pas sa copine. Sa copine ? Bon sang, on croirait entendre un humain.

La nuit passée avec Leila l'avait clairement ébranlé. Qu'est-ce qui lui avait pris de lui faire l'amour à la manière des Gardiens de la Nuit, en partageant la virta avec elle ? Il ne l'avait jamais fait. Elle était réservée à leurs compagnons et n'était pas destinée à être partagée avec des flirts occasionnels. Peut-être que le rasen était en train de l'atteindre. Foutues hormones ! Elles l'empêchaient d'avoir les idées claires.

Aiden tendit la main vers la cafetière et se servit une tasse. Il était assis à la table de la cuisine lorsque Hamish entra, lui aussi vêtu uniquement d'un jean.

— Bonjour, salua-t-il son ami en lui montrant la cafetière. Je viens de préparer du café.

— Super. J'en ai besoin.

Hamish se dirigea vers le comptoir et se servit une tasse avant de le rejoindre à la table de la cuisine.

— J'ai passé une nuit bien remplie.

Aiden leva un sourcil interrogateur.

— Je pensais que tu allais juste chercher à manger.

Son ami secoua la tête et sourit.

— Je ne voulais pas vraiment traîner ici ; je me suis dit que tu n'avais pas besoin de ma compagnie.

— Nous avions des choses à nous confier, admettait Aiden en détournant le regard.

Hamish ne le reprit pas sur son mensonge éhonté. Au lieu de cela, il prit une gorgée de son café avant de lui adresser un regard sérieux.

— Bref, je suis retourné vers l'Est hier soir pour voir si je pouvais trouver autre chose sur ceux qui en veulent à Leila, à part les Démons bien sûr.

— Où es-tu allé ?

— Je me suis faufilé dans le bastion pour voir ce que nos garçons savent.

— Tu n'as pas...

Hamish leva la main.

— Bien sûr que non. Ils ne savaient même pas que j'y étais. Mais pour info, Manus est très énervé contre toi, parce que tu n'as pas appelé. Les noms dont il t'affuble, franchement, même moi je n'ai pas envie de les répéter.

— Il peut aller se faire voir.

Agacer Manus représentait un bonus qu'il prendrait n'importe quel jour. Cependant, l'agacement de Manus ne prouvait-il pas autre chose ?

— Tu en es sûr ? Il ne faisait peut-être pas simplement semblant d'être énervé ?

— Oh, j'en suis sûr. Il était furieux, et tu sais qu'il ne peut pas se retenir quand il est énervé.

— Pour une fois, je me réjouis que Manus s'énerve si facilement. Cela signifie qu'il n'est certainement pas impliqué dans la dénonciation de notre planque. C'est forcément ce coup de fil qui est remonté jusqu'au salon.

— Oui, c'est aussi bien, parce que je pense que nous avons besoin d'aide. Nous devons laisser certaines choses inachevées. Ce serait bien si nous pouvions faire revenir Manus et lui demander d'enquêter pour nous.

Aiden réfléchit aux paroles de Hamish et acquiesça.

— Faisons cela.

— Excellent. Parce que quelque chose de bizarre s'est produit.

— Bizarre ? Depuis quand les choses dont nous nous occupons semblent-elles normales ?

Son ami haussa les épaules.

— J'ai passé la nuit au commissariat de police, où j'ai fouillé dans leur dossier sur le meurtre du PDG d'Inter Pharma.

Aiden leva les yeux de sa tasse de café.

— Qu'en est-il ?

— L'actionnaire majoritaire de la société a disparu quelques nuits plus tôt.

Il écouta attentivement.

— Tu penses que les deux événements sont liés ?

— Trop de coïncidences à mon goût.

— Je suis d'accord, répond Aiden. Ont-ils des pistes ?

— Rien. Tout ce que je sais, c'est que cet actionnaire, Zoltan, a apparemment rencontré le PDG quelques jours avant la mort de Patten. Et maintenant, il est introuvable.

— Zoltan ? La voix de Leila l'interrompit.

Aiden détacha son regard de Hamish et la regarda entrer dans la cuisine, vêtue d'un jean et d'un T-shirt, son joli pendentif autour du cou. Son corps brillait encore d'un éclat doré. Lorsque leurs yeux se croisèrent, elle détourna rapidement le regard et essaya de couvrir ses bras exposés en les enroulant autour de sa taille, mais cacher ce qui s'était passé s'avéra impossible. Son visage présentait la même lueur. Elle aurait déjà dû disparaître, mais le fait de partager son pouvoir avec elle l'avait plus marqué qu'il ne l'avait réalisé. C'était presque comme s'il avait échoué à se contrôler.

À côté de lui, Hamish haleta, bouche bée.

— Elle brille.

Son ami l'épingla d'un regard interrogateur.

Sans qu'il dise autre chose, Aiden comprit ses pensées. Qu'il était allé trop loin. Qu'il avait partagé avec une protégée quelque chose qui n'était réservé qu'aux relations les plus sérieuses.

L'embarras de Leila se lisait sur son visage. Son éclat doré avait du mal à dissimuler la rougeur qui envahissait ses joues. C'était un spectacle des plus enivrants., Aiden se sentit instantanément durcir. Le fait de savoir qu'il pourrait déclencher un orgasme chez elle d'un simple toucher, tant qu'elle brillait encore, le faisait presque saliver.

Alors qu'elle marchait vers eux, il parcourut son corps de ses yeux, se souvenant de chaque centimètre de son corps délectable, de chaque courbe, de chaque échancrure. Et chaque gémissement et chaque soupir qui avaient franchi ses lèvres pulpeuses la nuit dernière. Chaque mouvement dévergondé, chaque caresse impudique.

— T'ai-je entendu dire que monsieur Zoltan avait disparu ? demanda-t-elle en s'adressant à Hamish.

Son ami lui jeta un regard curieux.

— Tu le connais ?

— Non, mais je sais qu'il voulait voir mes recherches.

Aiden recula la chaise à côté de lui, surpris par cette révélation.

— Dis-nous tout ce que tu sais sur lui. Cela pourrait se révéler crucial.

Elle se dirigea vers le comptoir pour se servir une tasse de café.

— Je ne l'ai jamais rencontré, mais je ne l'aime pas.

Elle s'assit sur la chaise, en veillant à ne pas trop s'approcher de lui. De toute évidence, elle ne voulait pas qu'il la touche et qu'elle ait un orgasme devant Hamish.

— Comment cela se fait-il ? demanda Hamish.

— Il est venu voir Patten et a exigé que je lui montre mes recherches. Il voulait regarder par-dessus mon épaule. J'ai dit à Patten que ce n'était pas correct. Mais il a continué en disant que cet homme était un actionnaire important et qu'il avait tous les droits.

Elle but une rapide gorgée de son café. Puis elle se tourna à nouveau vers Aiden.

— C'est à ce moment-là que j'ai effacé ce disque dur externe qui contenait mes données. Je savais que Patten pouvait entrer dans le coffre et le sortir.

— Un bon instinct, se félicita Hamish.

Aiden la regarda avec admiration. Grâce à son action décisive, elle avait empêché que ses données ne tombassent entre de mauvaises mains.

— Je pense que c'était un Démon, ajouta-t-elle.

— Pourquoi penses-tu cela ?

Il ressentit l'envie de toucher sa main tremblante mais s'en abstint.

— Patten était en train de tergiverser sur le fait que ses lumières avaient grillé juste au moment où monsieur Zoltan est arrivé. Il était très embarrassé. Lorsque nous nous sommes échappés du salon de massage, tu m'as dit que les lumières fluorescentes et les néons vacillaient puis s'éteignaient si des Démons se trouvaient à proximité. Eh bien, les plafonniers du bureau de Patten émettent une lueur fluorescente.

Aiden échangea un rapide regard avec Hamish.

— Cela le confirme. Les Démons ont tué Patten, déclara Hamish.

Aiden leva la main en signe d'objection.

— Non, ils ne l'ont pas fait. Ils se trouvaient peut-être sur place plus tôt, mais la nuit où nous avons découvert le corps de Patten, les lumières fonctionnaient.

Il se retourna vers Leila.

— Je suppose que Patten a fait réparer les lumières de son bureau avant sa mort ?

— Oui, bien sûr. Il a demandé au service des équipements de se présenter le lendemain matin pour changer les tubes fluorescents.

Puis elle redressa soudain le dos comme si elle se souvenait de quelque chose. Elle le regarda fixement.

— Tu te souviens de mon laboratoire et de mon bureau ? Toutes les lampes fluorescentes fonctionnaient la nuit où j'ai trouvé le coffre ouvert.

Aiden acquiesça, admirant son esprit perspicace.

— Alors la personne qui a tué Patten et essayé de voler les données n'était pas un Démon. Il ou elle devait être humain.

— Ou un Gardien de la Nuit, ajouta Hamish.

Cette pensée n'avait pas échappé à Aiden. Sinon, comment le meurtrier aurait-il pu passer la sécurité ?

— Existe-t-il un autre moyen d'entrer dans le bâtiment la nuit, que de passer par l'agent de sécurité ? Réfléchis, Leila, est-ce qu'un humain aurait pu y entrer sans que l'agent de sécurité s'en aperçoive ?

Elle se mordit les lèvres, réfléchissant à ses questions.

— Je ne sais pas. Max fait sa ronde, mais la porte est constamment verrouillée.

— Un autre employé qui a un accès peut-être ? suggéra Hamish.

Leila secoua la tête.

— Non. Nos cartes d'accès sont limitées à la journée. Après 21 heures, elles ne déverrouillent aucune porte. Max aurait été le seul à autoriser l'accès.

Aiden s'était attendu à la réponse, mais ne l'apprécia pas pour autant. Elle rendait beaucoup plus probable une trahison de la part d'un Gardien de la Nuit. Pourtant, il devait se rendre à l'évidence. Hamish l'avait mis en garde.

— D'accord, alors nous avons deux choses à faire : trouver Zoltan. Il a visiblement reçu des informations sur Leila et s'est présenté pour la surveiller ; il nous mènera au traître du Conseil, annonça Aiden.

— Et la deuxième chose ? demanda Hamish.

– Trouver la personne du Conseil qui a tenté de tuer Leila et qui est responsable de la descente dans le salon de massage.

— Mais comment ? l'interrompit Leila.

— Manus va nous aider dans cette démarche. Il enquête déjà sur Jonathan, et à l'heure qu'il est, il est au courant de la descente au salon, alors il est probablement en train de chercher comment cela a pu se produire. Nous devrons lui faire savoir qu'il faut vérifier les relevés téléphoniques de tes parents et voir s'il y a un mouchard sur leur ligne. Avec les compétences informatiques de Pearce, nous devrions pouvoir remonter la trace et faire en sorte qu'elle nous mène à celui qui l'a placé."

— Le Conseil comptera bientôt deux postes vacants, prédit Hamish.

Et Aiden espérait qu'aucun des deux postes vacants ne soit celui de Primus.

— Je crains que tu n'aies raison.

Alors qu'il se levait pour attraper son téléphone sur le comptoir afin d'appeler Manus, le scintillement de la lumière sous les armoires suspendues attira son attention.

— Merde !

— Des Démons !

Hamish lança un cri d'avertissement juste au moment où la porte d'entrée explosa. Trois hommes foncèrent à l'intérieur.

Leila se figea sous le choc tandis que les intrus avançaient. Hamish et Aiden se redressèrent instantanément de leurs chaises et attaquèrent, se déplaçant plus vite qu'elle n'avait jamais vu quelqu'un bouger. Ils avaient sorti leurs armes et se jetaient maintenant sur les trois Démons.

Elle trébucha de sa chaise et recula, essayant de rester à l'écart de la mêlée, la peur lui coupant la parole. Elle ne pouvait que regarder le combat.

Les Démons avaient l'air tout à fait humains, comme Aiden le lui avait dit. Aucun signe extérieur n'aurait pu indiquer qu'elle se trouvait face à un être d'un autre monde. Sauf que... leurs yeux brillaient-ils d'un vert inhabituellement vif ? Elle fixait l'un d'entre eux, qui parlait pour le moment à Aiden, lorsque l'intrus lui lança soudain un regard noir.

Il lâcha Aiden qui continuait à se battre contre son deuxième adversaire, et se précipita vers elle.

Paniquée, elle cria, ses mains fouillant frénétiquement le comptoir de la cuisine à la recherche d'une arme quelconque. Malheureusement, il n'y avait rien à saisir.

— Leila ! cria Aiden, mais un rapide coup d'œil lui apprit que Hamish et lui avaient besoin de toutes leurs forces pour repousser les deux Démons, qui s'échangeaient coup sur coup.

Aiden ne pouvait pas arrêter son combat actuel contre le Démon qui lui faisait face pour l'aider. Elle était seule.

Le Démon massif qui la dominait soudain portait un pantalon style guérilla et un tee-shirt couleur olive, un liquide vert suintant de plusieurs entailles sur ses bras et sa poitrine. Mais les blessures ne semblaient pas graves, car il lui adressa un sourire mauvais.

— Je t'ai eue !

Sa voix la fit frissonner alors qu'elle glissait en elle comme un couteau tranchant.

Puis la main du Démon s'élança pour l'attraper. Elle l'esquiva en glissant sur le côté, le long du comptoir de la cuisine, surprise par sa vitesse et son agilité. Lorsqu'il la poursuivit et l'atteignit, elle lui donna un coup de poing et sentit dans son corps une force qui lui semblait étrangère. Était-ce une conséquence du pouvoir qu'Aiden avait déversé en elle ?

— Viens à Zoltan, siffla le Démon.

Oh, mon Dieu, c'était donc lui ! Comment avait-il pu les trouver ici ? Elle recula, se retrouvant dans un coin, la cafetière dans son dos. Aucune issue de secours ne s'offrait à elle.

Zoltan se trouvait sur elle une seconde plus tard.

Derrière lui, elle entendait les grognements des hommes et le choc des poignards, mais elle ne les voyait plus. La carcasse massive de Zoltan lui bloquait la vue.

Lorsqu'il se retrouva à quelques mètres d'elle et qu'il s'approcha, elle se retourna et attrapa la cafetière, lui frappant la tête avec. La machine se brisa et le liquide chaud se répandit. Il recouvrit la majeure partie de son visage, mais aussi sa propre main, et malgré la chaleur, elle ne la sentit presque pas. Zoltan non plus, apparemment.

Cependant, il avait l'air en colère maintenant.

— Voyons ce qu'elle cache d'autre dans cette jolie petite tête.

Il tendit la main vers son cou pour l'étouffer.

Elle croassa, ses mains s'agitant pour essayer de trouver une autre arme, mais il n'y en avait pas.

Sa tête se rapprocha, les dents brillantes, les yeux verts plus lumineux maintenant, comme un feu de circulation. Pour la première fois, elle remarqua la beauté de ses traits, si différents de ce à quoi un Démon devrait ressembler. Un nez droit, une mâchoire carrée, un teint uniforme. Des lèvres pleines et des dents droites et blanches complétaient le tableau qui semblait en quelque sorte la garder captivée. Comme s'il l'attirait, la rapprochait de lui. Il lui montrait qu'il n'était pas une bête laide. Tout à coup, elle sentit ses pensées envahir son esprit.

Donne-le-moi, donne-moi ce que je désire, exhorta-t-il. Je te donnerai tout ce que tu as toujours rêvé d'avoir. Tes parents, ils t'aimeront à nouveau.

Oh mon Dieu, il connaissait son souhait le plus profond ! Et il la tentait avec cela. Il essayait de la séduire !

Leila se battit contre lui, essayant de l'expulser de son esprit. Elle ne pouvait pas succomber, non, elle ne pouvait pas le permettre. Aiden lui faisait confiance pour qu'elle se montre forte. Ce qu'il lui avait donné la nuit dernière le prouvait. Elle ne pouvait pas le décevoir.

À bout de souffle, elle leva le genou et donna un coup de pied à Zoltan dans les bourses.

Il jura violemment, puis des cris retentirent derrière lui.

— Emmène ça en enfer !

Aiden s'écria triomphalement alors qu'un corps fit un bruit sourd sur le sol.

La main de Zoltan glissa de son cou et se prit dans son collier. La chaîne se brisa, s'emmêlant dans les doigts de Zoltan qui se retourna et jeta un regard par-dessus son épaule.

Leila vit Aiden charger vers eux, mais avant qu'il ne les atteigne, Zoltan s'écarta d'un bond et s'élança par la fenêtre de la cuisine comme s'il était un gymnaste.

Horrifiée, elle toucha sa gorge nue.

— Leila, ça va ?

Aiden l'attira dans ses bras, mais elle s'écarta de lui instantanément, coupant court aux vagues de plaisir qui commençaient à la submerger.

Derrière lui, Hamish apparut, une entaille sanglante sur la poitrine, mais autrement indemne.

— Mon collier... Zoltan a pris mon collier, balbutia-t-elle.

Le Démon possédait la dernière copie de ses données. L'accablement lui noua l'estomac.

— Ne t'inquiète pas pour ça. Les Démons aiment les objets brillants, ils font du commerce avec. On pourra le remplacer, la calma Hamish.

Elle secoua la tête et leva les yeux, les larmes prêtes à couler.

— Non. Ce n'est pas possible. Ce n'est pas possible...

— Leila, ma douce, s'il te plaît, tu es en état de choc.

Aiden leva la main pour attraper ses cheveux, mais elle recula.

La peur au ventre, elle tourna son regard vers lui.

— Une clé USB se trouve à l'intérieur.

Les yeux d'Aiden s'écarquillèrent, son corps se tendit visiblement.

— Elle contient une copie de mes données de recherche. La dernière copie, avoua-t-elle.

Il ne dit pas un seul mot, il se contenta de la fixer, l'incrédulité s'allumant dans ses yeux au fur et à mesure que la prise de conscience s'opérait en lui.

— Ils ignorent le contenu. Personne ne le sait. C'est difficile à ouvrir si tu ne sais pas comment, balbutia-t-elle.

Aiden serra la mâchoire et un sifflement bas lui échappa tandis qu'il la fixait, la déception dans le regard.

— Je t'ai fait confiance.

29

———————

Après avoir brûlé les deux corps de Démons, ils firent leurs bagages et quittèrent la maison, reprenant la route vers le portail. Aiden avait du mal à regarder Leila. Il n'avait jamais ressenti une telle déception pour quelqu'un. Elle lui avait menti pendant tout ce temps, tout en sachant ce qui pouvait arriver. Elle lui avait sciemment dissimulé l'existence de la dernière copie de ses données de recherche. Mon Dieu, elle lui avait menti en face. Il avait été trop naïf de lui faire confiance, de l'admirer même pour la force dont elle avait fait preuve alors qu'il pensait qu'elle avait tout perdu.

Et de penser qu'il lui avait fait l'amour et avait déversé son pouvoir en elle, son cœur, son âme même. Et qu'elle avait tout pris et l'avait jeté aux chiens. Comme si cela ne signifiait rien pour elle.

Il lui jeta un coup d'œil lorsqu'ils entrèrent dans la cave à vin. Son éclat s'était dissipé. C'était probablement la seule chose qui l'avait sauvée et qui lui avait permis de tenir Zoltan à distance aussi longtemps. Le Démon contre lequel Aiden s'était battu s'était avéré plus fort que les autres qu'il avait rencontrés auparavant, et il avait mis plus de temps pour le tuer qu'il ne l'avait prévu. Hamish avait éprouvé autant de difficultés, et n'avait pas pu aider Leila non plus.

Mais quelque part, Aiden ne trouvait aucune satisfaction dans sa dernière mise à mort ni dans le fait que Leila s'était battue si vaillamment. En d'autres temps, il l'aurait admirée pour cela. Tout ce qu'il pouvait retenir pour l'instant, c'était qu'elle l'avait trahi. Il comprenait enfin la détresse de Hamish lorsqu'il avait découvert que son amante l'avait trompé sur ses sentiments. Son cœur avait dû se briser en mille morceaux en apprenant qu'il s'était ouvert à quelqu'un qui ne méritait pas sa confiance.

Quand ils arrivèrent au portail, il n'attrapa pas la main de Leila, mais laissa plutôt Hamish la guider tout au long du voyage. Il la sentit frissonner et comprit que sa claustrophobie l'envahissait à nouveau, mais il ne trouva pas en lui la force de la prendre dans ses bras. Trop de fureur et de colère traversaient ses cellules, trop de douleur s'installait dans son cœur.

La traversée du portail ne prit que quelques secondes. Lorsqu'ils en sortirent, Aiden sentit les odeurs familières de la maison. Sans attendre Hamish ou Leila, il se dirigea vers la porte et fonça à l'étage, laissant le sous-sol derrière lui. Leurs pas le suivirent, mais il ne se retourna pas. Désormais, elle n'était plus qu'une protégée. Il n'aurait jamais dû souhaiter plus. C'était une erreur de laisser ses émotions prendre le dessus. Tout ce que cela avait engendré, c'était de la souffrance. Plus vite cette mission serait terminée, mieux ce serait.

Lorsqu'il entra en trombe dans la cuisine, il repéra instantanément Manus et Enya, qui étaient assis au comptoir de la cuisine en train de manger. Son second laissa tomber son sandwich en le voyant et glissa du tabouret. Enya avait la bouche pleine et déglutit rapidement.

— Où étais-tu passé, putain ?

Manus lui lança un regard noir.

— Te serait-il venu à l'esprit que nous pourrions tous être à ta recherche ?

— Il y a eu un raid...

— Je sais qu'une putain de descente de police s'est produite. Pourquoi crois-tu que je te laissais des messages ? Et tu n'as même pas pris la peine de me répondre que tu allais bien. Putain de trou du cul !

Aiden n'avait vu aucun message sur son portable.

— Qu'est-ce que tu racontes ? Tu n'as jamais laissé de message !

Les yeux d'Enya s'écarquillèrent.

— Hamish ?

Elle sauta de sa chaise et se précipita vers la porte.

— Hamish !

Aiden se retourna pour voir Enya s'envoler littéralement dans les bras tendus de Hamish.

— Salut ma petite.

— Je ne me considère pas comme petite, protesta-t-elle en l'enlaçant avant de s'écarter.

L'expression d'Enya changea instantanément lorsqu'elle aperçut Leila, qui se tenait quelques pas en arrière, visiblement mal à l'aise.

— C'est quoi ce bordel ? siffla Enya en jetant des regards entre Aiden et Hamish. Vous avez amené une humaine ici ?

— Vous êtes complètement cinglés ? ajouta Manus. Ta protégée, tu as amené ta protégée dans le complexe ? Est-ce que tu as perdu la tête ?

— Crois-moi, nous n'avions pas le choix, répondit Aiden.

Il savait que cela arriverait. Pourtant, il n'aimait pas les regards hostiles avec lesquels les deux Gardiens de Nuit jaugeaient Leila. L'envie de la protéger surgit de nulle part. Personne n'avait le droit de lui faire du mal.

— On a toujours le choix.

Enya le regarda d'un air renfrogné.

— Tu nous as tous compromis.

— Mais chaque chose en son temps, dit calmement Manus en désignant Hamish du doigt. Qu'est-ce qui t'est arrivé ? Sans vouloir te vexer, certains d'entre nous ici ont supposé que tu étais passé du côté obscur. Certains ont même mis le Conseil sur ton dos.

Hamish sourit et jeta un regard en biais à Aiden, qui ne put que grimacer. Il aurait dû avoir plus confiance en son meilleur ami.

— C'est ce que j'ai entendu dire. Désolé de vous décevoir, mais vous allez devoir continuer à me supporter. Je ne vais nulle part, et surtout pas du côté obscur ; je n'ai jamais vraiment aimé ce look.

— Alors pourquoi as-tu disparu ? demanda Enya.

Ses sourcils se rapprochèrent et ses lèvres se pincèrent.

Hamish lui ébouriffa les cheveux, ce qui lui valut un grognement d'impatience de sa part. Il l'avait toujours traitée comme une petite sœur, et elle jouait normalement le jeu ; mais apparemment, elle débordait d'énergie, et le lui fit comprendre.

— Hamish !

— Eh bien, c'est une longue histoire, et elle s'entremêle beaucoup avec la raison pour laquelle nous sommes ici. Et pourquoi nous devions ramener la protégée d'Aiden avec nous.

— Je t'écoute, annonça Manus en croisant les bras sur sa poitrine.

— Un traître se cache au conseil et travaille pour les Démons.

Leurs deux collègues Gardiens de la Nuit poussèrent des exclamations de surprise.

Aiden leva la main. Il n'en avait pas encore fini avec les mauvaises nouvelles.

— Et les Démons possèdent désormais la formule du médicament.

— Vous vous foutez de ma gueule !

Manus les dévisagea avec incrédulité.

S'ensuivit une protestation de la part d'Enya.

— Ça ne peut pas être vrai ! Dis-nous que ce n'est pas vrai !

Aiden l'interrompit.

— C'est vrai, mais avant de raconter cette histoire deux fois, où est tout le monde ?

— Pearce se trouve dans la salle de commandement ; Logan est dans ses quartiers. Sean et Jay sont en mission.

— Je vais chercher Pearce et Logan, proposa Enya.

Alors qu'elle se dirigeait vers la porte, Leila fit un pas vers elle.

— Excuse-moi, peux-tu me montrer la salle de bains ?

Enya se renfrogna avant de céder.

— Viens avec moi. Et tu ferais mieux de ne pas aller ailleurs que dans la salle de bains, ou je te collerai comme une abeille sur du miel.

Pour souligner sa menace, elle posa la main sur le manche de son poignard.

Leila hocha rapidement la tête et la suivit hors de la pièce. Aiden la regarda disparaître, puis reporta son regard sur Manus.

— Tu as dit que tu avais laissé des messages. Je n'en ai pas eu un seul.

— Ce n'est pas possible, protesta Manus. Admets simplement que tu n'as pas voulu me dire où tu te trouvais, parce que tu étais trop occupé à coucher avec ta protégée.

Aiden serra les dents.

— Je n'ai reçu aucun putain de message de ta part.

Manus plissa les yeux.

— Si c'est vrai, alors nous ferions mieux de demander à Pearce de jeter un coup d'œil à ton téléphone portable. Parce que je jure que je t'ai laissé trois messages au cours des dernières vingt-quatre heures.

Il savait que son ami ne mentait pas. Ce qui ne pouvait signifier qu'une seule chose.

— Quelqu'un a dû trafiquer mon téléphone.

Hamish lui lança un regard.

— Tu crois que c'est ainsi que les Démons nous ont trouvés à Sonoma, via ton téléphone ?

— Il était éteint tout le temps. Et j'avais déjà désactivé le dispositif de repérage GPS avant même que nous allions au salon de massage thaïlandais.

— Quelqu'un a pu le réactiver, devina Hamish.

— Demandons à Pearce, suggéra Manus.

La porte s'ouvrit.

— Demander quoi à Pearce ? répondit l'homme en question.

Il fit un signe en direction de Hamish.

— C'est bon de te revoir en un seul morceau.

— C'est bon d'être de retour.

— Alors, qu'est-ce que vous avez besoin de savoir ?

Aiden sortit son téléphone portable.

— Manus dit qu'il m'a laissé trois messages. Je ne les ai jamais reçus. Ce qui me fait penser que quelqu'un a fait quelque chose à mon téléphone. Peux-tu vérifier ?

Pearce prit l'appareil.

— Peux-tu m'expliquer en détail ce que tu cherches ?

— Des Démons nous ont attaqués ce matin. Ils n'auraient jamais pu nous tracer jusqu'à notre lieu sûr. Mon téléphone portable était éteint et mon GPS désactivé. Quelqu'un a-t-il pu le réactiver ?

— Hmm, laisse-moi passer au peigne fin tous les logiciels que tu as dessus et voir si quelque chose n'est pas caché.

— Combien de temps ?

— Quelques heures, tout au plus.

— Merci.

Aiden laissa échapper un soupir de soulagement. Ils auraient de toute façon besoin de quelques heures pour formuler un plan et mettre tout le monde d'accord.

— Oh, et pendant que tu y es, peux-tu voir qui pourrait avoir mis sur écoute la ligne téléphonique des parents de Leila ? Elle appelait ses parents depuis le salon de thaï, et nous pensons que c'est pour cela qu'ils ont lancé les chiens sur nous.

— Ah, merde, après tout ce qu'on lui a dit ?

Manus poussa un juron.

Aiden ressentit l'envie inexplicable de la défendre. C'était autant sa faute que celle de Leila. Mais sa colère face à ses mensonges l'emporta. Il ignora son ami et tapota l'épaule de Pearce.

— Peux-tu t'en charger ?

— C'est facile.

— Merci, mec.

Un instant plus tard, la porte s'ouvrit et Enya et Logan entrèrent.

Hamish se racla la gorge.

– Eh bien, puisque nous sommes tous présents, laissez-moi vous mettre au courant de ce qui se passe.

Zoltan pressa le téléphone portable contre son oreille et regarda autour de lui avant de répondre. Il savait déjà qui l'appelait – très peu de gens possédaient ce numéro.

— Oui ?

— Tu l'as eu ? demanda le Gardien de la Nuit sans un salut.

Il sentit la fureur l'envahir. Sa dernière mission s'était soldée par un échec. Et il savait exactement à qui s'en prendre.

— Tu as omis de me dire qu'il recevait de l'aide. À cause de tes informations inutiles, j'ai perdu deux hommes.

Deux hommes dont on pouvait tout à fait se passer, et il n'aurait pas sourcillé devant cette perte s'il était reparti avec son prix.

— Aiden t'a vaincu ?

— Tu n'as pas écouté ce que je disais ? aboya-t-il au téléphone, furieux d'avoir affaire à un tel imbécile. Un deuxième Gardien de la Nuit l'aidait. L'humaine était forte, elle avait de la virta en elle. Tu n'en as pas parlé non plus.

— Je ne savais pas, je le jure, balbutia l'homme.

Zoltan pouvait assez bien sentir la peur qui habitait le Gardien, et cela ne fit qu'alimenter davantage sa colère. Il laissa échapper un grognement, sans se soucier d'avoir l'air d'une bête sauvage. Le Gardien de la Nuit devait savoir jusqu'à quel point Zoltan était en colère.

— Je veux des résultats, pas des excuses, siffla-t-il. Maintenant, tu y retournes et tu me donnes des informations avec lesquelles je peux travailler. Tu as compris ?

— Oui. Je vais m'en assurer. Et une fois que tu auras obtenu ce que tu veux, respecteras-tu ta part du marché ?

Zoltan garda son petit rire pour lui, écoutant les respirations nerveuses de l'homme à l'autre bout du fil.

— Nous avons un accord.

— Oui, nous sommes d'accord, confirma Zoltan.

Cela ne voulait pas dire qu'il devait tenir sa parole. Pas à un Gardien de la Nuit complice qui vendait sa propre race pour obtenir du pouvoir et dominer le monde.

Le Gardien de la Nuit poursuivit :

— Je te récompenserai bien pour cela plus tard, quand je serai ton souverain. Quand nous aurons renversé le Grand Roi ensemble et que je me serai emparé du trône des Démons de la Peur. Tu seras alors mon bras droit. Ensemble, nous exercerons un véritable pouvoir. Avec moi à la barre, ce monde verra enfin ce que signifie qu'un leader puissant dirige. Ils se prosterneront devant moi."

— Tu as raison : un nouveau souverain dirigera bientôt ce monde.

Mais ce ne serait pas un Gardien de la Nuit. Et Zoltan s'en assurerait.

30

Il fallut près d'une heure à Hamish et Aiden pour transmettre tout ce qu'ils savaient à leurs camarades, les Gardiens de la Nuit, et pour répondre à leurs nombreuses questions.

— Et maintenant ? demanda Manus.

— Notre priorité absolue consiste à retrouver Zoltan et à récupérer le pendentif, qui se cache sous l'apparence d'un collier ordinaire. Moi-même, je n'ai jamais soupçonné le contraire. Et Leila dit qu'il se révèle difficile à ouvrir et à découvrir ce qu'il contient, alors il ne sait peut-être même pas encore ce qu'il possède, annonça Aiden, en espérant qu'il avait raison. Pearce, tu sais comment procéder. Celui qui a mis le téléphone des parents de Leila sur écoute a dû lancer les chiens sur nous au salon de massage thaïlandais ; et si quelqu'un a trafiqué mon téléphone, cela devrait nous mener au traître du Conseil. Le traître représente notre priorité absolue. Il nous mènera à Zoltan.

Pearce se leva et se dirigea vers la porte.

— Laisse-moi m'occuper de ça tout de suite.

— Tu es sûr que nous cherchons deux personnes différentes ? Enya s'avança sur son siège.

Hamish répondit à la place d'Aiden.

— Oui. Cela n'a aucun sens que les Démons veuillent sa mort, et on dirait bien que quelqu'un a tenté de la tuer.

— Ce qui me fait penser…, interrompit Aiden en se tournant vers Manus. As-tu trouvé quelque chose sur le voisin qui a livré la bombe ?

— Jonathan ? Eh bien, je crains qu'on ne soit dans une impasse. J'ai eu un mot avec lui, si tu vois de quoi je parle. Il a presque fait pipi dans son pantalon.

Manus laissa échapper un petit rire amer.

— Il s'avère qu'une femme s'est approchée de lui et lui a demandé de donner le cadeau à Leila.

— Pardon ? demanda Enya. Quel genre d'abruti ne verrait pas le piège derrière ça ?

Manus haussa les épaules.

— Apparemment, les histoires larmoyantes émeuvent Jonathan. Elle lui a dit qu'elle était une vieille amie de Leila et qu'elles s'étaient disputées à cause d'un type. Et qu'elle voulait se réconcilier, mais que Leila n'accepterait jamais le cadeau si elle savait qu'il venait d'elle. Blablabla. Le type est tombé tout cru dans le panneau.

— Idiot !

Aiden poussa un juron.

— A-t-il pu au moins la décrire ?

— Taille moyenne, corpulence moyenne…

— D'apparence moyenne.

Aiden connaissait la suite. Ça aurait pu être n'importe qui, probablement juste une humaine qu'un Gardien de la Nuit avait embauchée. Beaucoup d'entre eux travaillaient pour eux.

— Donc ça ne va pas nous mener au coupable. Autre chose ?

— Je cherche encore le bon corps pour mettre en scène la mort de Leila, répondit Manus.

— Oublie ça pour l'instant, fit-il, une idée se formant dans sa tête. Une fois que Pearce aura obtenu quelques données pour nous, nous nous regrouperons ici. Et je crois que je n'ai pas besoin de le dire, mais nous devons garder secret notre retour. Hamish et moi. Est-ce clair ?

— Nous ne sommes pas idiots, répond Enya en roulant des yeux.

Puis Aiden regarda soudain autour de lui dans la pièce. Merde, s'être concentré sur les informations à transmettre à ses amis lui avait fait oublier quelque chose.

— Mais où est Leila ?

Enya se leva.

— Je crois qu'elle a vomi dans la salle de bains. Elle est sortie blanche comme un linge. Alors, je l'ai mise dans tes quartiers pour qu'elle s'allonge.

Aiden se leva d'un bond de son fauteuil.

— Tu quoi ?

— Je l'ai enfermée dans...

Sans écouter le reste, il fonça vers la porte et s'engouffra dans le couloir.

LEILA SE SÉCHA le visage avec une serviette qui sentait l'odeur d'Aiden. Elle ne se sentait pas mieux pour autant. Au moins, son accès de nausée était passé : l'attaque terrifiante des Démons, puis le voyage claustrophobique à travers le portail en étaient la cause. La première fois qu'elle avait utilisé le portail, elle ne s'était pas sentie malade. Mais, à ce moment-là, Aiden l'avait embrassée lorsqu'il s'était rendu compte combien la perspective de se précipiter dans l'espace noir lui faisait peur.

Mais cette fois-ci, il l'avait évitée. Elle ne pouvait même pas lui en vouloir. Tout ce qu'il avait dit était vrai : elle lui avait menti, elle lui avait caché l'existence des données. Malheureusement, il ne comprendrait jamais : ce n'était pas lui qui était sur le point de perdre ses parents. Elle était toute seule maintenant. Reconstituer de mémoire la formule du médicament lui prendrait plusieurs années. D'ici là, ses parents auraient atteint un stade trop avancé pour qu'il soit d'une quelconque utilité.

Elle quitta la salle de bains et retourna dans la chambre à coucher. L'identité de la personne à qui appartenait cette suite de pièces ne faisait aucun doute. Non seulement l'odeur masculine d'Aiden était imprimée sur le lit sur lequel elle s'était brièvement reposée, mais il y avait aussi des photos de lui et de sa famille. Et une sorte de sanctuaire, un endroit spécial au-dessus de la cheminée, où la photo d'une belle femme brune était encadrée. Des lys blancs séchés entouraient le cadre. Elle n'avait pas besoin d'être une psychiatre pour comprendre qui c'était. De toute évidence, Julia occupait une place spéciale dans son cœur, et il se remémorait sa mort chaque jour. Presque comme s'il voulait entretenir sa douleur.

Elle tendit la main vers le tableau, ne pouvant s'empêcher de caresser les beaux traits de la femme, si semblables à Aiden, mais tellement plus doux, de l'espièglerie dans les yeux et un sourire sur le visage.

— Tu ne devrais pas être ici.

Surprise, Leila tourna sur ses talons et fit face à Aiden. Elle n'avait pas entendu la porte s'ouvrir, mais là encore, il ne l'utilisait probablement jamais ici.

— Enya m'a amenée...

— Elle n'avait pas le droit !

Aiden la foudroya du regard, ses yeux passant à la photo de Julia derrière elle.

— Je ne voulais pas m'immiscer dans ton intimité. Je vais m'en aller dans ce cas.

Elle fit quelques pas, mais il lui bloqua la sortie en se plaçant sur son chemin, son corps à peine plus loin que le sien.

— Et où penses-tu aller ?

— Hors de ton chemin jusqu'à ce que tu te sois calmé.

— Calmé ?

Il plissa les yeux et se rapprocha.

— Je me sens calme, très calme, en ce moment.

Leila avala difficilement la boule qui se formait dans sa gorge. Elle pourrait tout aussi bien faire face aux conséquences de ses actes maintenant. On aurait pu éviter de faire traîner les choses plus longtemps.

— Alors, vas-y, dis-moi ce que tu penses de moi. Dis-moi à quel point tu me détestes pour ce que j'ai fait ! Je n'ai plus rien à perdre. Je ne retrouverai jamais mes parents ! Tu es heureux maintenant ?

Aiden lui attrapa les épaules. Instinctivement, elle fit quelques pas en arrière, mais il ne la lâcha pas. Au lieu de cela, il la plaqua contre le mur le plus proche.

— Heureux ? Je voudrais ne jamais t'avoir rencontrée ! J'aurais aimé ignorer la souffrance qu'on ressent lorsqu'on se fait trahir de la sorte.

— Qu'est-ce que tu attendais de moi ? cria-t-elle en retour. Remettre la dernière copie de mes données pour que tu puisses les détruire ? Pour que tu puisses écraser tous mes rêves de sauver mes parents ? De préserver ma famille ? Tu devrais comprendre que je ne peux pas faire ça. Tu sais ce que représente la perte de quelqu'un.

Sa tête se dirigea vers la photo de Julia sur le manteau de cheminée, puis de nouveau vers elle.

— Hamish ! maugréa-t-il. Il n'avait pas le droit de te le dire !

— Je suis contente qu'il l'ait fait.

— Julia n'est pas un sujet de discussion ici. Je ne laisserai pas une humaine...

— Alors, c'est de ça qu'il s'agit ? Tu me détestes parce que je suis humaine, parce que je manque de force comparativement à elle.

Il la pressa plus fort contre le mur, ses doigts s'enfonçant douloureusement dans sa chair.

— Je t'ai dit de laisser Julia en dehors de tout ça. C'est parce que tu m'as trompé.

Elle n'avait plus peur maintenant. Quoi qu'il lui fasse, cela n'avait plus d'importance, mais elle ne se laisserait pas faire sans se battre.

— Tu crois qu'elle apprécierait de savoir ce que tu t'infliges à toi-même ? Comment tu t'en veux jour après jour

Un éclair de douleur jaillit dans ses yeux, mais une seconde plus tard, il se maîtrisait à nouveau.

— Tu ne sais rien de moi !

Leila secoua la tête, se souvenant de l'aperçu de son âme qu'elle avait vu la nuit où ils avaient fait l'amour. Elle le comprenait mieux qu'il ne le pensait.

— J'aimerais que ce ne soit pas le cas. Tu sais pourquoi ? Parce qu'alors je pourrais m'en aller et ne pas m'en soucier. Mais tu m'as montré trop de choses sur toi. Je ne peux pas faire semblant de ne pas ressentir ta douleur. Je ne peux pas faire semblant de ne pas vouloir t'aider.

— M'aider ?

Il la dévisagea avec incrédulité.

— C'est toi qui as besoin d'aide, pas moi ! Ce n'est pas moi que les Démons recherchent, ce n'est pas moi dont la tête est mise à prix. Et tu veux m'aider ? Soyez réaliste, Dr Cruickshank !

— Je suis tellement désolée, murmura-t-elle, incapable de crier plus longtemps. J'aimerais pouvoir tout défaire, la mort de Julia, ta haine des humains, notre rencontre...

Elle ferma les yeux. Aurait-elle vraiment envie d'effacer de son esprit tout souvenir de sa période avec Aiden si elle le pouvait ? Il ne fallut qu'une seconde à son cœur pour trouver la réponse.

— Non, je retire ce que j'ai dit. Notre rencontre, je ne voudrais pas la défaire.

Lorsqu'elle ouvrit les yeux, elle se heurta à son regard enflammé.

— Bon sang ! maugréa-t-il et il posa ses lèvres sur les siennes.

Elle sentit sa colère dans la façon dont il l'embrassa, rude, dure, comme s'il voulait la punir pour ses propos.

Ses mains lâchèrent ses épaules, puis descendirent jusqu'à son jean. Il les enfonça dans la ceinture, mais, au lieu de simplement ouvrir le bouton et d'abaisser la fermeture éclair, il déchira le tissu et le déchiqueta, lui faisant prendre conscience qu'il pourrait déchirer son corps tout aussi facilement s'il le souhaitait.

Elle haleta dans sa bouche, à la fois choquée et excitée. L'air frais vint caresser sa peau nue avant que sa main brûlante ne se retrouve entre ses jambes, glissant sur son sexe, juste au moment où il arracha sa bouche de la sienne.

— Je vais te dire comment tu peux m'aider. En écartant tes jambes pour moi.

Ses yeux contenaient encore un peu de la colère qu'elle y avait vue plus tôt, mais maintenant ils brillaient de convoitise et de désir, et elle sut instinctivement qu'il ne lui ferait pas de mal.

Sans réfléchir, elle déboutonna son pantalon, abaissa la fermeture éclair et poussa son jean jusqu'à ses cuisses. Avant qu'elle en fasse plus, il la souleva et écarta ses jambes.

Sans un mot, il plongea en elle, sa queue plus dure que jamais.

Alors qu'il s'enfonçait dans sa chaleur humide, Aiden sut que ce dont il avait besoin maintenant, c'était de lui montrer qu'elle ne pouvait pas jouer avec lui. Il devait lui faire comprendre qu'elle serait punie si elle lui faisait encore du mal.

Quand il regarda son visage, il vit qu'elle avait appuyé sa tête contre le mur. Ses lèvres étaient écartées et ses yeux à moitié fermés.

— Plus fort, haleta Leila.

Elle ne montrait aucun signe de détresse malgré le fait qu'il l'ait malmenée. Au contraire. Ses jambes s'enroulaient autour de sa taille, le poussant à la baiser plus fort, à aller plus loin, à prendre plus d'elle.

Incapable de résister, il reprit ses lèvres, cette fois avec plus de passion et moins de colère. Dieu qu'elle avait bon goût – si bon qu'il ne pouvait pas s'imaginer renoncer à cela, renoncer à elle. Malgré tout, malgré son humanité, elle avait tenu bon face à sa fureur. Elle n'avait pas cédé, tout comme elle ne reculait pas maintenant qu'il s'enfonçait encore plus fort en elle.

— J'ai besoin de toi, murmura-t-il contre ses lèvres avant de replonger sa langue en elle, la poussant au même rythme que sa queue.

Il ne mentait pas cette fois : il avait besoin d'elle. Elle lui donnait la force non seulement d'affronter les Démons qui en avaient après elle, mais aussi ses Démons personnels, ceux qui le hantaient depuis la mort de Julia.

Respirant fort, Aiden relâcha ses lèvres et déposa des baisers brûlants le long de son cou.

— Je te veux, Aiden, je te veux tellement, lâcha-t-elle, et cela ressembla à un sanglot.

Il replongea son regard dans ses yeux et y vit une multitude d'émotions débordantes.

— Tu m'as, bébé, murmura-t-il en retour et il captura doucement ses lèvres, les caressant avec sa langue.

Lorsqu'elle soupira de contentement, tout son corps s'emplit d'un nouveau sentiment de force. Ses bourses se resserrèrent au même moment, et il sentit son orgasme le submerger. Incapable de se retenir, il plaça sa main entre eux et frotta son clitoris tout en 'enfonçant une dernière fois. Alors que ses genoux faillirent céder, des vagues de plaisir s'abattant sur lui, il ne sut pas où son orgasme s'arrêta et où celui de Leila commença.

Respirant difficilement, le cœur battant la chamade, il appuya son front contre le sien.

— Plus de mensonges. J'ai besoin de la vérité maintenant.

Il la sentit hocher la tête.

— Je ne voulais pas te faire de mal.

— Dis-moi pourquoi tu as agi ainsi. Dis-moi pourquoi tu m'as trahi après tout ce qu'on a vécu.

— J'aime mes parents, je les aime tellement. Comme tu as aimé Julia.

Elle chercha ses yeux, et on aurait dit qu'elle regardait au plus profond de lui, là où il ne pouvait plus se cacher.

— Julia était ma jumelle. Elle faisait partie de moi. Quand je l'ai perdue, j'ai eu l'impression de perdre une partie de moi-même.

Leila pressa sa main contre le cœur d'Aiden.

— Je ne peux même pas imaginer ce que tu as vécu. Je n'ai jamais eu de sœur. Mes parents ont toujours constitué ma seule famille. Je me sens responsable d'eux. C'est mon devoir de les sauver, de les ramener. Quand je t'ai rencontré... quand tu m'as dit ce qui était en jeu...

— Tu ne m'as pas cru à l'époque, n'est-ce pas ?

Elle secoua la tête, le regret se lisant sur son visage.

— Non, je ne l'ai pas cru. J'ai douté de tes paroles. Mais plus je voyais de choses, plus elles se produisaient… J'ai commencé à douter de moi, de mes propres convictions. Quand tu as dit que tu détruirais mes recherches, j'ai vu mon rêve s'éloigner.

D'une certaine manière, il la comprenait.

— Tous les rêves ne se réalisent pas.

— Je le sais maintenant. Je m'en suis rendu compte la nuit à la ferme. Je voulais te le dire à ce moment-là, mais j'avais peur de ta réaction. Je voulais cette seule nuit avec toi, même si tu ne me touchais plus jamais après ça. Juste cette fois-là, je voulais faire quelque chose d'égoïste, quelque chose qui ne me concernait que moi, sans avoir à penser à mon devoir envers mes parents.

Elle souleva ses paupières et le regarda, ouverte, vulnérable. Elle ne lui cachait plus rien.

Et il était tout aussi dénudé devant elle.

— Que vas-tu faire maintenant ? demanda Leila.

Il tira la tête en arrière et lui sourit, laissant un long regard traîner le long de son corps à demi nu.

— Pour commencer, je vais devoir te prêter un peignoir.

Puis il la relâcha. Une minute plus tard, il l'enveloppa dans un peignoir trop grand. Mais il refusait de rompre le contact avec elle, alors il la souleva dans ses bras et s'assit sur le canapé, la gardant sur ses genoux.

La main d'Aiden se glissa sous le peignoir et caressa ses cuisses chaudes.

— Je voulais te parler du pendentif ce matin à la maison, mais je n'en ai pas eu l'occasion.

Ses doigts caressèrent les lèvres d'Aiden.

— Même si tu savais que je voulais détruire les données ?

— J'espérais te convaincre de t'abstenir, mais je sais maintenant que j'avais tort.

— Comment cela ?

— Zoltan. Quand il a attaqué, j'ai senti ses pensées dans ma tête. Il essayait de m'attirer vers lui, que je lui donne ce qu'il voulait. Il n'abandonnera jamais. Et tôt ou tard, il me trouvera.

— Je vais m'assurer qu'il ne le fera pas.

— Je le sais.

Il lui jeta un regard surpris.

— Pourquoi me fais-tu confiance maintenant ?

— Quand tu m'as fait l'amour hier soir, je t'ai senti.

Les battements de son cœur s'accélèrent.

— Tu m'as senti ?

— Oui, j'ai eu un aperçu de ton âme.

S'était-il vraiment ouvert à ce point sans s'en rendre compte ?

— C'est impossible.

Leila effleura ses lèvres contre les siennes dans un baiser léger comme une plume.

— Je t'ai senti. J'ai senti quelque chose de si bon et de si pur en toi que je me suis sentie très mal de t'avoir menti.

Aiden glissa sa main dans ses cheveux, prit sa nuque en coupe, son pouce caressant son cou.

— Et j'ai profité de toi quand on s'est rencontrés la première fois. Mais même si je voudrais le regretter, je ne peux pas. Si le feu ne s'était pas déclaré dans ton appartement, je me serais trouvé dans ton lit, ma bouche sur ta chatte. Crois-moi quand je te dis que je n'ai jamais touché à aucune de mes protégées, mais avec toi, c'était différent dès le départ. Quand je t'ai vue la première fois, je n'ai pensé qu'à te toucher alors que je savais que je devais rester loin de toi.

— Parce que tu pourrais un jour avoir à me tuer ?

Il tressaillit. Comment pourrait-il s'y prendre maintenant, alors que la perdre lui déchirerait le cœur ?

— Tu me l'as dit plus d'une fois, insista-t-elle, le regard fixe et sans accusation, comme si elle avait accepté son destin.

— Je ne pourrais pas te tuer. Je sais que je l'ai dit. Je sais que c'est ce qu'on attend de moi si jamais tu...

Il ne pouvait même pas prononcer les mots.

— ... si les Démons m'atteignent, finit-elle sa phrase.

— Je ne pourrai pas, Leila.

— Mais tu devras le faire. Promets-moi que s'ils m'attrapent, tu me tueras.

— NON !

Il l'embrassa très fort.

— Comment puis-je te faire du mal après ça ? Après la nuit dernière ? Je n'ai jamais partagé la virta avec personne.

— La virta ? demanda-t-elle.

— Mon pouvoir, mon énergie. Je ne me suis jamais senti aussi complet de toute ma vie. Je ne peux pas te laisser partir. Tu ne le sens pas ?

Elle planta de doux baisers sur sa joue, puis sur ses yeux.

— Mais les Démons... s'ils m'attrapent, je ne serai plus la même...

— Je ne les laisserai pas t'attraper. Jamais. Tu m'entends ? Jamais.

Il sentit son cœur battre la chamade.

Une expression sérieuse s'alluma dans ses yeux.

— Tu ne pourras pas toujours me protéger. Je dois retourner un jour ou l'autre à ma vie.

— Ta vie, c'est avec moi.

Les mots jaillirent simplement de lui avant qu'il ne réalise ce qu'il disait.

— Avec toi ? Tu es un immortel, Aiden. L'as-tu oublié ? Nos vies diffèrent tellement.

Un coup impatient frappé à la porte l'empêcha de répondre.

— Aiden ! cria Pearce.

Son ami avait un timing de merde.

— Donne-moi un moment ! répondit-il.

Relâchant Leila, il l'embrassa tendrement sur les lèvres.

— Nous en parlerons plus tard.

Il lui caressa la joue avec ses doigts.

— Pourquoi ne prendrais-tu pas une douche pendant que je parle à Pearce ? Je t'apporterai un nouveau jean plus tard.

Elle hocha la tête.

— Je te promets que tout se passera pour le mieux.

Sa décision était prise. Il l'avait prise pour lui dès l'instant où il l'avait vue pour la première fois. Il le comprenait maintenant. Il n'avait jamais eu la moindre chance face aux forces qui les avaient réunis. Et il s'en réjouissait. Il ne lutterait plus contre elles.

Alors que Leila entrait dans la salle de bain et fermait la porte derrière elle, il fit :

— Entre, Pearce !

Une seconde plus tard, il regarda son camarade Gardien de la Nuit passer la porte et apparaître dans sa chambre. Pearce arpenta brièvement la pièce, ses yeux s'accrochant à quelque chose derrière Aiden.

— Ton invitée va bien ? demanda-t-il.

— Pourquoi n'irait-elle pas bien ?

Pearce fit un geste en direction d'un endroit sur le sol. Aiden se retourna et réalisa l'objet de son regard : le jean déchiqueté de Leila.

— Elle va parfaitement bien, insista-t-il en tournant à nouveau son regard vers son visiteur, incapable même de se sentir gêné par ce qu'il avait fait.

— Bien, bien. De toute façon, je ne voulais pas te déranger, mais j'ai quelques nouvelles.

Aiden se concentra sur lui.

— Ne m'oblige pas à te retirer les vers du nez.

— À propos de Zoltan. On vient d'apprendre la découverte du corps d'un certain Zoltan. Il est mort depuis des jours. La chaîne d'information a montré sa photo, mais Hamish dit que ce n'était pas le Démon qui vous a attaqués à la ferme.

Aiden se frotta la nuque, réfléchissant à la nouvelle.

— Il a dû tuer le vrai Zoltan, puis prendre son identité pour infiltrer Inter Pharma.

— Oui, je le pense aussi. Ce ne serait pas la première fois qu'un Démon se fait passer pour une vraie personne pour obtenir quelque chose. De toute façon, malheureusement, ça ne nous rapprochera pas de lui.

— Tu as raison. Quelque chose à propos de mon téléphone ?

— Ouaip. Quelqu'un a téléchargé un petit programme qui permettait de faire fonctionner ton GPS à distance, de l'allumer et de l'éteindre quand il le voulait.

— Merde ! Comment ?

— Je vais t'épargner les détails techniques, mais tu devais être physiquement en possession de ton téléphone pour y arriver. Je l'ai maintenant désactivé.

Pearce se gratta la tête.

Aiden fronça les sourcils.

— Mais qui aurait pu mettre la main sur mon téléphone ?

— Exactement. Le seul moment où tu le laisses traîner, c'est ici, dans le bastion.

— Tu veux dire que quelqu'un ici aurait pu commettre ce geste ?

Il se débarrassa de cette pensée. Non, ce n'était pas possible. Si c'était le cas, Leila et lui couraient un danger ici.

— Je veux dire, à moins que tu l'aies laissé à un endroit où quelqu'un a pu y avoir accès, mais je ne vois pas comment un membre du Conseil...

— C'est ça. Je sais comment ils ont fait.

Pourquoi n'y avait-il pas pensé plus tôt ?

— Comment ?

Il ignora la question. Ce n'était pas le moment, car il venait de comprendre comment piéger le traître du conseil.

— Peux-tu reproduire le logiciel et le télécharger sur d'autres téléphones portables ?

— Bien sûr, mais tu ne vas pas me dire sur quels téléphones tu vas le télécharger ?

— Je te le dirai quand nous y serons.

— Quand nous serons où ?

— Chez mon père.

31

Après avoir présenté son plan à Hamish et aux autres, Aiden se sentit confiant dans le fait qu'ils pourraient débusquer le traître pour, par la suite, mettre la main sur Zoltan et le pendentif.

— Qu'arrivera-t-il ensuite, après avoir récupéré le pendentif ? demanda Leila, maintenant habillée avec les vêtements qu'Enya lui avait prêtés.

Il effleura sa joue avec ses doigts.

— Nous y réfléchirons une fois que nous aurons franchi la première étape.

Puis il déposa un baiser rapide sur ses lèvres, sans se soucier de savoir si ses amis regardaient ou non. Ils s'y habitueraient.

— Fais-moi confiance, bébé.

Elle fit un rapide signe de tête.

— C'est le cas.

— Je serai de retour dans quelques heures.

Flanqué de Pearce, il se dirigea vers le sous-sol.

— Quel est ton plan ?

Aiden jeta un regard de côté à son ami.

— Je viens de te dire mon plan. Tu n'as pas écouté ?

Pearce fit un mouvement dédaigneux de la main.

— Pas à propos du traître, à propos de ta protégée.

Il ne pouvait pas répondre à cela, non pas parce qu'il ne connaissait pas la réponse, mais parce que la personne qui devait l'entendre en premier était Leila. Quand il serait de retour, il lui en parlerait. Et il espérait qu'elle partage son avis.

— Il n'y a rien à dire.

— Cela me surprend, vu que tu as partagé la virta avec elle.

Aiden tourna la tête vers lui et laissa échapper un souffle de frustration.

— Plus personne dans cette boîte ne peut garder un secret ?

Son ami esquissa une grimace comique.

— Ça a dû surprendre Hamish, sinon il n'en aurait pas parlé. Alors, qu'est-ce qui se passe ?

— Comme je l'ai dit, je n'ai rien à ajouter.

Pas pour le moment en tout cas.

La prochaine fois que Leila et lui feront l'amour, ce serait à nouveau comme la première fois. Mais il ne lui avait pas dit que ce serait toujours ainsi entre eux à partir de maintenant. Et, à cette idée, sa poitrine se gonfla d'orgueil, sachant comment cela l'affecterait, elle et lui. Même maintenant qu'il franchissait le portail, Pearce à ses côtés, il sentit un frisson lui parcourir les reins et n'eut qu'une hâte : la reprendre dans ses bras. Avec Leila, il était parti pour un long voyage, et cette certitude l'effrayait atrocement.

Il ressentait de la joie à l'idée de devoir se concentrer sur leur destination et chassa de son esprit toutes les pensées concernant Leila.

Ils arrivèrent quelques instants plus tard.

L'endroit présentait toujours le même aspect que depuis près de deux cents ans qu'il le connaissait, et, d'après les dires de son père et des anciens de leur espèce, rien n'avait changé depuis plus d'un millier d'années. Les Hébrides extérieures étaient toujours aussi préservées de la civilisation. Le brouillard incessant planait sinistrement sur cette île particulière, celle où aucun humain n'avait mis les pieds depuis un millénaire.

Le portail par lequel ils sortirent se trouvait en plein air et ressemblait à une version beaucoup plus petite de Stonehenge. Entouré de broussailles denses et enveloppé de brouillard, il échappait à la détection, à moins qu'on sache ce qu'on cherche.

En suivant le petit sentier qui descendait, il s'imprégna des odeurs familières de la maison. Seuls ses parents et quelques autres familles vivaient encore ici. La plupart des autres membres de leur espèce avaient choisi de vivre plus près de la civilisation. L'éloignement de l'île lui convenait bien. Parler à son père sans que les autres membres du Conseil le voient était primordial.

— Je ne suis pas venu ici depuis des années, murmura Pearce à côté de lui, en se frottant les bras pour chasser le brouillard. Il fait froid ici.

— Tu te ramollis avec l'âge ?

— C'est facile à dire pour toi. Tu étais allongé entre les jambes d'une femme chaude il n'y a pas si longtemps. Pas étonnant que tu n'aies pas froid.

— Ferme-la, Pearce, ou je vais devoir te casser le nez. J'ai droit à un peu d'intimité, alors reste en dehors de ça.

Son ami grogna, mais ne dit rien d'autre.

Au loin, on aperçut un manoir. En s'approchant, il vit de la lumière briller aux fenêtres et de la fumée s'élever de la cheminée. Ses pieds avancèrent plus vite alors qu'il franchissait la distance restante.

Sans ouvrir la porte massive en chêne avec ses poignées en fonte, il la franchit, Pearce sur ses talons.

— Maman ? Papa ?

Quelques instants passèrent en silence. Puis, de l'étage, il entendit des pas précipités.

— Aiden ?" appela sa mère du haut de l'escalier.

— Oui, maman.

— Oh, mon chéri, l'entendit-il murmurer avant qu'elle ne descende les escaliers en courant, vêtue seulement d'un long peignoir qui la couvrait du cou aux pieds, ses longs cheveux lâchés et légèrement ébouriffés. Mais même le long peignoir ne pouvait pas cacher ce qu'elle tentait de dissimuler alors qu'elle atteignait le pied de l'escalier : elle brillait d'un éclat doré.

— Aiden, c'est si bon de te voir !

Elle le serra dans ses bras avec enthousiasme, lui épargnant d'avoir à la regarder avec embarras. Aucun fils ne voulait savoir que ses parents venaient de faire l'amour.

— Tu aurais dû nous prévenir de ta visite, dit-il en descendant les escaliers, vêtu d'un pantalon de jogging et de rien d'autre.

Lâchant sa mère et reculant, il fit un signe de tête à son père, reconnaissant la légère réprimande. Depuis qu'il avait quitté la maison pour résider dans l'un des bastions, ses parents considéraient leur maison comme leur petit nid d'amour privé. Il aurait dû y penser. Son père possédait toujours une vigueur malgré son âge, et il la conserverait toute sa vie. Étrangement, malgré les regards embarrassés qu'ils s'échangeaient tous les quatre, l'idée qu'un couple puisse encore conserver une vie sexuelle excitante et, à son avis, très satisfaisante après une si longue période, le fit penser à Leila. Pourrait-il y avoir quelque chose ainsi avec elle ?

— Nous sommes désolés de vous déranger, s'excusa Pearce en se raclant la gorge tout en évitant de regarder la mère d'Aiden.

— Nous ne serions pas venus à l'improviste si ce n'était pas urgent.

Aiden regarda son père, qui lui répondit par un sourire penaud.

— Eh bien, heureusement que tu n'es pas arrivé plus tôt.

— Barclay ! réprimanda sa femme, une rougeur envahissant ses joues sous le lustre doré.

Il fit un clin d'œil à sa femme avant de reporter son regard sur Aiden et Pearce.

— Venez, que diriez-vous d'un whisky devant la cheminée ?

— Nous en avons bien besoin, convint Aiden.

Ils suivirent son père et sa mère lorsqu'ils entrèrent dans le salon, une grande pièce avec des plafonds voûtés, des murs en pierres apparentes et une cheminée massive, qui pouvait accueillir une broche pour faire rôtir un cochon entier.

Une fois que tout le monde s'assit, verres de whisky à la main, son père lui lança un regard intrigué.

— Étant donné que tu te trouves en mission en ce moment, je suppose que ta visite n'est pas tout à fait personnelle.

Aiden se redressa, faisant tourner le verre dans sa main.

— Ma protégée se trouve dans mon refuge en ce moment, alors...

Son père se leva.

— Au bastion ? Qu'est-ce qui te prend ? C'est contraire à nos règles ! Tu ferais mieux de fournir une excellente explication !

— J'en ai une. En fait, j'en ai plusieurs.

— Eh bien, ne me fais pas attendre.

— Assieds-toi, père, cela va prendre un certain temps.

Lorsqu'il reprit sa place, Aiden sirota son verre. "

— Plusieurs tentatives d'assassinat ont visé Leila, et nous avons des raisons de croire qu'un membre du Conseil insatisfait du résultat du vote se cache derrière tout ça.

Sa mère et son père poussèrent une exclamation de surprise face à cette accusation.

— Ils n'oseraient jamais ! s'indigna son père.

— Ils le feraient, et ils l'ont fait. Mais ce n'est pas le pire. Il y a plus. Nous comptons un traître au sein du Conseil. Un traître qui donne des informations aux Démons.

Le visage de son père devint blanc sous le choc. Il échangea un regard surpris avec sa femme.

— Raconte-moi tout.

Aiden acquiesça, mettant son père et sa mère au courant de ce qui s'était passé jusqu'à présent. À chaque mot, l'expression de son père s'assombrit. À la fin, ses deux parents ne bougeaient plus, l'air choqué.

— Il n'y a rien d'étonnant à ce que Hamish ait disparu. Ce garçon a de bons instincts. Je l'ai toujours su.

Son père hocha la tête comme s'il se parlait à lui-même. Puis il fixa son regard sur Pearce et lui.

— Je suppose que vous avez une stratégie.

— Je dois savoir comment le Conseil a voté sur le cas de Leila.

— Les membres votent secrètement. Tu sais que je ne peux pas te le dire, objecta son père, l'indignation colorant sa voix.

— Je crains que tu ne doives enfreindre certaines règles cette fois-ci. Nous ne savons pas qui, au sein du Conseil, porte la responsabilité. Nous devons réduire le champ d'action. Celui qui a voté pour éliminer Leila est un suspect dans les tentatives d'assassinat dont elle a été victime. Et quelqu'un qui a voté pour la protéger doit travailler...

— ... pour les Démons, conclut Pearce.

— Explique-moi ton raisonnement, lui demanda son père.

— Le premier est facile : la personne qui a voté pour éliminer Leila voulait s'assurer que les Démons n'obtiennent pas les résultats de ses recherches. Il ou elle a essayé de voler les données des recherches, a tué le patron de Leila et a effacé les données de son ordinateur portable dans la foulée. Cette même personne a envoyé les chiens sur nous dans notre planque.

Aiden savait que son raisonnement était solide.

— Et le traître ? Pourquoi devrait-ce être quelqu'un qui votait pour sa protection ?

— Parce que le médicament de Leila se trouve encore à un stade précoce. Elle doit encore l'affiner. Les Démons ont intérêt à la garder en vie s'ils ne veulent pas se retrouver avec un médicament qui pourrait au final ne pas fonctionner. Ils doivent donc la garder en vie.

— Et tu penses que quelqu'un du Conseil a orchestré l'envoi de ce Zoltan et de ses voyous à tes trousses à Sonoma ?

Aiden acquiesça.

— Oui. À ce moment-là, ils avaient réalisé que quelqu'un avait détruit toutes les copies connues des données, et qu'ils n'avaient maintenant pas d'autre choix que de kidnapper Leila s'ils voulaient la drogue. Personne ne savait que nous étions là. Hamish, Leila et moi, nous étions seuls.

— Et tu as confiance en Hamish ? demanda son père.

Son père doutait-il de son ami ?

— Totalement. Il nous a aidés à nous échapper de la planque, et c'est lui qui a trouvé les portails perdus.

— Bien. Tu devrais faire confiance à ton instinct plus souvent.

— Alors, tu vas nous aider ?

Ses parents échangèrent un regard. Puis sa mère lui adressa un doux sourire.

— Bien sûr, il va t'aider."

— Alors qui a voté pour la protéger ?

Anxieux, Aiden se pencha vers l'avant. L'un des noms qu'il entendrait serait celui du traître qui travaillait pour les Démons.

— Je l'ai fait, avoua son père. Mais tu le savais déjà. En plus de moi, Cinead, Riona, Finlay et Norton étaient là. Les autres ont voté pour l'éliminer.

— Merci.

— Comment allez-vous piéger le coupable ?

— J'ai besoin que tu convoques une réunion d'urgence du Conseil.

— Qu'est-ce que tu veux que je mette à l'ordre du jour, fiston ?

— Tu dois dire aux membres du Conseil où Leila et moi nous cachons.

Stupéfait, son père le dévisagea.

— Tu veux que ta protégée et toi deveniez des appâts ?

— On ne voit pas d'autre solution.

32

———————

Barclay regarda le dernier membre du Conseil prendre enfin place dans la salle avant de laisser tomber le marteau sur la table pour demander le silence. Il savait qu'il devrait y aller doucement afin de donner à Pearce et à Aiden suffisamment de temps pour télécharger le logiciel de suivi sur les téléphones portables de tous les membres du Conseil. Au-delà des portes fermées de la salle, ils travaillaient déjà sur les téléphones portables, Barclay s'étant assuré que l'assistant du Conseil serait appelé loin de son poste de surveillance à l'entrée pour qu'ils puissent travailler sans être observés.

Le fait de savoir qu'il avait violé les règles du Conseil en donnant les votes de ses différents membres le mettait mal à l'aise ; mais, comme avait insisté son fils, c'était la seule façon de procéder.

Il jeta un coup d'œil à Cinead, ses tripes se serrant à l'idée qu'il puisse trahir. L'Écossais était son plus vieil ami, on respectait ses opinions, son caractère irréprochable. Alors qu'il regardait à la ronde, l'idée que n'importe lequel d'entre eux se révèle traître ne lui convenait pas davantage. Tous les membres du Conseil étaient des personnes honorables, choisies parce qu'elles avaient les compétences requises.

Pourtant, Barclay faisait confiance à son fils, même si quelque chose en lui avait été différent lors de sa visite. Il avait semblé moins en colère que d'habitude, malgré la gravité des problèmes. Presque comme si quelque chose ou quelqu'un l'avait apaisé.

— J'ai convoqué cette réunion spéciale pour vous informer sur le cas du Dr Cruickshank.

Des murmures parcoururent la salle. Discuter de cas individuels une fois qu'un vote avait eu lieu et que les Gardiens de la Nuit avaient attribué un protégé était plutôt inhabituel. Il allait devoir faire attention à ne pas éveiller les soupçons quant à son véritable objectif : tendre un piège au traître.

— Quelques revers se sont produits. Après une attaque de leur planque, Aiden et sa protégée ont dû s'enfuir.

— Sont-ils indemnes ? demanda Riona.

— Pour l'instant, oui. Cependant, la décision d'Aiden concernant la suite des événements me surprend.

Cinead haussa un sourcil.

— Celle de ton propre fils ? Ce n'est pas toi qui nous as convaincus qu'il remplissait les exigences de la mission ?

Barclay inclina la tête.

— Ses idées ne correspondent pas toujours aux miennes. Cependant, sa décision pourrait avoir un certain mérite. Il l'a ramenée dans leur dernière cachette, pensant que les Démons ne le chercheraient plus à cet endroit."

Prudent, il jeta un coup d'œil autour de lui, cherchant des signes révélateurs dans les yeux de ses collègues du Conseil. Quelqu'un allait-il mordre à l'hameçon ?

— C'est contraire au protocole, fit Geoffrey. Une fois qu'une planque est compromise, elle devient inutilisable.

Barclay leva la main pour apaiser son vieil ami.

— Je comprends. Cependant, Aiden est passé au silence radio, et comme il a sélectionné sa dernière planque de façon anonyme, je n'ai aucun moyen de le contacter. Nous sommes dans le flou.

— Et Manus, son second ? demanda Finlay. Il saurait où se trouve la planque.

— J'ai bien peur d'avoir déjà vérifié cette piste. Aiden a coupé les ponts avec Manus avant de réclamer la planque. Manus n'a jamais su où Aiden l'avait emmenée, mentit Barclay.

— C'est très anormal, dit Finlay. As-tu raison de penser que ton fils est devenu un traître comme son ami Hamish ? Et s'il avait kidnappé sa protégée et l'utilisait maintenant comme un pion ?

Barclay sentit la colère suscitée par l'accusation de Finlay bouillir en lui.

— Mon fils agit au mieux de nos intérêts.

— Primus, ton fils nous met en danger, aboya Deirdre. Sans son second et sans aucun soutien de notre part, comment espère-t-il vaincre les Démons lorsqu'ils attaqueront ?

— Ils ne le trouveront pas. En utilisant sa précédente cachette, il déjoue leur intelligence. Ils ne retourneront jamais là où ils l'ont déjà trouvé plus tôt.

Wade se leva de son siège.

— Je partage l'avis de Deirdre. Je pense que nous devons retirer Aiden de cette mission. Nous ne pouvons pas risquer que son comportement instable nous mette tous en danger.

Barclay lança un regard noir à Wade.

— Aiden restera affecté à cette mission. Je ne suis pas toujours d'accord avec mon fils, mais il est un Gardien de la Nuit compétent qui peut protéger le Dr Cruickshank sans notre aide.

— Tu fais une énorme erreur.

Deirdre se leva et lui lança un regard noir.

— As-tu oublié ce qui peut arriver lorsque nos Gardiens ne respectent pas les règles ?

— Qu'est-ce que tu insinues ? s'époumona Barclay. Tu remets en question les capacités d'Aiden ?

— Et si c'était le cas ?

Elle leva le menton, le défiant ouvertement.

— Ne nous a-t-il pas déjà coûté cher une fois ?

Barclay poussa une exclamation de surprise, choqué par ce qu'elle laissait entendre.

— Tu ferais mieux de laisser le passé à sa place, Deirdre.

— Tu sais aussi bien que moi que je ne peux pas faire ça. J'étais la marraine de Julia, je l'aimais comme ma fille.

Barclay se leva d'un coup sec de son siège.

— Tu ferais mieux de t'arrêter maintenant ! Je te préviens !

— Tu ne devrais pas me mettre en garde, mais plutôt mettre ton fils en garde. Il nous met tous en danger. Il se révèle irrationnel, tout comme il se révélait à l'époque, poursuivit Deirdre entre ses dents serrées.

— Mon fils est un excellent Gardien...

— Pourtant, il t'échappe complètement, intervint soudain Finlay, tout comme tu ne peux contrôler rien d'autre, pas même en tant que Primus. C'est triste, vraiment, d'occuper une position aussi puissante dans notre société, mais de te sentir aussi impuissant.

Barclay reporta son attention sur ce dernier.

— Est-ce que tu as quelque chose d'autre à ajouter sur les pouvoirs de ce Conseil ? Ou as-tu fini ?

— Puisque tu le demandes, grogna Finlay, oui, il y en a plus. Nous ne faisons que siéger, débattre et voter. Mais nous ne prenons aucune mesure décisive. Nous laissons les Gardiens nous mener par le bout du nez. Tu ne peux même pas contrôler ton fils. Comment espères-tu diriger notre race ?

Ces mots le surprirent. Il n'avait jamais réalisé que Finlay nourrissait autant de mécontentement.

— Peut-être aimerais-tu plutôt devenir Primus ?

Finlay se moqua.

— Je n'ai pas une telle ambition.

— Quelqu'un d'autre qui n'aime pas la façon dont le Conseil fonctionne ?

Il jeta un coup d'œil à la ronde.

Des murmures parcoururent la salle.

———

AIDEN SE TENAIT DEBOUT derrière Pearce, observant par-dessus son épaule pendant que son ami regardait les différents points de couleur qui se déplaçaient sur la carte numérique affichée sur le moniteur de la salle de commandement.

— Tout est prêt ?

Pearce acquiesça.

— Je suis bloqué sur eux. Il est temps de bouger. Je t'enverrai un message dès qu'on verra du mouvement.

Il montra les points du doigt.

— On dirait que la réunion du Conseil est en train de se terminer.

— Enya et Logan sont-ils en place ?

— Oui, ils attendent. Il est temps pour toi, Hamish et Manus d'y aller.

Une porte s'ouvrit derrière eux. Aiden se retourna pour voir Leila se glisser à l'intérieur, suivie par Hamish. Lorsqu'il la vit, il sentit son corps se réchauffer. Elle lui sourit et s'approcha de lui. Sans hésiter, il passa son bras autour d'elle et l'attira à ses côtés.

— Tu es de retour, murmura-t-elle.

Il déposa un chaste baiser sur son front.

— Pas pour longtemps. Nous devons partir maintenant. Pearce est le seul à devoir rester. Il te protégera pendant mon absence.

— Je ne peux pas venir avec toi ?

— Non. C'est ici que tu es le plus en sécurité. Je ne veux pas que tu t'approches des Démons.

Elle se pressa étroitement contre lui, et son geste de confiance le renforça dans sa conviction. Tout se passerait bien. Il le savait au fond de lui.

— Allons-y ! ordonna Hamish.

En jetant un dernier coup d'œil à Leila, il suivit Hamish vers la sortie. À l'extérieur du portail, Manus les attendait déjà, les armes à la main.

Ils se rendraient tous les trois à la vieille ferme, où les Démons les avaient attaqués plus tôt – mais cette fois, ils les attendraient de pied ferme.

Pearce enregistrait les mouvements des membres du Conseil et les avertirait de leur position.

33

Leila frissonna et entoura sa poitrine de ses bras tout en observant Pearce à la console.

Il jeta un regard par-dessus son épaule.

— Désolé, il doit faire froid ici à cause des ordinateurs. Va donc te chercher une veste dans la chambre d'Aiden.

— Je pense que je vais le faire.

Elle se dirigeait vers la porte lorsqu'elle entendit la chaise de Pearce racler le sol.

— Mais reviens tout de suite. J'ai promis à Aiden de veiller sur toi.

Elle hésita, se demandant si elle devait poser la question qui la tracassait. La curiosité l'emporta.

— Quand je suis arrivée ici, Enya m'a dit que je n'avais pas ma place. Mais n'est-ce pas l'endroit le plus sûr pour cacher vos protégés des Démons ?

Elle se retourna à moitié et remarqua la façon dont il l'observait.

— C'est vrai. Mais aucun humain n'est autorisé à venir ici, car ils peuvent nous trahir auprès des Démons. Et si jamais ils découvrent l'emplacement de nos portails, ils peuvent nous détruire. C'était idiot de la part d'Aiden de t'avoir amenée ici, je ne le nie pas...

Leila sentit une hésitation chez lui.

— Il y a un mais, n'est-ce pas ?

— Il y a toujours un mais. Nous autres, ici au bastion, en avons discuté pendant que tu étais avec lui dans ses quartiers. Nous savons qu'Aiden hésitera à te tuer si tu te laisses influencer par les Démons, mais laisse-moi te dire clairement que ce ne sera pas le cas du reste d'entre nous.

Son souffle se coupa à l'évocation de cette menace. Cela ne devrait pas la surprendre, cependant, elle n'avait pas senti d'hostilité de la part de Pearce auparavant.

— Ne te méprends pas, nous voulons tous que Aiden soit heureux, et tu as l'air d'une femme assez gentille, mais si tu trahis notre race, un seul plan d'action s'impose.

Elle acquiesça, ses cordes vocales se figeant. Elle manquait peut-être de courage, mais elle ne trahirait plus jamais Aiden. Après la confiance qu'il lui avait témoignée, elle savait qu'elle préférerait mourir plutôt que de faire quoi que ce soit qui puisse le blesser.

— Je comprends, mais je ne trahirai aucun d'entre vous.

— Bien.

Pearce se retourna vers sa console, et Leila sortit de la pièce. En traversant les couloirs silencieux ornés de symboles et d'œuvres d'art étranges, elle réprima le drôle de pressentiment qui s'insinuait dans sa colonne vertébrale. Elle s'inquiétait pour Aiden. Et si cette fois Zoltan revenait avec plus de deux Démons pour les achever ? Déjà, la première fois qu'ils avaient attaqué, ils avaient affiché une telle force que Hamish et Aiden avaient eu de la peine à les vaincre.

Se rongeant les ongles, elle entra dans les quartiers d'Aiden. Elle trouva un blouson bombardier dans son placard. Elle s'y glissa et inspira profondément. Une légère odeur d'Aiden flottait dans l'air, ce qui contribua à calmer ses nerfs. Lorsqu'elle referma l'armoire, ses yeux tombèrent sur son sac à main, qui reposait sur la commode où elle l'avait laissé quelques heures plus tôt. C'était tout ce qui lui restait. Même ses vêtements ne lui appartenaient pas.

Enya lui avait prêté un jean avec plein de boutons et de fermoirs en métal qu'elle n'appréciait pas vraiment. Mais elle s'était dit qu'elle devait faire preuve de souplesse. Au moins, elle appréciait que la taille des vêtements d'Enya corresponde à la sienne, si bien que le jean lui allait comme une seconde peau. La Gardienne de la Nuit avait accepté de lui prêter quelque chose, ce qui l'avait surprise, compte tenu de l'hostilité dont elle avait fait preuve envers elle. Si les hommes du bastion s'étaient montrés assez polis, Enya n'avait pas caché qu'elle voulait la voir partir.

Leila ouvrit son sac à main et jeta un coup d'œil à l'intérieur. Elle se rendit compte immédiatement que son téléphone portable avait disparu. Son portefeuille, une paire de lunettes de soleil, un carnet de notes et son gaz lacrymogène se trouvaient là. Elle l'attrapa, se souvenant du soir où elle avait rencontré Aiden et de la façon dont il lui avait dit au bar irlandais que ceux qui s'y connaissaient pourraient facilement arracher la bombe de son emprise. Il avait prouvé sa capacité à le faire. Elle soupira. Il s'était passé tellement de choses depuis. Les choses dont elle avait eu peur à l'époque s'étaient estompées et étaient devenues insignifiantes. Ce monde comportait de plus grands dangers que quelques agresseurs qui voulaient son argent.

Et elle avait pensé qu'elle ne pourrait jamais sortir avec un policier ou un militaire à cause du danger auquel ils étaient confrontés chaque jour. C'était drôle, avec du recul, ces choix se révélaient plus prudents que celui de tomber amoureuse d'un Gardien de la Nuit qui combattait des Démons au quotidien. Et elle risquait de perdre son cœur pour Aiden, même si elle savait qu'un avenir entre eux était impossible. Il était un immortel. Elle ne l'était pas. Fin de l'histoire.

Leila enfonça la bombe dans la poche de sa veste, sans vraiment savoir pourquoi. Assez stupidement, cela lui permit de se sentir plus en sécurité en l'absence d'Aiden, même si elle savait que le gaz ne pourrait jamais vaincre un Démon. Elle avait senti la force de Zoltan, et si elle n'avait pas possédé le pouvoir d'Aiden à ce moment-là, il l'aurait vaincue.

Elle frissonna au souvenir du visage de Zoltan si près du sien, de ses yeux verts qui la transperçaient, de ses mains sur sa gorge et de ses pensées dans sa tête. Instinctivement, sa main se porta à son cou, le frottant, essayant d'effacer ce souvenir macabre.

Ne voulant pas rester seule plus longtemps, elle se dirigea vers la sortie et se précipita à nouveau le long du couloir. Au détour d'un angle, elle aperçut la porte de la salle de commandement. Elle était entrouverte.

Puis tout devint sombre.

— Putain ! entendit-elle Pearce pousser un juron.

La peur lui donna des ailes, la propulsant vers la pièce.

— Pearce ! hurla-t-elle.

— Panne de courant. Leila ! Viens ici, tout de suite !

Elle courut, puis trébucha, ses mains s'agitèrent et agrippèrent quelque chose.

Enya jeta un coup d'œil à travers les rideaux, observant la rue en contrebas où les prostituées exerçaient leur métier. Derrière elle, dans la pièce sombre, Logan était affalé dans l'un des fauteuils confortables, ses longues jambes reposant sur la table basse.

— Du nouveau ? demanda-t-il, ennuyé.

— Rien à signaler pour le moment. Non pas que je pense que notre suspect arrivera sans être repéré.

Elle se tourna vers lui.

— J'aurais pu parier qu'à l'heure qu'il est, l'un des membres du Conseil se déplacerait. Ton téléphone portable capte-t-il bien ?

Il jeta un coup d'œil au téléphone dans sa main, puis lui fit un signe négatif de la main.

— Non. Toujours pas de message de Pearce.

Cela la dérangeait. Son instinct ne se trompait jamais. Et elle savait que le plan d'Aiden se tenait. Le membre du Conseil qui avait essayé de tuer Leila supposerait que leur dernière cachette était le salon de massage thaïlandais – sans savoir que c'était une ferme en Californie – et y retournerait donc pour achever Leila.

Se détournant de la fenêtre, elle s'accroupit et caressa la tête du chien qui reposait à côté du fauteuil de Logan. Le berger allemand leva les yeux vers elle.

— Bon chien, murmura-t-elle.

La chambre était plongée dans l'obscurité. Sur la table de nuit à côté du lit reposait le téléphone portable de Leila. Enya l'avait pris dans son sac, se disant qu'elle pourrait l'apporter au salon de massage si leur suspect avait un moyen de le tracer. Pearce avait déclaré que le téléphone ne contenait aucun micro, mais elle l'avait quand même apporté et l'avait même allumé.

— Que penses-tu d'elle ? demanda soudain Logan.

— De qui ?

— L'humaine, bien sûr. Ne me dis pas que tu ne t'es pas encore fait une opinion sur elle.

Dans l'obscurité, elle remarqua comment un côté de la bouche de Logan se retroussait en un rictus moqueur.

— Qu'est-ce que ça peut te faire ?

— Je demande juste. Est-ce que ça te dérange de ne plus être la seule femme du bastion ? lui demanda-t-il.

— Elle ne restera pas.

Elle n'était qu'une simple intruse, une humaine. Elle n'avait pas sa place ici.

— Tu en es si sûre ?

— Je connais Aiden. Tu penses vraiment qu'il peut avoir une relation avec une humaine après ce qui est arrivé à sa sœur ?

Aiden n'était pas du genre à pardonner. Il pouvait garder rancune plus longtemps que n'importe qui d'autre.

— Son petit appendice semble récalcitrant, ricana Logan.

— Son petit quoi ?

Puis elle comprit soudain ce qu'il voulait dire.

— Oh, tu es vraiment dégueulasse, Logan !

— Il n'y a rien de dégoûtant dans le sexe.

Il semblait s'amuser de son malaise.

Mais elle ne lui donnerait pas la satisfaction de reculer maintenant.

— Ce n'est pas parce qu'il a enfoncé sa bite en elle qu'il la gardera. Je sais comment vous fonctionnez. Pourquoi crois-tu que je n'aie pas l'intention d'écarter les jambes pour l'un d'entre vous ?

Voilà, il avait un os à ronger avec ça.

— Tu parles comme une femme vraiment insatisfaite.

— Je ne le suis pas ! aboya Enya.

— Crois-moi, tu as vraiment besoin de t'envoyer en l'air.

— Oh, s'il te plaît, comme si tout pouvait être...

Le doux grognement du chien l'interrompit. L'animal se mit sur ses pattes, les oreilles levées, le museau dressé en direction de la porte.

Se levant d'un bond, Logan regarda son téléphone, puis secoua la tête par la négative, indiquant qu'il n'avait pas reçu de message de Pearce.

Enya retint sa respiration et se dissimula, remarquant que Logan faisait de même. Elle attendit, observant le chien. Il était dressé pour rester silencieux, mais son langage corporel indiquait que quelqu'un venait d'entrer dans la pièce.

Le doux bruissement d'une robe ou d'un manteau perturba le silence.

— Attaque ! ordonna Enya au chien.

L'intrus poussa un grand cri lorsque les dents du chien s'enfoncèrent dans la personne invisible, qui tomba sur le sol dans un bruit retentissant. Au même instant, Enya se lança sur l'intrus, se débloquant en plein mouvement. Logan apparut simultanément à sa gauche.

Sa main se heurta à un bras. Elle le saisit et le tordit. Enya pouvait voir que le chien tirait encore sur quelque chose, enfonçant ses dents plus profondément dans le suspect.

Un autre cri remplit la pièce.

— Rend toi visible, ou je demande au chien de t'arracher ta putain de jambe."

Un instant plus tard, une silhouette vêtue d'une longue cape, un capuchon sur la tête, se montra.

— Dis au chien d'arrêter, cria-t-elle.

Une voix de femme !

Logan attrapa la femme et la tira vers le haut.

— Rex, libère-là.

Le chien lâcha la jambe de la femme.

— Bon chien.

Enya félicita le chien en lui tapotant la tête.

— Et qui avons-nous là ? demanda calmement Logan.

Enya arracha la capuche et la retira du visage de la femme. De longues boucles tombèrent.

— Deirdre !

Elle connaissait ce membre du Conseil à forte tête. Elle l'avait admirée.

— Quelle déception !

Deirdre sut qu'elle s'était fait prendre. L'expression de son visage en témoigna.

— Il fallait le faire. Le Conseil a été stupide de la laisser vivre.

— Ils ont voté, déclara Logan. Ce n'est pas à toi de changer le résultat.

— J'ai essayé d'agir au mieux pour notre société.

Enya secoua la tête.

— Tu ne peux pas changer les règles seulement parce qu'elles ne te conviennent pas.

— Ne te crois pas meilleure que moi ! Si tu étais au courant des informations que le Conseil a obtenues, tu aurais fait la même chose, siffla Deirdre.

— Tous les membres du Conseil connaissaient les mêmes informations que toi, tu étais en position minoritaire, répondit Enya.

— Allons-y. Je suis certain que le Conseil a envie de savoir qui est allé à l'encontre de ses ordres, remarqua Logan.

Puis il sourit.

— Je pense que le Conseil pourrait bientôt devoir pourvoir un poste vacant.

Deirdre les regarda avec des yeux écarquillés.

— Ils ne peuvent pas faire ça !

Enya se pencha plus près d'elle, approchant sa bouche de l'oreille de la femme.

— Ils le peuvent, et ils le feront. J'espère que tu apprécieras ta prison de plomb.

Elle commençait à avancer quand son pied heurta quelque chose sur le sol. Elle se baissa et la ramassa. C'était un téléphone portable.

— C'est à toi ? demanda-t-elle curieusement à Deirdre.

— Oui.

Elle échangea un rapide coup d'œil avec Logan.

— Pourquoi Pearce ne nous a-t-il pas prévenus si elle portait son téléphone ?

— Appelle-le. Maintenant. dit Logan, l'air tendu.

Enya composa le numéro du bastion et le laissa sonner. La réponse se fit attendre. Paniquée, elle raccrocha.

— Son portable, insista Logan.

Elle composa un numéro abrégé sur le portable de Pearce, mais après trois sonneries, elle tomba sur sa boîte vocale. Elle appuya sur le bouton de déconnexion.

Son pouls s'accéléra.

— Nous devons nous rendre au bastion.

— Nous devons d'abord livrer Deirdre au Conseil. Appelle Aiden, ordonna Logan et, pour une fois, Enya ne s'offusqua pas de son ton autoritaire.

34

Leila ne pouvait pas voir le visage de l'homme qui la menaçait avec une dague, son bras gauche la maintenant fermement en place. La lame glacée appuyée contre sa peau était assez dissuasive pour qu'elle ne tourne pas la tête.

— Maintenant, écoute attentivement, ou je vais trancher ta jolie gorge, murmura-t-il à son oreille.

Ses cordes vocales se tendirent et elle hésita à hocher la tête, mais l'homme sembla prendre son silence pour un consentement.

— Bien. Dans la salle de commandement, maintenant. Bouge.

Il poussa contre son dos, la faisant avancer à pas hésitants. Elle était toujours consciente du couteau qui restait sous sa gorge, alors qu'il maintenait ses bras derrière son dos avec sa main libre.

— Leila ? Où es-tu ?

La voix de Pearce venait de la pièce sombre.

Son ravisseur les catapulta à l'intérieur, juste au moment où des lumières vacillèrent au-dessus d'eux et éclairèrent soudain la pièce.

— Finalement, le générateur de secours s'est mis en marche, fit Pearce avec du soulagement dans la voix tout en pivotant avec sa chaise.

Son visage s'assombrit quand il vit ce qui se trouvait là.

— Nom d'un chien ! grogna-t-il.

— Tu as raison, répondit l'homme qui se tenait derrière elle.

— Membre du Conseil Finlay, salua Pearce d'une voix froide, scrutant la pièce comme s'il cherchait quelque chose.

L'aiderait-il ? Parviendrait-il à maîtriser son adversaire ?

— En effet, concéda Finlay. Mais vous, les jeunes, vous pensiez que j'étais stupide et que je me laisserais prendre à vos petits tours. Pourtant, je suis ici depuis plus longtemps que vous, et vous croyez vraiment pouvoir me piéger avec un simple traceur sur mon téléphone ?

— Tu l'as trouvé alors.

Pearce semblait maintenant serein.

N'allait-il pas faire quelque chose pour l'aider ? Leila lui lança un regard suppliant, mais il se concentrait plutôt sur Finlay.

— Bien sûr que je l'ai trouvé. C'est pourquoi mon téléphone portable est toujours dans le bâtiment du Conseil.

Pearce redressa la tête.

— Qu'est-ce que tu veux ?

— Je croyais que c'était clair.

Il éclata de rire, un son glacial qui la fit frissonner, malgré sa veste.

— Je veux le Dr Cruickshank.

— Pour la tuer ?

— Non, je veux l'échanger. Mais ça suffit maintenant. Nous sommes à court de temps. Tes amis vont bientôt appeler et se rendre compte que tu ne réponds pas. Et je veux être loin d'ici là.

— Tu ne t'en sortiras jamais. Le Conseil en sera informé.

Finlay éclata de rire.

— Le Conseil ? Je m'en balance ! Ils n'ont aucun pouvoir.

La bouche de Pearce s'ouvrit.

— Ils sauront que c'est toi.

— Et alors ? Ils ne peuvent pas m'arrêter maintenant. De toute façon, toi non plus, tu ne peux rien faire. Le véritable pouvoir appartient aux démons.

— Comment peux-tu nous trahir de cette manière ? Ce sont des gens mauvais.

— Mauvais ? Ce n'est qu'une question de perception. Penses-tu vraiment que tu es plus noble que les Démons ? Nous avons tous nos objectifs. Le mien, ce n'est pas d'être un Gardien de la Nuit. Ils étouffent mes ambitions.

Il tira sur les bras de Leila, la faisant reculer.

Pearce avança d'un pas.

— Reste où tu es ! Finlay le mit en garde. Ou je la tue.

Pour prouver son intention, il enfonça le couteau plus profondément dans la peau de Leila. Elle haleta.

— Tu ne la tueras pas. Les démons veulent qu'elle vive, devina Pearce. Ils n'ont besoin d'aucun cadavre.

Finlay grogna.

— Une petite coupure ne la tuera pas, mais je suis sûr que ça fera mal.

Il rapprocha ses lèvres de l'oreille de Leila.

— N'est-ce pas, ma chère ?

— Je n'aiderai jamais les Démons, professa-t-elle.

Elle ne trahirait jamais Aiden de cette manière. C'était une promesse qu'elle lui avait faite.

— Oh, crois-moi. Tu finiras par céder. Ils ont des moyens de te soumettre.

Alors qu'il déplaçait lentement le couteau vers le bas, la peur et la douleur s'entrechoquèrent. Elle sentit une sensation de brûlure, puis un liquide qui coula sur sa peau. Il venait de la blesser.

— Non ! supplia-t-elle.

— Stop ! ordonna Pearce.

— Alors, nous sommes tous d'accord, n'est-ce pas ?

Le ton détaché de Finlay parut agacer Pearce.

— Ne pas vraiment, conseiller. L'agresseur de Pearce se contenta de rire de l'avertissement de Pearce, en réponse à sa trahison.

— Sois réaliste.

Pearce fit des pieds et des mains pour gagner du temps et tenta une nouvelle fois de faire parler Finlay.

— Que t'ont-ils promis ? Qu'est-ce que tu n'as pas encore en tant que membre du conseil ?

— Du pouvoir.

Leila ne pouvait pas voir les yeux de Finlay, mais elle les imaginait brillants d'excitation.

— Oui, le pouvoir. Un véritable pouvoir. Le Conseil n'a pas de réel pouvoir. Tout ce qu'ils font, c'est parler, voter et discuter de tout ad nauseam. J'en ai assez que personne ne prenne jamais de vraies mesures. Nous aurions pu dominer le monde depuis longtemps, en faisant travailler les humains pour nous plutôt que l'inverse. Qu'est-ce que nous sommes ? Des serviteurs ? Pourquoi devrions-nous consacrer notre existence à cette race méprisable ?

Leila a eu du mal à avaler, sentant une boule se former dans sa gorge. Elle sentait la haine envahir Finlay par vagues, la frustration qui avait dû s'accumuler pendant des années, voire des siècles. Et maintenant, elle était à sa merci.

— Pourquoi moi ? murmura-t-elle, en veillant à ne pas bouger son cou pour éviter d'être à nouveau coupée.

Il étira ses bras, inclinant ainsi sa tête en arrière.

— Parce que tu es la clé de la domination du monde. Quand je t'aurai livrée, je deviendrai leur souverain. Personne ne sera plus puissant que moi !

Un frisson glacé lui parcourut l'échine, la glaçant jusqu'à la moelle. Il était fou. Consumé par la folie des grandeurs.

— Ne fais pas ça, Finlay, supplia Pearce.

— Nous avons déjà perdu trop de temps, lâcha-t-il d'un ton décidé, avant de désigner Pearce du doigt. Voici la cellule de plomb pour toi.

Les pupilles de Pearce s'agitèrent sous l'emprise de la frayeur.

Finlay esquissa un sourire moqueur.

— Tu ne pensais pas que je te laisserais ici pour que tu puisses alerter tes amis, n'est-ce pas ?

Puis, avec autorité, il manœuvra le poignard.

— Maintenant, viens, ou je la découpe en morceaux.

— Qu'est-ce qu'une cellule de plomb ? demanda Leila.

— Dois-je lui expliquer, ou veux-tu le faire ? répondit Finlay.

Pearce lui jeta un regard résigné.

— C'est une pièce tapissée de plomb. Si un Gardien de la Nuit est enfermé, cela épuise tous ses pouvoirs, ce qui l'empêche de passer à travers les murs ou de se rendre invisible. S'il y reste trop longtemps, la perte de pouvoir est définitive.

Son souffle se bloqua. Des gens allaient être blessés à cause d'elle. Elle ne pouvait pas permettre cela.

– Non, Pearce. Laisse-le me tuer.

— Si héroïque tout d'un coup ? Finlay lui siffla à l'oreille. Et moi, qui t'avais pris pour une lâche, ou peut-être que tu es juste en train de bluffer. J'en suis sûr. Sois assuré que, une fois aux mains des démons, tu ne seras plus aussi intrépide. Une fois que tu auras regardé la mort en face, tu...

La voix de Finlay s'éteignit au moment où Pearce le chargea de façon inattendue. Leila fut soudainement repoussée avec une telle force par Finlay qu'elle perdit l'équilibre et heurta le mur. Alors qu'elle luttait pour se relever, une douleur lancinante irradia son côté, tandis que Pearce et Finlay s'affrontaient déjà. Un combat inégal, réalisa-t-elle avec horreur, car Pearce n'avait pas d'arme.

Pourtant, cela ne sembla pas freiner le plus jeune Gardien de la Nuit, qui s'engagea dans un combat aussi féroce que s'il était armé jusqu'aux dents. Avec des coups de pied et des coups de karaté habiles, il parvenait à tenir la dague de Finlay à distance. Cependant, le traître était fort et agile. Évitant un nouveau coup de pied, il tournoya sur le côté, réussissant à trancher le biceps de Pearce avec sa dague.

Leila vit le sang jaillir de la blessure, mais Pearce ne s'arrêta même pas une seconde. Il lança un autre coup sur son adversaire. Des grognements de colère et des gémissements accompagnaient chaque coup de poing, chaque coup de pied et chaque frappe.

Elle désirait s'enfuir chercher de l'aide, mais les deux adversaires se battaient juste devant la porte, ce qui l'empêchait de passer. Son cœur battait la chamade, et elle n'avait pas d'autre choix que de regarder le combat.

Soudain, Pearce prit le dessus, faisant trébucher Finlay d'un coup de pied perfide. Mais, même allongé sur le sol, Finlay n'abandonna pas. Alors que Pearce allait achever son adversaire, la dague du membre du conseil s'élança comme un éclair.

Le cri de Pearce résonna dans la pièce.

Perplexe, Leila observa son ami lutter pour rester debout, mais il finit par chuter sur le sol. Alors que ses mains cherchaient à saisir son pied, elle vit enfin ce qui s'était passé : Finlay avait sectionné le tendon d'Achille de Pearce. Du sang giclait de la plaie.

Triomphant, Finlay se releva d'un bond.

— Tu as pris une mauvaise décision, mon garçon. J'espère que tu apprécieras ta cellule de plomb.

Leila frissonna et jeta un regard triste au Gardien de Nuit blessé. Maintenant, une autre personne était blessée à cause d'elle.

— Je suis profondément désolée, murmura-t-elle.

Pearce désigna Finlay, dont le visage exprimait une profonde souffrance.

— Ce n'est pas ta faute, c'est la sienne.

Une larme perla de l'œil de Leila et glissa sur sa joue.

— Assure-toi de transmettre à Aiden mon engagement éternel à rester fidèle. S'il te plaît.

Finlay éclata d'un rire maléfique.

— Oh, tu vas le trahir. Crois-moi sur ce point.

La haine qui remplissait ses yeux la glaça jusqu'aux os.

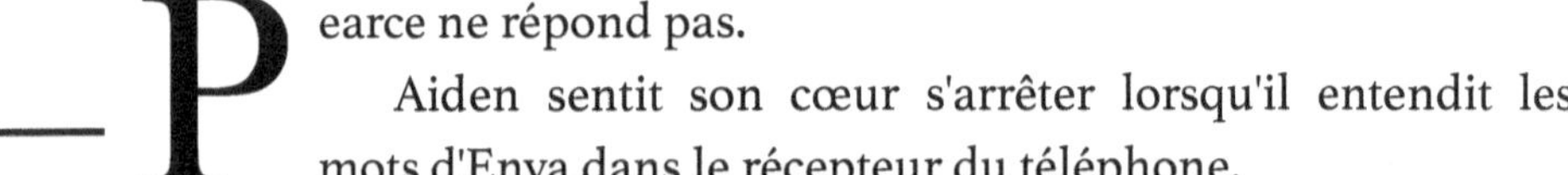

earce ne répond pas.

Aiden sentit son cœur s'arrêter lorsqu'il entendit les mots d'Enya dans le récepteur du téléphone.

— Qu'est-ce que tu veux dire par là ?

— Nous avons essayé le bastion et son portable. Il ne répond pas. Et il ne nous a jamais prévenus de l'approche de Deirdre. Quelque chose ne va pas.

Aiden jeta un rapide coup d'œil à Hamish et Manus, dont les regards inquiets lui indiquèrent qu'ils avaient entendu les paroles d'Enya.

— Nous nous y rendons en ce moment même.

Il appuya sur le bouton de déconnexion et remit le téléphone dans sa poche.

— Il peut y avoir toutes sortes de raisons pour lesquelles il ne décroche pas.

Hamish essaya de le calmer, mais ces mots n'aidaient pas.

— Oui, et je n'aime aucune de ces raisons. Je dois m'assurer que Leila est en sécurité.

Elle était sa priorité absolue. Rien d'autre ne comptait, pas même le fait que quitter la maison de Sonoma maintenant signifiait qu'ils devraient tendre un autre piège au traître plus tard.

— Nous ne pouvons pas partir comme ça. C'est notre meilleure chance d'attraper les Démons, protesta Hamish.

Aiden chercha le regard de son ami.

— Penserais-tu la même chose s'il s'agissait de la femme que tu as aimée autrefois ?

Les yeux de Hamish s'écarquillèrent. Aiden remarqua que les veines de son cou se gonflaient, trahissant la lutte qui faisait rage en lui. Les secondes passèrent jusqu'à ce que son ami finisse par hocher la tête.

— Très bien, tu as gagné.

Ils sortirent par la porte dans la chaude nuit de septembre et se précipitèrent vers la voiture. Le trajet jusqu'au portail étant éloigné – suffisamment pour que l'esprit d'Aiden imagine un scénario terrible après l'autre sur ce qui aurait pu se passer dans le bastion.

Il n'aurait jamais dû la laisser là-bas. C'était une erreur. Elle aurait été plus en sécurité avec lui.

Le cœur battant, Aiden fonça vers le portail au moment où la voiture s'immobilisait. Ses amis coururent après lui. À l'instant où il se trouva dans le portail, il se concentra sur l'emplacement du bastion et se transporta, sans même attendre ses camarades Gardiens de la Nuit. Ils ne seraient que quelques secondes derrière lui.

Lorsqu'il arriva au bastion, il monta les escaliers en trombe et courut dans le long couloir jusqu'au centre de commandement. La porte était grande ouverte, les lumières étaient allumées, mais la chaise devant la console était vide, comme toute la pièce.

— Leila ! Pearce ! cria-t-il.

Des pas s'approchèrent derrière lui. Il se retourna, pour se retrouver face à Hamish et Manus. Au même moment, ses yeux tombèrent sur un endroit du sol où quelque chose avait giclé. Son cœur s'arrêta.

— Oh, mon Dieu, non !

Il prit une respiration tremblante, inhalant l'odeur métallique du sang.

Son cœur se serra douloureusement. Qu'est-ce qui s'était passé ? Était-ce le sang de Leila ? Où était Leila ? Il n'aurait jamais dû la quitter.

— Merde ! jura Hamish. Il a dû y avoir une bagarre.

Manus passa la tête hors de la pièce, puis se retourna.

— Il y a une piste qui mène au fond du couloir.

— Nous devons les trouver, insista Aiden et il se précipita hors de la pièce, en suivant la traînée de sang qui donnait l'impression que quelqu'un avait été traîné.

Il essaya de ne pas penser au pire et continua à courir jusqu'à ce que la trace se termine – devant la cellule de plomb.

Chaque bastion avait d'une cellule afin d'enfermer les Gardiens de la Nuit qui avaient enfreint leurs lois. La leur n'avait jamais été utilisée auparavant.

Aiden déverrouilla la lourde porte et l'ouvrit d'un coup sec.

— Leila ! Pearce !

Il jeta un coup d'œil dans l'obscurité.

— Aiden, ici, répondit Pearce.

— Pearce !

Aiden se précipita dans la cellule et trouva Pearce recroquevillé sur le sol.

— Où est-elle ? Où est Leila ?

— Je suis désolé, Aiden. Il avait un couteau sous sa gorge. J'ai essayé de me battre, mais je n'étais pas armé.

Pearce pointa du doigt en direction de sa jambe.

— Il m'a coupé le tendon d'Achille.

Aiden sentit l'air quitter ses poumons, l'étouffant pratiquement.

— Non !

Il fixa la blessure de Pearce, sachant que son ami avait fait ce qu'il pouvait, mais que sans la possibilité de se lever, il n'aurait pas pu faire plus.

Manus et Hamish entrèrent derrière lui et aidèrent leur ami à se relever.

— Finlay est le traître. Il l'a prise.

— L'a-t-il blessée ?

La pensée de Leila en train de souffrir fit monter la bile de ses tripes.

— Non, déclara Pearce, ce qui apaisa son inquiétude.

Aiden prit une grande inspiration, essayant de reprendre ses esprits. Il devait la ramener, d'une manière ou d'une autre. Et il ne pouvait le faire que s'il pouvait penser clairement, ce qui semblait impossible pour l'instant.

— Qu'est-ce qui s'est passé ?

Pearce laissa échapper une longue respiration.

— Finlay nous a repérés je ne sais comment. Il savait qu'on avait mis un traceur sur son téléphone. Il l'a laissé au bâtiment du Conseil, donc je ne savais pas qu'il était en mouvement. Il s'est transporté à l'intérieur de notre bastion et a coupé le courant. Le temps que le générateur de secours se mette en route, il avait déjà atteint Leila et l'avait menacée.

— Cela explique pourquoi Logan et Enya n'ont pas été prévenus de la venue de Deirdre au salon de massage, intervint Hamish alors que Manus et lui aidaient Pearce à sortir de la cellule.

Aiden claqua la porte derrière eux.

Pearce jeta un coup d'œil à Hamish.

— Deirdre ? Merde, je n'aurais jamais pensé qu'elle irait aussi loin. Alors, c'est elle qui a essayé de tuer Leila ?

Hamish acquiesça.

— Nous nous occuperons de Deirdre plus tard, fit Aiden avec impatience.

Elle serait punie – et sévèrement, s'il avait son mot à dire. Mais ce qui était plus important maintenant, c'était de retrouver Leila.

— Qu'est-ce que Finlay lui veut ?

Le regard de Pearce se durcit.

— L'échanger avec les Démons. Il est fou, Aiden.

Il secoua la tête comme s'il n'arrivait pas à y croire lui-même.

— Il pense que les Démons le couronneront comme leur souverain s'il leur apporte ce prix. Il veut le pouvoir.

— Je ne le permettrai pas. Nous la ramènerons !

Aiden sentit sa colère monter. Personne ne lui enlèverait Leila. Il la récupèrerait même s'il devait suivre les Démons dans leur repaire et l'arracher à leurs griffes.

— Elle est à moi !

Trois paires d'yeux le fixèrent.

— Eh bien, dit Manus d'un ton impassible. Voilà qui clarifie la situation. Je te présenterais bien mes félicitations, mais vu l'absence de la mariée, je remets ça à plus tard.

Aiden lança un regard furieux à Manus pour sa remarque désinvolte.

Ce dernier leva immédiatement son bras libre en signe de reddition.

— Il n'y a pas de mal. Nous ferions mieux de nous mettre au travail pour retrouver ta partenaire.

Le dernier mot de Manus s'enfonça profondément dans la poitrine d'Aiden. Même s'il ne l'avait jamais prononcé en pensant à Leila, il savait que c'était pourtant la vérité. Rien n'avait jamais été aussi juste. Il était indéniable que le *rasen* l'avait finalement rattrapé et lui avait livré la seule femme qui pourrait être sienne. Maintenant, tout ce qu'il avait à faire, c'était la récupérer.

Il acquiesça.

— Nous devons découvrir où Finlay l'a emmenée.

Pearce fit un signe en direction des escaliers, ses bras entourant les épaules de Manus et de Hamish pour le soutenir.

— Allons au centre de commandement. Ton père peut nous donner accès à son dossier pour voir où il possède des biens, qui il connaît, où il va. Si quelqu'un peut m'apporter son téléphone portable, je pourrai peut-être retracer les endroits où il est déjà allé. Peut-être que nous pourrons trouver son lieu de rencontre avec les Démons de cette façon.

Alors qu'Aiden faisait un mouvement pour suivre ses amis qui étaient en train d'aider Pearce à monter les escaliers, il entendit un bruit provenant du couloir menant au portail.

Il se retourna et vit Logan et Enya venir vers eux. Il les attendit.

— Nous avons déposé Deirdre chez les gardes du Conseil et nous sommes venus aussi vite que possible, annonça Logan.

Aiden leur jeta à tous les deux un regard grave.

— Leila n'est plus là. Finlay l'a enlevée ; c'est lui le traître.

— Merde ! s'exclama Logan.

— Eh bien, partons à leur recherche et tendons-lui une embuscade, dit Enya en se dirigeant vers les escaliers.

Aiden sentit le désespoir de la situation s'abattre sur lui une fois de plus.

— Nous n'avons aucun moyen de retrouver Finlay. Il a laissé son téléphone derrière lui.

À sa grande surprise, Enya sourit.

— Qu'est-ce que... ?

— C'est aussi bien que j'ai prêté mon jean à Leila alors.

La confusion grondait en lui, mais avant qu'il ne puisse l'exprimer, Enya posa une main sur son avant-bras.

— Ne le prend pas mal, mais je ne lui faisais pas confiance, alors j'ai mis un traceur dans l'un des boutons métalliques du jean. Si elle le porte encore, nous la trouverons.

Au début, il n'en crut pas ses oreilles, mais lorsque les mots parvinrent à son esprit, il ne put s'empêcher de serrer Enya dans ses bras jusqu'à ce qu'elle le repousse, désireuse d'être libérée.

— Tu peux me laisser partir maintenant !

Il la lâcha et retrouva une respiration régulière.

— Je ne sais pas comment te remercier.

Enya grommela dans sa barbe.

— Ce n'est pas en me tripotant, ça c'est sûr. Essaie encore une fois, et tu trouveras mon poignard dans ton ventre.

À n'importe quel autre moment, Aiden aurait commencé à se disputer avec Enya sur ce qui était considéré comme une étreinte amicale et ce qui constituait un tripotage, mais à cet instant, il s'en moquait éperdument. Ses pensées allaient à Leila, la seule femme qu'il voulait toucher pour le reste de sa vie.

36

L e soleil s'était déjà couché lorsque Finlay l'avait enlevée dans le bastion, mais après avoir traversé le portail et émergé à l'autre bout, Leila vit la lueur du soleil de fin d'après-midi. Cela signifiait forcément qu'ils se trouvaient quelque part sur la côte ouest. Le portail derrière eux était caché dans le flanc d'une colline, d'épaisses broussailles dissimulant son emplacement. En regardant la colline, Leila remarqua les arbres qui les entouraient : des pins pour la plupart, mélangés à d'autres variétés qu'elle ne reconnaissait pas. Elle inspira l'air sec. Bien qu'il fasse encore chaud, il n'était pas humide, ce qui lui confirma que son ravisseur l'avait bien emmenée dans cette partie et non dans le sud ou à l'est. La Californie, si elle devait deviner.

— Allons-y, pas le temps de faire du tourisme, ordonna Finlay d'un ton bourru en serrant plus fort sa main autour de son bras.

— Où allons-nous ?

— Rencontrer ton nouveau maître, grogna-t-il et il tira encore plus sur son bras, l'entraînant dans un chemin de terre.

— S'il te plaît, dis-moi pourquoi tu fais cela ?

— Tu ne comprendras jamais ! Les humains sont si étroits d'esprit quand il s'agit des choses importantes de la vie. Ton cerveau ne peut pas comprendre les choses grandioses que je prévois pour ce monde.

Leila renifla.

— Grandioses ? Tu prévois de détruire l'humanité. Il n'y a rien de grandiose là-dedans.

Il s'arrêta brusquement et l'attira vers lui.

— Tu n'as aucune idée de ce que je prévois. Ce sera un nouveau monde bienveillant avec un ordre qui fait avancer les choses, pas vos stupides petites démocraties qui se battent entre elles. Vos partis politiques idiots qui n'arrivent pas à se mettre d'accord sur quoi que ce soit. Non ! Mon nouvel ordre fera avancer les choses.

— Tu parles de tyrannie.

— Appelle ça comme tu veux, mais seul un dirigeant fort avec un pouvoir absolu peut faire la différence. Tu as juste subi un trop grand lavage de cerveau pour le voir.

— Ça ne marchera jamais, cracha-t-elle.

Il lui donna un coup de poing au visage, ce qui lui fit basculer sa tête sur le côté.

— Assez. Tu n'es qu'une humaine. Je t'avais dit que tu ne comprendrais pas.

Puis il se retourna et l'entraîna avec lui.

Alors qu'ils descendaient la montagne et traversaient la forêt qui l'entourait, Leila ne put s'empêcher de penser aux erreurs qu'elle avait commises. Si elle n'avait pas menti à Aiden à propos des données contenues dans le pendentif, tout cela ne serait peut-être jamais arrivé. Il n'aurait eu aucune raison de poursuivre les Démons pour le récupérer et, à la place, aurait été au bastion pour la protéger.

Mais il ne servait à rien de se lamenter. Le mal était fait ; maintenant, tout ce qu'elle pouvait faire, c'était d'y mettre un terme. Aucune aide ne viendrait. Le temps qu'Aiden remarque sa disparition, elle serait déjà entre les griffes des Démons. Combien de temps serait-elle capable de lutter contre leur influence mentale ? Ou bien allaient-ils la torturer physiquement cette fois-ci pour obtenir ce qu'ils voulaient ? Lui feraient-ils tellement mal qu'elle livrerait le secret du pendentif uniquement pour qu'ils arrêtent ?

Elle frémit à cette idée. Elle avait promis à Aiden et à elle-même de ne pas le trahir, mais pouvait-elle réellement tenir cette promesse ? Était-elle assez forte ?

Plus ils marchaient dans les bois, plus son humeur devenait sombre. Elle devait se rendre à l'évidence : elle était lâche face à la douleur physique et mentale, et les Démons appliqueraient les deux pour obtenir ce qu'ils voulaient d'elle. Elle finirait par craquer. Ce n'était qu'une question de temps.

Un sanglot silencieux remonta le long de sa gorge. Elle ferma la bouche pour qu'il ne s'échappe pas. Elle devait être courageuse.

La randonnée à travers la forêt dura plus d'une heure. Lorsqu'ils la franchirent, ils atteignirent ce qui ressemblait à un parking désert, si elle pouvait se fier à ses yeux. Le soleil s'était couché pendant leur marche, et il faisait maintenant nuit noire. Dans la campagne, il n'y avait pas de lampadaires, et seules les étoiles éclairaient un peu cette nuit sans lune.

Sans se laisser décourager, Finlay la poussa vers l'avant, où une sorte de hutte se détachait de l'obscurité. Une faible lumière à l'extérieur éclairait un panneau. Tandis que son ravisseur l'entraînait devant lui, elle essaya rapidement de lire le panneau. Tout ce qu'elle put retenir, ce fut *Mercer Caverns* et une liste d'horaires et de prix. Frénétiquement, elle chercha dans sa mémoire., elle avait déjà entendu ce nom quelque part. Elle savait qu'elle n'était jamais venue ici, mais en même temps, le nom lui semblait familier.

Mais elle n'eut pas le temps d'y réfléchir davantage, ses pieds étaient si fatigués qu'elle trébuchait plus qu'elle ne marchait tandis que Finlay la dirigeait devant ce qui semblait être une entrée située entre deux buissons. Des branches la frôlèrent et se prirent dans sa veste. Elle entendit un bruit de déchirure alors qu'il la tirait dans l'épaisseur sans s'arrêter. Puis une branche frôla son visage, la faisant crier, ses extrémités se prirent dans ses cheveux, les emmêlant. Elle recula d'un coup.

— Ne t'arrête pas ! ordonna-t-il en continuant à l'entraîner avec lui.

Elle sentit des mèches de ses cheveux être arrachées de son cuir chevelu, ce qui lui fit monter les larmes aux yeux. Mais elle n'osa pas crier à nouveau.

Un instant plus tard, ce qui ressemblait à une vieille porte en bois branlante s'ouvrit, et elle était poussée à l'intérieur. Finlay la verrouilla derrière elle. Une forte odeur de moisi l'accueillit, et le reste de chaleur de la journée qui avait empêché le froid de la nuit de l'atteindre pendant qu'ils étaient dehors disparut. Il faisait nettement plus froid ici, comme si elle était entrée dans un congélateur. Devant elle, il n'y avait qu'un vide sombre – aucune lumière ne pénétrait dans la pièce.

Lorsqu'elle entendit des bruits de pas puis le bruit d'une allumette, elle se retourna et vit Finlay allumer une torche. Au fur et à mesure que la flamme grandissait, elle éclaira l'espace sombre devant elle. Si elle était venue ici dans d'autres circonstances, elle serait restée bouche bée d'admiration et de crainte, mais son environnement ne faisait qu'ajouter à son malaise.

Devant elle se trouvait un escalier qui descendait dans la caverne, mais la lumière atteignait assez loin pour qu'elle puisse voir ce qui l'attendait : de magnifiques formations de stalactites et de stalagmites se reflétaient vers elle dans une multitude de couleurs et de formes, scintillant alors que même maintenant, elles produisaient d'autres couches sur leurs formes magnifiques. Elle avait vu une fois une émission de télévision sur ces cavernes. Elle comprenait maintenant à présent pourquoi le nom lui était si familier. Elle s'en souvenait bien maintenant, parce qu'elle avait été fascinée par cette petite merveille, par la façon dont la nature avait pu créer de si belles grottes.

— Avance ! ordonna Finlay.

Il n'y avait qu'un seul chemin, et elle savait, grâce à l'émission de télévision, qu'il n'y avait pas de sortie en bas. Elle essaya de se rappeler la disposition des cavernes et sembla se souvenir qu'il y avait trois puits qui descendaient. Il semblait que Finlay avait décidé de ne pas emprunter l'entrée de la grotte fréquentée par les touristes, mais une entrée latérale plus ancienne qui n'était plus utilisée. Finalement, deux des puits se rejoignaient dans les profondeurs. Cela ne l'aiderait pas du tout. Si elle ne pouvait pas s'échapper par là où elle était venue, les chances de le faire par le deuxième puits une fois qu'elle l'aurait atteint étaient tout aussi irréalistes. Finlay était un Gardien de la Nuit, et après avoir vu Hamish et Aiden se battre, elle savait à quel point leur espèce était rapide. Leur vitesse était surnaturelle. Elle ne pourrait jamais le distancer. Ni les Démons.

Alors que les escaliers se terminaient et se transformaient en allées doucement taillées, ils passèrent formation après formation, toutes plus belles les unes que les autres. Lorsque le chemin s'élargissait, la grotte se divisa et ils entrèrent dans la branche de droite. La lumière de la torche de Finlay se reflétait sur les parois et y peignait des ombres dansantes, créant ainsi différentes couleurs.

— Par-là, demanda-t-il en pointant sa main vers un autre chemin sombre au-delà de la grotte.

Elle eut l'impression d'être dans un tunnel lorsqu'elle s'y engagea, et sa claustrophobie refit surface à l'idée que cet endroit pouvait s'effondrer alors qu'elle s'y trouvait. Les battements de son cœur s'accélérèrent et sa respiration devint irrégulière. Ses paumes se couvrirent d'humidité et ses genoux commencèrent à trembler.

— Je ne peux pas, murmura-t-elle.

— Avance ! aboya-t-il derrière elle, sa main la poussant brusquement vers l'avant.

Elle n'eut pas d'autre choix que de continuer. Ses mains la guidèrent le long de la paroi, elle avança, un pied devant l'autre, tout en essayant de respirer normalement, dans l'espoir de chasser la peur qui l'étreignait. Cela sembla prendre une éternité jusqu'à ce qu'elle sorte enfin du tunnel et mette les pieds dans une autre branche de la grotte. Elle s'arrêta, espérant maintenant se reposer un peu, mais Finlay continua, la guidant plus loin dans l'embranchement.

Cela ne s'arrêterait-il jamais ?

Ils atteignirent une salle massive de la taille d'un gymnase, dont le plafond s'élevait à au moins deux étages. D'en haut, des stalactites descendaient avec des formes, des tailles et des couleurs variées, et en bas, depuis un gouffre au centre de la grotte, des stalagmites pointaient vers le haut comme des pointes aussi acérées que des épées. Instinctivement, elle s'éloigna du bord. Si quelqu'un tombait en bas, les pointes l'empaleraient comme un cochon sur une broche.

— Assieds-toi !

Leila se tourna vers Finlay et le vit lui indiquer un endroit à côté d'une formation arrondie. Hésitante, elle suivit son ordre et s'y rendit. Elle le regarda se diriger vers une échancrure dans l'une des parois de la grotte et y plonger sa torche. Dès qu'elle toucha le petit trou, la flamme se propagea de part et d'autre, formant un anneau autour de la grotte. En regardant de plus près, elle vit l'arête qui était gravée dans la pierre et qui faisait toute la circonférence de l'immense pièce. Elle devina qu'elle était remplie d'huile ou d'un autre liquide inflammable.

L'endroit fut soudain baigné d'une lumière tamisée.

— Que se passe-t-il maintenant ?

Finlay la regarda, ses yeux brillant soudain d'une faible lumière verte.

— Nous attendons l'arrivée des Démons.

Elle ne pouvait que supposer que le fait d'allumer le feu avait alerté les Démons de leur présence.

37

Le signal du traceur de Leila les avait conduits en Californie du Nord, dans une destination touristique nommée Mercer Caverns, un ensemble de grottes qui s'étendaient profondément sous terre, remplies de formations rocheuses créées par la nature au cours de millions d'années, grâce aux roches riches en minéraux et à l'eau qui s'écoulait sous terre.

Sous le couvert de l'obscurité, Aiden dirigea ses collègues vers l'entrée principale, en examinant le mécanisme de verrouillage. Il n'avait pas été touché.

— Il a dû faire passer Leila par une autre entrée, dit-il à personne en particulier.

Hamish grogna derrière lui.

— Ça n'a pas d'importance. Une fois que nous l'aurons récupérée, nous trouverons le moyen de la faire sortir. Si besoin est, Logan pourra toujours défoncer la porte plus tard.

— C'est vrai, confirma Logan.

Aiden se retourna vers eux. En plus de Logan et Hamish, Manus et Enya étaient avec eux. Pearce avait dû rester dans le bastion, incapable de se déplacer. D'ailleurs, il devait les tenir constamment au courant de la position de Leila, au cas où elle serait à nouveau déplacée. Entre-temps, Pearce avait également alerté le père d'Aiden, qui était en route. Jay, l'un de leurs autres compagnons du bastion, avait été retiré de sa mission actuelle pour aller retrouver Barclay, puis rejoindre Aiden et les autres aux cavernes de Mercer afin de fournir plus d'aide.

— Allons-y, ordonna Aiden.

— Nous devrions attendre les autres, prévint Enya. Tu ne sais pas combien de Démons Finlay va retrouver. Nous pourrions être en infériorité numérique.

— Nous ne pouvons pas prendre le risque d'attendre plus longtemps. Les Démons peuvent se montrer d'un moment à l'autre, si ce n'est déjà fait. Et s'ils l'emmènent dans le monde souterrain, même le traceur ne nous aidera pas.

Aiden ne permettrait jamais cela. Il était si près de la récupérer, il était hors de question qu'il laisse cette opportunité lui filer entre les doigts uniquement parce qu'ils risquaient d'être à armes inégales face aux Démons.

— Très bien, acquiesça Hamish.

— Alors, allons-y.

L'un après l'autre, ils franchirent l'entrée et se dirigèrent vers l'intérieur sombre. Aiden sentait l'air humide et le renfermé, tandis que ses yeux s'adaptaient à l'obscurité. Ne prêtant aucune attention à la beauté naturelle des cavernes à mesure qu'il s'enfonçait dans le ventre de la terre, il gardait ses sens aiguisés et en alerte, prêt à se dissimuler aux yeux de tous, même à ceux des Gardiens de la Nuit derrière lui, s'ils venaient à rencontrer des Démons ou le traître.

Sa main testa ses armes, s'assurant qu'elles étaient toujours là où il les avait rangées : un poignard dans chaque botte, deux à sa ceinture, et une épée dans sa main droite.

La descente fut longue et sinueuse. Dès qu'ils atteignirent la première branche de la grotte, ils scrutèrent les alentours. Il n'y avait personne. Lentement, ils avancèrent sur le chemin taillé qui les menait à travers le labyrinthe. Personne ne parlait, sachant que leurs voix se répercuteraient et les trahiraient.

Aiden sentait son cœur battre plus vite à chaque pas. Il n'aimait pas ce silence. Et si cela signifiait qu'ils arrivaient déjà trop tard ? Il essaya de chasser cette pensée effrayante de son esprit. Non, il la sauverait. Elle était là, quelque part.

Une main posée sur son épaule stoppa sa progression. Puis il sentit la bouche de Hamish à son oreille et vit sa main se placer devant lui.

— Là. Lumière.

Aiden acquiesça et s'avança vers la caverne suivante, en levant la main vers ses amis pour leur indiquer qu'ils devaient l'attendre. Puis il se camoufla avec son pouvoir.

Dans son état invisible, il s'approcha et atteignit le bord de la passerelle qui s'ouvrait sur une grande pièce. Elle était beaucoup plus grande que la précédente et éclairée par un anneau de feu brûlant le long du mur. Ses yeux se fixèrent instantanément sur les deux silhouettes qui se trouvaient près d'un mur. Leila était assise, appuyée contre une formation de pierre, tandis que Finlay se tenait à quelques mètres d'elle, scrutant son environnement, attendant manifestement quelqu'un : les Démons.

Aiden laissa ses yeux courir sur le corps de Leila. Lorsqu'elle releva la tête, il remarqua une ecchymose rouge sur un côté de son cou. Ses mains se serrèrent, il eut envie de réduire Finlay en bouillie pour lui avoir fait du mal. Mais il s'abstint de suivre son envie. Satisfait que Leila soit par ailleurs indemne, il s'empressa de revenir silencieusement sur ses pas.

Il se rematérialisa lorsqu'il rejoignit ses amis. Ils se regroupèrent autour de lui.

— Finlay est là avec Leila. Ils sont tous les deux sur la droite, à deux heures. Nous entrerons de manière invisible pour pouvoir les encercler. C'est une pièce circulaire. Enya, Manus, utilisez le chemin de gauche, faites une boucle ; Logan, reste à l'entrée pour l'empêcher de s'échapper. Hamish, toi et moi prenons le chemin de droite. Une fois que je serai assez proche pour toucher Leila, je te donnerai un signal, nous nous rematériali-serons, puis nous attaquerons Finlay.

— Non, répondit Hamish en chuchotant.

Aiden lui jeta un regard acéré.

— Nous devons attendre les Démons. Si tu attaques maintenant, les Démons risquent de sentir qu'il y a anguille sous roche et de ne pas se montrer, poursuivit Hamish.

— Je m'en fiche ! dit durement Aiden à voix basse.

Ils pourraient toujours s'occuper des Démons plus tard. Sa priorité était de mettre Leila en sécurité.

— Réfléchis, Aiden. Ils viennent pour elle. C'est notre meilleure chance qu'ils s'approchent suffisamment pour que nous puissions les capturer. Ils sont notre ticket d'entrée dans le monde souterrain. Nous en attraperons un et nous pourrons entrer et trouver le pendentif.

Aiden réfléchit à l'idée de Hamish. Il avait pensé la même chose au début, mais en voyant Leila assise là dans la grotte humide, il n'avait pu s'empêcher de souhaiter que tout cela se termine rapidement.

— Hamish a raison, dit Logan à voix basse. Nous n'aurons plus jamais une telle opportunité.

Aiden ferma les yeux pendant un instant. Pouvait-il prendre ce risque ? Avait-il le droit d'utiliser Leila comme appât pour atteindre les Démons ? Son cœur criait *non* à tue-tête, mais la logique lui dictait le contraire. Il savait que c'était la meilleure chance qu'ils auraient jamais de prendre les Démons au dépourvu.

Lentement, à contrecœur, il acquiesça.

— Mais nous allons quand même entrer en étant invisibles dès maintenant et attendre avec eux.

— D'accord.

— Quelles seront nos positions ? demanda Enya.

— Placez-vous en cercle près des parois de la caverne. Logan à 6 heures, Enya à 9 heures, Manus à 11 heures, Hamish à 12 heures. Je serai à 4 heures. C'est le plus près possible de Finlay et Leila, sinon Finlay pourrait nous sentir malgré notre état de dissimulation. Personne n'attaque avant d'avoir entendu mon ordre. Compris ?

Tous acquiescèrent, puis s'alignèrent sur la passerelle, à bonne distance les uns des autres.

— Rendez-vous invisibles maintenant, ordonna-t-il et ses amis disparurent sous ses yeux.

L'attente sembla s'étirer à l'infini, même si la montre d'Aiden indiqua que seules quelques minutes s'étaient écoulées avant qu'il n'entende enfin un bruit. Il vit les oreilles de Finlay se dresser à leur tour.

Soulagé que l'attente soit terminée, Aiden serra plus fort son épée et scruta la pièce à la recherche de l'endroit où les Démons allaient apparaître.

Sans crier gare, une onde de choc le repoussa, le projetant contre une formation calcaire. Un brouillard noir s'éleva devant lui, bloquant sa ligne de mire directe sur Leila.

Merde ! Il réalisa instantanément que les Démons avaient lancé un vortex juste devant lui, et qu'il était coincé à l'arrière de celui-ci, coupé de la possibilité d'atteindre Leila. La panique l'envahit. Il ne pouvait pas franchir le portail des Démons, sachant qu'il risquait de le précipiter dans le monde souterrain. Même si c'était le plan ultime pour récupérer les données de recherche de Leila, il ne le ferait qu'une fois qu'elle serait en sécurité.

Frénétique, il s'efforça de dépasser les bords du vortex, essayant désespérément de ne pas le toucher alors qu'il glissait le long du mur. Sa main glissa sur la pierre humide qu'il agrippait, et son corps fut projeté en avant. Son bras et son épaule plongèrent dans le brouillard noir, l'aspect glacial le choqua au plus haut point.

Une multitude de voix l'assaillirent. Pourtant, ce ne furent pas ses oreilles qui les perçurent, mais son esprit : il entendit les pensées des Démons qui franchissaient le portail de l'autre côté.

...de belles tueries ce soir.

...nouveau souverain, mon cul...

Puis il entendit les pensées qui ne pouvaient venir que d'un seul Démon. *Finlay est un imbécile qui pense que le Grand Roi va faire de lui notre souverain. Je suis leur prochain souverain. Une fois que je lui aurai ramené la scientifique, il fera de moi son héritier.*

Les pensées de Zoltan, sans aucun doute. Et cela confirmait autre chose : Finlay n'obtiendrait pas le pouvoir dont il rêvait.

Faisant appel à toutes ses forces, Aiden réussit à s'extraire du vortex. Il n'avait pas imaginé qu'une connexion avec celui-ci lui permettrait de connaître les pensées des Démons. Mais même si c'était une excellente nouvelle, il se demanda si cela ne risquait pas de se retourner contre lui. Avaient-ils aussi entendu ses pensées ?

Alors qu'il se dégageait du vortex et atteignait la position où Logan était censé se trouver, il put enfin saisir l'ensemble de la situation : plusieurs Démons étaient sortis du vortex et se pressaient à présent autour de Leila et Finlay. Il en compta neuf, peut-être dix, reconnaissant facilement Zoltan de dos. Il était légèrement plus grand que les autres, plus musculeux, et sa forme entière respirait la puissance et la domination. Et visiblement, il avait été malin, s'entourant d'une petite armée cette fois-ci et pas seulement de deux Démons comme il l'avait fait la fois précédente où ils s'étaient rencontrés.

Les voix des Démons résonnaient maintenant dans la caverne, rebondissant sur les murs, le son s'amplifiant.

— Nous nous rencontrons à nouveau, dit Zoltan d'un ton calme.

— Je te l'ai amenée comme tu l'as demandé, dit Finlay.

— C'est vrai.

Zoltan fit un mouvement en direction de ses disciples.

— Mes associés te donneront ce qui t'es dû.

Des gloussements parcoururent les Démons rassemblés. Aiden sentit les petits poils de ses bras se dresser avec effroi. Il savait ce que les paroles de Zoltan signifiaient, mais Finlay souriait encore. Quel imbécile, en effet.

— Allons-y, ordonna Zoltan en attrapant le bras de Leila.

Horrifié, Aiden le regarda l'entraîner vers le vortex, tandis qu'elle tentait de planter ses talons dans le sol.

— Attends ! intervint Finlay. Tu n'as pas oublié quelque chose ?

Zoltan se retourna pour faire face au traître.

— Oublié ? Oh, c'est vrai !

Puis il se mit à rire.

— Occupe-toi de lui ! ordonna-t-il à un Démon à côté de lui avant de se retourner.

Aiden ne pouvait attendre plus longtemps. Il ne pouvait qu'espérer que ses collègues avaient pu s'approcher furtivement des Démons et qu'ils étaient suffisamment proches pour attaquer avant que Zoltan n'ait une chance de s'enfuir.

— Rematérialisez-vous maintenant ! cria-t-il, sa voix remplissant la caverne.

La tête de Zoltan se tourna vers lui, juste au moment où Aiden redevenait visible.

Pourtant, Aiden ne regarda pas les yeux verts furieux du Démon, au lieu de cela, son regard se fixa sur le pendentif serti de diamants qui pendait à son cou.

38

Une fraction de seconde après que la voix d'Aiden remplit la grotte, une voix que Leila était plus que ravie d'entendre, le chaos éclata. Les Démons qui l'entouraient sortirent en essaim, se précipitant vers les Gardiens de la Nuit qui s'étaient matérialisés de nulle part. Les épées s'entrechoquèrent et les poignards volèrent. Des cris de colère et des grognements résonnèrent dans la caverne, donnant l'impression qu'une armée entière s'était abattue sur eux.

Pourtant, Leila n'arrivait pas à se concentrer sur le combat qui faisait rage autour d'elle. Elle ne pensait plus qu'à récupérer le pendentif qui pendait au cou de Zoltan. Les Démons qui l'entouraient étant par ailleurs occupés, elle avait enfin une chance, même si elle était mince.

Elle n'avait jamais pensé qu'il le porterait, mais peut-être qu'Hamish avait eu raison après tout : les Démons aimaient les choses brillantes, et le bijou était plus que brillant, il était éclatant. Dès qu'elle avait vu Zoltan émerger du vortex, elle l'avait remarqué. Son esprit s'était mis à calculer, essayant de concevoir un plan pour récupérer ses données et les détruire avant qu'il ne l'entraîne en enfer avec lui. Maintenant, l'occasion se présentait.

Frénétiquement, les yeux de Leila fouillaient dans la grotte, essayant d'évaluer les chances des Gardiens de la Nuit de vaincre les Démons. Ils étaient en infériorité numérique, certains d'entre eux devant combattre non pas un, mais deux adversaires. Pourtant, leur agilité semblait les aider dans leur combat, tout comme leurs autres compétences.

Leila regarda Hamish disparaître soudainement, puis réapparaître derrière un Démon une seconde plus tard, l'ignoble créature paumée le cherchant dans la panique, avant que l'épée de Hamish ne lui tranche la tête. Du sang vert gicla sur le Gardien de la Nuit et sur les formations rocheuses qui l'entouraient. Ses amis employaient les mêmes méthodes pour venir à bout de leurs adversaires, devenant invisibles dès qu'ils étaient en difficulté, puis réapparaissant un instant plus tard à un autre endroit.

Enya se battait avec autant de courage que ses collègues masculins. Ses longs cheveux blonds étaient tressés étroitement autour de sa tête pour que les mèches ne la gênent pas tandis qu'elle balançait son épée comme un samouraï et faisait tournoyer son corps aussi gracieusement qu'une danseuse, tout en étant aussi rapide et féroce qu'un ninja. Leila n'avait jamais vu une femme se battre de la sorte. Elle semblait n'avoir peur de rien face aux Démons, sa main balançant l'épée avec précision et ruse, et avec plus de force que son corps léger n'aurait dû en être capable.

Avec un grognement triomphant, Enya frappa le bras du Démon. Il hurla en réponse, mais elle ne s'arrêta pas dans son mouvement alors même qu'il lui sautait dessus. Elle ne broncha pas lorsqu'il pointa sa dague sur elle. Il s'arrêta au milieu de son mouvement, puis laissa tomber son regard vers le bas. Leila suivit ses yeux et vit qu'Enya lui avait enfoncé une dague dans le ventre. Avec un sourire satisfait, elle tira la dague plus haut, ouvrant son adversaire comme si elle était une bouchère expérimentée et le Démon un simple taureau mort.

Zoltan regarda la même scène, remarquant que de plus en plus de ses Démons se faisaient massacrer, malgré le fait qu'ils étaient plus nombreux que les Gardiens de la Nuit. De toute évidence, leur capacité à devenir invisibles puis à réapparaître là où les Démons ne les soupçonnaient pas les aidaient beaucoup.

Pourtant, au lieu d'aider ses compagnons Démons, Zoltan ne bougea pas et ne relâcha pas non plus le bras de Leila. Ses doigts s'enfonçaient toujours douloureusement dans sa chair, presque comme les griffes d'une bête, sa force étant indéniable.

— Allons-y, grogna-t-il en la tirant vers le vortex.

Il semblait qu'il était prêt à laisser mourir ses partisans sans lever le petit doigt tant qu'il obtiendrait ce qu'il voulait : elle.

— Tu dois m'emmener avec toi ! pleurnicha Finlay derrière eux. Tu m'as promis !

Zoltan tourna la tête vers le traître.

— Je ne t'ai rien promis ! Tu crois vraiment que nous voulons un souverain qui est prêt à trahir sa propre race ? Ce ne sont pas des qualités que nous apprécions.

Finlay fit quelques pas hésitants vers eux.

— Mais tu dois m'aider. J'ai fait ça pour les gens de ton espèce. Pour que vous puissiez être plus forts. Tu me le dois.

Son regard se posa nerveusement vers les Gardiens de la Nuit qui semblaient prendre le dessus à présent.

— Tu dois m'aider. Ils me tueront s'ils m'atteignent.

— T'aider ? demanda Zoltan, en inclinant la tête.

Leila regarda son expression changer, un léger sourire jouant sur ses lèvres, lui donnant un air plus humain. Mais la froideur de ses yeux trahissait son sourire amical.

— Je t'aiderai. Je m'assurerai qu'ils ne te tueront pas...

Une expression de soulagement se répandit sur le visage de Finlay, qui fit un pas de plus vers lui. Mais un instant plus tard, Zoltan tira sa dague et donna un coup de poignet, dirigeant la lame sur le traître. Elle le frappa entre les deux yeux.

— ...en te tuant d'abord, finit-il sa phrase.

Leila sentit sa prise sur son bras se relâcher en même temps que le choc du meurtre de sang-froid envahissait son corps. Cela lui donna le courage dont elle avait besoin. Si elle n'agissait pas maintenant, il l'entraînerait dans le vortex.

Alors que Zoltan regardait le cadavre de Finlay tomber sur le sol, Leila enfonça la main dans la poche de sa veste et en sortit sa bombe de gaz. Elle la pointa vers son ravisseur et appuya sur le bouton, libérant la vapeur piquante. Il poussa un rugissement et sa main sur son bras se desserra et elle se libéra. Tandis que les mains de Zoltan se portaient à son visage pour couvrir ses yeux, des cris douloureux sortant de sa gorge, Leila attrapa le pendentif et l'arracha de son cou.

Il s'approcha d'elle, une main heurtant son épaule. Mais elle s'accrocha au pendentif, alors même que Zoltan balançait aveuglément ses poings dans sa direction.

— Aiden ! cria-t-elle en tournant sa tête vers les Gardiens de la Nuit qui se battaient.

Elle croisa le regard d'Aiden alors qu'il combattait un Démon au milieu de la caverne.

— Le pendentif ! cria-t-elle puis elle le lança dans sa direction, observant comment il enfonça sa dague dans le corps du Démon, puis le jeta sur le côté, s'élançant vers le pendentif.

Au même instant, Zoltan, semblant avoir retrouvé une partie de sa vision perdue, lui attrapa le poignet. Elle fut témoin de la façon dont son regard se posa sur Aiden qui, à ce moment-là, attrapa le pendentif dans sa main, puis le rangea en toute sécurité dans la poche de son pantalon.

La prise de conscience se refléta sur le visage du Démon.

— La formule. Elle était là-dedans ?

Il lui lança un regard furieux.

— Tu ne l'auras jamais ! rétorqua-t-elle, soulagée que la formule ne soit plus entre les mains de Zoltan.

— Je t'ai encore ! siffla-t-il.

— Non, tu ne l'as pas !

Aiden avait l'air furieux.

Le cœur de Leila battit dans sa poitrine lorsqu'elle vit Aiden s'élancer vers Zoltan, l'épée à la main. Zoltan la relâcha instantanément et la lança loin de lui avec une telle férocité qu'elle perdit l'équilibre, tomba et glissa jusqu'au bord du vortex, s'immobilisant à quelques centimètres seulement du brouillard et de l'air tourbillonnants.

Elle se débattit pour échapper à la force d'attraction, ses mains cherchant quelque chose à quoi s'accrocher alors que ses pieds étaient entraînés dans l'obscurité. Elle vit Aiden regarder sa situation avec horreur, mais à ce moment-là, Zoltan engagea le combat avec une arme qu'il avait sortie de derrière son dos.

Ils échangèrent des coups, le bruit des lames qui s'entrechoquaient rebondissant sur les murs. Zoltan était plus grand qu'Aiden, plus massif. Il semblait plus fort, pourtant Aiden se battait avec fureur et détermination. Soudain, la forme d'Aiden vacilla brièvement et il disparut pour réapparaître à la gauche de Zoltan une fraction de seconde plus tard. Cependant, le Démon semblait avoir anticipé son geste et s'était déjà retourné pour parer le coup suivant.

Leila détacha son regard du combat, luttant pour trouver une prise sur le calcaire glissant. Sa main trouva une arête et s'y agrippa. Elle tira régulièrement, faisant glisser son corps d'un centimètre hors du trou béant. Cela lui donna assez de force pour déplacer son autre main vers la même arête. Elle trouva un point d'appui avec sa deuxième main. Mais l'attraction du tourbillon s'intensifiait, l'empêchant de bouger. Tout ce qu'elle pouvait faire, c'était garder sa position, les jambes dans le tourbillon jusqu'aux genoux, le corps allongé sur le ventre.

Lorsqu'un cri de douleur retentit dans la grotte, elle releva la tête et vit la main d'Aiden s'élever vers son épaule, recouvrant une large entaille.

— Je les ai eus ! entendit-elle crier Hamish un instant plus tard, ce qui lui fit tourner la tête dans sa direction.

Hamish venait de vaincre son dernier adversaire.

— Hamish ! Aide Aiden ! cria-t-elle en attirant son attention.

Sa tête se tourna brusquement dans sa direction et il se précipita vers Aiden et Zoltan. Le Démon le remarqua immédiatement, ses yeux évaluant rapidement le combat dans la grotte. Seuls trois autres Démons étaient encore en vie, et ils seraient bientôt morts eux aussi, vu la qualité de combat des Gardiens de la Nuit.

Réalisant clairement le caractère désespéré de la situation, Zoltan porta un nouveau coup à Aiden, puis se dégagea et s'élança vers le portail. Il attrapa la cheville de Leila en plein vol, essayant de la tirer avec lui.

Oh mon Dieu, non, il allait l'avoir finalement !

La panique la traversa et elle ferma les yeux, ses mains humides se crispant sur la crête, ses doigts se déliant.

Viens avec moi. Je te donnerai tout ce que tu désires, entendit-elle sa voix dans son esprit. *Tes parents. Je te rendrai tes parents. N'est-ce pas ce que tu désires le plus ?*

Un sanglot lui échappa.

— NOOOON !

Le cri d'Aiden fut suivi par plusieurs mains qui saisirent ses bras pour la tirer. Elle eut l'impression d'être écartelée, son corps étant étiré dans deux directions opposées. Puis soudain, elle fut catapultée en avant, l'attraction du vortex cessant brusquement, faisant disparaitre la prise sur sa cheville.

Respirant difficilement, elle ouvrit les yeux.

Aiden l'attira dans ses bras. Hamish, à côté de lui, laissa échapper un soupir de soulagement.

— Oh, bébé, j'ai cru que je t'avais perdue.

Elle n'eut pas l'occasion de répondre, car les lèvres d'Aiden furent sur les siennes un instant plus tard. Son baiser fut bref, mais brûlant. Lorsqu'il relâcha ses lèvres, il tourna la tête vers les combats. Elle suivit son regard et vit comment Hamish sauta à nouveau dans la mêlée, écartant l'adversaire de Manus de sa tête.

Puis les deux chargèrent vers Enya et Logan, ne faisant qu'une bouchée des deux Démons qu'ils combattaient. Le dernier Démon étant mort, le calme s'installa dans la grotte.

— Tu es venu pour moi, murmura-t-elle à Aiden.

Il la regarda dans les yeux.

— Je serais allé aux enfers pour te récupérer.

Il la pressa contre lui.

En regardant par-dessus son épaule, elle vit soudain deux hommes qu'elle ne connaissait pas entrer dans la grotte. Elle se raidit.

— Qu'avons-nous manqué ? demanda le plus âgé des deux.

Aiden la relâcha et se retourna.

— Un beau combat.

— Ah, ça craint, commenta le plus jeune.

L'homme plus âgé sourit, et Leila vit instantanément la ressemblance entre Aiden et lui.

— Eh bien, connaissant ta mère, je suis sûr qu'elle est contente que j'aie manqué ça. Même si...

Il regarda les cadavres des Démons.

— Je n'aurais pas été contre un peu de meurtre de Démon moi-même.

Aiden acquiesça.

— Ne t'inquiète pas, papa, il y en a d'autres là d'où ils viennent. Nous n'avons pas eu le dernier d'entre eux.

Leila frissonna.

— Zoltan reviendra, n'est-ce pas ?

Aiden balaya une mèche de cheveux de sa joue.

— Et je serai toujours avec toi pour te protéger.

39

———————

Aucun humain n'avait jamais mis les pieds dans la salle du Conseil, et pourtant, lors de cette réunion d'urgence du Conseil des Neuf, où seuls sept membres étaient assis à leurs places désignées, Leila était présente, debout aux côtés d'Aiden qui tenait sa main dans la sienne.

— Qu'est-ce qu'ils vont faire ? lui chuchota-t-elle.

Il tourna la tête, lui adressant un sourire rassurant, s'abreuvant de son odeur par la même occasion. Ils n'avaient pas été séparés plus de quelques minutes depuis l'affrontement avec les Démons dans la grotte, et il ne désirait rien de plus que d'être seul avec elle et ignorer le reste du monde.

— Tout ira bien.

Il entendit le marteau tomber et se redressa, ramenant son attention sur le conseil. Hamish se tenait également à ses côtés, détendu. Ils échangèrent un rapide regard.

— Le Conseil des Neuf est convoqué, dit son père en se levant. L'affaire d'aujourd'hui nous apporte à tous une grande tristesse. Notre frère Finlay a succombé à l'attraction des Démons et a payé le prix ultime. Il a été stupide de se détourner de nous et de céder à la tentation qui l'a détruit.

Il regarda à la ronde avant de poursuivre :

— Nous devons tous lutter contre la tentation, mais notre force collective nous aidera à ne pas succomber. Que la *virta* soit avec nous tous.

— Oui, répondit Cinead.

Primus acquiesça.

— Cinead souhaite formuler une requête. Parle, s'il te plaît.

L'écossais se leva, jeta un long regard sur les membres du Conseil, puis dirigea ses yeux sur Hamish.

— Je suis heureux d'apprendre qu'Hamish est revenu et qu'il a effectivement contribué à débusquer le traître. Je pense qu'une telle initiative doit être récompensée. Le siège de Finlay au Conseil est vacant. Je propose de l'offrir à Hamish. Nous avons besoin d'hommes comme lui.

Aiden sentit son ami remuer à côté de lui, mais avant qu'Hamish ne puisse dire quoi que ce soit, un autre membre du Conseil prit la parole.

— Je soutiens la nomination, déclara Wade.

— Un vote alors ? demanda Primus.

— Euh, Primus.

Hamish fit un pas en avant, s'approchant de la table en forme de demi-lune.

— Oui ?

— Je suis honoré de cette nomination et de la confiance que vous m'accordez, cependant, avec tout le respect que je vous dois, je ne peux pas accepter un poste au sein du Conseil.

L'assemblée poussa une exclamation de surprise. Se voir offrir un siège au Conseil, surtout pour quelqu'un d'aussi jeune que Hamish, était le plus grand honneur qui pouvait être accordé à un Gardien de la Nuit. Le refuser était presque un blasphème.

Hamish leva une main.

— Puis-je expliquer mon raisonnement ?

Primus hocha la tête.

— Très bien.

— Les Démons sont là, ils deviennent plus forts de jour en jour. D'après ce qu'Aiden a pu recueillir sur Zoltan, c'est une étoile montante dans le monde des Démons. Il sera leur prochain souverain, et je pense qu'il est plus intelligent qu'eux tous. C'est un nouveau type de guerrier. Il essaiera de nous combattre non seulement avec les muscles, mais aussi avec le cerveau. Et bien que je comprenne la nécessité pour le Conseil de prendre des décisions et de diriger notre race, je sais que ma place est celle d'un gardien sur le terrain. C'est là que je peux avoir le plus d'impact. Je préfère de loin être sur le terrain, à me battre aux côtés de mes frères, plutôt que de siéger au Conseil. Sans vouloir vous vexer.

Les paroles d'Hamish remplirent Aiden de joie. Il s'était douté que le Conseil offrirait un siège à son ami. Son père l'avait laissé entendre lorsque Aiden lui avait parlé peu avant la réunion. Il était heureux qu'Hamish ne soit pas enclin à accepter l'offre. Il savait que son ami servirait mieux leur race en restant là où il était : au bastion, à combattre les Démons et à protéger les humains.

— Ta décision est prise ? demanda Cinead.

Hamish acquiesça.

— Je suis désolé d'entendre cela, Hamish, cependant, à ton âge, je voulais exactement la même chose. Je ne peux pas te reprocher ton choix.

— Merci.

Il s'inclina et recula pour se placer à nouveau à côté d'Aiden.

— Le Conseil accepte ta décision, dit Primus, puis il fit signe aux deux gardes du Conseil qui se tenaient près de la porte. Faites entrer la prisonnière.

Lorsque Deirdre fut amenée un peu plus tard, des murmures parcoururent la salle du Conseil. Aiden serra instinctivement plus fort la main de Leila. Cette Gardienne de la Nuit avait essayé de la tuer. Pas seulement une fois, mais plusieurs. Si cela ne tenait qu'à lui, il lui infligerait le châtiment le plus sévère.

Aiden l'observa alors qu'elle passait à côté d'eux pour se placer devant le Conseil. Elle tourna légèrement la tête, le gratifiant d'un rapide coup d'œil. Rien dans ses yeux n'indiquait qu'elle regrettait ses actes.

— Tu as été amenée devant nous pour assumer la responsabilité de tes actes. On t'accuse d'avoir agi contre la volonté formelle du Conseil. Qu'as-tu à dire pour ta défense ? fit Primus en s'adressant à elle.

Deirdre leva le menton, montrant qu'elle était toujours entièrement un membre du Conseil puissant.

— J'ai fait ce qu'il fallait pour notre communauté.

— Nous avons voté autrement, contra Primus.

— Parce que tu n'as pas pu voir ce qui se trouvait juste devant toi.

Elle se retourna pour pointer son doigt vers Leila.

— Elle nous mettait en danger, ainsi que toute la race humaine. Il fallait l'arrêter. Tu as eu tort de la protéger. Les Démons sont toujours à ses trousses, n'est-ce pas ? Qu'est-ce qui te fait penser qu'ils ne l'auront pas après tout ? Je persiste à dire qu'il faut l'éliminer.

Aiden sentit la colère déferler en lui, sa poitrine bougea tandis qu'il expulsait une bouffée de colère. À côté de lui, Leila posa une main sur son bras pour le calmer. Lorsqu'il la regarda, elle secoua la tête en silence, indiquant qu'il ne devait pas intervenir pendant l'interrogatoire.

— Tu n'avais pas le droit de prendre cette décision toute seule. Tu as eu ton vote, tout comme le reste d'entre nous. Nous ne pouvons pas simplement prendre les choses en main quand nous n'aimons pas la façon dont le Conseil décide.

Le regard de Deirdre s'adoucit.

— Primus, j'ai fait ça pour que nous ne perdions pas les nôtres une fois de plus. Je l'ai fait pour que nous soyons tous en sécurité, tout comme j'aurais donné n'importe quoi pour que Julia le soit. Ne vois-tu pas cela ? Je ne déteste pas cette humaine, mais le danger qu'elle représente si jamais elle tombe entre les mains des Démons est trop grand. Combien de nos enfants mourront à cause d'elle ?

Primus l'observa pendant un long moment, et Aiden vit la guerre qui faisait rage en son père. C'était vrai, Deirdre avait aimé Julia comme la fille qu'elle n'avait jamais eue, et avait été dévastée par sa mort. Mais cela lui donnait-il le droit de condamner unilatéralement un autre humain à la mort ? Bizarre, Aiden l'avait un jour pensé aussi, mais il comprenait maintenant qu'il ne pouvait pas blâmer un humain pour les actes d'un autre.

Primus hocha lentement la tête.

— Nous veillerons à ce que cela ne se produise pas. Cependant, malheureusement, cela ne fait plus partie de tes préoccupations. Tu as enfreint nos lois. Par conséquent, je propose au Conseil d'imposer la peine de mort. Conseil, quel est votre vote ?

Deirdre sursauta.

— Tu ne peux pas faire ça !

Aiden entendit le désespoir dans la voix de Deirdre et sentit Leila se rapprocher.

— La tuer ? Non ! C'est trop dur. Je ne peux pas avoir ça sur la conscience, chuchota-t-elle à son oreille

Aiden entendit les membres du conseil, l'un après l'autre, donner leur vote sur la punition.

— Non ! cria soudain Leila.

Aiden haleta en entendant Leila crier son désaccord au Conseil. Il tira sur sa main, essayant de la retenir, mais elle se détourna de lui et s'approcha de la table.

— S'il vous plaît, vous ne pouvez pas faire ça.

Les sourcils de son père se levèrent sous l'effet de la surprise.

— Vous n'avez pas le droit d'interrompre les délibérations du Conseil, réprimanda Geoffrey.

Primus leva la main.

— Laisse-la parler.

Il lança à Leila un regard intrigué.

— Je suis curieux de savoir pourquoi vous voulez la défendre, docteur Cruickshank. Après tout, c'est vous qu'elle a essayé de tuer.

— Je sais, mais je peux aussi comprendre son point de vue. J'ai fait beaucoup d'erreurs, parce que je n'ai pas fait confiance à Aiden au début. Je lui ai menti sur l'existence d'une autre copie de mes données de recherche. Cela aurait pu très facilement se terminer avec moi entre les mains des Démons. Et puis, avec le recul, n'auriez-vous pas préféré voir Deirdre réussir ?

Elle marqua une pause un instant, puis tourna la tête pour regarder à nouveau Aiden.

— Même toi, tu as voulu me tuer à un moment donné.

Sa déclaration lui transperça le cœur.

— Non, je...

— S'il te plaît, ne le nie pas. Je ne t'en veux pas.

Elle se retourna vers le conseil.

— Je ne blâme aucun d'entre vous pour ce qui s'est passé. Chacun a fait ce qu'il pensait être le mieux. Je ne veux pas être la raison pour laquelle Deirdre perd la vie. La mort de Finlay n'a-t-elle pas suffi ? La vengeance ne m'intéresse pas.

À chaque mot que Leila prononçait, le cœur d'Aiden se brisait pour elle. Elle avait tant de générosité en elle, et elle la distribuait avec grâce. Il l'admira pour la force dont elle faisait preuve, car il en fallait pour surmonter ses propres sentiments sur cette question et prendre une décision qui profiterait à tous. À bien des égards, elle lui rappelait Julia, et à d'autres égards, elle était si différente d'elle. Et il l'aimait pour tout cela.

— Il reste le fait qu'elle a agi contre les ordres du Conseil. Elle a commis une trahison. Nous ne pouvons pas laisser un tel crime impuni, déclara Primus.

Leila fit un rapide signe de tête.

— Je comprends, et je ne veux pas interférer avec vos lois, mais il y a sûrement une punition moins sévère que vous pourriez décider, une punition qui n'entraîne pas la mort.

— Très bien.

Primus lui fit signe de retourner aux côtés d'Aiden.

— Conseil, un mot.

Il se leva et les autres firent de même, se regroupant autour de lui, parlant à voix basse.

Lorsque Leila revint vers lui, Aiden déposa un baiser rapide sur sa joue, en espérant qu'aucun des membres du conseil ne l'ait vu.

— Je suis fier de toi.

— Le Conseil a pris une décision, la voix de son père retentit soudain dans la salle.

Aiden serra la main de Leila, puis reporta son attention sur le procès.

— Deirdre, ta punition sera double : tu mettras en scène la mort du Dr

Cruikshank de façon à ce que les Démons y croient vraiment. Je te laisse le soin de régler les détails.

Leila inspira rapidement, ce qui incita Aiden à glisser son bras autour de sa taille pour la stabiliser. Cette mesure était nécessaire, sinon les Démons ne cesseraient jamais de la chercher.

— Ensuite tu seras incarcérée dans une cellule de plomb pendant un an et un jour. Acceptes-tu ta punition ?

Deirdre haleta.

— Primus, mes pouvoirs !

Leila lança un regard à Aiden.

— Qu'est-ce qu'elle veut dire par là ?

— Un an dans une cellule de plomb signifie que tous les pouvoirs de Deirdre seront drainés de son corps. Le changement sera permanent. Elle ne pourra plus jamais se rendre invisible, elle ne passera plus à travers les murs, et sa force surnaturelle, ses sens supérieurs auront disparu pour ne jamais revenir. Elle sera humaine, pas Gardienne de la Nuit.

C'était une punition sévère, que personne ne voulait infliger. Perdre l'un des leurs à une époque où l'on avait désespérément besoin de chaque Gardien de la Nuit était douloureux, mais nécessaire. La trahison était un crime grave.

— Oh, mon Dieu !

Des larmes jaillirent dans les yeux de Leila.

— C'est mieux que la mort, déclara Aiden.

Primus ajouta :

— Tu connaissais les risques, Deirdre. Acceptes-tu ta punition ?

Finalement, Deirdre hocha la tête.

Avant qu'elle ne se dirigeait vers la porte, Primus poursuivit :

— Et assure-toi que les Démons croient vraiment à la mise en scène de la mort de Leila.

— Tu peux compter sur moi."

Un instant plus tard, elle quitta la salle, la tête haute.

— Encore une chose.

Son père les regarda, Leila et lui.

— Les données. Nous allons les détruire maintenant.

Il souleva le pendentif et le montra à toutes les personnes présentes dans la pièce.

— Permettez-moi, dit Leila en se dirigeant vers lui.

Lorsqu'elle le rejoignit, il lui tendit le bijou.

Aiden s'approcha, observant comment les doigts agiles de Leila ouvrirent le pendentif incrusté de diamants et retirèrent une clé USB de l'intérieur.

— Puis-je garder le pendentif ? demanda-t-elle en levant les yeux pour faire face à Primus.

— Vous pouvez.

Aiden tendit la main vers la clé USB.

— Je vais la détruire pour toi.

Elle lui sourit.

— Non, je vais devoir le faire moi-même. Tu vois, il est temps de laisser tomber mon rêve. Je suis la seule à pouvoir le faire.

Il sentit son cœur se serrer à la douleur évidente dans sa voix.

— Tu es forte, murmura-t-il.

Lorsqu'elle leva les yeux, Primus pointa du doigt le grand rocher de pierre plate situé sur un côté de la salle. Un marteau y était posé.

— Là.

Les membres du Conseil se levèrent pour la suivre alors qu'elle posait l'appareil électronique contenant ses données sur la surface plane. Aiden remarqua que sa main tremblait légèrement lorsqu'elle prit le marteau, refermant sa paume autour de lui.

— Je suis fier de toi, murmura-t-il en la regardant dans les yeux pendant un moment.

Puis elle abattit le marteau sur la clé USB, une fois, deux fois, trois fois, jusqu'à ce qu'elle ait éclaté en une centaine de petits morceaux, une larme solitaire s'échappant de son œil et coulant le long de sa joue. Alors que les minuscules particules s'éparpillaient sur le rocher, Aiden capta son regard et vit la tristesse dans ses yeux alors qu'elle voyait ses rêves s'évanouir.

Lorsque le Conseil se dispersa, Aiden sentit la main de son père sur son épaule et se tourna vers lui.

— Il y a encore un problème qui subsiste. Le Conseil m'a laissé le soin de le régler, dit son père d'un air sinistre. Excusez-nous un instant, dit-il à Leila en l'entraînant à quelques pas de là.

— Qu'est-ce que c'est ?

— Tu as amené une humaine dans ton bastion. Comme tu le sais, c'est contraire au règlement.

Les battements de cœur d'Aiden s'accélérèrent.

— Tu sais que je n'avais pas le choix. C'était le seul endroit sûr.

Son père lui tapota l'épaule.

— Je comprends, mais cela ne change pas les règles. Il n'y a qu'un seul ensemble de circonstances dans lesquelles un humain serait autorisé dans un bastion. Et le Conseil m'a demandé de m'enquérir de tes intentions concernant cette circonstance particulière.

Aiden sentit la certitude de ses intentions envahir son cœur.

— Dis au Conseil que la réponse est oui.

Son père l'attira dans ses bras.

— Je suis très heureux d'entendre ça, mon fils. Très heureux.

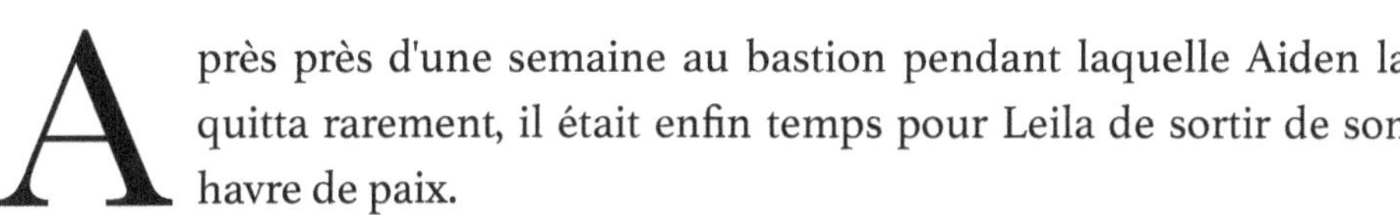

40

Après près d'une semaine au bastion pendant laquelle Aiden la quitta rarement, il était enfin temps pour Leila de sortir de son havre de paix.

— Il est temps d'aller voir tes parents, dit Aiden.

Leila esquissa un sourire doux-amer. Ce serait la dernière fois qu'ils la verraient – pour peu qu'ils la reconnaissent cette fois-ci.

— Tu peux le faire.

Repoussant les larmes qui montaient à ses yeux, elle força un autre sourire sur ses lèvres.

— Je peux le faire.

Ce qu'elle avait vécu depuis cette nuit fatidique où elle avait rencontré Aiden lui avait montré qu'elle était plus forte qu'elle ne le croyait. Elle avait survécu à plusieurs attaques de Démons et à deux tentatives d'assassinat par une Gardienne de la Nuit. D'une manière ou d'une autre, elle survivrait à cela aussi, même si cela lui brisait le cœur. Mais elle comprenait l'importance de la situation et savait que, pour le bien de tous, pour le bien du monde, elle devait faire ce sacrifice. Le bien-être de milliards d'humains était en jeu, et si le fait de leur donner une chance de résister à l'influence des Démons signifiait qu'elle devait prendre cette mesure, alors elle le ferait. Elle n'avait pas le droit d'être égoïste.

Lorsqu'ils s'arrêtèrent devant la maison de ses parents dans la voiture d'Aiden, ce dernier et elle avaient fait le tour de tout ce qui allait se passer ce jour-là. Elle tendait la main vers la poignée de la portière lorsqu'il posa sa main sur la sienne.

Elle le regarda en retour.

— Tu es la femme la plus forte que j'ai jamais rencontrée.

Leila sourit, son aveu lui réchauffant le cœur.

— Parce que tu me rends forte.

Alors qu'ils sortaient de la voiture et remontaient l'allée main dans la main, elle sentit un picotement dans son dos et se crispa.

— Ne te retourne pas, murmura-t-il entre ses dents.

— Est-ce qu'ils nous observent ?

— Oui. As-tu peur ?

— Oui, répondit-elle.

Il n'était pas nécessaire de mentir. La peur était une bonne chose, lui avait dit Aiden. Elle lui permettait de rester vigilante et, en fin de compte, d'être en sécurité.

Lorsqu'elle arriva à la porte, elle n'eut pas le temps de sonner. La porte s'entrouvrit et Nancy l'accueillit avec enthousiasme.

— Leila ! Ma chérie ! Nous étions tous si inquiets de ce que nous avons vu à la télévision. Est-ce que tu vas bien ?

Leila força un sourire charmant et donna une rapide accolade à la gouvernante avant de se faufiler devant elle dans la maison.

— Ne t'inquiète pas, Nancy. Ce n'était qu'un gros malentendu. Je suis sûre que les journaux télévisés annonceront dans quelques heures que je n'ai rien à voir avec ce qui s'est passé à Inter Pharma.

— Ah, c'est un soulagement ! dit Nancy en regardant Aiden qui fermait maintenant la porte d'entrée et se tenait dans le couloir.

— Oh, désolée, c'est mon petit ami, Aiden. Aiden, voici Nancy, l'aide-soignante de mes parents.

Elle savait qu'une bonne partie des présentations n'était pas nécessaire. Aiden savait déjà tout ce qu'il y avait à savoir sur Nancy.

Il serra la main de Nancy en affichant un sourire enfantin.

— Je suis ravi de vous rencontrer. Leila parle tout le temps de vous. Vous vous occupez si bien de ses parents.

Nancy rougit et fit un mouvement enjoué de la main.

— Oh, c'est si facile de s'occuper d'eux.

— Où sont-ils ?

Leila regarda dans le couloir, à l'écoute de leurs voix.

— Dans le salon. Ton père lit le journal et ta mère regarde la télévision.

La marche dans le couloir lui semblait plus longue que jamais. La reconnaîtraient-ils aujourd'hui ? Son père peut-être. Il semblait souvent plus lucide que sa mère. Saurait-elle aujourd'hui que sa fille lui rendait visite, ou bien serait-ce comme lorsqu'elle avait appelé depuis le salon de massage ? Leila pria pour qu'aujourd'hui soit un bon jour pour tous les deux.

— Je vais nous faire du thé, dit gaiement Nancy puis elle se dirigea vers la cuisine.

— Nous ne pouvons pas rester longtemps, fit Leila après l'aide-soignante.

— Tes parents doivent prendre leur thé de toute façon. Ce n'est pas un problème.

Puis elle disparut dans la cuisine.

Aiden lui serra la main pour la rassurer. Elle le remercia d'un signe de tête, puis se dirigea lentement vers le salon. Sa mère était assise sur le canapé, les yeux rivés sur la télévision qui diffusait un feuilleton. Son père était assis dans son fauteuil préféré, pliant un journal et le posant sur une console. Il leva les yeux et la regarda droit dans les yeux.

Pendant un moment, elle resta figée sur place, à attendre. Elle chercha dans les yeux bleus de son père un signe de reconnaissance.

— Leila ? dit-il soudain en se levant avec hésitation.

Elle courut vers lui et l'entoura de ses bras. Il la serra contre lui.

— Merci, merci, chuchota-t-elle. Oh, papa, c'est si bon de te voir.

Elle leva la tête pour le regarder.

— Cela fait longtemps que tu ne m'as pas rendu visite, admonesta-t-il.

Elle décida de ne pas lui dire qu'elle avait passé une demi-journée avec sa mère et lui seulement deux semaines plus tôt.

— Je sais, papa. Je suis désolée.

— Au moins, tu es là maintenant.

Puis il regarda au-delà d'elle, la libérant de son étreinte.

— Tu as amené un ami ?

Leila se retourna.

— C'est Aiden, papa.

Son père acquiesça.

— Bonjour.

— Monsieur, c'est un plaisir de vous rencontrer.

— Comment va maman ? demanda Leila et jeta un regard à sa mère qui fixait toujours la télévision comme si elle n'avait même pas entendu la conversation qui se déroulait à moins d'un mètre d'elle.

Son père haussa les épaules.

— Très bien, je suppose.

Leila fit quelques pas hésitants vers le canapé, puis s'accroupit devant elle.

— Salut, maman.

Sa mère la regarda fixement, puis se déplaça sur le côté pour regarder la télévision.

— Maman, c'est Leila, je viens te rendre visite.

Elle jeta à Leila un regard inquisiteur avant de poser à nouveau ses yeux sur son programme télévisé. Leila lui prit la main et la serra, en essayant de retenir les larmes qui commençaient à monter à ses yeux.

— Ils ont dit que Leila avait disparu, dit soudain sa mère. C'est la télé qui l'a dit.

Leila laissa échapper un soupir, à moitié de soulagement, à moitié de douleur. Au moins, les paroles de sa mère signifiaient qu'elle saisissait encore quelque chose.

— Leila est là, maman, je suis revenue. La télé s'est trompée.

Sa mère tourna entièrement la tête vers elle.

— Leila est de retour ?

En étouffant ses larmes, elle répondit :

— Oui, maman, Leila est de retour et elle t'aime beaucoup.

— Pourquoi ne vient-elle pas nous rendre visite alors ?

Sa mère la fixa droit dans les yeux, mais il n'y avait toujours pas de reconnaissance dans son regard.

— Elle le fera, maman, elle le fera très bientôt. Ta fille t'aime. Elle veut que tu le saches.

— Je l'aime aussi.

Leila relâcha ses mains et se leva, se détournant pour ne pas montrer ses larmes. Aiden posa une main réconfortante sur son avant-bras.

— Elle ne sait peut-être pas qui tu es, mais elle sait que tu l'aimes. N'est-ce pas le plus important ? demanda-t-il.

Elle acquiesça.

— Oui. Il faudra que cela suffise.

Quand elle se retourna vers son père, il était de nouveau assis dans son fauteuil, en train de lire le journal.

— Papa ?

Il ne leva pas les yeux cette fois, presque comme s'il était dans son propre monde, trop absorbé pour entendre quoi que ce soit d'autre.

— Je dois y aller, chuchota-t-elle, sachant qu'il ne l'entendait même pas.

Alors qu'ils quittaient la maison quelques instants plus tard, faisant leurs adieux à Nancy, Aiden lui prit le bras et la ramena jusqu'à la voiture. Elle baissa la vitre à fond et salua l'aide-soignante depuis l'intérieur de la voiture, en s'assurant que Nancy reconnaîtrait la luxueuse Ferrari plus tard.

Leila tendit la main vers la ceinture de sécurité par habitude, mais celle d'Aiden l'arrêta.

— Peut-être que c'est mieux ainsi, songea-t-elle en regardant Aiden qui enclencha la vitesse et démarra. *Peut-être qu'elle ne saura jamais que je suis morte aujourd'hui.*

À l'intersection suivante, le feu était rouge.

— C'est l'heure d'y aller, bébé, indiqua Aiden. Hamish t'attend sur le trottoir. Tu seras masquée pendant tout le trajet.

Elle acquiesça et se hissa par la fenêtre de la voiture comme elle s'était entraînée à le faire toute la semaine. Puis elle jeta un autre regard à Aiden.

— Sois prudent.

Lorsque le feu passa au vert, il décolla comme une fusée. Il n'y avait pas d'autres véhicules. Les Gardiens de la Nuit s'en étaient assurés. Elle regarda la voiture d'Aiden griller le feu rouge à l'intersection suivante.

Le fracas put être entendu dans tout le quartier. Quelques instants plus tard, il fut suivi d'une explosion. La voiture d'Aiden s'était encastrée dans un camion d'essence qui arrivait par la droite. Tout partit en flammes, l'essence du camion se répandant partout, propageant le feu pour engloutir tout le carrefour, incinérant la voiture de sport d'Aiden.

— Sois prudent, chuchota-t-elle. S'il te plaît, sois prudent.

— Il ne peut pas être tué par le feu, murmura Hamish derrière elle.

— Où est-il ? Je ne le vois pas.

La nervosité grimpa le long de sa colonne vertébrale. Et si Hamish avait tort ? Et si une explosion pouvait finalement tuer un Gardien de la Nuit ?

— Il s'est forcément dématérialisé au moment de l'impact pour émerger derrière le camion de gaz, tenta de la calmer Hamish. Au pire, il a été un peu brûlé.

— Mais si...

Des bras nus se refermèrent autour d'elle, l'attirant contre les muscles durs d'un homme tout aussi nu qu'elle reconnaîtrait n'importe où. Nu, parce que le feu avait brûlé les vêtements de son corps, mais l'avait laissé intact.

— Je suis là, bébé.

41

Deirdre avait tout organisé à la perfection. Personne n'avait été blessé. Les Gardiens de la Nuit avaient veillé à ce qu'aucun spectateur innocent ne se trouve assez près de l'accident pour être blessé. Pourtant, les Démons qui avaient suivi Aiden et Leila depuis la maison de ses parents avaient vu ce qu'ils avaient besoin de voir : Aiden et Leila s'écrasant contre le camion-citerne et se faisant incinérer.

Un corps qui, grâce au dossier dentaire, serait identifié comme étant celui de Leila, serait retrouvé dans l'épave. Deirdre s'était assurée qu'il y aurait également un cadavre au volant du camion. Elle l'avait conduit elle-même, mais en était sortie de la même façon qu'Aiden avait échappé aux flammes. Pour s'assurer que les enquêtes des autorités mèneraient à une impasse, les Gardiens de la Nuit avaient transporté à travers le portail un homme récemment décédé dans une zone de guerre du Moyen-Orient, garantissant qu'il n'y avait aucune chance que le corps carbonisé puisse jamais être identifié aux États-Unis. Ils l'avaient placé dans le camion d'essence volé et l'avaient piégé pour qu'il explose lorsque la Ferrari d'Aiden le heurterait.

Il n'y avait pas de corps pour Aiden. Peu importait ce que la police penserait de cette incohérence, mais les Démons, qui savaient que les

Gardiens de la Nuit ne pouvaient pas être tués par le feu, seraient satisfaits. Ajouté à cela le témoignage de Nancy qui les avait vus monter dans la voiture de sport très reconnaissable, et les propres observations des Démons, et la mort de Leila serait crédible.

Pour la première fois depuis des jours, Aiden sentit son corps se détendre, la tension se détachant comme une peau morte. Il n'y avait plus qu'une seule chose qui le préoccupait encore. Et il allait s'en occuper maintenant.

Il posa une main sur le bas du dos de Leila, la faisant détourner son regard de ses camarades qui discutaient dans la grande salle. Elle lui sourit.

— Viens, murmura-t-il pour qu'elle seule l'entende.

L'intérêt s'alluma dans ses yeux.

— Pour aller où ?

Elle accepta quand même sa main sans attendre sa réponse et le suivit hors de la pièce. Il la guida le long du couloir qui menait à ses quartiers.

— Tu te souviens que mon père m'a pris à part après la réunion du Conseil ?

— Oui...

— Il m'a dit que le Conseil savait que je t'avais amenée dans le bastion. Et aucun humain n'est autorisé à venir ici.

Il sentit qu'elle retenait son souffle.

— Est-ce qu'ils vont te punir ?

Elle lui jeta un regard inquiet.

— Ils le feront, à moins que je ne rectifie la situation.

Ayant atteint ses quartiers, il ouvrit la porte.

Hésitante, elle entra et il referma la porte derrière eux. Il remarqua l'inquiétude sur son visage.

— Il est temps de le faire maintenant.

Elle acquiesça, ses paupières s'abaissant pour cacher la tristesse qui s'était glissée dans ses yeux.

— Je dois partir alors ?

Elle se détourna de lui.

— Je comprends. Je savais que ça ne pouvait pas être comme ça pour toujours.

Sa voix se brisa.

— Je ne te demande pas de partir. Je te demande de rester.

Il se plaça derrière elle et lui prit les épaules.

Elle tourna son visage vers lui.

— Mais tu viens de dire que je devais partir.

Il sourit.

— J'ai dit que je devais rectifier la situation. Mais cela ne veut pas dire que tu vas partir. Je veux que tu restes. En tant que ma compagne, ma femme.

La bouche de Leila s'ouvrit et ses yeux s'écarquillèrent.

— Toi... tu veux...

Il caressa sa joue.

— Oui, je le veux. J'adorerais.

Il déposa un baiser sur ses lèvres.

— Les seuls humains jamais autorisés dans l'un de nos bastions sont les compagnons d'un Gardien de la Nuit. Le Conseil m'a donné le temps de décider. Je n'avais pas vraiment besoin de tout ce temps pour savoir, mais je voulais te donner le temps de t'habituer à moi, de voir à quoi ressemblerait la vie avec moi. Ce que serait la vie ici avant que je ne te le demande. Leila, je t'aime. Veux-tu être ma compagne, ma femme, être mienne pour toujours ?

Ses yeux fouillèrent les siens, la surprise et le doute y transparaissant encore.

— Mais...

Elle se mordit la lèvre.

Son cœur se serra. Ne ressentait-elle pas la même chose pour lui ? Avait-il mal interprété ses regards amoureux, ses caresses attentionnées, l'étincelle dans ses yeux lorsqu'elle le regardait ? Il baissa les yeux, son rejet lui faisant plus mal que tout le reste. Chaque fois qu'ils avaient fait l'amour depuis qu'ils avaient vaincu les Démons dans la grotte, leurs ébats étaient devenus plus intenses, plus profonds, plus connectés. Il avait versé de la *virta* en elle tellement de fois que ses camarades de chambrée avaient commencé à lui jeter des regards mauvais. Hamish l'avait même pris à part un jour et lui avait dit de laisser Leila respirer un peu.

— Mais, poursuivit-elle alors, tu es immortel. Je mourrai dans une cinquantaine d'années. Je vieillirai à tes côtés alors que tu resteras jeune. Tu ne m'aimeras pas à ce moment-là. Ça ne marchera jamais.

Il releva la tête, le soulagement parcourant ses cellules.

— C'est ta seule objection ?

— La seule ? C'est déjà beaucoup, non ?

— Dis-moi que tu m'aimes.

Elle hésita.

— Leila, si tu m'aimes, je t'en prie, dis-le moi maintenant. Si tu m'aimes vraiment, j'ai besoin de le savoir.

— Je t'aime, mais...

Il coupa ses mots suivants en posant ses lèvres sur les siennes et en lui donnant un baiser passionné. Elle l'aimait. La confirmation de ce qu'il espérait depuis tout ce temps se répandit dans son corps, le faisant ronronner de plaisir.

Lentement, il relâcha ses lèvres.

— Tu es sûre ? Absolument sûre ?

Elle acquiesça, ses yeux débordant soudain de larmes contenues.

— Bien, parce que si tu ne l'es pas, le rituel d'accouplement nous tuera tous les deux.

Leila sursauta.

— Qu'est-ce que tu racontes ?

Aiden écarta une mèche de cheveux de son visage.

— Tu te souviens de la première fois où je t'ai fait l'amour à la manière des Gardiens de la Nuit ?

Lorsqu'elle acquiesça, il continua :

— Tu as recueilli la *virta* que j'ai versée en toi, et tu l'as concentrée sur moi lorsque tu as posé ta paume sur mon cœur. Elle circulait dans ton bras. Si elle avait atteint mon cœur, nous aurions été liés. Et quand cela se produit entre un couple qui ne s'aime pas vraiment, cela les tue tous les deux. Pas instantanément, mais dans les semaines ou les mois qui suivent, pour qu'ils aient le temps de regretter leurs actes.

— Oh mon Dieu ! dit-elle en haletant.

— Oui, mais si notre amour est vrai, tu te nourriras de mon immortalité, tu resteras jeune avec moi et tu vieilliras très légèrement, comme moi.

— Mais ce n'est pas possible. La science... murmura-t-elle, visiblement fascinée.

— C'est dans nos attributions, nous pouvons donc choisir librement nos compagnons parmi les deux espèces. Cependant, je ne comprends toujours pas comment tu as pu connaître le rituel de liaison. C'est un secret.

— Je ne le connais pas. Je le jure.

Puis elle secoua la tête.

— Mais cette nuit-là, j'ai vu à l'intérieur de toi. J'ai vu un peu de ton âme.

Il ne pensait pas que c'était possible.

— Seuls les couples liés peuvent sentir l'âme de l'autre.

— Mais je l'ai vu, insista-t-elle. Qu'est-ce que ça veut dire ?

Il rapprocha sa tête de la sienne, regardant dans la profondeur de ses yeux bleu océan, voyant son amour se refléter sur lui.

— Je pense que cela signifie que nous avons toujours été faits l'un pour l'autre.

— Mais si nous nous trompons ? Et si ce n'était pas de l'amour ? Nous ne nous connaissons que depuis peu de temps. Les gens ne peuvent pas tomber amoureux aussi rapidement.

Aiden la regarda profondément dans les yeux.

— Je suis prêt à prendre ce risque, parce que même quelques semaines ou quelques mois avec toi seront infiniment mieux que de vivre l'éternité sans toi.

— Tu es prêt à risquer ton immortalité pour moi ?

Il n'y avait qu'une seule réponse possible à sa question.

— Oui. Mais je ne peux pas prendre cette décision seul. Ta vie est aussi en jeu. Alors, si tu as des doutes sur tes sentiments pour moi, tu dois me dire non maintenant.

Sa main remonta pour caresser de ses doigts la cicatrice au-dessus de son front, puis le long de sa joue et de son menton, son toucher léger comme une plume laissant une traînée de feu sur sa peau.

Puis elle lui sourit.

— Je suis déjà morte une fois aujourd'hui. Quelles sont les chances que je meure à nouveau ?

Il sourit.

— Si tu le dis comme ça...

Aiden inclina sa bouche sur la sienne, capturant ses lèvres. Elle les écarta sous une légère pression, lui permettant de plonger dans sa délicieuse caverne, tandis que ses mains s'affairaient à la débarrasser de ses vêtements. Ce n'était pas difficile, car elle était tout à fait disposée à l'aider dans son entreprise.

— Tu as hâte ? murmura-t-il entre deux baisers.

Les mains de Leila se dirigèrent vers la ceinture de son pantalon, faisant sauter le bouton du haut, puis faisant glisser la fermeture éclair. Lorsque ses mains atteignirent son érection et s'enroulèrent autour de lui, il laissa échapper un gémissement. Un sourire se dessina sur les lèvres de Leila.

— Je doute que je puisse être plus impatiente que toi.

Il enfonça sa queue dans ses mains. Elle n'avait pas tort ; il avait vraiment envie de la prendre, et le fait de savoir que cette fois-ci, leurs ébats culmineraient dans un rituel d'union faisait bourdonner son corps d'impatience. Il ne s'était jamais senti aussi heureux de toute sa vie.

Dès qu'ils se débarrassèrent de leurs derniers vêtements, il la souleva dans ses bras et la porta jusqu'au lit, l'allongeant sur les draps impeccables. Elle y était parfaite, parce que c'était là qu'elle devait être : dans son lit, dans sa vie, dans son cœur. Il balaya du regard ses courbes, savourant le moment où ses yeux passèrent de ses seins gonflés à ses jambes longues et galbées, ces cuisses puissantes qui l'avaient soutenu nuit après nuit alors qu'il s'enfonçait en elle. La pure félicité qu'il avait trouvée dans ses bras tous les soirs lui donnait encore le vertige.

— Tu sais que je n'aime pas attendre, ronronna Leila en recourbant son doigt en signe d'invitation.

— J'en ai pris note quand tu me l'as dit à la ferme.

Il s'installa sur elle, amenant son érection puissante jusqu'en son centre, ses cuisses s'écartant pour lui sans qu'il ait besoin de les presser. C'était si naturel, mais si excitant. Elle était tellement faite pour lui.

Aiden plongea dans sa chaleur humide, la pénétrant d'une seule poussée. Toutes ses pensées s'évanouirent alors même que la sensation d'être connecté à elle l'envahissait. Elle se cabra contre lui, son corps l'accueillant en elle.

Sans se retenir, il laissa son énergie circuler. L'air s'agita dans la pièce, la terre trembla sous eux, frémissant au même rythme que leurs corps. La brume tamisa les lumières de la pièce, faisant briller les lampes de chevet d'une couleur orange apaisante.

Les cuisses de Leila se resserrèrent autour de lui, l'incitant à plonger plus profondément et plus fort, ses respirations irrégulières, sa peau recouverte d'un mince filet de transpiration, ses yeux pétillants de désir et d'amour. Il n'avait jamais vu de créature plus belle, de femme plus désirable qu'elle. Il se sentit honoré qu'elle lui ait ouvert son cœur, qu'elle lui ait confié sa vie, comme il lui confiait la sienne.

— Je t'aime, dit-elle.

— À moi pour toujours, murmura-t-il en réponse.

Tout comme il serait à elle à jamais.

Au milieu de l'air et de la brume qui les entouraient, de la puissance qui les enveloppait, il ralentit ses mouvements, désireux de prolonger cette expérience. Ses muscles le serrèrent fermement, ses mains l'explorèrent avec ardeur, comme si elle ne l'avait jamais touché auparavant. Chaque contact de ses doigts, chaque baiser de ses lèvres l'excitait plus que jamais. Il était en feu, et pour la première fois de sa vie, il comprenait ce que cela signifiait quand les gens disaient qu'ils ne pouvaient pas vivre sans quelqu'un. Parce qu'il ne pourrait pas vivre sans Leila. Elle *était* sa vie.

Sans elle, il était incomplet, il n'était qu'une coquille vide.

Incapable d'attendre plus longtemps, Aiden laissa sa *virta* couler en elle. À partir de chaque point où leurs corps étaient connectés, son pouvoir s'infiltrait en elle, imprégnant ses cellules. Alors qu'il se partageait avec elle, le corps de Leila se mit à briller, et cette vision le conduisit à l'extase.

Ses coups de reins devinrent plus durs et plus rapides, et Leila adopta son rythme, ses bras et ses jambes le serrant soudain plus fort. Elle était consciente de son pouvoir maintenant, et ses yeux en brillaient lorsqu'elle le regardait.

Et à chaque coup de rein, il sentait les petits orgasmes qui traversaient son corps, faisant papillonner ses yeux et retenir son souffle. Il aurait pu jouir avec elle à ce moment précis, mais le spectacle était trop beau pour qu'il s'arrête. Il retira donc sa queue et l'enfonça à nouveau en elle, arrachant un autre orgasme à son corps incandescent. La vue et la sensation de ses muscles se contractant autour de lui le rendirent tellement addictif qu'il continua jusqu'à ce que ses bourses se resserrent.

Pourtant, il se retint, voulant plus, voulant tout ce qu'elle avait à donner. Il roula sur le dos, l'amenant sur lui sans retirer sa verge de son canal serré.

— Maintenant, Leila, exhorta-t-il.

Leurs regards se croisèrent. Il vit des flammes s'allumer au fond de ses yeux bleus, et soudain tout son corps se tendit, l'énergie circulant dans ses veines. Elle posa sa paume à plat contre sa poitrine, juste au-dessus de son cœur qui battait plus vite que jamais. Il sentit approcher la *virta* qu'il avait déversée en elle, mais c'était différent maintenant. Elle se mêlait à l'essence même de Leila, à son âme, à son pouvoir, à son amour.

À l'instant où elle atteignit le bout de ses doigts et étincela contre sa peau, le monde autour de lui s'arrêta. Mais ce n'était que le calme avant la tempête qui se déchaîna une fraction de seconde plus tard : telle une lame forgée de feu pur, elle transperça son cœur et s'y logea, se faisant ainsi une place. La douleur fut aussi fugace qu'une piqûre d'épingle, mais elle laissa derrière elle une empreinte si permanente que rien ne pourrait jamais l'effacer.

Elle l'avait revendiqué, et il était désormais irrévocablement lié à elle. À cette nouvelle, son corps fut dissous en vagues de plaisir, sa queue explosa en elle au moment même où l'orgasme de Leila atteignait son apogée et l'emportait. Flottant dans un océan d'amour, en apesanteur, intemporel, il attira son visage contre le sien et captura ses lèvres, se délectant d'elle.

Et comme un cycle sans fin, il partagea plus de *virta* avec elle tandis qu'elle continuait à en reverser dans son cœur, leurs corps fusionnés dans la passion, leur amour confirmé, leur vie commune devant eux.

— À moi pour toujours, murmura-t-il contre ses lèvres.

— Pour l'éternité.

Puis un autre orgasme l'emporta et elle l'entraîna avec elle. Il savait que sa capacité à parler ou à penser ne reviendrait pas avant des heures. Mais qui avait besoin de penser et de parler quand il était submergé par toutes ces sensations ?

ÉPILOGUE

Zoltan s'inclina à contrecœur devant le Grand Roi. Avant qu'il ne puisse se redresser de toute sa hauteur, le souverain des Démons de la Peur se leva et fit un pas vers lui.

— Tu as échoué ! tonna-t-il, le son de sa voix résonnant dans la vaste et profonde grotte où il tenait son tribunal.

Zoltan serra les dents et la fureur le submergea. Il avait eu la formule entre les mains sans le savoir. Cette connaissance le rongeait. Il avait été si près. Et maintenant, tout était perdu : la scientifique était morte. Il l'avait vu de ses propres yeux. Plus tard, le médecin légiste avait confirmé que c'était bien son corps qui avait brûlé dans les décombres. Le corps du Gardien de la Nuit n'avait pas été retrouvé. Cela ne l'étonnait pas. Il pouvait échapper au feu.

Les pointes acérées de ses griffes émergèrent du bout de ses doigts, preuve que la colère qui bouillait en lui le submergeait de plus belle et ne serait pas si facilement maîtrisée aujourd'hui. Il n'était pas d'humeur à se laisser réprimander pour son échec, encore moins en sachant que dix gardes du Grand Roi étaient témoins de son humiliation.

— Un accident, insista Zoltan, même s'il avait des doutes à ce sujet.

Et si les Gardiens de la Nuit avaient finalement décidé de tuer la scientifique, réalisant que c'était plus sûr pour eux de cette façon ?

— Les accidents n'existent pas !

Zoltan leva le regard.

— Non, en effet.

Mais son chef n'avait pas fini de lui faire des remontrances.

— J'ai cru en tes capacités. Tu m'as assuré que cette femme serait une proie facile, que la formule serait à nous. Et maintenant, Dragor, qu'as-tu à dire pour ta défense ?

Zoltan entendit son nom de naissance, mais il n'aimait plus cette sonorité. Il avait changé. Il n'allait plus s'aplatir devant qui que ce soit. Il se voyait comme le nouveau leader. Et le nom qu'il s'était choisi, celui d'un entrepreneur à succès, qu'il avait dû tuer après qu'il ait résisté à son influence, lui convenait parfaitement. Il avait en fait admiré cet homme pour sa force. Oui, son nouveau nom, Zoltan, reflétait cette force.

— Je m'appelle désormais Zoltan.

Le Grand Roi s'avança, les amenant à un pas l'un de l'autre.

— C'est moi qui décide de ton nom, mon garçon. Je suis ton souverain. Et tes chances de devenir mon héritier sont mortes avec cette femme. Tu me comprends ?

— Oui, je comprends parfaitement, répondit Zoltan en tirant sa dague qu'il enfonça dans l'estomac de son souverain.

La réalisation éclaira les yeux du Démon lorsque Zoltan tira la dague vers le haut, le tranchant. Du sang vert et des tripes se répandirent, et des gargouillis s'échappèrent de la bouche de son leader mourant.

— Je n'ai plus besoin que tu déclares que je suis ton héritier. Je prends ce qui m'appartient, vieil homme.

Puis il lui donna un coup de pied en arrière, délogeant le poignard de ses entrailles. Avec une vitesse surnaturelle, il se retourna vers les gardes qui le fixaient avec stupeur, prêts à attaquer.

Zoltan se redressa de toute sa hauteur.

— Êtes-vous prêts à mourir pour votre chef mort, ou préférez-vous vivre et servir le nouveau Grand Roi ?

Il attendit, sentant la puissance monter en lui, sans jamais quitter ses adversaires des yeux. Ils échangèrent des regards.

— Dans ce cas, inclinez-vous devant moi !

Un à un, les gardes Démoniaques abaissèrent leurs épées et tombèrent à genoux. Avec satisfaction, Zoltan se tourna vers le trône et s'en empara, moulant son large dos contre la pierre froide.

— Les choses sont sur le point de changer. Les Gardiens de la Nuit vont subir ma colère.

Il fixa les Démons qui étaient désormais sous son commandement et se sourit à lui-même.

— Bientôt, très bientôt, murmura-t-il entre ses dents.

Ordre de Lecture des séries Vampires Scanguards et Gardiens de la Nuit.

Les Vampires Scanguards

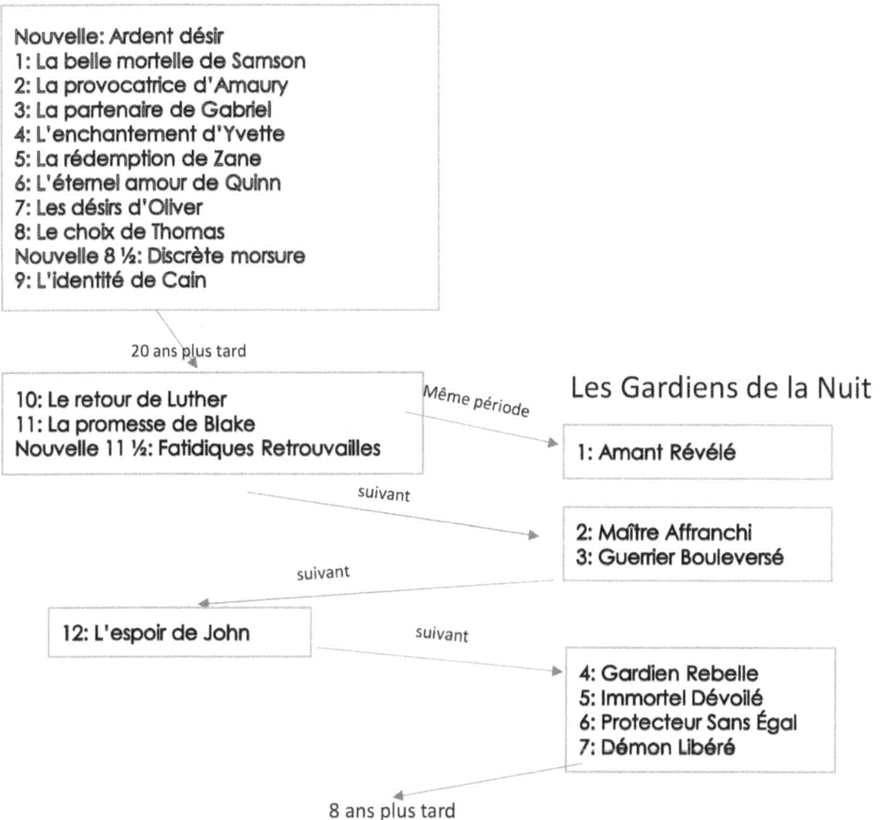

Hybrides Scanguards

Les Scanguards hybrides seront également numérotés dans la série des
Scanguards vampires (SV 13 = SH 1) afin de préserver la continuité.

SH 1 (SV 13): La tempête de Ryder
SH 2 (SV 14): La conquête de Damian
SH 3 (SV 15): Le défi de Grayson
SH 4 (SV 16): L'amour interdit d'Isabelle
SH 5 (SV 17): La passion de Cooper
SH 6 (SV 18): Le courage de Vanessa

À PROPOS DE L'AUTEUR

De nationalité allemande, Tina Folsom vit depuis plus de 30 ans dans des pays anglophones. Elle a d'ailleurs épousé un Américain et s'est établie en Californie en 2001.

Elle a toujours été attirée par les vampires. Depuis 2008, elle a publié 50 livres en anglais et plusieurs dizaines dans d'autres langues (français, allemand et espagnol). De plus, elle fait actuellement traduire l'ensemble de ses livres en français.

Tina apprécie recevoir des commentaires de ses lecteurs. Pour cela, vous pouvez lui écrire à l'adresse électronique suivante: tina@tinawritesro mance.com.

https://tinawritesromance.com

facebook.com/TinaFolsomFans

instagram.com/authortinafolsom